译文纪实

CRISIS IN THE RED ZONE

Richard Preston

[美] 理查德·普雷斯顿 著　　姚向辉 译

血殇

上海译文出版社

献给那些英勇的女性和男性,他们在凯内马政府医院冒着生命危险与埃博拉战斗,甚至献出自己的生命,以保护他们的国家和整个世界。

又有一位天使从殿中出来,向那坐在云上的大声喊着说:"伸出你的镰刀来收割!因为收割的时候到了,地上的庄稼已经熟透了。"

——《圣经·启示录》

目 录

前言 …………………………………………… 001
马科纳三角洲地图 …………………………… 001
人物表 ………………………………………… 001
常用缩写 ……………………………………… 001

第一部　无名瘟疫 ………………………… 001
　圣礼 ………………………………………… 003
　道路尽头 …………………………………… 009
　生命形式 …………………………………… 013
　小刀 ………………………………………… 017
　飞行 ………………………………………… 021

第二部　无声闪电 ………………………… 027
　洗浴池塘　三十七年后 …………………… 029
　杏眼女人 …………………………………… 035
　确诊 ………………………………………… 038
　丽莎·亨斯利 ……………………………… 042

红色区域 · 051
医生 · 053
萨贝提 · 061
监控 · 065
闪电 · 071
呼吸装置 · 078
麦宁道的蛇 · 081
美国 · 087
黑暗翼楼 · 090
雨 · 094
作战室 · 100
暴力 · 107
睡觉时间 · 112
伏击 · 116
夹脚拖鞋 · 124
演讲 · 131
泪滴 · 133
群集 · 137
抽血 · 144
方尼 · 150
一位先知和一个预言 · · · · · · · · · · · · · · · · · · 155
拯救露西·梅 · 160
烛火 · 165

第三部 远古法则 ······ 167
 金沙萨之旅 ······ 169
 丛林医生 ······ 177
 远古法则 ······ 182
 病毒X ······ 187
 黑夜窟窿 ······ 189
 萨拉特氏手术 ······ 194
 流血而死 ······ 200

第四部 血殇 ······ 207
 形势报告 ······ 209
 痰盂 ······ 213
 魔法剑 ······ 218
 哇噢 ······ 225
 忏悔 ······ 231
 吸烟点 ······ 236
 呼叫者身份 ······ 239
 惊叫 ······ 242
 整理遗容 ······ 245
 冰柜 ······ 248
 义冢 ······ 253
 电话会议 ······ 258
 夜幕降临 ······ 265

公正 ·· 270

父亲与女儿 ································ 276

银河 ·· 280

海浪 ·· 286

争论 ·· 293

飞行 ·· 296

隐藏之路 ···································· 305

崩溃 ·· 313

惊恐 ·· 318

治愈 ·· 326

护理链 ······································ 333

尾声 ·· 344

名词表 ···································· 348

致谢 ·· 350

前　言

《血殇》是我 1994 年的著作《血疫》的续作。两者都是非虚构作品。故事中的人物和事件都是真实的，由本人尽可能详实地报道和讲述。书中内容来自数以百计的个人访谈和数年来对已发表和未发表的档案及原材料的研究。所引用的原话来自我对谈话对象的访问或他们对逝者言论的回忆。

书中的角色鲜为人知。然而，至少对我而言，在这场世人生平仅见的最具毁灭性的迅猛瘟疫之中央，始终能窥见他们的行动和选择、生存和死亡，这场瘟疫甚至将触手伸进了达拉斯和纽约市，它或许就是未来之事的一个范例。尽管本书只集中描写了特定时间点上的少数几个人，但我希望读者能够以此为窗口，看清我们所有人的未来。

理查德·普雷斯顿

马科纳三角洲地图

人物表

2014 年爆发（按出场顺序）

埃米尔·欧阿莫诺（ÉMILE OUAMOUNO）
——几内亚梅里昂杜村的一名两岁男童

麦宁道（MENINDOR，原名芬达·纳尤马）
——塞拉利昂克邦杜村的草药师和治疗师

胡玛尔·S. 汗博士（DR. HUMARR S. KHAN）
——塞拉利昂凯内马政府医院拉沙热研究项目组的主任医师

丽莎·亨斯利（LISA HENSLEY）
——马里兰州德特里克堡综合研究设施的副主任

彼得·B. 耶林（PETER B. JAHRLING）
——综合研究设施的主任

"姨妈"姆巴卢·S. 方尼（"AUNTIE" MBALU S. FONNIE）
——凯内马政府医院拉沙热病房的护士长

森比瑞·贾洛（SIMBIRIE JALLOH）
——凯内马政府医院拉沙热研究项目组的协调员

帕尔迪斯·萨贝提博士（DR. PARDIS SABETI）
——哈佛大学和布洛德研究所的基因组科学家

丽娜·M. 莫西斯（LINA M. MOSES）
——新奥尔良杜兰公共卫生与热带医药学院的科研人员

兰斯·普莱勒博士（DR. LANCE PLYLER）
——撒玛利亚救援会组织驻利比里亚蒙罗维亚ELWA医院的紧急行动主管

肯特·布兰特利博士（DR. KENT BRANTLY）
——撒玛利亚救援会组织驻利比里亚蒙罗维亚ELWA医院埃博拉病房的主任医师

迈克尔·波凯（MICHAEL GBAKIE）
——拉沙热研究项目组的生物安全专员和流行病学家，胡玛尔·汗的副手

奥古斯丁·戈巴（AUGUSTINE GOBA）
——凯内马政府医院拉沙热研究项目组的拉沙实验室（高危实验室）主任

纳蒂亚·沃凯埃（NADIA WAUQUIER）
——生物科技公司Metabiota的流行病学家

萨尔·纽可尔（SAHR NYOKOR）
——凯内马政府医院的救护车驾驶员

汤姆·弗莱彻博士（DR. TOM FLETCHER）
——世卫组织的医生，英国利物浦热带医学院的科研人员

露西·梅（LUCY MAY）
——凯内马政府医院的护士

伊耶·普林西斯·鲍瑞（IYE PRINCESS GBORIE）
——凯内马政府医院的护士

穆罕默德·伊拉（MOHAMED YILLAH）
——凯内马政府医院拉沙热研究项目的流行病学家，"姨妈"姆巴卢·方尼的弟弟

阿莱克斯·莫伊博伊（ALEX MOIGBOI）
——凯内马政府医院埃博拉病房的资深护士

拉里·泽特林（LARRY ZEITLIN）
——圣地亚哥 Mapp 生物医药有限公司的共同创始人和总裁

吉恩·奥林杰（GENE OLINGER）
——马里兰州德特里克堡综合研究设施的科研人员

加里·科本杰（GARY KOBINGER）
——加拿大国家微生物学实验室（位于温尼伯）的病原体研究主管

蒂姆·奥邓普希博士（DR. TIM O'DEMPSEY）
——世卫组织医生；英国利物浦热带医学院的教授

爱丽丝·科沃马（ALICE KOVOMA）
——凯内马政府医院埃博拉病房的护士

南希·约科（NANCY YOKO）
——凯内马政府医院埃博拉病房的护士和继任护士长

约翰·S. 谢非林（DR. JOHN SCHIEFFELIN）
——世卫组织医生；新奥尔良杜兰大学医学院的儿科专家

南希·莱特博尔（NANCY WRITEBOL）
——撒玛利亚救援会的医务工作者

1976 年爆发（按出场顺序）

比埃塔修女（SISTER BEATA，原名珍妮·沃尔托曼）
——扎伊尔（现刚果民主共和国）扬布库天主教传教区医院的助产士

桑戈·杰梅因神父（FATHER SANGO GERMAIN）
——扎伊尔（现刚果民主共和国）扬布库天主教传教区的神职人员

让-雅克·"J. J."穆扬贝·汤丰（DR. JEAN-JACQUES "J. J." MUYEMBÉ-TAMFUN）
——扎伊尔金沙萨扎伊尔国立大学的病毒学家

米莉亚姆修女（SISTER MYRIAM，原名露易丝·艾克兰）
　　——扬布库天主教传教区医院的护士修女
让-弗朗索瓦·卢泊尔博士（DR. JEAN-FRANÇOIS RUPPOL）
　　——比利时驻扎伊尔医疗救助组织的主管
卡尔·M. 约翰逊博士（DR. KARL M. JOHNSON）
　　——美国疾病控制中心（亚特兰大）特殊病原体部的主任
帕特里夏·A. 韦伯（PATRICIA A. WEBB）
　　——疾控中心特殊病原体部的病毒学家

常用缩写

CDC——疾病控制中心，疾控中心

ELWA 医院——永恒之爱胜利非洲医院

HEPA 过滤器——高效空气颗粒过滤器

IRF——综合研究设施

NIH——国立卫生研究院

PPE——个人防护装备

USAMRIID（发音如 You-SAM-rid）——美国陆军传染病医学研究所

WHO——世界卫生组织，世卫组织

第一部
无名瘟疫

圣 礼

扬布库天主教传教区，扎伊尔（现刚果民主共和国）
1976 年 9 月 9 日

雨季已经开始。滂沱夜雨吵得人们不得安宁，疟疾在村庄里肆虐。1976 年 9 月 9 日，一个名叫珊波·恩多贝的女人来到扬布库教区医院的产科病房，这个教区位于扎伊尔的偏远地带，在刚果河以北约 50 英里处，赤道省境内一个名叫邦巴区的地方。恩多贝女士正发着高烧，并且即将分娩。

扬布库教区医院是一组单层的棚架房屋，由带雨棚的通道连接在一起，坐落于非洲油椰树和热带植被之中。建筑物由棕色砖块搭建，侧面建有开放式的柱廊。产科病房是一幢简陋的棚架房屋，大病房里安放了 19 张病床。病房一头有一张坑坑洼洼的旧金属分娩台，医务人员会在旁边的黑板上写下生产记录。在这间病房里工作的有三名刚果助产士和一位名叫比埃塔的比利时修女。

比埃塔修女是一位中年女性，柔顺的黑发向后扎紧，塞在白色头巾底下，举止大方而热情。她的教名是珍妮·沃尔托曼，来自佛兰德斯地区。除了头巾，比埃塔修女通常穿短袖白罩衫和白裙子。有时候，既是因为好玩也是出于实用，她会穿上图案艳丽的非洲长裙。她在产科病房里做事的时候，会在日常服装外套一件棉布手术服。她不戴橡胶手套。很可能是因为她喜欢亲密接触新生儿和产妇的那种感觉。

此刻她在检查恩多贝女士。这个女人感觉上腹部剧痛。恩多贝的面部表情很奇怪：茫然、空白、毫无表情，就好像灵魂出了窍。她能回答问题，但似乎对周围环境缺乏认知。她的眼白有炎症，呈鲜红色，眼球表面的一层血膜使得眼白闪闪发亮。她牙周出血，尿里很可能也有血。

这些症状没什么不寻常的。看上去像是成人脑型疟疾的典型病例，这种疾病有时也被称为黑尿热。黑尿热会导致患者眼球出血，尿出棕色甚至黑色的血液，身体其他孔穴亦有可能出血，它会引发脑损伤、昏迷和死亡。比埃塔修女没有浪费时间去诊断这个女人到底得了什么病。她的目标是帮助女人分娩，尽量拯救两条生命。

她帮恩多贝女士抬起身体，弯曲双腿，然后将毫无防护措施的手伸进产道，探查子宫颈口的扩张情况。她收回胳膊，发现手和前臂沾满了鲜血。恩多贝的子宫正在出血，因此她的问题似乎是难产和自然流产。几位助产士或护工把恩多贝女士抬上金属分娩台，以帮助她生出胎儿或婴儿。她的子宫继续失血，鲜血流淌到分娩台上。

护工在病房外的露天炉子里用木炭烧火，烧开一盆盆热水。一名护工把一盆热水端到分娩台旁。她们用干净的毛巾蘸水，热敷恩多贝女士的阴道口，以此软化她的皮肤，缓和似乎因宫缩产生的剧痛。她们用这块毛巾擦拭从产道流出的鲜血。她们在水盆里漂洗毛巾，再换一盆热水泡毛巾，然后轻轻地把毛巾放回阴道口周围。她们也用这块毛巾擦拭她大腿上的鲜血。等到时机成熟，比埃塔修女取出婴儿。这是个死胎，浑身鲜血。

比埃塔修女见到婴儿已经死去，很可能在胸前画了十字并为之祈祷。胎盘，一个蘑菇状的器官，是一大团密集的红色组织，因为出血受压而形成许多鼓泡。但胎盘并不是恩多贝女士唯一的出血源。胎儿和胎盘离体后，她的出血反而变得更加严重。通常在分娩后，子宫内的破裂血管很快就会通过血凝而自行封闭，出血随即停止。但恩多贝女士的出血加重成为无法控制的大出血，血如泉涌，流淌到分娩台的金属表面上。恩多贝女士即将失血而死。她的血液在分娩台上扩散，血压逐渐下降，心跳开始加速，呼吸变得急促而不规律。她死于失血过多和休克，有可能就在分娩台上，也可能在产科的某张病床上。事后，比埃塔修女很可能用同一盆热水清洗了双手和前臂。分娩时的大出血是非洲年轻女性的主要死因之一。

为恩多贝女士接生死胎后的第五天，比埃塔修女开始感觉不舒服。有点疲惫，这可不是她的风格。这种感觉持续了十二个小时左右，然后她突然头痛欲裂，体温上升。很可能是疟疾。待在刚果盆地的热带雨林地区，疟疾是避无可避的。她回到传教区的宿舍楼，躺在房间里的床上休息。宿舍楼是一幢低矮的建筑物，离医院不远，对面就是教堂，这幢建筑物用石灰水刷白，在雨季于教堂四周形成的烂泥塘之中宛如一块礁石。比埃塔修女变得极度虚弱，开始呕吐。可怕的疼痛充斥整个下腹部，她数次轻度腹泻。腹泻不算非常严重，但腹部疼痛越来越强烈，最后发展成令人无法动弹的剧痛，疼痛也钻进了她的脊椎。她变得异常虚弱，几乎无法移动四肢和起床。

比埃塔修女显然必须入院治疗。几位护工把她抬出宿舍楼，安置在成人病房女性区域的一个单人房间里。来到此处，比埃塔修女躺在床上，护士把一个盆放在她嘴底下，她对着盆呕吐。我们并不清楚比埃塔修女具体有哪些症状，前来调查的医生后来向扬布库教区死里逃生的修女搜集比埃塔修女的资料，根据她们的叙述，她的病情极为恐怖，令人难忘。

她开始喷射性呕吐,就是俗称的火箭式呕吐,胃部剧烈收缩,呕吐物能喷射到半空中两米高。呕吐物落在床上、地上甚至墙上,当然也落在了照顾她的护士身上。第一天,呕吐物看上去还很正常,但第二天就夹杂了鲜血,看上去仿佛红色涂料。

胃部彻底清空后,她不再喷射出"火箭",但呕吐仍在继续。她开始吐出湿乎乎、状如粪便的黑色团块。热带国家称这种物质为"黑色呕吐物"。黑色呕吐物象征着黄热病的致命病例。这是胃黏膜出血的产物,由颗粒状或凝块状的黑色血液构成,胃酸部分消化了这些血块。黑色呕吐物有一种特有的"湿咖啡渣"外观,也就是颗粒状血块与类似黑咖啡的暗色水状液体混合在一起。她也许还开始打嗝。打嗝没有明显的诱因,怎么都停不下来。她无法从床上起身,逐渐大小便失禁。刚开始,她排出的粪便带有发白的黏液并夹杂着鲜血。随着病情加重,粪便变成黑色的液体。这种液体被称为黑粪,是肠道内壁出血的结果。构成肠道内壁的黏膜细胞已经死去,细菌正在分解它们。随着肠道内壁的腐烂,坏死的组织开始渗出血液,血液在结肠内积累。这些血液失去原有的颜色,结肠充满后将它们排向体外。这是大出血的一种形态。红色斑块和红色肿块混合而成的红疹在她的躯干上蔓延。红色斑块名叫瘀斑,是皮肤内部的小出血点。有些医生称这种出血为流血进入第三空间。身体的第三空间是皮肤和肌肉与脂肪之间的软组织,能够被液体或血液填充。比埃塔修女的面部表情发生改变,她的脸变成一张茫然的面具,似乎丧失了所有情绪,眼白充血。

扬布库天主教传教区
1976 年 9 月 19 日,星期天,清晨

桑戈·杰梅因神父得知比埃塔修女的病房需要他去主持仪式时天

还没亮,他是扬布库天主教传教区的助理牧师,年过六旬,身材瘦削,头发灰白,戴眼镜,留一把长长的山羊胡。他收拾起圣餐用具和圣油,离开宿舍楼,顺着小径走向医院。随着黎明临近,传教区四周的丛林飘来湿润的气味和刺耳的蝉鸣。棕雨燕,这种睡在树上的吵闹小鸟开始苏醒,天空渐渐勾勒出棕榈树的轮廓,密如蛛网的庞大叶片显得居心叵测。

他爬上台阶,走进正中间的这幢框架房屋,来到修女的病房,他看见几位修女在照顾她,她们守了一夜,此刻正在祈祷。我们不知道这些修女都有谁,但其中肯定有一位名叫杰诺薇瓦。她颇为健谈,不像其他修女那么羞怯;她是弗拉芒人①,教名是安妮·盖斯布莱茨。

杰梅因神父把双手放在比埃塔修女的额头上,开始祈祷。她已经退烧,皮肤摸上去只是热乎乎的。从鼻孔流出的血液干结变黑。假如她曾在打嗝,现在也停止了。她有意识,但似乎在看房间里其他人都看不见的什么东西。她的眼白呈鲜红色,眼睑略微下垂,眼睑边缘可见针尖般的细微血点,就像被睫毛穿起来的小红宝石珠串。

神父拔掉瓶塞,用大拇指蘸圣油,在修女的额头和双手上画十字。他很快开始主持临终圣餐仪式,这是一个人去世前的最后一次圣餐礼。他拿起圣饼。

　　这是上帝的羔羊,他消除世间的罪恶。

她张开嘴,很可能是神父用手指帮她张开的。嘴唇摸上去很干。嘴角有鲜血凝固留下的小块黑色硬痂。她的舌头呈鲜红色,湿乎乎的,那是动脉血的颜色,牙龈在向外渗血。神父把圣饼放在她的舌

---

① 比利时的两大民族之一。——译者

头上。

杰梅因神父没有记录接下来发生了什么。一个月后,杰诺薇瓦修女向至少两位前来调查的医生描述了当时的景象。根据她的说法,杰梅因神父为比埃塔修女举行临终圣餐仪式时,比埃塔修女哭了起来,她眼中流出血泪,顺着面颊淌下去。她眼睛里流出的液体是眼泪和血液的混合物。血液来自眼睑黏膜出血。比埃塔修女的血液失去了凝结能力,它与眼泪混合在一起,就像染料在水里扩散,红色的液体顺着面颊淌下去。

据杰诺薇瓦修女所说,杰梅因神父见到比埃塔修女淌出带血的眼泪后,同样也流下了热泪。他哭着从口袋里取出手帕,轻轻擦拭修女的面颊。他用沾血的手帕吸掉自己的泪水,先是一只眼睛,然后是另一只,抹掉眼泪后,他把手帕放回口袋。杰梅因神父被比埃塔修女的血泪感染了自己,他将在十三天后死去。星期天早晨日出时分,棕雨燕飞出棕榈树,开始新的一天,比埃塔修女与世长辞。

比埃塔修女去世后的数小时内,医院的刚果籍护士纷纷辞职,病人也开始离开。医院出了问题。大病房里,人们接二连三地死去,血液和排泄物浸透了病床。这种疾病的患者仿佛恶魔附体。他们表情变得茫然,他们打嗝不止,他们流鼻血,他们精神错乱,随着病情发展,他们会从肛门排出黑色血块。随后,许多患者忽然退烧,感觉也有所好转。但这是虚假的黎明,只会持续四十八小时左右,最终迎来血压陡降(即所谓的崩溃)和随后的死亡。患者崩溃死亡时,他们会在临终时刻陷入震颤和抖动,有些甚至会痉挛狂舞。病房里爆发的疾病吓坏了患者,他们自行离开医院,若是无法行走,家属就用摩托车或手抬的刚果轿子带他们走。比埃塔修女去世那天的下午4点,一名修女打开传教区的短波无线电发射机,开始呼求救援。

道路尽头

邦巴区
比埃塔修女死亡后四天，1976年9月23日

让-雅克·"J.J."穆扬贝·汤丰，医学博士，扎伊尔国立大学医学院副院长，他坐在一辆路虎的后排座位上，越野车在扎伊尔北部的一条土路上颠簸着缓缓穿过丛林。夜晚来得很快，月亮在地平线下。车头灯只能照亮路面，道路向正前方延伸，在藤蔓缠绕的平行树墙之间融入虚空。越野车时而猛然晃动，害得穆扬贝倒向刚果军队派出的K.奥蒙博医生，后者坐在他身旁。穆扬贝医生不知道这位同伴名字里的K代表什么。

司机小心翼翼地驾驶车辆，开过在低处与道路交汇的小溪。每年这个季节，雨势较大的时候，刚果盆地的路况就会变差。有时候你看见路上有一摊积水，结果却是一池泥浆，能把一辆路虎从车底到车窗糊得严严实实。在扎伊尔，这条路算是不错了，穆扬贝心想。他们一小时能开足足10英里呢。

让-雅克·穆扬贝是病毒学家，也就是专门研究病毒的科学家，在比利时的鲁汶大学获博士学位。他今年三十一岁，辉煌的职业生涯才刚开始。穆扬贝精神充沛，中等身高，不胖不瘦，有一张圆脸和鼓起的面颊。他声音柔和，做事脚踏实地，觉得好笑或认真思索时会眯

起眼睛。穆扬贝是大学生物学实验室的主任。

穆扬贝和奥蒙博正在前往扬布库天主教传教区,扎伊尔的卫生部长命令他们出动,任务是鉴别在传教区出现的这种神秘疾病,要是可以的话就阻止其蔓延。扎伊尔空军的一辆 C-130 大力神运输直升机将两人装在货舱里送到邦巴区。直升机降落在邦巴镇的一条泥土跑道上,邦巴镇是个集市小镇,位于刚果河北岸,在金沙萨上游 800 英里处。两位医生在邦巴镇将几箱医疗用品搬上路虎,立刻出发前往扬布库。他们知道得赶夜路,但他们希望能尽快赶到传教区。

越野车在黑暗中颠簸摇摆,穆扬贝将思绪转向这种疾病,但他了解的情况很少。邦巴区的医务主管恩戈伊·穆索拉医生几天前来到扬布库传教区,他检查了比埃塔修女的遗体和几名患病的护士和村民。恩戈伊医生尽其所能医治患者,但没过多久就意识到他几乎无法救助他们。他详细记录情况并呈交报告。这种疾病非常凶猛,他写道:"仅仅三天病程后就会迅速导向死亡。"研究病征和症状后,恩戈伊·穆索拉医生逐渐相信他见到的是一种未知疾病——其他医生从未描述过这种疾病,它没有名字。

穆扬贝就没这么确定了。在医学和科学上,最简单的解释往往就是正确的。从概率和常识的角度判断,穆扬贝认为这种疾病很可能不是未知之物。可能性更大的是它颇为常见,而且早有名称。至于传教区的这种疾病是否具有传染性,他没有任何可供判断的资料。

晚上 8 点,路虎在一个名叫扬东吉的村庄来到了十字路口,司机向左拐弯。路况变得更加糟糕,他们开进一片浓密的低地雨林,周围漆黑一团,荒凉得无法描述。森林并不是荒野。这个地区散落着许多村庄,居民多达数万人。他们是布得扎人,在森林里狩猎和打鱼,种植木薯和大蕉。路虎开得慢如爬行,包裹他们的雨林似乎化作某种隐形的力量,像洋底海水似的从四面八方压迫车体。穆扬贝感觉非常渴。终于路虎开出森林,行驶在木薯田和油椰树之间。他们来到了扬布库传教区。

路虎的车头灯刚照亮宿舍楼,一群修女和神职人员就跑了出来。他们是比利时人,拎着科尔曼油灯和一壶水。他们热情地招呼来客,请他们喝凉水。穆扬贝喝了几大口,然后立刻请他们带路去医院看看。

这些修女生性羞怯,没有为深入交流做好准备,只有杰诺薇瓦修女除外,她不像其他修女那么沉默寡言。我们可以想象她如何提着油灯,主导谈话,带着他们走向医院。这几个人爬上几级台阶,走进正中央的框架房屋。

建筑物静悄悄、暗沉沉的。进了大门,右手边有一间办公室。他们用油灯照亮办公室,但这儿没什么值得看的。经过办公室,建筑物分成左右两翼,各有几个开放式大病房,里面摆满了成排的铁架床。病床都是空的。病房已经弃用。地上有些地方很脏,床上撤掉了床单,露出用泡沫块做的床垫。许多泡沫床垫似乎浸透了体液和血液。

这是一所荒弃的医院,景象令人震惊。穆扬贝在非洲赤道地区从没见过荒弃的医院。非洲的医院永远繁忙,挤满了患者及其家人,喧闹杂乱——婴儿哭闹,人们聚集在一起,护士讨论事情,烟雾飘荡,小贩兜售食物。扬布库医院以前每个月要救治 6 000 到 12 000 名病人,现在却被空荡荡地荒弃在这儿。穆扬贝和奥蒙博目前还没见到任何染病的患者。

几位修女领着穆扬贝和奥蒙博走上一条小路,这条路通往一座小型建筑物,它位于一片草地中,周围是灌木丛和棕榈树。它和其他建筑物一样由棕色砖块砌成,有毛玻璃窗和陶瓦屋顶。混凝土坡道向上通往两扇木门。他们推开门,发现自己来到了医院单间构造的手术室。

房间中央是一张现代化的手术台,旁边是外科手术用的无影灯。地上散落着许多条被污染的绷带和浸透血液的手术用海绵。手术室似乎在一场手术后匆忙弃用。这群人继续向前走。

他们走进一条带雨棚的通道,听见一扇门里传来尖利的哭叫声。医院终究并非真的空无一人。他们穿过这扇门,来到一个黑洞洞的病房,手电筒和油灯照亮了成排的摇篮和小床。这是儿科病房。声音来自一个摇篮。

穆扬贝俯身望向摇篮,见到一个男婴在痛苦中挣扎。他无法确定婴儿出了什么问题。孩子的父母去哪儿了?婴儿感染那种疾病了吗?穆扬贝和奥蒙博束手无策,无法帮助这个孩子。在他们发现婴儿五分钟后,他停止呼吸,结束了生命。

一行人来到产科病房,也就是比埃塔修女曾经工作之处。至少三名女性在这个病房生下死胎或病情危重的婴儿。婴儿在血泊中离开母亲的身体,这些母亲和婴儿此时都已去世。病房像是突然弃用的。一条棉布长裙,印着鲜艳的黑色与红色图案,叠得整整齐齐地放在墙边的一张台子上。长裙旁边扔着一件皱巴巴的手术服,就好像一名护士突然脱掉手术服,逃出了病房。金属分娩台的表面沾着干结的血液。地上散落着浸透鲜血的手术用棉塞。两位医生在病房的角落里发现了几盆用过的棕色脏水。分娩时,这些盆里装的是干净的热水,护士用来为产妇热敷。被血液污染的水在盆里搁置数日,因为炎热而变得腐臭。

生命形式

扬布库
1976 年 9 月 23 日，晚上 9 点

穆扬贝和奥蒙博巡视医院后，来到宿舍楼与诸位神父和修女共进晚餐。那天晚上他们吃的是富富①、大蕉和米饭，浇上用捣碎的木薯叶做的绿色酱汁。穆扬贝胃口大开。这是最好的乡间食物——简单的美味素食，对身体有好处。

死去的患者和修女令神职人员陷入忧虑，他们吃得非常安静。传教区的主管神父奥古斯丁·斯莱格斯很可能汗出如浆，餐具在手里颤抖，就像是感染了疟疾。健谈的杰诺薇瓦修女似乎健康状况良好。传教区禁止饮酒，但利昂·克莱斯神父——一位喜爱欢宴的壮实神甫，大家叫他利奥神父——偶尔会用自己制作的鸡尾酒招待其他传教士，这种特制饮料用苦艾酒、柠檬和香蕉发酵而得的原酒精调配而成。利奥神父似乎情绪稳定，很可能得到了自制鸡尾酒的帮助。助理牧师桑戈·杰梅因神父，这位留着山羊胡的瘦削老人在餐桌前显得没精打采。他有可能在哀悼，或是精神受创，因为仅仅四天前他才为比埃塔修女主持了临终仪式。餐桌前还有一位米莉亚姆修女，她是个中年比利时人，身材瘦削，极度安静，面容窄长，鼻梁修长而纤细。米莉亚姆修女也许在遭受某种怪异的不适感的折磨，然而即便她感觉不好，也没有在餐桌前提起。

穆扬贝吃着木薯叶,和这些神职人员稍微聊了几句,心里在想他刚刚在空荡荡的医院里见到的景象。他面临两个简单的问题:这是什么疾病?该如何阻止它的传播?

他还没有检查过感染这种疾病的任何患者。假如不知道这是什么疾病,他和奥蒙博医生该如何应对?要是不亲眼看见患者,他们怎么可能知道它是什么?至于刚刚儿科病房里死去的婴儿,在非洲乡村地带婴儿有可能死于无数种原因。到目前为止,这种疾病还只是传闻甚至妄想,一个阴森的鬼影,从医院里飘过,杀死患者,现在去了别的地方,至少暂时如此。穆扬贝是病毒学家,他必须考虑病毒爆发的可能性。他敬畏病毒,因为它们能够主宰人类的生命。

病毒粒子是一个极小的囊体,由蛋白质以富有数学美感的方式交织而成。病毒内蛋白质互相交织的图案比雪花复杂无数倍。有时蛋白质衣壳外还覆盖着一层脂类包膜。囊体内是极少量的 DNA 或 RNA,也就是承载病毒遗传密码的分子。遗传密码是病毒的操作系统,也就是所谓的"湿件"(wetware),这个完整的指令集能够让病毒自我复制。与雪花或任何一种晶体不同,病毒能够按原样再造它的形态。就好像一片雪花落下时开始自我复制,雪花的复制品再自我复制,与第一片雪花完全相同的复制品越来越多,直到徐徐飘落的雪花充满天空,每一片雪花都是第一片雪花的完美复制品。

许多病毒学家认为病毒并非真正的活物。但另一方面,病毒也明显不是死物。病毒学家喜欢将它们描述为"生命形式"。这个术语本

---

① 西部非洲和中部非洲的一种主食,在水中蒸煮富含淀粉的可食用根茎植物并研捣至适宜的稠度。——译者

身就自我矛盾：一样东西既然是某种形式的生命，又怎么可能不是活物呢？病毒在介于生和死之间的朦胧边缘地带延续着它的存在，在这个灰色地带，我们无论见到什么，都无法证明它活着，也不能断言它是死的。

想要理解病毒，不妨将它们想象成生物机器。病毒是一台生物质的纳米机器，一台微小、复杂、有点毛茸茸的机械，它有弹性、可弯折、能扭摆，动作往往不是那么精确：由黏糊糊的构件组成的紧凑型显微机械。病毒行动诡秘但有逻辑，狡猾奸诈，反应迅速，机会至上。病毒和所有类型的生命一样，也拥有自我繁衍的强烈驱动力，因此能够经历亿万年存活下来。

当病毒在宿主体内开始迅猛地自我复制，这个过程被称为病毒扩增。随着病毒在宿主体内一次次倍增，宿主这个活着的生物体有可能被摧毁。病毒是生物世界中的不死者，是来自远古的僵尸。病毒的起源不为人知，我们不知道它们如何开始存在，何时出现在地球生命史之中。病毒有可能是在生命刚诞生时出现的生命形式的范例或残遗。病毒有可能随着生命在这颗星球上的第一次搅动就开始存在，那是大约四十亿年前的往事。它们也有可能在生命出现后才悄然崛起，那时候单细胞的细菌已经存在。没人知道究竟如何。

就某种病毒在传教区居民体内自我扩增的可能性而言，穆扬贝认为他和奥蒙博医生也许在见证一场黄热病的爆炸性爆发。黄热病是一种严重甚至致命的疾病，由黄热病病毒引起，致死率相当高。这种疾病的致命形式被称为暴发性内脏黄热病。死于黄热病的患者会发高烧，腹内剧痛，有可能呕出黑色物质。穆扬贝很清楚，这种病毒在人与人之间通过蚊虫叮咬传播，而蚊虫则通过叮咬已感染者获得黄热病病毒。黄热病往往会在热带地区的小型聚居区内爆发，也就是扬布库这样的地方，病毒会在当地人口之中自我扩增，势头犹如失控的野火。

或者，他心想，会不会是伤寒热爆发？伤寒热是由一种细菌（而不是病毒）引起的胃肠道感染。伤寒热极具传染性，但你只会在食用或饮用含有伤寒病菌的食物或液体后被感染。接触伤寒患者的血液或体液或呼吸患者周围的空气并不会让你患病。伤寒会导致腹内剧痛、严重血痢，细菌进入血液后会导致败血性休克和死亡。患者在败血性休克之后，身体的任何一个或所有孔穴都有可能大出血。假如不用抗生素治疗，伤寒热的致死率相当高。

想要确诊伤寒热，有个好办法是采集患者的血样，将几滴鲜血放在皮氏培养皿上。假如血液里有伤寒病菌，细菌会在培养皿上生长，形成斑点状的群落。因此，穆扬贝心想，他必须从患者身上采集一些血样。但他没见到任何生病的人。没有患者供他检查，也就无法采集血样。他和奥蒙博医生在客房里睡下，风平浪静地度过了一夜。

第二天早晨，穆扬贝和奥蒙博得知医院的一名刚果籍护士昨夜在家中去世。穆扬贝立刻为验尸做好了准备工作。尸体能告诉你有关疾病的许多情况。他从那几箱医疗用品里取出采血用具和几个玻璃采血管，步行穿过足球场，走向医院员工居住的一组小屋。去世护士的家属放他进门。这幢屋子很小，干净而简朴。家属用一块布盖在去世亲人的身上。他终于能见到这种疾病了。穆扬贝掀开那块布，震惊得无以复加。

小　刀

扬布库传教区
1976年9月25日，上午9点

这是一位年轻女性。他没想到会见到这么年轻的一个人，他觉得她很美，即便已经过世。眼前的景象让他产生了无可挽回的失落感。根据后来调查疾病爆发的一名医生的日志，这位年轻女性名叫阿玛娜。她担任护士的助手，很可能刚入职。在穆扬贝眼中，她是同事，是专业的医务人员，在医院履行职责时不幸倒下。她是医学战场上的牺牲者，在偏远地区突然死去，这个地方无法承担失去她的损失。假如这位年轻女性能过完整个人生，会获得什么成就？她能为患者做多少好事，有可能成为一个什么样的人？

穆扬贝俯身开始检查尸体。他看见死者的鼻孔和嘴唇周围有尚未干结的黏腻血块或血迹。这是鼻衄（也就是鼻出血）的证据。鼻孔流血意味着什么？嘴唇边缘的血迹意味着什么？她呕出过黑色呕吐物吗？黑色液体会在她呕吐时充满口腔，污染嘴唇，然后向上进入鼻腔吗？

黄热病病毒会攻击肝脏。随着肝脏衰竭，眼睛会变成黄色或褐色。她的眼睛确实变色了，但更像是红褐色甚至是紫色。他想更仔细地查看眼睛。他急急忙忙地来检查尸体，忘了戴上橡胶手套。没关系，因为直接接触血液或体液不会感染黄热病病毒，你只会通过蚊虫叮咬得上黄热病。

穆扬贝没戴手套，用食指和大拇指轻轻拈起眼睑，向后翻开。眼睑黏膜呈红色。发炎充血。这意味着什么？眼部外观不符合黄热病的症状。

他缓缓分开尸体的双腿，看见阴户周围沾着少量血污。这些血黏稠发黑。它们是内出血的结果，很像鼻孔和嘴部周围的干结血液。见到这个景象，让-雅克·穆扬贝痛苦得难以言表。对他来说，这是一个可怕的时刻。

这个女人的身体孔穴曾经出血不止。是伤寒吗？是内脏型黄热病吗？想要确诊黄热病，他可以取一块肝脏组织的样本，在显微镜下查看。假如这个女人死于黄热病，那么肝脏组织就会呈现出明显的变化，这些变化能够建立黄热病的确定性诊断。但非常不幸，他来扬布库时没有携带显微镜。教区医院没有显微镜，至少据他所知没有。因此他必须带一块肝脏样本返回他在金沙萨的实验室。为了采集样本，他必须切开尸体。

穆扬贝不但忘了戴橡胶手套，身边也没有手术刀。但他需要找到办法获取样本。他的时间很紧张，因此没有回医院去取手术刀，而是从口袋里掏出了便携小折刀。他打开刀刃；刀刃应该够长，足以切到肝脏。

他的指尖滑过尸体的右上腹，在胸腔下沿摸出肝脏的轮廓，他确定了一个位置，认为这里应该是肝脏中部。他用刀尖抵住这里的皮肤，然后把小刀径直推了进去。

刀刃破开皮肤和腹部肌肉，插进肝脏。血液立刻从小刀周围涌出。血流稳定而平缓，没有脉动。因为没有心跳，血液因为重力而流出身体。刀口涌出大量血液是一件好事，说明他的小刀刺破了肝脏中部的一根大血管，破损的血管释放出相当可观的血流。因此他似乎正中目标。

他把小刀转了一小圈，从肝脏上挖出一块圆柱形的样本。随着他的动作，皮肤上的洞口继续涌出血液，血液顺着刀柄流淌，滴在他的手指上。血液颜色偏棕色，流淌性很好。血液里没有凝块。尸血不会凝结。无法凝结的血液覆盖了他的手，像蛛腿似的爬过手腕，顺着腕骨隆起处蓄积。还好他穿的是短袖衬衫，否则血液肯定会浸透长袖衬衫的袖口。血从手腕滴落，在地上形成一个个血点。

穆扬贝聚精会神时会眯起眼睛，此刻他眯着眼睛转动小刀，直到那块样本完全与肝脏分离。他用刀尖挑着样本，耐心地把它从刀口挖出来。他拿出一个红盖的采血管，打开瓶塞，把管口压在刀口上。他用小刀把样本从刀口拉出来。样本带着一些血液落进采血管。他塞上橡胶瓶塞，然后重新用那块布盖好尸体。

他的右手和手腕沾满了尸血。

他向死者家属道谢并表示哀悼，走出他们家，他找到一台水泵，洗掉手上的血污。

这时他听说又有一名护士得病。她还活着。来到她家，他发现她病情危重，濒临死亡，而且还怀着孩子。他想从活着的病人身上取一份血样，带回金沙萨的实验室分析。他打开采血套件，用橡皮筋箍住女人的手臂，找到血管，插入采血针，用她的血液装满一个红盖的采血管。拔出针头，他用棉球压在她的手臂上，阻止针孔继续流血。可是，棉球没能止血，而是被血液浸透了；这个孕妇的血液无法凝结。

他从没见过患者因针刺而血流不止。情况异常。

他带着孕妇的血样和死去女人的肝脏样本回到医院。这时，医生赶到的消息已经传遍周围的村庄，人们纷纷来到医院寻求帮助。奥蒙博医生开始实施检伤分类法，尽可能多地救治病患，穆扬贝去帮他。

人们用担架或刚果轿子把患者抬到医院,也有些患者坐在摩托车的后座上,紧紧地搂着车手。

穆扬贝在医院主楼门前从患者手臂上采集血样。他装了20个左右的采血管。有些人和怀孕的护士一样,因为针刺而大量出血,血液无法凝结。穆扬贝想方设法为他们止血,血液因此沾在他的双手上。有几次抽血时情况比较棘手,他戴上了橡胶手套,但他很着急。他偶尔用肥皂洗手,但其他时候根本不洗手。

现在已经是中午了。肝脏和血液样本在热带高温中迅速开始腐败。他想尽快返回金沙萨的实验室分析样本,但金沙萨在800英里之外的刚果河下游。他需要冷藏样本,尤其是那块肝脏。要是他赶到金沙萨时肝脏样本已经腐烂,就不可能通过显微镜进行黄热病诊断了。但扬布库传教区没有冰块,不可能冷藏或冷冻这块肝脏。

穆扬贝和奥蒙博计划在下午早些时候离开传教区。他们把随身物品和血液样本装进路虎,准备前往邦巴镇。到了邦巴镇,他们可以想办法登上前往首都的飞机。穆扬贝小心翼翼地把装有血液和肝脏样本的试管放在一个盒子里,防止玻璃在颠簸中破碎。

就在两位医生即将出发时,一位修女腼腆地走近穆扬贝。她是米莉亚姆修女,那位窄脸长鼻的瘦削修女。她的教名是露易丝·艾克兰。她是医院里的一名护士。"我发烧了,而且头疼。"她轻声对穆扬贝说。

穆扬贝问修女介不介意为她简单地检查身体。她同意了,两人走进一间单人病房。

飞 行

扬布库传教区
1976 年 9 月 25 日，下午 2 点

米莉亚姆修女脱掉腰部以上的衣服。她手臂细长，戴一块造型优雅的小手表。穆扬贝为她检查身体，注意到奇异的红疹布满她的胸部和躯干。

覆盖身体的红疹状如红色的鸡皮疙瘩，从呈现出红色斑块的皮肤上长出来。这些红色斑块是小块的皮下出血，医学上称为瘀斑。它们是星形的小块血泊，从破裂的血管向皮肤下层扩散。这位修女是欧洲人，皮肤近乎透明，因此出血清晰可见。

穆扬贝从没见过这样的红疹。这是另一个异常情况。在他看来，他此刻见到的是一种多形态疾病。这种疾病在不同患者身上的不同发展阶段呈现出不同形态。多形态疾病难以诊断，因为它会变身，尽管是一种疾病，却拥有诸多面孔。想看清扬布库疾病的全貌就像在看波动水面上的阳光倒影，你只能见到不断变幻的光影舞蹈，它们永远不会结合成太阳的真实写照。

穆扬贝用法语轻柔地对护士说："我认为，修女——我认为我们必须去金沙萨才能找到答案，因为我不了解这种疾病的特性。"

她拒绝离开传教区。"我不能和你去金沙萨，"她说，"假如我去金沙萨,就等于背弃我的岗位和工作。"

她已经成为他的患者。患者有自由选择权。他只能和她讲道理。"我们去金沙萨非常重要,"他说,"因为我们在金沙萨有实验室,我们在那儿能解开这个谜团。"

"我不能去。人们会说我背弃了他们。"

他说他可以送她去金沙萨的恩加利埃马医院。这家私立医院位于古老的殖民区,是金沙萨市最好的医院。假如他和驻院医生能辨别出这种疾病,他们就可以提出治疗方案了。扬布库的所有人民都会因此受惠。他说,只要她允许他送她去医院,她就能继续服务扬布库的患者。

说到这个份上,米莉亚姆修女终于答应了。

她需要一名女性陪同,因为在旅途中有可能需要贴身护理。一位名叫艾德蒙姐的修女答应和他们一起去,由她照顾米莉亚姆修女。

但就在他们即将出发时,传教区的主管者奥古斯丁·斯莱格斯神父告诉穆扬贝和奥蒙博说他也在发烧。两位医生邀请神父加入他们的队伍。一架定班客机通常每周三次降落在邦巴镇的泥土跑道上。按照计划,下一个航班将于第二天傍晚降落,也就是近三十个小时后。他们打算尽量赶那趟航班,当然了,前提是它能降落。雨季期间,空中旅行难以保证守时。

穆扬贝把装样本的箱子放在路虎的车尾厢里,一行人坐进越野车,启程前往邦巴镇。小镇在50英里外,在这条颠簸土路上需要开五个小时,先前医生就是走这条路来到扬布库的。路虎里现在挤了六个人,其中米莉亚姆修女和斯莱格斯神父已经出现了这种怪病的症状。除了他们,车上还有艾德蒙姐修女、奥蒙博、穆扬贝和驾驶员。

穆扬贝被安排坐在米莉亚姆修女旁边,他们坐在后排座位上,他紧贴着修女,越野车每次左右摇摆,他就会撞在她的身上。修女的发烧似乎越来越严重。他能感觉到从她身上散发出的热量，她的面部和手臂大汗淋漓。他注意到她那种古怪的红疹也在扩散，已经从衬衫衣领底下爬出来，顺着脖子向面部进发。穆扬贝还看见红疹从白色衬衫的短袖里面钻出来，顺着她裸露的手臂向双手扩散。她的一条手臂与他裸露的手臂相互摩擦，他感觉到她的汗蹭到了他的皮肤上。他们在土路上颠簸前进，米莉亚姆修女保持坚忍克制。

他们抵达邦巴镇的天主教传教区时天已经黑了。这个传教区的主管神父卡洛斯·隆美尔迎接他们，为他们安排房间过夜，两位修女与其他人分开住宿。第二天白天，他们在邦巴镇传教区安静地休息。传教区没有冰块，无法低温保存血液和肝脏样本。样本开始变质。

临近日落的傍晚时分，一架螺旋桨驱动的双引擎福克友谊飞机降落在邦巴镇的跑道上，这种飞机是非洲天空中的驮马。这个小群体登上飞机，两位医生搀扶修女和神父就坐。友谊飞机起飞，爬升到河面上空，然后转向东方，背对着他们的最终目的地金沙萨，驶向刚果河上游，这条航线带着飞机前往维多利亚湖和东非。想离开邦巴镇，这是唯一的航班，因此两位医生别无选择，只能接受。友谊飞机继续飞向河流上游，河道逐渐转向东南，太阳落到了地平线之下，天空渐渐变成钴蓝色。刚果河在飞机前方伸展，河流宽达数英里，与无数沙洲彼此交织，它的诸多水道在渐深的暮色中变得难以分辨。斯莱格斯神父和米莉亚姆修女的病情逐渐恶化。带有传染性的微生物也登上了友谊飞机，它和人类一起飞往最终要去的金沙萨，这座城市拥有200万人口，通过飞机航班连接着世界各地的许多城市。

现在我们知道这种微生物是一种当时尚未被发现的病毒，人们很快会将其命名为埃博拉。这种病毒是丝状病毒家族的成员，这种寄生生物通常存在于非洲赤道地区的生态圈内的某种动物体内。这种动物是埃博拉病毒的自然宿主,有可能是某种蝙蝠,也可能是生活在蝙蝠身体上的某种小型生物——非常有可能是某种吸血昆虫,例如虱子或螨虫。偶尔会有几个埃博拉粒子离开病毒的自然宿主,进入人类的血流。于是病毒在人类的细胞内开始自我复制。

埃博拉在血液循环系统内高度集中。一个人死于埃博拉时,字母O这么大的一滴血里往往含有1亿个埃博拉病毒粒子。埃博拉能在七到十天内摧毁一个人的免疫系统。HIV病毒破坏人类免疫系统的时间则要以年计算。埃博拉患者通常会精神混乱或错乱:病毒以某种未知的方式影响大脑,它还会导致面部表情的改变,让面容呈现出犹如面具的呆滞模样。埃博拉患者会在接连休克中突然死亡,死亡时身体往往会因震颤和抽搐而抖动。没人知道埃博拉如何摧毁人体:一个人死于埃博拉病毒引发的疾病时,死亡原因是未知。

尽管埃博拉病毒对人类来说如此残暴,这种生命形式却简单得不可思议。一个埃博拉病毒粒子仅仅由六个结构性蛋白组成,它们编织在一起,所形成的物体酷似一小段煮熟的意大利面。一个埃博拉病毒粒子仅宽80纳米、长1 000纳米。把一个埃博拉病毒粒子放大成一段真正的意大利面,那么一根人类毛发将粗达12英尺,像一棵参天红杉那么巨大。

实验表明,只要一个有活性的埃博拉病毒粒子进入人类血液循环系统,就能导致致命感染。埃博拉在人与人之间通过直接接触体液传染,尤其是血液和汗液。埃博拉病毒粒子进入血流后会随着血流漂流,直到粘附到一个细胞上。病毒粒子会被拉进细胞,接管细胞的运行机制,命令细胞开始复制病毒。绝大多数病毒会利用特定的组织细胞完成复制。举例来说,引起感冒的诸多病毒在鼻窦和咽喉部位进行复制。但埃博拉会在除骨骼和大骨骼肌之外的所有组织内自我复制,对血管内壁有着特别的亲和力。大约十八个小时后,被感染的细胞会释放出数以千计的新病毒粒子，它们以绳索状从细胞萌发出来，最终细胞会变得像一团缠结的毛线。

每个埃博拉病毒粒子上有大约 300 个柔软的球形突出。这些球形突出能帮助病毒粒子进入人体细胞。埃博拉病毒粒子内部是由盘卷的蛋白质构成的管状物，它纵向贯穿整个病毒粒子，就像一根内管。在电子显微镜下观察，内管壁像是有滚花构造。与病毒粒子的其他部分一样，内管也在漫长岁月中经过了自然选择之力的塑造。埃博拉所属的丝状病毒科似乎以某些形式存在了数以百万年计的时间。埃博拉病毒粒子的内管里是即便用高倍显微镜也看不见的 RNA 长链，这个分子包含着病毒的遗传密码，也就是基因组。RNA 分子用核苷酸碱基（俗称"字母"）记录遗传密码。这些字母按照应有的顺序排列，构成了能让病毒自我复制的完整指令集。

根据近期一项研究中的计数，埃博拉病毒粒子的基因组编码有 18 959 个字母。从生物体的角度来说，这个基因组小极了。相比之下，人类基因组约有 32 亿个字母的 DNA 编码，而火炬松有 220 亿个字母的编码。用 RNA 传递遗传密码的病毒——就像埃博拉——在增殖时往往会出现编码复制错误，这些错误被称为突变。

埃博拉属于名为新发病毒的一类病原体。通常来说，新发病毒在自然条件下只会感染某些种类的野生动物，但也有能力感染人类。这些病毒能从野生宿主跳进人类体内，然后开始自我复制。这个过程名为病毒的跨物种跳跃。根据研究病毒基因的遗传学家所说，病毒的跨物种跳跃——从一类宿主迁移到另一类——已经持续了数十亿年。通常来说，病毒在进入新一类宿主后会快速突变。随着病毒在新宿主体内遇到新的生存条件，其遗传密码也会开始改变。病毒会适应新的宿主，确保它能一直延续繁衍下去。

新发病毒在完成从动物到人类的跳跃后，就能够开始从一个人传给另一个人了，病毒由此启动链式感染，在新的人类宿主群体内扩大势力范围。从原有生态系统跨物种跳跃进入人类的病毒可被视为一种野兽。新发病毒和许多野兽一样喜怒无常而危险。

1976年在扬布库，几个埃博拉病毒粒子从生活在非洲雨林里的某种动物体内悄悄溜进一个人的血液循环系统。研究者无法判断谁是扬布库的第一名埃博拉病毒感染者。这个人也许是扬布库传教区一名四十二岁的教师，名叫安托万·洛凯拉，1976年9月8日，他在传教区医院去世，身体所有孔穴严重出血。他将病毒传给了妻子索菲·利索凯，她病发后差点死去，但最后活了下来。索菲·利索凯是埃博拉的第一位已知幸存者。

病毒从第一名受害者体内开始向外扩散，这种古老的生物信奉机会主义，适应能力强大，从生物学意义上说异常狡诈。埃博拉唯一的使命就是不断复制，不断从一个人传播到另一个人身上，从而在人类这个物种之内永远存在下去。

当时没有人知道，现在同样没有人知道，新发病毒能够传播到什么地方，它们中的一个能够酿成什么灾祸。人类宿主聚集形成庞大的超级城市，建造的巨型巢穴里塞着数以千万计的个体，他们挤进一个狭小的空间，吸入其他个体呼出的空气，触碰彼此的身体。超级城市持续不断地扩张。在全世界许多最大的超级城市，海量人口只拥有极少的医疗和救护资源，有时甚至完全没有。城市由航班线路连接在一起，人类宿主对任何新发病毒都没有免疫力。

埃博拉的传染性堪比季节性流感。

第二部
无声闪电

洗浴池塘
三十七年后

马科纳河上游，西非
2013 年 12 月

  西非的基西人说自己的语言，拥有自己的习俗，居住在一片苍翠乡野上，这片土地点缀着许多小山丘，跨越了塞拉利昂、几内亚和利比里亚这三个非洲西海岸国家。三个国家的国境线在基西人土地内的一个地点相聚，形成一个三曲枝形。有几段漫长的国境线根据马科纳河的河道划分。马科纳河是一条草绿色的河流，河面狭窄，时有激流，蜿蜒穿过基西地区，然后向西南穿过塞拉利昂，最终汇入大西洋。在这本书里，围绕这条河流的基西土地将被称为马科纳三角洲。马科纳三角洲居民经常过河，来往于三国之间，探访亲戚，做生意，寻求医疗救护，无论什么时候都不太在乎他们到底在哪个国家境内。
  马科纳三角洲位于呈带状分布的热带雨林和自然草原的北方尽头，这片雨林和草原曾经沿着西非的曲折海岸，从几内亚向南到加纳绵延伸展 1 000 英里。西非雨林是个生物多样性极为丰富的生态系统。这里分布着几百种不同的树木，还有许多种灌木、草本植物、藤本植物、蕨类植物和苔藓，这里栖息着黑猩猩、真菌、大象、地衣、羚羊、藻类、原生动物、猿猴、黏菌、螨虫、蝙蝠、环节动物、蠕虫、啮齿动物、蛙类、鸟类、昆虫、蜘蛛和种类繁多得无法统计的细菌。西非森林也是一片病毒的海洋。

生物界内的病毒海洋被称为病毒圈。病毒圈不但包括所有病毒，还包括朊毒体，也就是具有传染性的蛋白质。与病毒圈相对的生物圈是由细胞构成的生物体的宇宙。生物圈包括所有活着的东西，从老虎到岩石上的黑色黏菌都在其中。生物圈内所有活着的生物体都由细胞组成，无论是单细胞生物体还是多细胞生物体。

病毒圈和生物圈共同存在，互相渗透，就像茶与牛奶、雾与空气。所有活着的东西都受到病毒的感染。就我们所知，病毒在所有种类的生物的细胞内复制，从细菌到蓝鲸无一例外。病毒圈弥漫在地球大气之中，地球大气充满了随风飘散的病毒。每天都会有大约1 000万个病毒粒子从空气中降落在地球的每一平方米土地上。病毒遍布土壤和海洋。一升海水所包含的病毒粒子远远超过其他形态的生命。人类肠道中存在着数量惊人的病毒，正常栖息于人类肠道中的4 000种细菌都受到病毒的侵染。病毒有时甚至会感染其他病毒。有一种巨病毒名叫妈妈病毒（Mamavirus），人们发现它感染了巴黎一座冷却塔里的变形虫，妈妈病毒会被一种名为斯普特尼克的小型病毒感染①。被斯普特尼克感染的妈妈病毒粒子是个生病的病毒——形状怪异，无法很好地自我复制。

生态系统内几乎所有的病毒都不为科学所了解。

最近这几十年来，西非森林遭受大量砍伐。与此同时，人类数量急剧增加。往日的村庄变成小城市，小城市变成百万人口的大都市。随着这个进程，森林被有条不紊地侵蚀，变成零散的小块。原生草原

---

① 会感染病毒的病毒被称为噬病毒体（virophage），目前科学家共发现了三种。——译者

被开垦种植，荒野变成了犹如拼花盖被的木薯田、稻田、油椰树种植园和可可树果园，还有大片大片被称为"农耕树丛"的浓密灌木丛。即便如此，也有许多块小面积的古老西非森林保留了下来，尤其是在山丘顶端，山顶上的一小片古树宛如顶饰，就好像树木聚集在一起组成防守阵型，抵御围城的敌人。

基西人将残余的小块野生森林视为圣地。村庄的首领会保护这些小块森林，不允许任何人砍伐圣地的树木。基西人在这些地方举行仪式，埋葬死者，祖先的灵魂居住在森林里。从生物学意义上说，西非古老森林的这些碎片是一个已经存在了数百万年的原始生态系统的遗迹，这个生态系统受到威胁，正在逐渐消失。野生森林的残余碎片成为接触地带，依然生活在森林里的生命体与人类世界混合在了一起。

以前，大面积的完整森林存在的时候，基西猎人会追逐羚羊、猿猴、小羚、大象和野牛。随着森林受到破坏，猎物几乎消失殆尽，或变得非常稀少。现在，基西猎人只能转而设陷阱捕捉蔗鼠和打蝙蝠。蔗鼠是一种多肉的啮齿动物，能长到浣熊那么大，栖息在草原和农耕树丛之中。最值得花力气打的蝙蝠是果蝠，他们称之为"飞狐"。这种蝙蝠长着肉桂色的毛皮、警觉的大眼睛和如狐的尖鼻子。假如霰弹枪瞄得准，朝棕榈树顶上开一枪就能打下来10到20只飞狐。飞狐的肉据说毫无味道，当地人把它做成肉酱，浇在米饭上吃。

另外还有一种蝙蝠，基西人称之为lolibelo，也就是"飞鼠"。飞鼠体型较小，毛皮呈灰色，有一条无毛的细尾巴，就像老鼠，爬行速度快得惊人。它们吃昆虫，而不是水果。飞鼠臭烘烘的，散发出鼠尿般的骚臭味。许多基西成年人不愿吃飞鼠。基西孩童却愿意吃，他们似乎不像成年人那么介意那股怪味。

马科纳三角洲的几内亚境内有个名叫梅里昂杜的基西人村庄，村里的孩子喜欢在一棵气味难闻的死树下玩耍。梅里昂杜坐落于一个被砍光了森林的山丘脚下,距马科纳河和利比里亚边境约 5 英里,距塞拉利昂约 14 英里。这个村庄有 31 座彼此贴近的房屋,还有一幢校舍和一个小诊所。房屋由泥砖或水泥砖砌成,铁皮屋顶锈迹斑斑。和许多基西人村庄一样,梅里昂杜被一小片森林环绕,浓密的树圈包围村庄。围绕梅里昂杜的大部分树木由人工种植,他们收获的作物一部分充当口粮,另一部分出售换钱。梅里昂杜的树圈里有可可树、油椰树和芒果树,其中也混杂着一些原始古树,它们有着粗壮的树干和威风凛凛的树冠。一条小溪穿过梅里昂杜的树圈,汇入一个池塘,村里的女人在池塘里洗衣服、沐浴和擦洗孩子。气味难闻的死树就在洗浴池塘附近。它很高,空心,是一个业已消失的生态系统的遗物。孩子喜欢绕着死树嬉戏,而他们的母亲在池塘里洗衣服。他们会躲在死树的凹槽状板根①背后,仿佛薄板的板根围绕树根以星形向外伸展,孩子们喜欢从树根处的一个洞口爬进树身。洞口里面是个洞穴,它贯穿树身中央,向上延伸到视线之外。树洞里满是臭烘烘的飞鼠。

2013 年 12 月中旬,村里一个名叫希雅·丹巴东诺的女人带着两个孩子走向洗浴池塘,一个是她两岁的儿子埃米尔·欧阿莫诺,另一个四岁,名叫菲洛曼内,应该是她女儿。母亲待在池塘边,小埃米尔很可能跑开了,和一群比较大的孩子在死树周围玩耍。

梅里昂杜的孩子们有时会在树根的洞穴里点一小堆篝火。烟顺着空心的树向上升起,蝙蝠受惊,纷纷飞出树洞。有些被烟熏得掉下来,落在篝火里或篝火附近。比较大的孩子会聚拢在树根的洞口周围,用削尖的木棍刺蝙蝠。他们拿着木棍刺穿的蝙蝠,像棉花糖似的在火上烤。孩子和大部分成年人不一样,他们愿意吃飞鼠。他们会直

---

① 热带雨林植物支柱根的一种形式,是乔木侧根外向异常次生生长形成,是高大乔木的一种附加的支撑结构,通常辐射生出。——译者

接就着木棍吃烤蝙蝠，而且常常多人分食一个蝙蝠烤串。埃米尔还是个幼儿，没法杀或烤蝙蝠，但他有可能吃了生的或没烤熟的蝙蝠，也可能逗弄了一只昏头转向的蝙蝠，或者蝙蝠的血液或尿液有可能接触了他的眼睛或皮肤上的伤口。

也有可能这个小男孩受到了蝠蝇的叮咬。蝠蝇是一种目盲、无翅的蝇虫，以吸食蝙蝠的血液为生。它毛茸茸的长腿带有关节，就像蜘蛛，而且善于爬行。蝠蝇常出现在蝙蝠的栖息地，众多蝙蝠倒挂着挤在一起，蝠蝇从一只蝙蝠爬到另一只身上，吸食它们的血液。有可能一只蝠蝇爬到埃米尔身上咬了他。蝠蝇的口器里或许还残留着蝙蝠的血液，有可能将少量蝙蝠血液注入了男孩的身体。蝙蝠血液有可能含有几个病毒粒子。当然，以上全都是事后推测，没人确切知道埃米尔是如何受到感染的。我们只知道几个病毒粒子——甚至有可能仅仅一个——离开病毒圈，进入了小男孩的身体。

圣诞前夜，男孩因为腹泻而病倒。粪便逐渐变成某种黑色液体，12月28日，他在母亲怀中去世。埃米尔去世后一周，他四岁的姐姐菲洛曼内同样开始排泄黑便并死去。在非洲的村庄里，如果房屋不通上下水，妇女往往会用双手和唾液清洁沾在孩童身上的呕吐物或粪便。菲洛曼内死后，两个孩子的母亲也发烧病倒。她死于2014年1月11日，去世时年仅二十五岁。家人按照非洲西部的习俗将她葬在住处旁。事后不久，她的母亲，菲洛曼内和埃米尔的外祖母，也开始呕吐并在数日后死去。

孩子的母亲和外祖母病倒后，负责照顾她们的是村里的助产士。没过多久，助产士开始发烧。到这个时候，接二连三的死亡让整个村庄陷入了恐慌。助产士的亲属非常担心她，将她送进一座小城市的医院。这座城市名叫盖凯杜，人口20万，在几内亚境内，距梅里昂杜约7英里。助产士在盖凯杜医院死去。随后，医院的一名医务工作者也病倒了，助产士去世时由他照顾。这位医务工作者决定去另一座城市里的医院寻求帮助，这座城市名叫马森塔，距盖凯杜40英里。这位医务工作者在马森塔的医院里死去。于是这种疾病开始在马森塔传播，盖凯杜也没能逃脱厄运。病毒如闪电般蹿出森林，击中一个小男孩。孩子死于非命，同时开启了一条传染链，将疾病传给另外几个人。病毒在几内亚的两个地方开始自我扩增，然后跳跃到更多的地方，病毒之火很快就在马科纳三角洲悄悄燃烧起来。

几个月后，火势变得越来越大，终于引起了外界的注意，一位病毒学专家和一组同事去梅里昂杜村待了八天，试图在生态系统中追溯病毒的起源，这位病毒学专家是法比安·林德茨，队伍里甚至有一位人类学家。最后问题归结为一点：最初小埃米尔究竟是如何受到感染的。男孩是这种疾病的第一起确诊病例，也就是指示病例。病毒显然从某种野生动物身上泄露出来，进入男孩体内。他的身体是一座桥梁，病毒通过它从病毒圈进入人类这个物种。但是，病毒究竟来自哪种野生动物？病毒到底躲藏在生态系统的什么地方？

杏眼女人

梅里昂杜
2014年2月至3月初

根据法比安·林德茨的回忆,梅里昂杜的居民"非常欢迎我们的到来"。然而,到他们露面的时候,村里并没有人生病。病毒已经迁移。但那几起死亡事件深深地伤害了村民,他们非常想搞清楚疾病到底来自何方。村民帮助林德茨的队伍捕捉蝙蝠和啮齿动物,研究人员借此确定病毒是否来自这些动物中的某一种。村民还和他们分享了大量信息,关于他们如何狩猎野生动物,村庄里什么时候死了什么人,还有葬礼的流程细节。

就在林德茨和他的队伍抵达梅里昂杜之前,蝙蝠栖息的空心树不知怎么着火了。大量死蝙蝠在火灾中掉出大树,像下雨似的穿过树洞,落在死树周围的地面上。村民装了满满六米袋的死飞鼠,不顾怪味,彻底烤熟并吃掉。林德茨得知村里没有人因为直接接触或吃蝙蝠而得病。这说明病毒有可能并非来自蝙蝠。但同样有可能的是只有少量蝙蝠携带病毒,大多数并不携带,也就是说,这种病毒有可能是蝙蝠的罕见病,绝大多数蝙蝠从来不会染上这种病。和人类一样,蝙蝠当然也有自己的罕见病。总而言之,研究小组和村民搜集的所有啮齿动物和蝙蝠都没有携带致命病毒。法比安·林德茨到最后也没能证明疾病来源是蝙蝠或其他种类的动物。即便如此,他依然强烈地相信小男孩从某只蝙蝠处感染了疾病。"我们只有零散的证据,但无法证明。"林德茨说。

这种疾病在梅里昂杜浮出水面,接下来的几个月,它持续扩散。从梅里昂杜骑摩托车十五分钟就能到一个名叫丹杜的村庄,这里有一个男人病倒了。他是梅里昂杜那位助产士的亲戚,助产士在照顾埃米尔的母亲和外祖母后死于盖凯杜的医院里。男人意识到他难逃一死,于是请求家人把他抬进一片神圣森林。他们把他放在树下的地面上,他去世时挚爱的亲友们围绕着他。他去世后,男人的亲友们按照传统习俗,轮流挨着他的尸体在森林里躺下。他们拥抱尸体,伏在尸体上哭泣,在尸体旁吃男人生前喜爱的食物。他们借此缅怀逝者,表达他们对他的爱。事后,几名悼念者倒在了疾病的魔爪之下。

2月底,塞拉利昂境内一个名叫克邦杜的村庄里,一个名叫希雅·旺达·科尼奥诺的三旬女人决定去几内亚一个名叫基西杜古的城市探望儿子。克邦杜村很小,只是群聚的一些房屋,距马科纳河和几内亚国境线仅仅300码。科尼奥诺女士乘摆渡人划的独木舟过河。来到对岸几内亚一个熙熙攘攘的小镇,她可能和别人拼了一辆出租车,也可能坐上了廉价小公车,后者在那个地区被称为buda-buda。她身旁的乘客是一名病人。科尼奥诺女士在几内亚探望儿子后回到克邦杜村,很快因为腹泻和呕吐而病倒。

她的病情变得越来越严重,她向一个名叫芬达·纳尤马的女人寻求医疗帮助。芬达·纳尤马是一位备受尊重的传统医师。她的职业称号更加为人所知:麦宁道。作为麦宁道,纳尤马女士施行驱邪仪式,向病人提供用植物制作的药物。

麦宁道是一位仪态非凡的高大女人,专门研究植物,对植物和灵魂世界有着深刻的了解,做事神神秘秘。她的长脸上长着一双杏眼,笑容和蔼而高深莫测，用一块花边披肩包裹头部。没人知道麦宁道的确切年龄，她既不年轻也不特别老。

若不是雪莉·芬克博士及其《纽约时报》同事完成的卓越的流行病学和调查性报道工作，我们就不可能知道麦宁道的存在和与她有关的任何细节，芬克博士追踪了病毒在塞拉利昂扩散的早期情况。麦宁道在马科纳河沿岸的村庄里受到爱戴。她的许多患者是女人和年轻女性，她们从远处的村庄赶来，接受麦宁道的治疗。当地人相信麦宁道在住处的箱子里养了一条有魔力的蛇。那不是一条普通的蛇，而是一个超自然生灵。

科尼奥诺女士从几内亚归来后病倒，接受麦宁道的治疗，但呕吐和腹泻没有停止。她的亲属最终决定送她去几内亚的盖凯杜（她的兄弟住在那里）接受正规医院的治疗。盖凯杜距克邦杜村10英里。她在医院里开始吐血，于3月3日去世。她的家属希望送她回塞拉利昂下葬。按照传统习俗，为葬礼清理尸体是女人的任务。科尼奥诺女士的五个姐妹清洗尸体。她们按通常流程为尸体做了某种灌肠，取出肠道内容物，从内部清洁尸体。在热带气候的地区，这一步非常重要，否则尸体会迅速腐烂。接下来她们用清水清洗尸体。科尼奥诺女士的尸体被送回克邦杜村。一天后，她的亲属带着尸体来到几英里外的一个地点，为她举行葬礼。

接下来的数周内，在几内亚，科尼奥诺女士的五个姐妹纷纷死去。在塞拉利昂的克邦杜，麦宁道见到了这种疾病的更多患者，其中有很多是妇女和少女。她尝试了她的所有医疗技法，她的全部秘密武器，但似乎无一奏效。

确 诊

凯内马政府医院，塞拉利昂
2014 年 3 月 13 日

凯内马是一座小城市，人口约 18 万，坐落于塞拉利昂东部的坎布依山脚下。坎布依山是一道鲸背状的漫长山梁，被热带雨林覆盖，在城区以西升起，俯瞰城里迷宫般的铁皮屋顶和土路。凯内马四周的乡野是一片多山的苍翠土地，点缀着村庄和小镇。人类聚居区位于木薯田、稻田、成片森林、油椰树园地和浓密的农耕树丛之间。土壤呈橙褐色，不算特别肥沃，沙质溪流和沼泽将土地切割得七零八碎。河沙含有钻石。最近这些日子，你能看见自由采钻人在凯内马周边几乎所有河流和水道的岸边劳作，他们用滤网筛沙子和河泥，寻找钻石。前不久有一名基督教牧师在凯内马以北的一条溪流里筛出一颗柠檬大小的黄色钻石。从塞拉利昂的克邦杜——治疗师麦宁道所居住的村庄——到凯内马大约有 100 英里路程。从凯内马开车去克邦杜需要五六个小时，大部分时间花在崎岖的土路上。

这个地区的综合性医院是凯内马政府医院，它位于凯内马市中心，是一组蔓生的低矮框架房屋，由土路和带雨棚的通道连接在一起，周围有高墙保护。临近 3 月中，麦宁道在她的村庄里竭力治疗病患，凯内马政府医院里一位名叫胡玛尔·S.汗的医生和病毒学家开始收到报告，称几内亚靠近塞拉利昂国境的地区爆发了一种出血热病。

胡玛尔·汗当时是凯内马政府医院的拉沙热研究项目组的主任医师。他是一名病毒学家，专门研究拉沙出血热，这种破坏性强大的疾病常有致死病例，由拉沙病毒引起，拉沙病毒是一种四级生物安全的病毒，会入侵大脑并引起大出血。四级生物安全病毒（简称四级病毒）有时被称为高危病毒。它们是具有高度传染性的致命病毒，几乎全都没有疫苗、对症药物和有效的治疗方法。假如你感染了四级病毒，医生能为你做的事情无非是给你补液和禁止你以任何方式接触其他人。在包括美国在内的许多国家，制度要求处理四级病毒的研究人员必须穿加压的全身生物防护服，防护服同时带有独立的空气过滤设备。除了穿防护服，研究还必须在生物安全四级实验室内进行。四级实验室有时也被称为高危实验室、高危套间或高危区域。它是一组房间，与外部世界完全隔离，只能通过气密室进出，气密室装配有不锈钢密封门和消毒淋浴室。研究人员离开高危区域后，要在淋浴室为他们的防护服消毒。

凯内马政府医院的拉沙热研究项目组致力于医治拉沙热患者，追踪和阻止拉沙热在乡村地区的爆发，持续研究拉沙热病毒，希望有朝一日能根除这种疾病。项目组拥有一个小型的高度生物防护病区，名为拉沙热隔离病房，另有几间办公室和一座名为拉沙实验室的建筑物，建筑物里有全封闭的高度生物防护实验室，人们称之为高危实验室。

拉沙热项目组的员工和科学家在高危实验室内必须穿戴生物安全个人防护装备（即PPE）。一套完整的PPE等同于不加压的密封防护服，包括特卫强（Tyvek，一种防渗透的纤维织物）制作的全身防护服、名叫HEPA呼吸面罩的高效呼吸面罩（能够过滤空气中的病毒粒子)、透明的面罩或护目镜、橡胶手套和厚重的橡胶靴。

胡玛尔·汗得知几内亚爆发了一种出血性疾病后,立刻怀疑它是拉沙出血热。拉沙病毒不但是一种四级生物安全的高危病毒,也被归类为一种新发病毒。也就是说,这种病毒从大自然跨物种跳跃到了人类群体中,目前正在扩展它的地理范围。拉沙病毒原本在大自然中栖息于一种野鼠身上,它们生活在非洲西部的一些区域。人们与这些野鼠发生接触,病毒从一只老鼠跳跃进入一名人类体内。拉沙病毒进入一名人类的身体后,就能通过接触血液和体液从一个人直接传给另一个人。

拉沙病毒攻击大脑和主要脏器,诱发一种多形态的疾病,它在不同的患者身上会体现出不同的形态。有些人感染拉沙热后会持续头疼大约两周,然后病毒自行消失,患者完全康复。

另一些人会罹患拉沙出血热。在这些病例里,病毒会摧毁大脑,导致重要脏器衰竭。拉沙热患者会鼻腔出血,口腔、双眼和肾脏也流血不止。他们会面部肿胀,掉发,出现呆滞如面具的面部表情,身体会抽搐,陷入昏迷,最终出现无法逆转的呼吸骤停。

据估计,拉沙病毒每年在非洲西部会感染30万人。每年死于拉沙出血热的人数缺少准确统计,但受害者肯定数以千计。其中有许多是怀孕的母亲和未出生的孩子。凯内马的拉沙热项目组由塞拉利昂政府和一个协会提供资金,这个协会由世界各地的研究机构组成,其中包括杜兰大学、哈佛和斯克利普斯研究所。胡玛尔·汗在这些机构有许多朋友和同事。他听说有一种病毒性的出血热在几内亚蔓延后,立刻与他的国际同行取得联系,告诉他们非洲出现了一场病毒爆发,说他会及时向他们通报最新进展。汗预计会有大量拉沙热患者被送进他的病房。他认为他见到的是病毒从野鼠到人类的一次大规模扩散。

布鲁塞尔、里昂、日内瓦
3月13日至21日

比利时布鲁塞尔,杜普雷路上的一幢红砖建筑物里,无国界医生组织(Médecins Sans Frontières,一个大型国际医疗救助组织)的管理者也收到了令人担忧的报告,报告称几内亚爆发了一种病毒性出血热疾病。无国界医生的布鲁塞尔办公室是组织的一个行动中心。管理人员很快安排人员在几内亚展开调查。3月13日,无国界医生组织和几内亚政府的流行病学家组成联合小组,开着几辆四轮驱动的越野车,出发去三角洲地区确认情况。这时,梅里昂杜的小男孩已经去世两个半月了。

联合小组探访了盖凯杜的医院,与当地卫生官员会面,鉴别病患。他们采集了患者的血样。血样通过空运送往法国里昂的让·梅里厄国家卫生研究院实验室和德国汉堡的伯纳德·诺赫特热带医药研究所。位于里昂的法国实验室是个生物安全四级的研究机构,科学家穿生物安全的密封防护服研究四级高危病毒。实验室的病毒学家德尔芬·潘内蒂埃和几位同事——其中包括巴黎的巴斯德研究所的病毒学家席尔万·贝兹——立刻开始鉴别几内亚血样里的传染性微生物。

3月21日清晨,法国科学家确定了血样里的微生物是一种丝状病毒。丝状病毒是一个病毒科的统称,其成员外观类似,而且几乎全都极其致命。席尔万·贝兹立刻发邮件给位于瑞士日内瓦的世界卫生组织总部,宣布这是一种丝状病毒。但法国和德国团队尚无法确定这是哪一种丝状病毒。他们继续发疯般地工作,努力确定在非洲西部突然出现的这种病毒的身份。法国调查人员得知部分患者有打嗝现象。这个细节吸引了他们的注意力。打嗝是埃博拉病毒所致疾病的典型症状。

丽莎·亨斯利

弗雷德里克市,马里兰州
日出前,2014 年 3 月 21 日

在法国科学家判定非洲西部的血样里的微生物是一种丝状病毒的八小时后,马里兰州弗雷德里克市,病毒学家丽莎·亨斯利在家中楼上的卧室里蹬固定自行车。清晨时分,天还没亮。这是个冰冷潮湿的早晨。她一边蹬自行车,一边拿起手机浏览电子邮件和回信。上午5点48分,一名同事的邮件吸引了她的注意力:他问她知不知道几内亚出现了一种不明出血热病毒。

她边蹬车边输入:"听说是埃博拉。还不知道更多情况——情报是保密的。"

她结束锻炼,洗澡,穿衣服。春天按理说就快来了,但今天早晨是纯粹的严冬。她穿上紧身衣裤、长裙、毛衣和粗跟乐福鞋。丽莎·亨斯利有一双棕绿色的眼睛,面部线条清晰,棕色直发染成浅色并剪短,蜷曲着沿颧骨垂落。她稍微化了一下妆,决定戴上一副银耳环。

现在该叫儿子起床了。她走进儿子的卧室,抬头望向天花板。詹姆斯睡在写字台上方的高架床上。"亲爱的,该起床了。"

天花板附近一阵翻腾,詹姆斯的脸蛋终于从床沿冒出来,他低头看着母亲,头发比平时更加蓬乱。她猜儿子睡得很晚,多半在网上乱逛或用笔记本电脑玩游戏。

詹姆斯爬下竖梯,开始穿衣服,她走回自己的房间,过了一会儿,她听见:"老妈,背我下楼。"她回到儿子的房间,他跳到她的背上,她背着儿子下楼去厨房。

詹姆斯患有血友病,这种遗传学疾病会导致血液难以正常凝结。血友病患者有个小伤口就会血流不止,头部或身体遭到重击后有可能会出现危险的内出血。詹姆斯的血友病不算严重,很容易治疗,当他还小的时候,亨斯利决定每天抱他上下楼,免得他在楼梯上摔倒,尤其是刚学习走路的时候。现在詹姆斯已经九岁了,他是个活跃、健康、爱运动的孩子。他经常上楼下楼,但她每天早晨都背他下楼,每天晚上背他上楼。这成了家里的某种传统,两人都乐在其中。

她送儿子到学校,然后开车去德特里克堡。凯托克廷山的灰色身影耸立在陆军基地背后。山上的树依然光秃秃的,在雨意盎然的天空衬托下,显得更像紧贴山峰的雾气,而不是树木。她开车经过安检门进入基地,在全国跨部门生物防御园区旁停车。园区靠近德特里克堡中心,由一组建筑物组成,除了其中一座,所有建筑物都是崭新的。

亨斯利经过检查站进入园区,走向一座L形的建筑物,它叫综合研究设施(简称IRF)。IRF历经九年修建后刚刚完工。这个设施是国立过敏和传染病研究所的一部分,研究所则隶属于国立卫生研究院(简称NIH)。IRF的使命是开发医药反制措施,也就是能够击败致命的新发病毒和先进的生物武器的实验性药物与疫苗。丽莎·亨斯利最近被任命为IRF的一名助理主任。她负责设施内的所有科学研究项目。管理IRF对全世界最危险的那些病毒的研究属于她的职责。她刚接手这个工作不久,仅仅两个月前才加入IRF。

IRF大楼一侧有着玻璃幕墙,看上去像个鱼缸,另一侧则是个砖面的庞然巨物,没多少窗户,人们称之为生物防护区。这个区域有数间四级生物防护实验室,科研人员在这里研究地球上最危险的那些病毒。IRF是全世界最先进的四级生物安全研究设施,是国立卫生研究院的掌上明珠。

亨斯利穿过第二个检查站进入IRF,她沿着走廊来到她的办公室。办公室散发着新铺地毯的气味。门上贴着詹姆斯画的色彩缤纷的长颈鹿。她在办公桌前坐下,开始浏览今天要完成的任务。会议。员工组织。研究项目,如何搭班子,如何进行研究。预算。实验室安全。IRF的四级实验室尚未投入使用,密封防护服实验室还在等待联邦验收人员下发安全许可。也就是说IRF依然是个普通设施,还没有变得高危。只有在四级实验室通过安全验收之后,IRF才会成为高危区域。到了那个时候,冷冻的四级病原体才会装在小瓶里送进设施,放入IRF四级实验室内的超低温冷库。实验室随即变成高危区域,而IRF将成为自然界一些最凶猛的生命体的最高级别监狱。

亨斯利看信回信,但脑子里总在想埃博拉病毒。她花了十六年致力于寻找埃博拉病毒所致疾病的治疗手段。没有治疗手段,也没有疫苗。没有药物,没有疗法,什么都没有。埃博拉每次爆发,医生都会被扔回中世纪。想阻止埃博拉爆发,唯一的办法就是把人关进隔离营地,坐视患者像蚊蝇似的死去,与14世纪的鼠疫屋毫无区别。最优秀的医生面对埃博拉患者,能做的也只是给他们补水,希望他们能自己好起来。

丽莎·亨斯利刚进入约翰·霍普金斯大学学习公共卫生的时候,她开始思考人类免疫缺陷病毒,也就是HIV。近期研究成果表明,HIV最常见的类型从一只黑猩猩身上跨物种跳跃到一名人类身上,时间约为1910年前后,地点在喀麦隆东南部,刚果河的一条支流沿岸。HIV从第一名人类宿主开始从人到人扩散,在人类这个物种内扩增,最终传入地球上的每一个人类社群。在本书写作之时,HIV 感染者共有7000万左右,其中3500万人死于艾滋病。根据亨斯利的描述,当时还是大学生的她在一闪念间突然确信,新发病毒将成为她这个时代对人类健康威胁最大的事物。就在这一刻,她立志要成为一名科学家,在它们从生态系统内部浮现出来时阻止它们,免得它们中的一个重创人类。"想象一下,假如咱们能及时截断 HIV 的爆发曲线,那该有多好。无数生命能够得到拯救。我想对下一个 HIV 做些什么。"

得到公共卫生学的硕士和分子生物学的博士学位后,1996年,亨斯利在德特里克堡的美国陆军传染病医学研究所(简称 USAMRIID)找到了工作。USAMRIID 的主楼是一座巨大的生物防护建筑物,几乎没有窗户,修建于1960年代末,塞满了一个个高危区域。USAMRIID 现在是德特里克堡的全国跨部门生物防御园区的一部分,也是园区内最古老的设施。亨斯利开始为 USAMRIID 工作时,对密封防护服一无所知,也没兴趣进入高危区域工作。她打算研究一种比较温和的病毒,它能引发普通感冒,尤其是在孩童身上。这种感冒病毒也会感染许多种类的野生动物。亨斯利认为某种野生感冒病毒会在地球上的某处从动物跳到人类身上,从而导致一种新发致命感冒的全球性爆发。

普通感冒对丽莎·亨斯利来说或许令人激动,但在 USAMRIID 的一位上校眼中就不怎么有看头了,她叫南希·杰克斯,是研究埃博拉病毒的专家。亨斯利进入 USAMRIID 近一年后的一天,杰克斯问亨斯利能不能私下聊几句。"南希把我拉进她的办公室,说:'现在你要研究埃博拉了。'"亨斯利说。亨斯利觉得杰克斯上校并没有给她选择的余地。

南希·杰克斯和研究埃博拉的其他人员培训亨斯利学习四级规程:如何穿上和脱下加压的生物安全密封防护服,如何穿过气密室,如何用消毒淋浴为防护服外侧消毒。态势感知：明确地知道你的双手每时每刻的位置。极度谨慎地使用针头和锐器。亨斯利喜欢在四级实验室里工作。她对高危实验室内做研究几乎上了瘾，她迷上了埃博拉病毒。你戴着手套，拿着一个烧瓶，里面的悬浮液含有 100 亿个埃博拉病毒粒子，烧瓶离防护服的透明面罩只有几英寸，这种感觉确实很刺激。你总会忍不住思索，万一这种病毒捞到机会，在人类体内大肆扩增，人类这个物种究竟会发生什么。

大多数医学研究者对身穿密封防护服研究四级病毒毫无兴趣。身穿生物安全的密封防护服工作不但极其消耗体力，而且非常危险。它需要你完全集中注意力，简单操作也需要耗费更长的时间才能完成。假如你的密封防护服被扎出一个针眼而你没注意到，几个四级病毒粒子就有可能钻进去，与你亲密接触，你根本不知道发生过什么，直到突然开始呕血。

丽莎·亨斯利研究过有可能阻止和减缓埃博拉侵蚀人体的几乎每一种实验性药物和疫苗。她的研究重心是病毒的一个亚种：扎伊尔埃博拉。扎伊尔埃博拉是人们发现的第一种埃博拉病毒，1975 年它在扎伊尔扬布库的扬布库天主教传教区引起疾病爆发。

在本书写作之时，埃博拉共有六个已知亚种。也就是埃博拉六姐妹。按照发现先后排列，这六个亚种分别是：扎伊尔埃博拉、苏丹埃博拉、雷斯顿埃博拉、塔伊森林埃博拉、本迪布焦埃博拉和邦巴里埃博拉。埃博拉的各个亚种拥有自己的遗传密码，与其他亚种均有所不同。扎伊尔埃博拉是六个亚种里最致命的，它是嗜杀的大姐。1976 年爆发时，扎伊尔埃博拉杀死了 88% 的患者，后续几次爆发的致死率约为 60% 至 70%。扎伊尔埃博拉不但是五种埃博拉里最致命的一个[①]，

---

① 雷斯顿埃博拉对猴子有极高的致死率，但对人类无害。——译者

也是所有已知丝状病毒（埃博拉所属的病毒科）里最致命的。扎伊尔埃博拉是病毒之王。

丽莎·亨斯利的研究领域也包括其他新发病毒。她的目标还有Sars病毒和Mers病毒①，两者都是致命的生物安全三级微生物，通常在动物群体内传播，但也能袭击人类——事实上，这些病毒就是亨斯利惧怕的动物感冒病毒，能够在人类身上引发致死率极高的类感冒病症。Sars和Mers有传染性，能够快速变异。亨斯利研究四级高危病毒：亨德拉病毒、拉沙病毒、猴痘病毒、维多利亚湖马尔堡丝状病毒和莱文丝状病毒。莱文病毒最初从一位名叫彼得·卡迪奈尔的十岁丹麦男童的血液中分离得出，他死于莱文病毒引发的疾病，病毒有可能是他在奇塔姆洞里感染上的，那是肯尼亚埃尔贡山的一个蝙蝠洞。除了在这个丹麦男孩的血液中，人们没有在其他任何地方找到莱文病毒，他也是我们已知的唯一受到莱文病毒感染的患者。话虽如此，莱文病毒依然有可能从它藏在大自然里的储存宿主身上再次进入人类。亨斯利也研究一种名叫尼帕的四级新发病毒。尼帕是一种由蝙蝠携带的病毒，能导致人格改变和大脑液化。尼帕病毒只具有中度的传染性，但它会进入肺部，专家们有些担心这种病毒的基因会发生改变，把它变成一种能够摧毁大脑、通过空气传播的神经性咳嗽。尼帕病毒没有疫苗或治疗手段。

亨斯利也研究天花病毒。天花，公认人类史上最可怕的疾病，1979年人类宣布已经彻底根除了它。然而，部分国家的秘密军用实验室里还保存着天花病毒。痘病毒（例如天花病毒）属于最容易通过基因工程手段改造的病毒。亨斯利和她的同事做过研究，希望能找到

---

① 分别是严重急性呼吸道综合征冠状病毒和中东呼吸系统综合征冠状病毒的缩写。——译者

药物保护人类不被通过基因工程改造的超级痘病毒伤害。亨斯利发表过110篇科研论文，其中大多数与新发致命病毒的医药反制措施有关。她最终成为USAMRIID研究抗病毒药物和疫苗的负责人。尽管她已经拥有了相当的知名度，至少在对抗病毒圈那些头号危险分子这个几乎不为人知的小世界里是这样，但亨斯利对她无论作为一名科学家还是人类一员的重要性都没什么幻觉。生物医药研究由团队完成。这些研究会消耗大量时间，极为昂贵，结果往往令人失望。在坚持、天赋、运气和足量经费的帮助下，一个生物医药研究团体偶尔能揭开自然界和人体的某个小秘密的面纱，从而找到更好的方法治疗一种疾病。

随着时间一年一年过去，埃博拉病毒依然是丽莎·亨斯利最老和最有诱惑力的敌手。她梦想能找到一种医药武器，斩断这种病毒与全人类越来越深的纠葛。天使用他们的利剑杀死魔鬼。与之相似，研究埃博拉的科学家想找到能战胜埃博拉的天使之剑，斩杀这个恶魔，他们想找到一种药物，刺穿埃博拉半死的心脏，永远地杀死它。然而，目前还没有东西能像天使之剑那样杀死埃博拉。此刻，亨斯利在综合研究设施的办公室里，决定等待官方证实再做打算。她将注意力转向上午应该完成的文书工作，但忍不住就会去想那些在打嗝中死去的病人。

综合研究设施
2014年3月23日，上午9点

法国和德国团体很快就搞清楚了非洲西部这种丝状病毒的确切身份。3月23日，世界卫生组织宣布它实际上就是埃博拉："埃博拉病毒所致疾病（EVD）在几内亚东南部森林地区爆发并快速蔓延。至

2014年3月22日,已报告病例共计49起,其中29人死亡(病死率:59%)。"

丽莎·亨斯利来到办公室,处理了几封电子邮件后,她顺着走廊走向IRF主任的办公室,那是一位名叫彼得·B. 耶林的病毒学家。耶林是穿密封防护服从事研究的高手,拉沙病毒的专家,也是雷斯顿埃博拉病毒的共同发现者。他满脸皱纹,一头蓬乱的花白头发,完全就是你想象中科学家的模样。他戴金属框眼镜,经常穿灰色夹克衫,打一条不起眼的浅蓝色领带。丽莎·亨斯利在USAMRIID为彼得·耶林工作了十六年,两人很熟悉彼此。

耶林从电脑前转过来。"丽莎,你好。怎么了?"

"所以确实是埃博拉。"她说。

"嗯,对。相当让人吃惊。"

"长官,咱们不该介入吗?"

耶林令人不安地瞪了她一眼。"咱们该怎么介入?"

IRF可以组建一个实地小组,她建议道。一支特遣队。咱们可以派遣这支队伍去非洲西部,她对耶林说,尽量挽救生命。"我愿意亲自去,长官。"她说。言下之意是她愿意带领这个小组。

"我不赞成你现在去非洲西部。"耶林答道。综合研究设施是个实验机构。工作人员都是……呃……泡实验室的那种人。年轻,野心勃勃。擅长使用移液器和小瓶装的液体。就刻板印象而言是一群书呆子,但实际上都是科学天才。然而,派出特遣队去非洲对抗丝状病毒是疾病控制中心的任务,而不是IRF的。另外,IRF正在起步阶段。耶林不希望他的研究主管突然飞去非洲,还要带走几个骨干精英。

耶林显然已经下定决心。亨斯利无法和他争辩,因为从客观上说,他是正确的。再说她还有詹姆斯需要考虑。她是单身母亲,要是她去非洲帮助人们对抗埃博拉,就无法陪在儿子身边了。他的血友病也是个问题。病情不重,但有点难以预测。今天他摔一跤也许什么事都不会有,但明天他在操场上蹭破膝盖就有可能血流不止。詹姆斯似乎乐于用鲜血淋漓的伤口惊吓老师。亨斯利偶尔会接到学校打来的惊恐电话,说詹姆斯割破了自己,需要她来接去就医。她会把儿子接回家,观察他的伤口,有时候它会自己愈合,有时候不会。假如伤口继续出血,她会开车送儿子去巴尔的摩的约翰·霍普金斯医院,医生会给他用凝血因子,他会立刻被治愈。去约翰·霍普金斯的时机并不频繁,但难以预测。作为母亲,她觉得她有义务陪着儿子。然而另一方面,人们正在死去,全世界了解埃博拉等丝状病毒的人寥寥无几,她就是其中之一。

亨斯利回到办公室,觉得自己有点派不上用场。她上次穿上密封防护服亲自处理四级病毒已经是一年多前了。她的天赋和她在实验室里的成就使得她晋升到了管理岗位。她当然希望能够管理规模更大的研究项目。现在她成天开会,政府发给她的薪水也多得多了。可是,包括埃博拉在内的所有丝状病毒依然没有疫苗和药物。似乎随时都有可能在人类之中爆发的其他病毒——Sars、Mers、尼帕——也没有对应的疫苗和医药反制措施。她想直接去生态环境的大门口对抗一种新发病毒,就在它跳出病毒圈、刚进入人类群体的时候逮住它。她想帮助人们,尽可能拯救生命。事实上,她怀念她的密封防护服。

消息传来,埃博拉专家们吃了一惊。埃博拉病毒从未在非洲西部的这个区域出现过,而且罪魁祸首还是扎伊尔埃博拉,六种埃博拉病毒中最致命的一种。1976 年年末造访扬布库传教区的正是这种埃博拉。病毒在扬布库陡然出现,杀死了一些人,随即消失,而马科纳三角洲远在 2 000 多英里之外。三十七年后,扎伊尔埃博拉病毒在非洲西部神不知鬼不觉地冒出来,在马科纳河沿岸收割人命。病毒之王死而复生了。

红色区域

布鲁塞尔，比利时
科纳克里，几内亚
2014年3月23日

世界卫生组织发表声明的时候，无国界医生布鲁塞尔行动中心的管理人员已经开始采取行动，组织人员再次与埃博拉病毒作战。多年以来，无国界医生已经成为人类对抗埃博拉的冲击骑兵，无论病毒在何时何地爆发，他们都会立刻赶去。埃博拉必须尽快被扑灭，以防大规模扩散，夺去大量人口的生命。此刻，无国界医生正在调集医疗物资送往几内亚首都科纳克里，组织工作人员和志愿者的队伍前往马科纳三角洲，开始消灭病毒。

数日后，无国界医生组织的人员在盖凯杜和马森塔——埃博拉已经传入的两座小城——建立埃博拉治疗中心。无国界医生组织的标准埃博拉治疗中心由一组白色塑料帐篷构成，埃博拉患者被收治后与外界保持严格的生物隔离，这样他们就无法传染其他人了。患者被安置在帐篷里的小床上，帐篷位于营地中央一个名叫"红色区域"的地方。迷宫般的塑料屏障围绕着红色区域，将患者与其他人隔开。只要血检呈现出埃博拉阳性，患者就不被允许离开红色区域。患者只能在红色区域内死去，他们不被允许在其他地方死去。医务人员离开红色区域后，工作人员要在他们脱下装备前向他们喷洒漂白水，为装备消毒，杀死依附在上面的埃博拉病毒粒子。埃博拉患者恢复健康后才能离开红色区域并被允许回家。患者在红色区域内死去后，尸体会装进双层裹尸袋，埋葬在营地附近。红色区域有自己的厕坑，建在塑料棚屋内。营地有一个实验室帐篷，血样在这里检测，营地还有用来供电的发电机。

无国界医生组织的红色区域实质上就是一个个巨大的塑料袋，把新出现的埃博拉感染者关在里面。这套方法将病毒困在塑料袋内，它在塑料袋里的那些人的体内肆虐，杀死其中的许多人，但病毒无法从塑料袋内逃出去。红色区域相当于在埃博拉的高危地点周围筑起一道墙，打断病毒在人类之中扩增的传染链。

每次埃博拉病毒开始在人群中传播，无国界医生的工作组就会带着帐篷出发，尽快消灭病毒。无国界医生的工作组很像森林消防队员，他们冲向高危地点，在势头还小时就扑灭火苗。从1976年埃博拉病毒首次现身以来，埃博拉已经爆发了19次，感染病毒的人数相当少。没有一次埃博拉爆发杀死的人数多于280人。根据死亡报告，在三十七年的所有爆发中，六种埃博拉病毒共杀死了1 539人。比起其他各种传染病的年度统计，埃博拉的杀伤力实在算不上什么。肺结核每年杀死约130万人。多年来，无国界医生组织行之有效地打击了埃博拉病毒，越来越多的公共卫生专家倾向于认为埃博拉对全世界的人类群体来说并不构成什么问题，也永远不可能构成问题。然而，我们不得不说，为了证明绝大多数专家看走了眼，大自然往往什么事都做得出来。

医　生

凯内马政府医院
2014年3月24日，上午5点

世界卫生组织宣布埃博拉在非洲西部爆发后的第二天清晨，胡玛尔·汗医生和平时一样在天亮前起床，他是凯内马政府医院的拉沙热研究项目组的带头人，凯内马市位于塞拉利昂境内。汗住在凯内马市区松波街一幢租来的屋子里。那天清晨，他穿上黑色长裤和短袖衬衫。他往口袋里塞了一把纸钞，在跪毯上做晨祷。

祈祷结束，他走进客厅。客厅里黑乎乎的，窗帘没拉开。房间地上铺着瓷砖，摆放着几件家具和一台平板电视。

"早上好，医生。"家里的男仆彼得·卡伊玛说。

"早啊。"

卡伊玛泡了一杯速溶咖啡递给汗。汗喝着咖啡，卡伊玛从冰箱里取出一个鸡肉三明治给汗。汗戴上白色棒球帽，把三明治放进上班包。他出门走进院子，一辆救护车在等他。这是一辆四轮驱动的丰田陆地巡洋舰，柴油引擎，越野轮胎，这种车在非洲被称为"丛林救护车"，因为它能去你都不敢相信的那些地方。汗爬上前排座位，和司机聊天，救护车开下松波街，拐上康贝玛路，这条尘土飞扬的宽阔大道两边商店林立。凯内马是一座泥土道路和铁皮屋顶组成的迷宫。高峰时段刚开始,人们沿着街道两边行走,骑着自行车和摩托车飞驰,前往全市各处的工作岗位,或者出城去田地里工作。第一缕阳光刚刚照亮坎布依山由热带雨林覆盖的平缓山梁。空气中弥漫着炊烟混合摩托车尾气和灰尘的气味。现在是一年中的旱季。

救护车开进凯内马政府医院的大门。医院是一片蔓生的单层灰泥建筑物,周围筑有高墙。建筑物漆成黄棕色或蓝白色,由带雨棚的室外通道连接在一起。泥土道路在场地内蜿蜒伸展,这儿那儿点缀着几棵开花的芒果树,它们浓密的树冠投下一团团树荫。

胡玛尔·汗在成人病区门口下车,这是几座低矮的建筑物,位于场地中央。他走进病房,开始晨间查房。病区很大,一个个开放式的病房容纳着成排摆放的许多病床。穿浅蓝色制服的护士在病房里工作,照护患者,指导护理。患者家属常常与护士一起照顾他们的亲人。汗为患者查体,与家属交谈,向护士下命令。他也花时间训练护士学习用药和患者护理的各方面知识,他鼓励他们提问。"无论你们有什么疑问,"他常常对护士说,"我都准备好了为你们解释清楚。"

胡玛尔·汗三十九岁,相貌堂堂,个子不太高,方脸,精神充沛,态度诚挚。汗有一双感性的大眼睛,深嵌在眼窝里,睫毛浓密,像是给他戴上了一层面纱。他通常热烈而外向,但也能做到守口如瓶。他单身(已离婚),有个他似乎不愿谈起的女朋友。他的白色棒球帽算是个注册商标。胡玛尔·汗医生的另一个注册商标是一辆带镀铬螺桨毂盖的白色旧梅赛德斯轿车。他戴上白色棒球帽,开着梅赛德斯在凯内马市里兜风,很少会有人不知道这个人是谁。汗喜欢足球,是意大利AC米兰队的狂热球迷。汗的部分美国朋友叫他C宝贝,这个绰号来自AC米兰的C。

那天早晨,胡玛尔·汗在普通病区查房,医院渐渐苏醒过来。病人有的自己走进医院大门,有的被摩托车或出租车送来。医院的通道和门廊挤满了患者家属。总有孩童在哭闹，总有人焦急地在病房外等待亲人的消息，芒果树的树荫下总有人在休息。丛林救护车缓缓地颠簸驶过病房和棚架房屋，掀起泥土道路上的尘土。小贩在通道里兜售食物和饮料，手里的托盘里装着三明治和瓶装苏打水，他们压低声音说话，以免打扰病人。

汗在普通病区查房完毕，他穿过泥土停车场，走向他的门诊办公室。这是一个白色的金属集装箱，屋顶由棕榈叶编织而成。集装箱有两扇窗户和一扇门，但没有空调。候诊室是一排室外长凳，摆在集装箱旁，带有棕榈叶屋顶。门诊病人坐在长凳上等着见他，其中很多人天没亮就来了。

汗的集装箱办公室里有一张写字台、一把旋转椅和一张小诊疗台。汗的门诊病人患有痢疾、寄生虫、外伤、无名发烧、红疹、胃溃疡出血、肝吸虫、细菌感染、脊膜炎、心力衰竭、艾滋病和癌症。症状严重的患者往往会先去看草药医生和信仰治疗师，等他们走进汗的诊室，通常为时已晚。他见过乳腺癌患者的肿瘤已经溃破，穿过皮肤；见过前列腺癌患者的肿瘤扩散到脊椎，导致瘫痪。他只能尽力而为。他为晚期癌症病人开药减轻痛苦。假如病人能承担费用，他会送他们去塞拉利昂首都弗里敦接受治疗。

假如患者消瘦或看上去在饿肚子，汗会从口袋里掏出几张他永远备在身上的现金，叫他们去买点吃的。"你必须吃东西，否则就不可能好起来。"他会对他们说。他也会给患者钱去买他开的药。这些钱来自他的工资和他在城里开的私人诊所的收入。能救命的一个抗生素疗程需要花25美元。在凯内马并不是所有人都能立刻拿出25美元来救自己的命。

汗在普通病房巡视的时候，一个名叫姆巴卢·S.方尼的女人正在巡视拉沙热隔离病房，这座白色的小建筑物坐落于汗的集装箱旁。姆巴卢·方尼负责管理拉沙热病房，她是一位享誉国际的专家，擅长出血性拉沙热病人在高度生物防护病区内的临床护理。此刻她身穿棉质外科手术服和橡胶长靴，戴外科手术帽、双层外科手术手套、护目镜和HEPA呼吸面罩，这种高效呼吸面罩能阻止病毒粒子进入肺部。方尼年近六旬，个子不高，身材浑圆，她非常安静，极为严肃，是一名基督徒，几乎从不微笑或大笑。她有一次险些死于拉沙出血热。病毒曾经将她带到死亡边缘，她认为现在她拥有了一定的抵抗力，然而你不可能对拉沙病毒完全免疫。她同时管理拉沙热病区和医院的产科病房长达二十五年。城里有许多年轻人在她的监管下诞生于产科病房，有些人甚至由她亲自接生。很多人叫她"姆巴卢姨妈"或者更简单的"姨妈"。

拉沙热病区的高危区域是一条狭窄的走廊，走廊两侧分布着九个小隔间。患者躺在隔间里的病床上。高危区域通常能容纳12名患者，有些隔间有两张病床，它们紧靠在一起，几乎占满了整个隔间。这里有一个供应活水的清洗处，让护士洗掉手套上的血液、粪便和呕吐物。走廊一头是个备用房间，在所有病床看不见的地方另有一个私人小间。

今天上午，整个病区只有两名患者，他们都患有拉沙热。两名护士在照顾他们。她们穿戴与"姨妈"相同的装备。和"姨妈"一样，拉沙病区的所有护士都是拉沙热的幸存者，被认为拥有一定程度的抵抗力。

"姨妈"为两名患者检查身体，然后走向走廊尽头高危区域的出口。她打开门，来到室外，呼吸着新鲜空气，穿过一小片空地，走进一个集装箱。这个集装箱是更衣室，也是高危区域的整备室。她在这里脱掉外科手术装备。手术服底下，她身穿一尘不染、上过浆的白色护士服。她戴上白色的小护士帽，走出集装箱，拐弯走向拉沙热病区的正门，她走进门厅，在护士站旁坐下，等待胡玛尔·汗。每天早晨他们都在拉沙热病区的门厅碰面。

处理完门诊病人，汗来到隔壁的拉沙热病区，看见"姨妈"坐在工作台前。今天早晨他有重大消息。昨天世界卫生组织宣布几内亚爆发的疾病不是拉沙热——与汗最初的预料不同——而是埃博拉出血热。这种疾病与拉沙热类似，但致死率高得多，而且埃博拉病毒比拉沙病毒更容易传染。汗告诉"姨妈"，埃博拉多年来一直有杀死医疗工作者的记录。拉沙热病区是塞拉利昂境内唯一的高度生物防护医疗设施，工作人员受过良好的训练，拥有处理出血不止、高传染性的拉沙热患者的多年经验。假如埃博拉传入塞拉利昂，姆巴卢·方尼"姨妈"和她手下的护士将奋斗在第一线。

"姨妈"为人沉默寡言。她通常只会压低声音轻轻说话，她吐字带英国口音。汗向她描述埃博拉的时候，她聚精会神地听着，把他说的每一个字记在心里。他说得非常严肃。等他说完，她很可能用这样的话回答："唔，这种情形上帝说了算。就交给上帝吧。"她也许还对他说，"上帝保有上帝"，这是她最喜欢的口头禅，意思是上帝保有一切权能，不会公布其计划，直到事情发生。

与"姨妈"见过面后，汗沿着一条土路下坡走向医院一角的建筑工地，那里有几座尚未完工的建筑物。这些用混凝土砖块垒砌的复杂建筑物将成为新的拉沙热病区。汗走到一个集装箱背后，坐在一把塑料椅上，点了支烟，从医院的其他各处看不见这儿。汗从不让医院员工或患者看见他抽烟。他把塑料椅放在集装箱背后就是为了制造一个秘密吸烟处。他抽着烟，思考埃博拉。接下来的几个小时和几天，他将向凯内马医院的全体员工讲话，告诉他们有关病毒的事情。他打算阅读埃博拉的材料，与研究这种病毒的同事讨论。他还打算查一查是否存在可用于治疗的实验性药物，说不定有什么药物能帮助拯救患者的性命呢。

胡玛尔·汗管理凯内马医院的拉沙热项目已有十年。他的前任是一位名叫阿尼鲁·康泰的内科医生。2004 年，一名患有拉沙出血热的怀孕女人在拉沙热病区流产并大出血。她从产道流出大量鲜血，由于失血而休克。隔离病区缺少血源，因此康泰医生无法给她输血。他决定给她静脉滴注生理盐水（消毒的盐水溶液），希望能稳定她的情况。他把针头插进她腿部的一条静脉，点滴结束后，他将针头从她腿上拔出来。他习惯性地想给带血的针头戴上塑料盖，以确保它的安全。针头没有进入盖子，而是刺穿了两层外科手术手套，微微刺破了他的手指。康泰医生几乎没有注意到这个刺伤。十天后，他在自己管理的病房里去世，照顾他的是姆巴卢"姨妈"和病区的其他护士。他去世时，她们在手术口罩底下哭泣。

他去世后，一位名叫丹尼尔·鲍什的美国医生开始为凯内马的拉沙热项目物色下一任主管。丹·鲍什是新奥尔良的杜兰公共卫生与热带医药学院的教授，是拉沙热项目组的美方联络人，也是康泰医生的密友。他飞到塞拉利昂，在弗里敦与许多医生面谈，尝试寻找愿意接过康泰医生的重担的人。"你去塞拉利昂问医生们的梦想工作是什么，"丹·鲍什不久前告诉我，"去凯内马管理一个拉沙热病区恐怕会列在最后。"凯内马是钻石产区的一个偏远小城，政府给的薪水很微薄，而拉沙热病区对其主管来说是个显而易见的死亡陷阱。

徒劳无功地寻找数周后，鲍什偶然认识了胡玛尔·汗。汗当时二十九岁，塞拉利昂大学医学院毕业，刚结束驻院实习。鲍什请他在弗里敦的一家旅馆喝啤酒，简短闲聊几句后，他问汗想不想要这份工作。

汗没有立刻接受。鲍什提高赌注，他为汗描绘未来的宏伟蓝图。

拉沙热显然是个巨大的问题，假如汗接受，就能帮助拯救生命。他可以与知名的美国医生一起研究拉沙病毒。他可以在国际研讨会上发言。他很容易就能成为顶级期刊上的科研论文的共同作者。不过政府给的薪水很差劲，鲍什补充道。

汗说给他一两天考虑一下。实际上是要去见他的父亲。年轻人必须得到父亲的同意才能做出重大决定。他的父母易卜拉欣和阿米纳塔·汗住在弗里敦湾对面的一个滨海小镇。汗先生九十一岁，是一位享誉全国的教育家，为人非常严格。胡玛尔是十个兄弟姐妹里最小的一个，他们将他视为家里的小弟，聪明但缺乏责任感，其中有几个人依然用他儿时的绰号"斯夸索"称呼他。他乘锈迹斑斑的渡轮过海湾，搭出租车沿着一条土路来到一个绿树成荫的居住区，这里有一些用水泥砖搭建的小房屋。离沙滩不远的海里，长木船上的渔夫忙着下网，袅袅炊烟飘过这个居住区，混合着大西洋的咸腥味。

他和父母一起坐在游廊上，用他们家的母语富拉语与父母交谈。他说出了丹·鲍什的工作邀约。

汗先生立刻发了脾气。"处理拉沙病毒太危险了！"他用富拉语叫道，"你看看康泰医生发生了什么。"弗里敦的所有报纸上都是这个消息。

"别担心，父亲。我知道该怎么保证安全。"

"你才不知道该怎么保证安全呢！"汗先生气呼呼地叫道。

汗夫人表示赞同。她希望儿子离拉沙病毒越远越好。

"别答应。"汗先生又说。

"但我想做这份工作。"胡玛尔答道。

在他们看来，这就是"斯夸索"最大的问题：他想做什么就会去做什么。他去弗里敦念医学院的时候，他们认为他已经偏离正轨。他喝啤酒，抽烟，晚上和朋友们玩到很晚，他流连于酒吧和夜总会，他交往不同的女朋友。"你这是直奔地狱而去！直奔地狱！"汗先生警告他。他敦促儿子忘记拉沙热，搬到美国去。"年轻人都去美国挣大钱了。"胡玛尔的哥哥萨希德住在费城，他是一名IT专家。"萨希德能帮你在费城安顿下来。"

"但我不想去费城生活。父亲，我没法待在办公室里工作。我必须走出去，当一名医生。"

"那就去费城当医生。或者巴尔的摩。"

"我不想去美国。父亲，我要待在这儿。"胡玛尔说。第二天，他告诉丹·鲍什，他愿意接受这份工作。

十年后，丹·鲍什的预言一一成真：他和顶尖的美国科学家一起研究课题，其中几位成了他的密友。他在国际研讨会上发言。他在顶级期刊上共同发表科研论文，尽管他还没上过《科学》杂志，那将是一位科学家职业生涯中的巅峰成就。政府的薪水确实差劲，但他在凯内马开了一家私人诊所，为他带来了不少收入。汗来到凯内马开始工作，他很清楚他的前任康泰医生发生了什么。他并不经常穿上个人防护装备进入拉沙热病区。高危区域内的一个微小事故也有可能让你付出生命的代价。

抽完烟，汗走出集装箱背后的隐蔽地点，沿着一条土路走向拉沙热项目组的办公室。这是一座单层的灰泥小建筑物，门前种着一棵棕榈树。通常总有几个救护车驾驶员和工作人员聚在树下，他们坐在长凳上聊天，等待有人呼叫救护车。汗和他们打招呼，走进拉沙热项目组协调员的办公室，协调员是一位名叫森比瑞·贾洛的年轻女性。汗问她有没有电子邮件或电话留言。她说他的一名科研协作者——一位名叫帕尔迪斯·萨贝提的美国女性——安排了一场关于埃博拉的电话会议，希望他能抽时间参加。

萨贝提

剑桥，马萨诸塞州
2014 年 3 月 24 日，上午 9 点

多年以来，帕尔迪斯·萨贝提医生与拉沙热项目组结成了紧密的联系，也成了胡玛尔·汗的朋友。汗加入她的电话会议时，她坐在办公室的桌前，这间办公室位于哈佛大学西北大楼她的实验室里。另外几位科学家在其他地点发言。这时，萨贝提的棕色宠物鼠可可不是在她大腿上打盹，就是在探索萨贝提的办公室，她的宠物鼠经常这么做。（"人们多半以为我脑子不正常，但我不喜欢把动物关在笼子里。"萨贝提说。）帕尔迪斯·萨贝提当时是哈佛的一名生物学副教授。她身材苗条，年近四旬，为人热情。她专精于读解和分析生物体的基因组。萨贝提不但在哈佛领导一个实验室，还在布洛德研究所主持病毒基因组研究工作。具体来说，她研究的是病毒演化，也就是病毒如何改变自身来适应环境。闲暇时她是独立乐队"千日"的主音歌手和歌曲作者。由于埃博拉爆发，乐队的第四张专辑不得不延期发行。

"胡玛尔，你怎么样？"萨贝提问他，"我很担心你。我担心埃博拉会传入塞拉利昂。"

汗说他也很担心。拉沙热项目组的高危实验室是非洲西部相当广阔的一个区域内唯一的高度生物防护实验室。对抗新发病毒的战斗准则第一条就是必须知道它在向何处移动。但是，胡玛尔·汗缺少能够鉴别人类血液中的埃博拉病毒的实验室设备。假如埃博拉过河进入塞拉利昂，汗和他的团队需要有能力鉴别谁是埃博拉的携带者。假如感染者能被识别出来，就可以隔离在拉沙热病区，由穿戴生物防护装备、受过特别训练的护士照顾他们。这么做能阻止病毒感染其他人，从而打破传染链。

萨贝提说她可以给汗一台名叫PCR仪的特殊装置。它能在人类血液里侦测到埃博拉病毒的遗传密码，因此可以用来检测患者的血样。她说她会立刻发运设备，同时派遣人员培训汗的高危实验室的工作人员使用它。

结束与汗的谈话后，萨贝提走出办公室，她关好门，免得宠物鼠跑掉，然后开车去布洛德研究所，这个机构占据了两幢晶莹剔透的建筑物，位于紧邻麻省理工校园的肯德尔广场内。共有4 000名左右的科研人员在布洛德研究所全职工作，解码和分析生物体的基因组。萨贝提的办公室在六楼，她在那里召集会议，与会者并不多，但这个群体日后会逐渐增长，被称为"埃博拉作战室小组"。他们策划并调动人力物力对抗埃博拉。萨贝提从她的哈佛实验室预算里搜刮出设备、实验室物资和现金，总价值达到60万美元。这一天结束前，她已经指派了两名同事——克里斯蒂安·安德森和史蒂芬·盖尔——带着这些东西前往凯内马，为胡玛尔·汗搭建一个埃博拉血样分析实验室。安德森和盖尔以最快速度做好准备，出发前往非洲西部。

综合研究设施
弗雷德里克，马里兰
第二天，3月25日

胡玛尔·汗一直在看有关埃博拉的材料，越读越是心惊胆战。与帕尔迪斯·萨贝提商谈后的第二天,他与一位名叫约瑟夫·费尔的科学家谈了谈,后者当时为美国生物科技公司 Metabiota 工作。汗和费尔是密友和酒伴,汗曾经救过约瑟夫·费尔的命。费尔说他可以帮汗在凯内马搭建一个血样分析实验室,汗说那就太好了。帕尔迪斯·萨贝提也在运送物资帮他搭建实验室,但他希望做到万无一失。

约瑟夫·费尔与汗敲定计划后,立刻去找他在 IRF 的朋友:丽莎·亨斯利。他问她愿不愿意和他跑一趟凯内马,帮汗搭建实验室。亨斯利和汗也很熟。她和费尔一起去过一趟凯内马,两位科学家联手帮汗搭建了拉沙病毒的血样检测实验室。

丽莎·亨斯利很喜欢胡玛尔·汗,在抗击埃博拉爆发中出一份力的想法确实打动了她。她又去找上司彼得·耶林,说想请个短假去凯内马帮助汗。"这是我能做到的。"她对耶林说。

"这次我争不过丽莎了。"后来耶林回忆道。他也认识胡玛尔·汗,而且很喜欢这个人。他联系他在 NIH 的上司,他们讨论出了一个办法:NIH 借调丽莎·亨斯利给美国国防部,去凯内马政府医院执行为期三周的军事任务。亨斯利是一名平民,但在非洲期间,她必须在美国军队的指挥链之内行动。

亨斯利很快收到了胡玛尔·汗的来信:

亲爱的亨斯利医生,

本人十分荣幸地写信邀请你前来帮忙,希望能借用你有关流行病防范和埃博拉热爆发应对的专业知识……我们与几内亚的边境线非常漫长,因而增加了这种疾病传入我国的可能性。

另一方面,帕尔迪斯·萨贝提的科学家已经抵达凯内马,他们很快在拉沙热项目组的高危实验室内架设好了血液检查仪器。

于是美国军队相应地改变了亨斯利的调令。她必须前往军队派遣她去的地点,军队调派她去利比里亚首都蒙罗维亚,为利比里亚政府搭建埃博拉血液检测实验室。利比里亚境内已经上报了数起埃博拉病例。她无法前往凯内马，也就无法和胡玛尔·汗并肩战斗了。

亨斯利和约瑟夫·费尔来到 IRF 和 USAMRIID 的物资仓库，搜集建设一个可移动的密封防护服血检实验室所需的所有东西。他们把各种东西装上军用卡车，准备空运到利比里亚。一天晚上，亨斯利在家把个人物品装进行李袋，詹姆斯主动帮她打包。他走进她的衣柜，拿出一顶宽檐沙滩帽塞进行李袋。"你需要一顶帽子，否则会在非洲晒伤的。"他说。

差不多就在这时，克邦杜村的治疗师麦宁道，家里有一条魔蛇的杏眼贤者，开始觉得不舒服了。亨斯利为前往非洲收拾行李的时候，麦宁道躺在克邦杜家中的床上，呕吐，腹泻，她的妹妹和年老的母亲在照顾她。对于依赖麦宁道和爱戴她的许多人来说，见到她病倒肯定是一件非常可怕的事情。看起来，就连麦宁道的力量也无法克服正在造访塞拉利昂乡村的这种邪恶疾病。

监 控

凯内马,塞拉利昂
3月的最后一周

麦宁道所在村庄的100英里之外,凯内马政府医院,胡玛尔·汗医生还没见到塞拉利昂境内的埃博拉病发报告。病毒在马科纳河对岸的几内亚非常活跃。他担心病毒会藏在人的身体里过河,然后在塞拉利昂的乡村里开始扩散。拉沙热项目组有一支称为监控小队的流行病学家队伍。这个小队开着丛林救护车巡视,带疑似拉沙热患者回凯内马医院,检测显示拉沙病毒阳性就送进拉沙热病区。

汗在所谓的"图书室"里和监控小队开会,这个房间位于拉沙实验室内。图书室里其实没有多少书,但有几张桌子,还有一条时通时不通的互联网连接线。汗告诉他们,埃博拉所致疾病与拉沙热很难分辨。两种病毒会造成类似的症状:腹泻、呕吐、极度痛苦、身体孔穴出血、休克或昏迷、死亡。假如监控小队发现任何人表现出类似埃博拉的症状,就必须给他穿上防护服,以免小队成员被感染,然后用救护车把患者送回凯内马医院,检测患者血样中是否含有埃博拉病毒或拉沙病毒。

监控小队巡访马科纳河沿岸的村庄,询问村民,描述埃博拉的症状,寻找有可能感染病毒的患者。他们空手而归。村民说没见过这种疾病。

凯内马监控小队的顾问是美国医生丽娜·M. 莫西斯。莫西斯是一位精力充沛的三旬女性，是新奥尔良的杜兰公共卫生与热带医药学院的博士后研究者。她是传染病生态学的专家，这个学科研究生态系统、病毒和人类如何互相影响。莫西斯每年来凯内马居住几个月，做研究。她会说克里奥语，塞拉利昂的两种官方语言之一（另一种是英语）。她还会说一些门德语，这是一种民族语言。莫西斯驻扎凯内马的时候，会花时间待在乡野地带，捕捉鼠类，在它们的血液中检测拉沙病毒，观察这种病毒在生态系统和人群之内的隐秘活动情况。

2011年，一位名叫艾丽卡·萨菲尔的分子生物学家造访凯内马医院，她在医院里第一次遇见了丽娜·莫西斯。"我得到的印象是个脏兮兮的可爱姑娘，深色头发，表情丰富，"萨菲尔回忆道，"她穿工装衬衫、牛仔裤和旅行靴，拎着一个装满死老鼠的塑料桶。老鼠浮在某种液体里，看着像是刚开始煮的秋葵浓汤。"丽娜的老鼠浓汤充满高危病毒，足以吓坏德特里克堡的陆军科学家。萨菲尔立刻喜欢上了莫西斯。

莫西斯后来经常和监控小队在图书室碰头。她搜集他们的报告，建议他们下一步该去哪儿。她思考假如埃博拉病毒已经过河，会潜伏在塞拉利昂的什么地方。她把塞拉利昂东部的地图铺在图书室的桌上，仔细研究。莫西斯相当熟悉这片土地。

但她对乡野地带的知识有一部分只存在脑海中。马科纳三角洲的地图并不可靠。这片土地点缀着许多小村庄，彼此通常相距几百码。不同的村庄常常拥有类似或相同的名字。在克里奥语里，同一个词可以有好几种不同拼法。因此同一个村庄的名字在不同地图上常常使用不同的拼法。更有甚者，许多村庄仅仅是地图上的一个点，连名字都没有。还有一些村庄没有标记，那些小型聚居区不出现在任何地图上。其中有些小村庄只能通过步行抵达。

丽娜·莫西斯打电话给马科纳三角洲内和附近的社区卫生所。她向卫生所管理者通报埃博拉的情况，问他们有没有见过呈现类似症状的患者。她还打电话给地区卫生官员，请他们跟踪疑似病例报告。拉沙热监控小队探访村庄，向当地人描述埃博拉，问他们有没有听说任何人得了类似的疾病。监控小队和丽娜·莫西斯都空手而归。当地人说他们没见过像是埃博拉所致疾病的东西。

几内亚
3月末

马科纳对岸的几内亚，无国界医生组织的医疗人员和卫生工作者正在鉴别埃博拉患者，将病人安置在帐篷营地内的红色区域内，根据无国界医生组织的守则护理病人。在红色区域内死去的人被埋在营地附近。随着病毒继续扩散，当地人越来越恐惧无国界医生的诊疗设施。营地和它们的白色帐篷看上去就很险恶，而且由白皮肤的外国人管理。外国人告诉人们他们感染了一种病毒，必须到营地里去，然后那些人就在营地里消失了，再也没有人见过他们。外国人身穿太空服，把装着尸体的白色口袋抬出营地，把尸体埋在营地附近。外国人不允许人们打开口袋看他们的亲人，说什么尸体很危险。

马科纳三角洲的居民从没听说过埃博拉。许多人根本不相信疾病会通过传染而来，看不见的微生物会导致人们患病。基西乡村地带有相当多的人拥有手机，他们通过社交媒体讨论局势。短信在马科纳三角洲飞来飞去，传播有关营地的谣言。谣言说，白皮肤的外国人在人们身上注射氯水，用尸体做骇人听闻的实验。

无国界医生组织的公共卫生专家，一位名叫阿曼德·斯普莱切的医生后来向我解释称,无国界医生组织的埃博拉治疗中心总会在当地人群之中唤起恐惧。"每次埃博拉爆发,我们都会被视为身穿奇怪衣服的坏蛋,不是用穷苦的非洲人做实验就是收割人体器官,"斯普莱切说,"我们一定在通过什么办法获利。人们朝我们扔了不少石块。"

假如有一群外国人手握大权,他们不会说英语,就算会也说得很差劲,而且口音很重,他们跑到马萨诸塞州韦尔斯利的城郊,搭建起一个帐篷营地,他们穿密封的生物危害防护服,对小镇居民说有一种极度危险的病毒在韦尔斯利蔓延,出现症状的个人必须进入营地等死,韦尔斯利的镇民们恐怕也会表示反对。假如进入营地的人绝大多数从此人间蒸发,不知死活,假如那些外国人在营地旁边埋葬白色裹尸袋,假如有些裹尸袋显然装着死去的孩童,假如社交媒体充满了骇人听闻的人体试验的传闻,我敢保证韦尔斯利的镇民们会拿起枪,想方设法逃离韦尔斯利这个鬼地方。"那会是你最恐惧的噩梦。"阿曼德·斯普莱切解释道。

3月31日,也就是世卫组织宣布埃博拉在几内亚爆发之后仅仅一周,几内亚上报的病例数从49猛增到112,死亡人数达到70。死亡率稳定在60%左右。马科纳三角洲的居民开始紧张。很多人并不相信这个所谓的"埃博拉",然而他们确实在生病,有些人前往其他村庄,接受亲属的照料或治疗师的医治,有些人前往城市,以为能得到比帐篷里更好的医疗救助。

无国界医生组织也开始紧张。3月31日,无国界医生组织的一名官员发出的新闻稿里充满了警觉情绪:"我们所面对的这场流行性疾病,就病例的分布情况而言,其烈度在这个国家前所未见。"

世界卫生组织的官员对无国界医生组织的报告表示怀疑。世卫组织一位名叫格里高利·海尔托的发言人在推特上回应称这次爆发"相对而言规模尚小",因此"没有必要过度渲染已经足够可怕的一个东西",而且"从未有一场埃博拉爆发的病例超过数百人"。这场埃博拉爆发不会比以前那些更严重,只是一次典型的埃博拉爆发,仅此而已。

丽娜·莫西斯在凯内马观察局势。无论是她还是胡玛尔·汗都没亲身参与过处理埃博拉爆发。他们在图书室碰面,讨论局势。两人都赞同埃博拉很可能会传入塞拉利昂,甚至说不定已经传入了。仅仅从常识考虑,病毒也必定会过河。另一方面,莫西斯和汗觉得塞拉利昂的埃博拉病例顶多不会超过几十个。没理由认为埃博拉会在塞拉利昂大肆传播;公共卫生专家普遍认为埃博拉对地球人口不会构成严重威胁,这种病毒很容易就能控制住。

克邦杜村,塞拉利昂
4月1日至8日

治疗师麦宁道躺在家里的床上,已经病得非常严重了。这座房屋由泥砖搭建。麦宁道的母亲本来住在附近另一个名叫索科玛的村庄里,现在搬进麦宁道家里照顾她,但她无法帮助她的女儿。麦宁道的妹妹也在照顾她。4月1日,麦宁道在克邦杜渐渐死去,弗里敦一位名叫雅各布·麦凯瑞的医生收到了一封电子邮件,他为无国界医生组织工作,这封邮件是几内亚卫生部的一份报告的英译本。麦凯瑞将报告转发给塞拉利昂卫生部和丽娜·莫西斯。

这份报告于3月24日公布,也就是一周前,报告用几内亚的官方语言法语撰写。报告列举了一些据信发生于塞拉利昂或利比里亚的埃博拉病例。其中一名患者就是希雅·旺达·科尼奥诺女士。她来自克邦杜,抵达几内亚后发病,她乘坐过出租车或小公车,旁边的乘客是一名病人。报告称3月3日她在几内亚的盖凯杜医院去世,还说她来自塞拉利昂一个叫佩卢昂的村庄,来到几内亚后死亡,葬在一个名叫格邦杜的村庄附近。报告没说这个"格邦杜"在哪儿。实际上,格邦杜就是克邦杜,在塞拉利昂境内,也就是治疗师麦宁道的居住之处。

丽娜·莫西斯在收邮件上遇到了困难。凯内马的互联网连接很差劲,因此她没有读到这份邮件。报告似乎在说一个女人在几内亚感染了埃博拉,在几内亚死去后埋葬在几内亚。报告称女人的尸体被送回"格邦杜",但没说格邦杜位于塞拉利昂境内。事实上,几内亚确实有个村庄就叫格邦杜。几内亚的格邦杜离塞拉利昂的克邦杜只有3.5英里。另外,麦宁道居住的塞拉利昂村庄有四种不同的拼法:Kpondu、Gbandu、Koipondu 和 Koipind。谁能猜到 Gbandu 和 Koipind 是同一个村庄,而且就在塞拉利昂?这个例子揭示了在马科纳三角洲确认村庄是个多么可怕的噩梦。

4月8日,麦宁道在克邦杜家中去世。她的死震撼了马科纳河沿岸的诸多村庄。麦宁道去世的消息传开,人们纷纷表示哀悼,尤其是女性群体。麦宁道的家人开始策划一场大型葬礼,马科纳河两岸村庄的数以百计的居民打算参加。然而在这些村庄之外,麦宁道的死亡完全无人知晓。

闪 电

克邦杜，塞拉利昂
2014 年 4 月 8 日至 10 日

麦宁道还活着的时候，是她的妹妹和母亲在照顾她，现在处理尸体的任务也落在了她们头上。她们先用灌肠术从内部清理尸体，然后用水清洗外部。两人将清水浇在尸体上，有可能用塑料洗衣盆之类的容器收集脏水。也许两人并没有保留她们用来清洗尸体的水。具体情形实在不得而知。

危机正在消退的时候，我为写作这本书来到凯内马做调查；一天晚上，我和一位名叫麦克蒙·卡隆的塞拉利昂公共卫生专家喝啤酒，他告诉了我一些我从没听说过的事情。卡隆曾经为世界卫生组织工作，前往麦宁道那个村庄附近的乡村，寻找埃博拉患者，想办法把他们送进治疗中心，以免将疾病传给其他人。

"埃博拉传播的整个秘密，"卡隆说，"就在于有人用水清洗尸体，然后收集这些水重复使用。"清洗尸体的水被小心翼翼地储存在容器里。家庭成员会在悼念和追思仪式上使用这些水。"假如你是死者的儿子，你就要用清洗过尸体的水清洗身体，"卡隆解释道，"然后女儿再用儿子用过的水清洗身体。"清洗仪式有时在圣树林中完成，那是一片古老的森林。这种仪式类似于哀悼者在森林里紧挨着尸体吃死者生前最喜爱的食物。卡隆说，家庭成员有时会在仪式中饮下清洗用水，通过这种方法将死者的精魂送入体内。

埃博拉的受害者会大量出汗。汗腺会随着汗液送出巨量的埃博拉病毒粒子。汗液依附在皮肤上，水分蒸发后留下由病毒粒子构成的薄膜。患者继续出汗，病毒粒子继续在皮肤上累积。到一个人死于埃博拉所致疾病时，尸体上会涂满埃博拉病毒粒子。尸体的一平方英寸皮肤上很容易就会携带着 1 000 万个病毒粒子。只需要一个病毒粒子就能在另一个人体内造成感染。只要环境保持湿润，埃博拉病毒粒子就非常顽强。实验表明，埃博拉病毒粒子能在死者皮肤上停留七天之久也依然具有致病能力。

4月10日，星期四

麦宁道的葬礼在她去世后两天举行。至少 200 人参加了葬礼，以成年女性和少女为主，他们的哀悼极为沉痛。麦宁道躺在停尸架上，由上等布料包裹身体，露出面部——或许还有手臂和双手——供人瞻仰。悼念者趴在她身上哭泣，抚摸她的脸，拥抱她。随着人们触碰尸体，死者皮肤上的埃博拉病毒粒子转移到悼念者的皮肤和衣服上，尤其是他们的手上。悼念者在葬礼中互相触碰和拥抱，用手指擦拭眼睛里的泪水。来宾众多，他们围绕麦宁道的停尸架走动，表达哀思，因为失去她而痛苦。

我记得我父亲去世的时候。当时我陪着他。我母亲也在。他的呼吸渐渐停止，我母亲搂住他，而我拥抱我的母亲。过了一会儿，我伸出手放在父亲脸上，他的皮肤依然温暖，但生命已经离开了他。我无能为力，只能在他离世时轻轻抚摸他的面颊。麦宁道的葬礼上，人们表达哀痛，抚摸麦宁道，然后彼此接触，曾经依附在她裸露皮肤上的一些病毒粒子从一个人传给另一个人，最终整个人群都受到了埃博拉的污染。病毒粒子沾在人们的手指和手掌上、脸上、头发以及衣物和眼睛里。埃博拉病毒从一个人传给另一个人，靠的是最深沉最个人的情感联系，正是爱、关怀和责任将人们连接在一起，明确地定义了我们的人类身份。病毒利用人类天性中最美好的那些元素，作为人际传播的手段。从这个意义上来说，这种病毒是真正的恶魔。

一个形态完整的埃博拉病毒粒子落在人类眼睑的湿润黏膜上，几秒钟之内它就能穿过黏膜，进入一条毛细血管。进入毛细血管后，病毒粒子会被拉进静脉血管构成的系统，这部分血管系统通向心脏。病毒粒子是一小段绳索状的漂浮物，七扭八歪、具有弹性，它在血流中翻腾、转动。它与红血球碰撞，但每次都会弹开，不会黏附在红血球上。假如一个病毒粒子有一小段意大利面那么大，那么一个红血球就会大得像晚宴用的餐盘。埃博拉病毒粒子经过心脏和肺部，跟随血流进入动脉血管构成的系统，这部分血管系统从心脏通向身体的所有器官。埃博拉病毒粒子落在眼睑上六十秒后，就有可能来到人体内的任何一个地方。

最后，人体内的某处，这个粒子黏附在一个细胞上。病毒内核被拉进细胞内部。于是，一个埃博拉病毒粒子就占领了一个人身体内的一个细胞。从这个时刻起，这个人就很可能难逃厄运了。

埃博拉病毒粒子的内核在细胞内分解。携带遗传密码的 RNA 钻出病毒粒子的破裂内核，就像一根线从纺锤上旋转着松开。接下来，它的遗传密码控制细胞机体，强迫细胞复制埃博拉病毒粒子。十八个小时后，新诞生的绳索状埃博拉病毒粒子渗出细胞，它们像头发似的长出细胞，断裂后被血流带走。一个被感染的细胞能吐出多达 1 万个新埃博拉病毒粒子。这些粒子来到身体内的各个角落，感染更多的细胞，每个细胞再吐出成千上万的病毒粒子。这就是病毒的所谓"极度扩增"。很快，这个人的身体里充满了病毒粒子，免疫系统随之崩溃。到宿主死亡时，其体内的海量细胞已经将自己变成了埃博拉病毒粒子。埃博拉病毒粒子完全由人体的材料构成：埃博拉是人体的反人类形变。埃博拉病毒在人体内的扩增是大自然的一项阴森奇迹。

麦宁道在克邦杜村的葬礼结束后，来自三角洲各处的悼念者回到家里，其中的一些人最终发病。亲友照顾患者，病毒转移到照顾者身上，顺着责任与情感的链条传播。埃博拉就像寄生虫，进入爱与关怀的人际网络，人性的纽带最终将每个人和全世界其他所有人联系在一起。

有些被感染的个体会去其他地方寻求帮助，他们向医院和医生求助，向家庭成员求助，向治疗师求助，前往马科纳三角洲内外的其他国家。人际网络携带着病毒延伸进入非洲西部的无数城市。麦宁道的葬礼是集聚中心，是启动事件，使得埃博拉在人类这个物种内大规模爆发，它是过去这一百年里毁灭性最强、扩散速度最快的感染性致命微生物。

流行病学家后来终于得知麦宁道的葬礼，追踪从葬礼而起的感染链，他们发现至少有365个埃博拉病例可追溯至那场葬礼。麦宁道葬礼引发的传染链朝着所有方向扩散，进入利比里亚和几内亚，扑向70英里外的凯内马政府医院。链式反应源于一个小男孩接触了一只动物（很可能是一只蝙蝠），几个埃博拉病毒粒子因此跨越了将一个人的身体与整个大自然分隔开的模糊界限。

这种寄生物从大自然跳进男孩体内，然后开始扩增，七个星期后，它进入克邦杜村的希雅·旺达·科尼奥诺女士的身体，当时她很可能坐在一辆小公车上，紧贴着一名生病的乘客颠簸。她死于3月3

日，在克邦杜附近下葬。二十八天后的4月1日，雅各布·麦凯瑞发邮件报告科尼奥诺女士的死亡与下葬，但胡玛尔·汗和他的团队没有读到。

假如汗的团队读到报告，意识到其中的含义——埃博拉已经传入塞拉利昂，正活跃于克邦杜——他们肯定会派遣监控小队前往克邦杜村，搞清楚那里的情况。小队会在4月1日后不久抵达克邦杜。他们很可能会发现麦宁道躺在卧室里因埃博拉而奄奄一息。

假如凯内马团队发现了麦宁道，他们应该能够隔离她，从而保护人们不暴露在埃博拉病毒之下。凯内马团队或许还能阻止人们为麦宁道举行大规模的公共葬礼。假如麦宁道的葬礼不曾发生，埃博拉病毒还能沿着传染链飞驰扩散进入世界吗？这场爆发还会如此广阔和深入吗？埃博拉病毒还会抵达达拉斯、拉各斯和纽约吗？假如能够及时找到麦宁道，这场疫病的一颗炽烈种子就未必能够发芽，整个爆发或许就会更符合逻辑和更加可控。

也许会，也许不会。我们永远不可能知道了，因为现实不是这么演进的。另外，也不是说胡玛尔·汗和他的团队犯了什么错误。他们没有犯错。这是在说历史会因为不起眼的小事而改变。隐秘的小事件能够引发涟漪效应，涟漪有可能扩散增长。一个孩子接触了一只蝙蝠……一个女人在公共汽车上和一个感觉不舒服的人靠在一起……一封邮件消失在电子海洋里……一名患者未被及时发现……结果：突然之间，未来降临。

埃博拉并非单打独斗，而是群体作战。从几个埃博拉病毒粒子溜进男孩体内开始，病毒就在越来越多患者的身体里自我复制。病毒粒子数量众多，彼此不和，每个粒子都在与其他粒子竞争，寻求机会进入一个细胞，完成自我复制。病毒粒子自我复制时会出现错误，集群中会涌现彼此之间略有区别的埃博拉。你可以把病毒想象成鱼群,一个粒子是一条鱼。鱼在游泳,它们在游动和繁殖中改变,直到鱼群里存在许多种类的鱼,同时数量急剧增加,有些鱼比其他鱼更擅长游泳,长着更尖利的牙齿。

到麦宁道在3月26日前后感染病毒的时候,原先感染小男孩的病毒已经突变成几种不同的扎伊尔埃博拉。病毒在人与人之间链式传播,毁灭他们的免疫系统,探索人体的防御机制,开始适应这个物种。3月初的某个时刻,一种新型的埃博拉病毒在马科纳三角洲诞生。扎伊尔埃博拉的这个突变种感染人类细胞的能力强至四倍。突变种对人类细胞有着特殊的亲和性。这条鱼拥有更尖利的牙齿。麦宁道被这个突变种感染,死在它的利齿下。突变种钻出尸体,通过葬礼蔓延开去。

扎伊尔埃博拉的这个突变仅仅发生在遗传密码的一个字母上。在麦宁道葬礼上蔓延开去的这种突变后的埃博拉,被正式命名为扎伊尔埃博拉A82V马科纳变异体。本书中将简称它为马科纳毒株或致命马科纳。科学家认为它最初出现在几内亚盖凯杜附近或室内居住的某个不明身份者体内时仅仅是一个变异的埃博拉病毒粒子。致命马科纳的这个变异粒子,这条牙齿更尖利的鱼,在患者体内增殖出巨大的数量。致命的马科纳毒株随后通过某些途径进入麦宁道体内。几乎可以肯定是麦宁道的某个病人传染给她的。但是,在写作本书时,关于马科纳毒株的许多疑问还没有得到解答。

马科纳毒株非常容易进入人体细胞。这个毒株有可能在人体内扩散得更快,威力也更大——但这些猜想尚未得到证实。马科纳毒株有可能比其他埃博拉病毒更具传染性,更容易感染人。它比其他所有丝状病毒都更"热",也就是更致命,甚至超过了扎伊尔埃博拉本身。我们其实并不了解马科纳毒株的确切特性。但目前已有一些证据表明，马科纳毒株是迄今为止出现的最具传染性和毁灭性的一种埃博拉病毒。

在麦宁道的葬礼上，我们见到的景象类似于高速摄影下的核爆最初瞬间。我们直视起爆后逐渐扩张的火球核心。葬礼制造出一道看不见的生物闪电，一种新病毒开始在人类这个物种内爆炸性扩增。

90英里之外的凯内马医院里没人见到这道闪电，没人觉察到它的存在。凯内马医院的工作人员不知道将会导致他们伤亡惨重的事件已经发生。任何地方都没有人注意到马科纳毒株这种变异病毒开始在传染链中扩散，这些链条分支变成更多链条和更多分支。致命马科纳开始沿着链条朝地球上的所有人体行进，人类这个物种之内燃起了一场生物学野火。尽管绝大多数人对它还一无所知，但在4月的第一天，致命马科纳无疑成为了新的病毒之王。

呼吸装置

弗雷德里克，马里兰
4月10日星期四，麦宁道葬礼后约六小时

这是马里兰东部春季里美丽的一天，很长一段时间以来第一个阳光灿烂的日子，温暖，清风徐徐，蓬松的白云列队飘过湛蓝的天空。丽莎·亨斯利计划明天出发前往非洲西部，今天她忙着打包装箱生物防护装备。下午，她开车去学校接詹姆斯。公路跨过莫诺卡西河，不远处就是内战时莫诺卡西战役的战场。红如葡萄酒的新芽像一层雾气似的笼罩着河畔岩壁上的橡树。她把一套电池驱动的呼吸装置放在后排座位上，那是供轻型便携式密封防护服使用的。

詹姆斯拎起装满书本的拖轮书包放进后排，自己爬上前排乘客座。他注意到了呼吸装置。"妈妈，那是什么？"

"那是PAPR，"她说，"正压呼吸器，靠电池驱动，连在防护服上。它能过滤我在防护服里呼吸的空气，保持防护服内部的正压。"

"你去了非洲要穿防护服吗？"

"对，亲爱的，我要穿防护服。"

"妈妈，万一我感染了埃博拉会发生什么？"

詹姆斯的问题让她吃了一惊。她立刻发现儿子在用笔记本电脑上网查询埃博拉。他很可能也看见了埃博拉患者的照片。

至于詹姆斯的问题，她不知道他得了埃博拉会怎么样。科学家没有观察过血友病患者感染埃博拉后的情况。埃博拉会让病人血流不止，血液无法凝结。血友病同样会表现出这些症状。

她停顿片刻，然后说："唔，你会待在一个巨大的泡泡里，明白吗？这个泡泡能阻止你感染其他人。"

"所以你在非洲就会这么做？"

她瞥了儿子一眼。他在担心她吗？他们开车穿过一片居住区，黄水仙在铁网围栏背后的院子里绽放。他们经过一家修车铺。"我过去是为了设立标准以帮助人们。我带去的是检测手段，这样他们就能知道一个人有没有得埃博拉了。"

"你们在制造治疗埃博拉的药物？"他问。

"能治疗埃博拉的药物还不存在呢。"

"但你们不是在研究疫苗吗？"

"对，亲爱的。我确实在研究疫苗。但埃博拉还没有疫苗呢。"

詹姆斯皱起眉头，露出疑惑的表情。"你们不是已经研究了好一阵了吗？"

她微笑道："你还没出生就开始了。"

"行吧，妈妈，那你还做了些什么？"

她险些爆发出大笑。"还做了些什么？唔……"嗯。撰写科研论文。尽可能当一个好母亲。在高危实验室里尽量确保她本人和团队成员的安全。陪伴渐渐老去的父母。推进研究针对其他新发病毒（例如Sars）的医药反制措施。与拉菲保持关系，他是她时断时续的男朋友，但她不打算嫁给他。她一向觉得她的感情生活不怎么对劲。与詹姆斯的父亲离婚后，她决定不再结婚，也许只是还没找到童话故事里的那种爱情。"亲爱的，我还做了很多事情。"

第二天早晨，詹姆斯的学校已经上课了，她带儿子去了一家

IHOP餐厅①,两个人饱餐一顿热松饼。然后她送儿子去学校,迟到了很久,她使劲亲了儿子一口,既没有抱着不放也没有过度感伤。她的父母会照看他,他们已经从北卡罗来纳州家中开车来到弗雷德里克。

亨斯利在德特里克堡停车,跳上一辆政府的厢式货车,车厢里装满了军用运输箱,塞满箱子的各种物资可以快速搭建起用于检测血样的生物安全四级战地实验室。厢式货车送亨斯利和她的物品前往杜勒斯国际机场。当天傍晚,亨斯利和那些板条箱已经在空中跨越大西洋了,正在前往利比里亚的首都蒙罗维亚。

---

① 美国著名连锁早餐餐厅品牌。——译者

麦宁道的蛇

蒙罗维亚，利比里亚
同一天

永恒之爱胜利非洲（ELWA）医院占据了一大片土地，长度近1英里，位于蒙罗维亚市中心以南的海滩沿岸。ELWA医院是一所基督教医院，员工包括利比里亚人和以美国人为主的外国人。有相当多的外国人在医院工作，度过临时性的任期。他们住在散落于海滩旁的别墅里，工作地点是医院内围绕着小礼拜堂的一组混凝土建筑物。海滩边种着棕榈树，温暖的空气带着咸味，大西洋的波涛声常伴左右，混合着时而掠过医院场地的海鸥的叫声。名叫"撒玛利亚救援会"的美国福音派医疗救助组织在ELWA医院有一个医疗传教团，他们的驻地是空心砖建造的一幢两层小楼。

世界卫生组织宣布非洲西部爆发埃博拉疫情的当天，撒玛利亚救援会组织驻ELWA医院的紧急行动主管兰斯·普莱勒医生开始做准备，以防埃博拉患者陆续送进ELWA医院。兰斯·普莱勒四十多岁，是个纤瘦的男人，满头黑发，态度热忱。普莱勒请撒玛利亚救援会组织的一名同事，名叫肯特·布兰特利的美国医生，在ELWA医院设立一个埃博拉病区。兰斯·普莱勒和肯特·布兰特利是密友。他们为撒玛利亚救援会在世界各地的许多地方主持过急救任务。

肯特·布兰特利在医院场地内搜寻合适的地点，他要设立埃博拉病区，并为需要生物隔离的患者划出一个红色区域。最终他决定把埃博拉病区放在医院的礼拜堂里。布兰特利将礼拜堂变成了红色区域，他拉起塑料屏障，把医疗物资和防护装备运进礼拜堂附近的储藏室。病区有五张病床供埃博拉患者使用。安排妥当后，肯特·布兰特利、兰斯·普莱勒和撒玛利亚救援会组织的其他人员开始观望等待。

4月12日

驻蒙罗维亚美国大使馆的一名海军中校在罗伯茨国际机场接丽莎·亨斯利。两人卸下运输箱，装进使馆的几辆车，车队驶出机场，在土路上开了一小段距离后进入一片森林，抵达利比里亚生物医药研究所（简称LIBR）。这个设施曾经是个黑猩猩研究站，后来翻建成利比里亚政府最重要的药物检测和研究实验室。

亨斯利和同事约瑟夫·费尔与工作人员见面，查看设施的情况。研究所是一组混凝土建筑物，其中包括门窗带有铁栏杆的大型黑猩猩舍。黑猩猩研究已经停止，黑猩猩被送往附近河流上的一个小岛。

往日的黑猩猩研究站现在是个装备良好的实验室，专门研究HIV病毒。亨斯利和费尔认为这些房间很适合用来建立高危实验室，检测血样中是否含有埃博拉病毒粒子。他们开始拆箱，他们与一组利比里亚实验室技师见面，后者将在血检实验室里工作，等亨斯利回美国后接管实验室的运营。那天晚上，大使馆的一辆车送亨斯利和费尔来到蒙罗维亚，在海滩附近的酒店放他们下车。接下来的几个星期，酒店就是他们的家了。

第二天清晨，大使馆车辆送亨斯利和费尔回到往日的黑猩猩研究站，他们以顾问身份指导利比里亚政府的实验室技师们工作，他们设立高危实验室，向技师们展示设备。这些技师从没做过需要穿密封防护服的高生物安全性工作。事情做到一半，约瑟夫·费尔忽然离开了岗位，前往塞拉利昂担任卫生部的顾问。

亨斯利继续与利比里亚团队工作，他们一起建造起高危实验室。他们封死一个套间的窗户和房门，创造出空气流通受到控制的实验室空间。他们安装负压 HEPA 空气循环过滤系统，这套装置能降低实验室内的气压，过滤流出实验室的空气。过滤器可以挡住有可能存在于实验室内的空气里的埃博拉病毒颗粒或显微级血滴，防止它们逸出实验室。他们建造了一个净化室，这是个灰色地带，位于高危实验室和建筑物的其余部分之间，脱掉防护服之前，他们会在这里用消毒水喷淋防护服，杀灭防护服外部的所有埃博拉病毒。

完成准备工作之后，利比里亚技师和亨斯利打开 HEPA 过滤系统，降低实验室内的气压，然后测试密封是否完好无损。这个实验室现在准备好进入高危状态了。

亨斯利向同事演示如何穿脱覆盖整个身体的轻型加压密封防护服。防护服带有电池驱动的呼吸器，也就是所谓的 PAPR，呼吸器装在防护服的腰部。防护服带有透明的软塑料泡状头罩，它环绕使用者的头部，可提供完整的视野。4 月 15 日，亨斯利抵达后的第三天，团队在往日的黑猩猩研究站建立的 LIBR 埃博拉实验室开始运行，他们立刻着手检测人类血样，以确定其中是否含有埃博拉病毒。这些血样是利比里亚各地的医生送往实验室的。

离往日的黑猩猩研究站仅仅几英里之外，蒙罗维亚海滩上的 ELWA 医院，医生也在采集患者血样并交给亨斯利和 LIBR 团队。送到 LIBR 实验室的血样没有一份检出埃博拉阳性。在亨斯利和其他观察员看来，埃博拉在利比里亚似乎只感染了一小批人，然后就消失了。亨斯利的实验室目前尚未变成真正的高危区域，里面还没有任何埃博拉病毒。

亨斯利抵达利比里亚的时候，这个国家一共报告了 94 个埃博拉病例，其中 40 人死亡。这些病例中有 7 个出现在蒙罗维亚，一座人口刚过百万的城市。病毒似乎作势要在蒙罗维亚兴风作浪，却忽然开始减弱在利比里亚的攻势。4 月的最后一周，全国共报告了 13 个新增病例。这场爆发似乎正在退潮。

现在我们知道，当时出现在利比里亚的病毒从基因上说更类似于在梅里昂杜跳进小男孩体内的扎伊尔埃博拉。换句话说，最初进入利比里亚的是刚离开生态系统的野生埃博拉。A82V 马科纳变种，变异后的马科纳毒株，仅仅几周前才在几内亚初次出现，此刻还在三角洲区域内传播，尚未突破进入城市。然而，马科纳毒株的存在尚无人知晓。

亨斯利每天在实验室工作十二个小时。她发现她的利比里亚同事都是专注的职业人士，非常擅长四级实验室内的操作。他们没有在各地医生送来的血样里找到埃博拉，她并没有因此感到失望，看起来她似乎错过了直面埃博拉并与之战斗的机会。她住的海滩饭店相当豪华，只是她没时间下海游泳。每晚睡觉前，她用 Skype 与家里通话。她告诉詹姆斯说她戴着那顶太阳帽呢，就是儿子为她装进行李袋的那一顶。她觉得儿子似乎并不怎么担心。

其实詹姆斯很担心。一天晚上，亨斯利的父母告诉她，那天詹姆斯在学校里遭受了一番煎熬。他在课上学习了柴可夫斯基的生平，这位俄国作曲家死于霍乱。这种疾病会导致致命性的痢疾和突然死亡，得知霍乱的症状，詹姆斯变得非常不安。最后老师不得不领着他离开教室，问他到底怎么了。他说他担心母亲。老师领着他回到教室里，他告诉全班说他母亲在非洲帮助人们抗击埃博拉，那是一种致命疾病，就像霍乱。"我为我的母亲感到无比自豪。"他这么说。

4月28日，亨斯利飞回美国，她没有在任何一份血样里检出埃博拉。她的利比里亚同事继续在利比里亚国立实验室里检测血样。亨斯利回到综合研究设施的工作岗位上。她继续组织和启动研究项目。她与驻扎在往日的黑猩猩研究站的利比里亚同事保持联系。几个星期过去了，他们没有在送来的血样里找到埃博拉。埃博拉风潮似乎已经过去。

马科纳三角洲
4月末

治疗师麦宁道的妹妹，照顾麦宁道并为她清洗尸体的人，在麦宁道去世后数周也死于克邦杜。麦宁道的母亲同样照顾过麦宁道，回到自己居住的村庄后病倒，死于4月的某个时候或5月初。4月21日，麦宁道的丈夫去世了。九天后，麦宁道的孙子在克邦杜死去。5月初，这种病毒在布埃杜、纽蒙杜、克卢苏、弗科玛和萨萨尼击倒了一个又一个女人。这些女人不是出席过麦宁道的葬礼，就是与出席过葬礼的女人联系紧密。她们全都死于致命的马科纳毒株。

麦宁道丈夫的死亡惊动了人们，他们被吓坏了。附近地区有许多人相信疾病是由邪恶力量引起的。他们听说过麦宁道在家里的箱子里养了条有超凡力量的蛇。她去世后，麦宁道的丈夫愚蠢地打开了那个箱子的说法开始流传。那条蛇逃出箱子，杀死了他，现在麦宁道的蛇游走于各个村庄之间，把隐形的毒牙插进人们体内，摧毁他们的生命。村民用自己的方法解释正在发生的事情。

马科纳毒株悄无声息地在村庄里扩增，非洲西部报告的新增埃博拉病例却在持续减少。扎伊尔埃博拉，最初在梅里昂杜进入小男孩体内的那种埃博拉，它在人类群体中的传播已经开始退潮；但另一方面，马科纳毒株正在培植新的传染链。有一条鱼遥遥领先了其他同伴。

  蒙罗维亚机场不远处，往日的黑猩猩研究站，利比里亚国立实验室内的高危实验室里，利比里亚政府的技术人员继续检测医院送来的血样，但利比里亚似乎已经摆脱了埃博拉病毒。在凯内马，胡玛尔·汗和丽娜·莫西斯警觉地关注着埃博拉病例，持续不断地派遣监控小队前往各个村庄，寻找病毒存在的迹象，但目前在塞拉利昂连一个病例都还没侦测到。埃博拉似乎开始退却，胡玛尔·汗决定去佛罗里达的德通纳海滩参加科学研讨会。4月25日，他离开了凯内马。

美　国

5月2日

佛罗里达的研讨会结束后，胡玛尔·汗飞往巴尔的摩探望姐姐伊萨图与乌穆和哥哥阿尔法。阿尔法在巴尔的摩做销售工作，他很熟悉这座城市——也许过于熟悉了。胡玛尔和哥哥玩到深夜，在全城跑来跑去泡酒吧，他们过得相当开心。

胡玛尔在费城当IT经理的哥哥萨希德比胡玛尔大十六岁，胡玛尔在塞拉利昂长大的时候，他在小弟面前扮演长辈的角色。胡玛尔到现在还用"先生"称呼萨希德，这是他从小到大的习惯，他也会用"J哥"这个外号称呼萨希德。

萨希德有点担心胡玛尔，这小子和阿尔法在巴尔的摩到处乱跑。最后他打电话给胡玛尔谈话。"你们两个，又在做老爸说会送你们下地狱的那些事情吗？"萨希德问。（他们的父亲已经九十九岁了，而且身体健康。）

"没那么糟糕，先生。"

"好吧，那你们做了什么？你和阿尔法？"

"我们只是喝了两杯啤酒，找点乐子。"胡玛尔答道。

"大麻呢？你们抽大麻了吗？"

"没有，先生。怎么可能？我不抽大麻。我抽烟，先生。阿尔法连烟都不抽。"

萨希德轻轻一笑。"好吧，哎，我对享受人生并没有意见。我只是喜欢教你学会一切都要适度的道理。"

"好的，先生。"

"斯夸索"这没完没了的"先生"让萨希德觉得很好笑。"先生？你在叫谁'先生'？"

胡玛尔大笑。"好的，J哥。"

萨希德觉得他的弟弟过得很不安全。多年以来，他一直担心胡玛尔会死在拉沙热病区里。现在又多了埃博拉需要担心。"美国没有这些东西，更加安全，"他在电话上对胡玛尔说，"留下吧。别回塞拉利昂了。你可以住在巴尔的摩，和你的姐姐们近一些。"

"我不想住在这儿，先生。"

"你可以来费城。可以住在我这儿。我可以帮你安顿下来。你可以在这儿当医生。"

"美国的城市不需要我，"胡玛尔答道，"但那头的拉沙热需要我。"

"是的，但你知道医生在这儿能挣多少钱吗？六位数。"

"但我是一名受过训练的病毒学家，先生，"他听上去非常自信，"我擅长我做的事情。"

胡玛尔最近在加纳接受了三年的高级医疗训练。萨希德和姐姐乌穆借给他17 000美元付学费，因为凭他微薄的政府薪水无法承担那笔费用。萨希德提醒他，医生在美国很容易就能挣到17 000美元。

"我必须为我自己的教育付钱。"胡玛尔说。他决心要报答他们的馈赠，在凯内马开了家私人诊所，诊所的收入最终帮他还清了这笔钱。他还告诉萨希德，过一个月，6月份他还会来美国，帕尔迪斯·萨贝提帮他在哈佛申请到了一笔奖学金。

"等你来了剑桥,我希望咱们能有时间好好谈一谈你搬到美国来的事情。"萨希德说。

"好的,先生。咱们到时候谈。"

萨希德挂断电话,觉得他非常想念他的弟弟。他打心底里不希望胡玛尔回到凯内马去。

黑暗翼楼

凯内马政府医院
5月7日

从美国回来后，汗重返医院的工作岗位。埃博拉爆发似乎正在退去。5月7日，科纳克里的卫生主管部门报告称市内的新增埃博拉病例急剧减少：市内每天只有一起新增病例。在利比里亚，埃博拉已经消失。塞拉利昂连一起埃博拉病例都没有上报过。

克邦杜村
5月7日

凯内马监控小队的领队之一名叫迈克尔·A. 波凯。他四十多岁，说话轻声细气，生性安静，有一双感性的眼睛。波凯是拉沙热研究项目组的生物安全专员。一名司机开着白色路虎带他巡视，车上通常还有另一名监控员。他们会前往村庄，描述埃博拉的病征和症状，询问有没有人认识或见过罹患这种疾病的人。

5月7日，迈克尔和他的小队得知一个名叫克邦杜的小村庄里死了几个人，这个村庄所在的地区名叫基西-滕酋长领地①。他们开车来到克邦杜，见到了几幢铁皮屋顶的四方小屋，它们围绕一片空地而建。屋子旁边是棕榈叶屋顶的做饭棚屋——热带地区的人们习惯在室外做饭。小队说他们是卫生部的人,称他们在寻找一种名叫埃博拉的疾病。他们描述了病征和症状,问村里最近有没有死过人。

村民说有一位著名的女治疗师死在村里。她在女性群体里很有威望。她叫麦宁道。她生病后去世了。

迈克尔和搭档向村民询问这位治疗师的死因:看上去像埃博拉吗?

不,她违反了烟的律法,村民说。

迈克尔完全不明白这是什么意思。他不想和村民争辩他们对疾病的解释对不对。他只想知道治疗师所患的疾病看上去像不像埃博拉。

不,不是埃博拉,村民说。治疗师不但违反了烟的律法,还辜负了她对蛇的责任,这就是她的死亡原因。

迈克尔根本听不懂他们到底在说什么。

麦宁道的丈夫也死了,村民说。他打开过他妻子的袋子或箱子,见到了里面的那条蛇。她丈夫见到了蛇,所以他才会死去。然后又死了一个小男孩。至于男孩为什么会死,他们说麦宁道做过一块有魔力的石板放在她家的门楣上,有人取走了这块魔法石,导致男孩去世。

波凯和搭档有一位译员帮他们翻译基西语。两人通过译员说:"但我们想告诉你们,埃博拉离你们很近。你们必须高度警惕埃博拉。"假如任何人表现出这种疾病的症状,他们就应该去科因杜镇的社区卫生所。科因杜卫生所的所长与胡玛尔·汗保持联系,假如在诊所里见到疑似埃博拉的病例,就会立刻向汗报告。

5月8日,迈克尔·波凯带领小队返回凯内马,以为治疗师麦宁

---

① 酋长领地(Chiefdom)是塞拉利昂的第三级行政区划,位于省和行政区之下。——译者

道死于不久之前。但事实上,她死于整整一个月前的 4 月 8 日。马科纳毒株从她的葬礼开始已经传播了一个月,依然没有被注意到。现在看来,村民似乎明白埃博拉是什么,但他们很可能不愿说出他们知道的全部情况,因为他们害怕会被送进营地。就这样,迈克尔·波凯和他的小队曾经如此靠近马科纳毒株,但它从他们身边悄悄溜了过去。

到了 5 月的第三周,爆发似乎基本上结束了。在这场爆发期间,非洲西部共出现了 258 起确诊或疑似埃博拉的病例。扎伊尔埃博拉的表现和先前每一次爆发一样:几百人感染埃博拉,埃博拉斗士奋力扑火,病毒逐渐消失。世界卫生组织准备宣布爆发结束,声明按计划将于 5 月末发布。无国界医生组织制定计划,准备关闭埃博拉治疗中心并撤离人员。

非洲西部的旱季也即将结束。雨季在 5 月的最后几天来到凯内马。2014 年 5 月末,湛蓝的天空依然万里无云。然而随着时间一天天过去,炽热干燥的空气变得有点异常,不太安稳,带着某种刺人的感觉。天空是一片柔和的蓝色虚空,只有白鹭缓缓飞过,这些小白点在高空移动。根据当地的传说,白鹭是瞭望者,它们俯视世界,保护地面的其他动物:牛、羊、鳄鱼、蜥蜴,甚至蛇。但白鹭的保护没有将蝇虫包括在内。蝇虫太小也太多,白鹭看不清它们,也分不清它们谁是谁。因此据说蝇虫必须自己照看自己,而它们正是此道高手。夜里,城市安静下来,赤道群星在无云的漆黑天空中闪烁,无声的闪电在西南方闪烁,这是暴雨正在接近的兆头。经过了多个月的高温煎熬,空气中弥漫着野地焚烧产生的烟雾,撒哈拉沙漠吹来的尘土充满了狮皮色的天空,人们渴望雨水的来到。他们希望暴雨冲刷世界,把世界变成翡翠般的绿色;他们希望听见流水的咆哮响彻街边的排水沟,洗掉城市里所有的污垢。

凯内马
5月20日

随着雨季的临近和埃博拉的消失,为凯内马监控小队担任顾问的丽娜·莫西斯开始思念家乡。她和艺术家丈夫艾隆·贝尔卡还有两个女儿住在新奥尔良的一幢小房子里。她已经在凯内马待了几个月,现在非常想念他们。她在项目组办公室找到汗,说她打算启程回国。

"我希望你能再待一段时间。"汗对她说。他说他依然很担心埃博拉的情况。病毒在几内亚尚未彻底绝迹,依然有可能过河。只要塞拉利昂出现仅仅一个埃博拉病例,他们就必须在广大人口中仔细搜寻病毒的踪迹。他非常需要丽娜·莫西斯留在凯内马,以防病毒突然现身。

但莫西斯不愿留下。丈夫在照顾两个女儿,开车送她们来去学校和托儿所,做饭,带孩子去参加玩伴聚会,下午他作画时让她们在他的工作室里玩。她再也无法忍受见不到孩子的生活了。她离开凯内马,转了几次机才飞回家。一天半后,她紧紧拥抱丈夫和孩子,搂着他们泣不成声,回家让她高兴得无以复加。

就在莫西斯飞越大西洋的时候,凯内马政府医院的产科病房收治了一名二十岁的女性,她叫维多利亚·伊利亚,高烧并产道出血不止。她有孕在身,来到基西-滕酋长领地的科因杜社区卫生中心准备分娩。伊利亚女士生下一名死婴,同时带出了洪水般的内出血。她丈夫安东尼送她来到凯内马医院。

产科病房的医护人员为她检查身体。他们给她注射药物,为她静脉滴注生理盐水,但皮肤上的针刺点血流不止:她的血液失去了凝结能力,持续不断地淌出针眼。从症状来看,这是一个拉沙出血热的致命病例。她被转入拉沙病区,由护士长姆巴卢·方尼"姨妈"亲自照顾。

雨

拉沙热隔离病区
5月23日

拉沙热病区里,"姨妈"穿戴好个人防护装备,检查维多利亚·伊利亚的情况。她几乎肯定难逃一死了。拉沙病毒对怀孕女性来说尤其致命。病毒会感染母亲和胎儿,胎儿死去后很可能会自发流产,造成母亲产道大出血,通常同样会死去。话虽如此,"姨妈"曾经救活过几个被感染的母亲,她先为她们人工流产,然后实施扩宫和刮宫术(简称 D&C)。D&C 手术是用名为刮匙的弧形手术器具刮净子宫内壁,去除残余的胎盘。拉沙急救法风险极高,是孤注一掷的最终手段,用来拯救否则就必死无疑的女性。假如能够迅速取出胎儿,然后实施扩宫和刮宫术,似乎能为母亲争取一定的生存机会。但胎儿不可能幸免于难。

伊利亚女士已经失去了胎儿。"姨妈"决定为她实施 D&C 手术,希望能够拯救她的生命。她召集手术小组,他们全都穿戴上个人防护装备。在团队的协助下,方尼用刮匙刮净患者的子宫内壁,手术顺利完成。事后,伊利亚女士安静地躺在拉沙热病区的病床上休息,由姨妈和她手下的护士负责照看。她没有死去。"姨妈"并不特别吃惊。维多利亚·伊利亚在拉沙热病区为自己的生命搏斗了几天,终于开始康复。最后，她会摆脱疾病的魔爪。她会在6月走出隔离病区，回家与丈夫安东尼团聚。D&C似乎是她死里逃生的因素之一。

维多利亚·伊利亚在拉沙热病区挣扎于生死之间，雷暴云在坎布依山上空积蓄，如白色巨塔般越堆越高。闪电在云团之间蹿来蹿去，雷声隆隆，倾盆大雨在凯内马落下，雨点捶打着医院。雨季终于来临。

这场雷暴雨没有持续太久。很快，雨过天晴，铁皮屋顶在阳光下蒸汽腾腾。但另一场雷暴雨转瞬即至。豪雨如波涛般到来，雷暴雨一场接一场，乌云在坎布依山上空积蓄。闪电开始击中地面，一场场雷雨逐渐合围，变成持续不断的大雨。

就在雷声和暴雨之中，汗接到一个电话，来电者是科因杜诊所的所长，维多利亚·伊利亚在那里流产并大出血。他说他的诊所有一名女性患者表现出埃博拉的症状。除此之外，还有另外两名症状类似的女性患者被亲属带离医院，送往凯内马的医院。

这件事顿时让他警觉起来。汗请所长送一份患病女人的血样到凯内马做埃博拉病毒检测。按照他的说法，凯内马医院里的某处还有两个或许被埃博拉病毒感染的女人。凯恩打电话给医院里一位名叫阿卜杜·阿齐兹·贾洛的医师，请他立刻在各个病房里搜寻表现出埃博拉症状的女性患者。

阿齐兹医生巡视病房，找到一个女人，她表现出了埃博拉病毒感染的所有常见症状。"她结膜（眼睑的内侧黏膜）红肿，表情如面具，眼球发红，腹泻，呕吐，嘴唇干裂，牙龈红肿。"阿齐兹事后回忆道。这位女性名叫萨塔·K.。他下令检测血样，将她转入拉沙热病区。萨塔·K.被送进拉沙热病区，躺在离维多利亚·伊利亚不远的病床上。

第二天早晨，信使骑着摩托车离开科因杜的诊所。摩托车上装着一个塑料盒，盒子里只有一个玻璃试管，里面的血液勉强够涂满一片指甲。这份血样来自诊所里那位出现了类似埃博拉症状的女人；她叫玛米·莱比。她恰好是治疗师麦宁道的弟媳，参加了麦宁道的葬礼。摩托信使遇到了雷暴雨，直到临近傍晚才赶到凯内马，他把采血管交给高危实验室的主任奥古斯丁·戈巴。

戈巴先生穿戴上白色生化防护服、护目镜、双层手套和橡胶靴。他拿着采血管，推开通往高危实验室的大门。他打开门时，四周的空气嘶嘶向内涌入高危区域。他开始处理血样，做检测前的准备工作。整个流程相当消耗时间。现在已经晚了；他打算明天——也就是星期天——继续分析。

高危实验室
凯内马，塞拉利昂
5月25日，星期日

星期天早晨，8点整来普通病房上班的几位护士唱起赞美诗，给患者打气，也给即将开始一天辛苦工作的自己鼓劲。每逢星期天，凯内马的穆斯林会打开基督教电台，听福音合唱团用三部和声唱赞美诗，而每逢星期五，凯内马的基督徒也会在电台上听伊玛目布道。早晨慢慢过去，基督徒家庭走上街道，步行前往教堂。人们衣着得体，男人穿运动衬衫和长裤，男孩打扮得和父亲一样，少女穿白色或粉色裙装，成年女人穿色彩明艳的长裙，缠着相配的头巾。有些人边走边用手机发短信或打电话。

那天上午，拉沙实验室旁的小巷，一个白色集装箱里的小实验室内，一位名叫纳蒂亚·沃凯埃的法国科学家正在做准备，她要和同事一起检测从马科纳三角洲的诊所送来的那份血样。纳蒂亚·沃凯埃是美国生物科技公司Metabiota的雇员，派驻在凯内马是为了监控新发病毒。她的实验室里有一台PCR仪，能够检出人类血液里埃博拉的遗传密码。几周以来，她一直在用这台仪器检测凯内马医院的病患血样。她密切关注医院的患者人群，搜寻埃博拉的存在迹象。

奥古斯丁·戈巴要用哈佛的帕尔迪斯·萨贝提提供的PCR仪检测马科纳三角洲诊所送来的血样。纳蒂亚·沃凯埃同时用她的机器做平行检测。两次检测的结果可以做交叉对比。

此刻，纳蒂亚和她的助手——一位名叫莫因雅·孔伯尔的女性技师——穿戴上个人防护装备，走进高危实验室。为了检测，她们首先纯化一份极少量的血样，只有一粒芝麻那么大的一滴。准备工作需要花时间，而她们还要为另外七个血样的检测做准备，因为纳蒂亚依然在常规性地检测医院病患的血样。胡玛尔·汗来了，他在图书室的一张桌子前坐下等待，图书室隔着走廊与高危实验室相对，他在思考究竟发生了什么。大雨下着下着停了，云开日出。

下午5点30分

纳蒂亚在她的集装箱里，双手拿着一根细长的玻璃管。试管里装着血液的纯化提取物，这份样本来自玛米·莱比，乡村诊所里的那位患病女性。她把试管插进PCR仪的托盘，这台仪器与微波炉尺寸相仿。托盘上还有另外七根细长的玻璃管，每个试管都装着一名凯内马医院患者的纯化血样。这七份样本只是常规性检验；纳蒂亚持续检测患者血液已经几个月了，还没有一份样本检出埃博拉病毒阳性。她启动仪器。托盘上共有八份样本。

一小时后，暮色刚开始降临，她看见仪器差不多要停止运转了。奥古斯丁·戈巴和胡玛尔·汗来到她的实验室。他们聚集在电脑屏幕前，最终结果一一出现。

纳蒂亚看着屏幕上的结果，知道检测肯定出问题了。八份血样里有三份检出埃博拉病毒阳性。其中一份属于玛米·莱比。另外两份来自凯内马医院内的病人。三名埃博拉病毒感染者，有两个就在医院里？

"不可能是正确的。"纳蒂亚说。

他们讨论了一下，认为它们是假阳性。

"重新检测一下，免得出错。"汗说。他走到室外，在实验室旁的小巷里打电话给塞拉利昂卫生部长，一位名叫米亚塔·卡格波的女性。汗一整天都和她保持联系，告诉她埃博拉有可能已经传入塞拉利昂。"部长女士，出了些技术问题。我们打算重做检测。"

部长很不高兴。"汗医生，我要你待在实验室里，"她说，"你要一直等着看到检测的结果。"她说她会每隔三十分钟打一次电话给他。她衷心希望检出结果是霍乱，而不是埃博拉。

奥古斯丁·戈巴开始做他的血液检测；他只检测玛米·莱比的血样，也就是乡村诊所的那位女患者。他穿戴好防护服，进入高危实验室。与此同时，纳蒂亚的技师莫因雅·孔伯尔开始为纳蒂亚仪器上的第二次检测准备新的一套八份血样。

实验室内的工作在紧张地进行着，胡玛尔·汗来到高危实验室旁的小巷里，坐在台阶上点了支烟。他心神不宁。卫生部长盯着他的一举一动。人们认为这场埃博拉爆发就快结束。然而假如在塞拉利昂发现一名埃博拉患者，就意味着又一场爆发已经发生。村庄里此刻有多少人正在被埃博拉病毒杀死？他抽完一支烟，又点了一支。

晚上 8 点 40 分

纳蒂亚·沃凯埃坐在图书室里，面对高危实验室的出入口，她看见那扇门打开了一条缝。奥古斯丁·戈巴把脸凑到门缝前,他穿戴着全套个人防护装备。"我认为我也检出了阳性,"戈巴隔着呼吸面罩喊道,"但我不敢确定。"

纳蒂亚走到门口,以最快速度穿上防护服。两分钟后,她穿戴好了全套个人防护装备,和戈巴一起挤在一台设备前,这台设备名叫凝胶电泳仪。他们在设备的盒子里看见了黑色背景下的发光绿色条带图案。图案是玛米·莱比血液里的某种东西的特征纹路。沃凯埃盯着图案看,她无法确定这是不是埃博拉病毒。

"咱们联系克里斯蒂安·安德森吧。"戈巴对她说。安德森是帕尔迪斯·萨贝提作战室小组的成员,是他把仪器送到凯内马来的。现在不能浪费时间,没时间按正常流程离开高危实验室了。沃凯埃拉开防护服的拉链,取出口袋里的手机,拍了一张图像的照片。她在手机上写电子邮件。"哈啰,"她打字道,"我们在实验室里,有个问题。"她附上照片,点击发送按钮,等待回应。但回应迟迟不来。在美国,现在是阵亡将士纪念日周末的星期天下午。

作战室

剑桥，马萨诸塞州
5月25日星期日，下午4点55分

克里斯蒂安·安德森和妻子一整天都在新罕布什尔州的怀特山徒步旅行，将近5点才回到家。他在公寓里闲逛了一会儿，5点30分，他打开电子邮箱，看见了纳蒂亚·沃凯埃的来信。他看着绿色条带的照片，那是沃凯埃四十分钟前在高危实验室拍的。他觉得有可能是埃博拉病毒，但不敢百分之百确定他见到的究竟是什么。有可能什么都不是。也有可能是一场埃博拉猛火正在塞拉利昂无声无息地熊熊燃烧。安德森警觉起来，回信请沃凯埃告诉他更多的情况。

与此同时，纳蒂亚飞快地离开高危实验室，走进她的集装箱实验室。她的PCR仪刚刚吐出玛米·莱比的血样和凯内马医院内病患的另外七份血样的新一轮检测结果。依然有三份检出阳性，乡村诊所里的那个女人是其中之一。

见到第二批结果依然是三个埃博拉病毒阳性，纳蒂亚一时间感觉既惊恐又尴尬。不是假阳性，确实就是埃博拉。而且就发生在这家医院里。凯内马医院里有两名埃博拉患者。凯内马政府医院已经被病毒入侵。

她感觉非常难过。她是一名科学家。她应该是个理性至上的人。

但先前见到埃博拉病毒阳性结果时,她拒绝承认它们是真的。她的仪器是正确的。它向她尖叫这就是埃博拉,但她的头脑看不见她不愿看见的东西。

纳蒂亚走出集装箱,去找胡玛尔·汗,黑暗中,汗依然坐在小巷里的台阶上。他看见纳蒂亚,站起身。"怎么样?"

"你的日子要不好过了。"

"什么意思——还要重做检测?"

"不用了。"乡村诊所里的女人,玛米·莱比确实感染了埃博拉。另外还有两名患者,而他们就在凯内马医院里。

"唉,我的天哪。"汗重重地坐在台阶上。

同一时刻,波士顿后湾,帕尔迪斯·萨贝提坐在公寓里的餐桌前处理工作。宠物鼠在她大腿上睡觉。电话响了。是克里斯蒂安·安德森打来的,说他认为埃博拉已经传入塞拉利昂。

许多念头闪过她的脑海。埃博拉病毒绝对不会单独出现。这意味着一场爆发已经开始。无声无息。程度不明。有可能非常严重。胡玛尔·汗遇到麻烦了。凯内马医院遇到麻烦了。塞拉利昂遇到麻烦了。

她召集埃博拉作战室小组的人员在半小时后开会。她把宠物鼠放在地上,走到冰箱前,拿出一根胡萝卜和一段芹菜,她切碎胡萝卜和芹菜,把食物一小堆一小堆地放在公寓的各个角落里,她出去后宠物鼠可以在家里玩寻宝游戏。她穿上旱冰鞋,戴上头盔,沿着联邦大道向南滑,穿过马萨诸塞大道大桥,来到肯德尔广场,她拎着旱冰鞋上楼,走进布洛德研究所六楼的埃博拉作战室。

作战室是个大房间,白板墙壁永远涂满了五颜六色、神秘莫测的潦草文字,都是科学家用马克笔写上去的,有一张用金色木料制作的会议桌,落地窗俯瞰东剑桥。会议桌四周坐了十来个人,他们是麻省理工、哈佛和布洛德研究所的科学家和博士后。"此刻，埃博拉在塞拉利昂这个雷达屏幕上还只是一个小点，"萨贝提对整个小组说，"确诊病例只有一起，但意味着这是一场爆发。我非常担心胡玛尔·汗和他的团队面临的局势。"

萨贝提开始制定行动计划。布洛德研究所的设备能够解析袭击塞拉利昂和胡玛尔所在医院的埃博拉病毒的遗传密码。她知道随着病毒在人类身体内传播，遗传密码会发生改变。病毒在人类身体内扩增时，变异会在这种埃博拉的遗传密码之中累积。病毒现在发生了多大的改变？非洲西部的这种埃博拉会不会已经变异成了新的毒株，与原始的扎伊尔埃博拉有所不同？传染性更高？更难以治疗？

萨贝提及其团队制定计划，决定尽快开始解析这种病毒的基因组。所有的实验性药物、实验性疫苗和诊断性检查全都严格依赖于病毒的遗传密码。埃博拉有可能演化得无法被用来检验它的方法侦测到吗？非洲西部的埃博拉病毒有可能变得连未经测试的试验性药物都无法克制吗？病毒来自何方？这场爆发有可能始于同一个人，也就是那个小男孩吗？还是说爆发起源于不同时间、不同地点的不同患者？埃博拉会从不同的起始点攻击人类群体吗？这些问题的答案与全世界的每一个人息息相关。

作战室团队定下计划，从已知的埃博拉感染者身上获取血样。无论他们在患者的血液里找到哪一种埃博拉病毒，他们都要解析出它的基因组。

病毒不是一个单独的东西，而是病毒粒子的集群。集群在人与人之间移动，规模越来越大，同时改变自身的特征。科学家希望能够通过观察埃博拉的少数基因组来获得整个病毒的全貌，它可被视为一种在四维空间内可见的生命形式，游走于时空之中的大量代码。为了看清基因组，他们需要血样。

凯内马
5月26日，星期一

九小时后，胡玛尔·汗站在图书室的窗口。房间里挤满了拉沙热研究项目组的人员，空气中弥漫着热量和焦虑。"各位，"汗说，"埃博拉来我们这儿了。"他解释说医院里已经有了两名埃博拉患者。她们是萨塔·K.和维多利亚·伊利亚，现在都躺在拉沙热病区的病床上，病情危重。他说，拉沙病毒监控小队要准备一组车辆，立刻前往科因杜，这个小镇位于马科纳三角洲内，玛米·莱比——塞拉利昂确诊的第一名埃博拉病人——就躺在当地诊所的病床上。他命令监控小队把她接回来，送进拉沙热病区隔离，然后在附近地区搜寻更多的埃博拉病例。

汗发布命令的时候，房间里的一个女人开始哭泣。她叫维罗妮卡·贾图·科洛马，拉沙热病区的助理护士长，"姨妈"的副手。

汗用克里奥语厉声说："你哭什么，维罗妮卡？为什么要哭？"

"我哭，"她对房间里的所有人说，"是因为我曾经从拉沙热的魔爪中逃生，而我知道埃博拉更可怕。"她和拉沙热病区的其他护士一样，也是拉沙出血热的幸存者。她的病情异常严重，陷入昏迷，几乎死去。她康复后掉光了头发。拉沙病毒杀死了毛囊细胞。她还陷入了严重的抑郁。数年后，抑郁逐渐过去，头发大部分长回来了，但她总是戴着假发，遮挡受到的损伤。"埃博拉更加致命。"她对同事们说。

但汗并没有安慰她，而是提醒她，她和房间里的所有人一样，是一名医务工作者，有职责要完成。凯内马拉沙热项目组是全塞拉利昂唯一有能力处理埃博拉患者的机构。房间里的每一个人都是政府雇员。"卫生部在看着我们呢。"他说。

散会后，维罗妮卡·科洛马顺着山坡走向拉沙热病区，开始一天的工作。再过几分钟，她就将生平第一次直面埃博拉患者了。她从未见过这种疾病,非常害怕。她在病区门口遇到了上司姆巴卢·方尼。"天哪,'姨妈',我太担心,太害怕了。"她说,又开始哭泣。

方尼脸色肃然。"维罗妮卡,你哭什么?掉什么眼泪?我们必须穿戴好PPE,去照顾我们的病人。"两个女人走进拉沙热病区旁的集装箱。这是病区的整备区。她们在集装箱里穿戴带头罩的特卫强生物危害全身防护服、HEPA呼吸面罩、护目镜、双层手套、橡胶靴和橡胶围裙。两人穿过空地,经出入口进入高危区域,两边排列着小隔间的狭窄走廊。从这一刻起,往日的国立拉沙热病区变成了国立埃博拉病区。

员工会议结束后,胡玛尔·汗来到纳蒂亚·沃凯埃的集装箱办公室,与法国科学家讨论检测结果。他们交谈时,他问沃凯埃要了支烟。汗关上门——他不希望别人看见他抽烟——然后继续讨论血检。忽然,汗用巴掌猛拍额头。"啊,该死!"

"怎么了?"她问。

"该死!大便样本杯!"

摩托信使在放下诊所送检的血样后,将几个装有粪便的样本杯送往弗里敦的政府实验室检测霍乱。"那几个样本杯带有病毒!"汗叫道。

那是全世界最致命的粪便。两人爆发出病态的狂笑,他们实在忍不住;然而局势非常危险。汗必须打电话给弗里敦实验室,提醒工作人员不要打开样本杯,对它们做消毒处置。

但等一等——装满埃博拉粪便的样本杯该怎么消毒?纳蒂亚和汗讨论这个问题。在焚化炉里焚烧样本杯?粪便遇火会产生烟雾。一个人吸入粪便产生的烟雾会不会感染病毒?他们意识到没人知道埃博拉粪便产生的烟雾是否有生物危害性。汗打电话给弗里敦的实验室,命令他们焚毁样本杯,千万记得要远离产生的烟雾。

5月26日
上午10点30分

汗在纳蒂亚那儿抽完烟,返回拉沙热病区,与"姨妈"讨论该如何看护那两名埃博拉患者:维多利亚女士(她流产并大出血,做过D&C手术)和萨塔·K.女士。萨塔·K.有三个孩子:两个十来岁的男孩和一个年幼的女孩。拉沙热病区旁,汗的门诊候诊区里,他们坐在棕榈树叶下的长凳上,等待母亲的消息。外面下起了雷阵雨,萨塔的孩子们来到汗的集装箱办公室里躲雨,与他讨论母亲的病情。他们拒绝相信埃博拉真的存在,更不相信母亲得了这种病。汗无法改变他们的想法,最后只好带萨塔的孩子们去纳蒂亚·沃凯埃的集装箱实验室,向他们展示血检的工作原理。纳蒂亚调出他们母亲的血检结果,放在电脑屏幕上,解释检验是如何完成的。

萨塔的孩子们听得非常专注。这几个孩子很聪明。他们对汗说希望能送母亲的血液去另一个实验室,交叉对比血检结果。纳蒂亚后来在日记里写道:

> 他们似乎受过良好的教育。我告诉他们……唯一的选择是把它(他们母亲的血样)送往国外,欧洲或者美国都行。我向他们保证,其他人也会得出相同的结果。然后他们开始问更令我动容的问题,例如:"活下来的几率有多大?""有治疗手段或疫苗吗?"我望向汗,希望他能帮帮我,但他摇摇头,叫我继续回答。告诉几个孩子,他们的母亲有80%的可能会丧命,这可不是一件容易的事。他们相当平静地接受了……他们衷心地感谢我对他们说实话,然后冒着大雨离开。几分钟后我在外面见到了他们。女孩在哭。

四天后,他们的母亲在埃博拉病区内去世。

纳蒂亚向萨塔·K.的孩子们解释什么是埃博拉时,监控小队开着三辆四轮驱动的车进入马科纳三角洲,其中包括一辆丛林救护车。三辆车上装满了生物防护装备。小队在泥泞的道路上行进了几个小时,终于来到科因杜,玛米·莱比——实验室证明患有埃博拉的那位病人——奄奄一息地躺在小镇诊所的病床上。

迈克尔·波凯的任务是监督小队正确着装,确保在他们进入诊所、暴露在埃博拉患者面前时不犯任何错误。

小队先和几位基西酋长开会,这些人拥有巨大的政治权力,他们向酋长们描述埃博拉,解释小组正在干什么。迈克尔会说四种语言,英语、克里奥语、门德语和科诺语,但不会说基西语。整个小队只有救护车司机会说基西语,这位名叫萨尔·纽可尔的基西男人负责翻译。会面结束后,小队把车辆停在诊所旁,这是一幢黄色灰泥墙壁的单层小楼。

诊所是高危区域。确定携带埃博拉病毒的病人只有一名,但也许还有其他人也携带着病毒。埃博拉病毒粒子有可能附着在建筑物的一切内表面上:墙壁、地板、病床、医疗用具、卫生间。建筑物里还肯定有家庭成员在照顾亲人,这在非洲的医疗机构是完全正常的。家庭成员会给予患者无微不至的关怀,因此任何一名家庭成员都有可能携带埃博拉病毒。

小队成员开始整备着装。这是他们第一次进入埃博拉污染区域执行任务,他们非常紧张。迈克尔监督他们穿戴好特卫强全身防护服、HEPA呼吸面罩、护目镜、双层手套和橡胶靴。迈克尔命令驾驶员留在车辆附近。基西人萨尔·纽可尔就是其中的一名驾驶员。然后迈克尔和其他人走进建筑物,他们知道这里现在已经成了扎伊尔埃博拉的巢穴,丝状病毒的红色女皇在此盘踞。

暴 力

科因杜
5月26日，下午2点

迈克尔·波凯和伙伴们走进诊所，首先勘查此处的平面布局。诊所里一共有四个狭小的病房，病房里挤满了患者。小队发现埃博拉患者玛米·莱比躺在一张病床上，这是一个三十多岁的女人，病得已经濒死，焦急的亲属在照顾她，其中包括她的丈夫。小队请亲属停止照顾，不要再触碰她。随后他们更加仔细地探查诊所，检查患者，惊讶地发现还有另外八名患者也显露出了埃博拉病毒所致疾病的症状。奇怪的是，这些疑似患者全都是女性。

见到政府的医务工作者身穿太空服在诊所里转来转去，患者和他们的家属开始惊慌。迈克尔隔着HEPA面罩用克里奥语向莱比女士和亲属解释说她得了一种名叫埃博拉的病。这种疾病非常危险，有可能传播给其他人，他说。他想带莱比女士去凯内马的政府医院，她在那里能得到救治并隔离起来，以免把疾病传给其他人。他没有执法权，无法强迫她登上救护车。作为一名患者，她有自由选择权。

但莱比女士过于虚弱，无法做出决定，只能由她的家属替她决定。她丈夫赞成送她去凯内马医院，但她的亲戚不赞成。"那些亲戚听见要去医院就挑起眉毛，"迈克尔后来回忆道，"他们提起MSF

(无国界医生组织）的几内亚治疗中心。他们说几内亚人被送进治疗中心，然后就完蛋了。"

迈克尔和小队决定待在防护服里，想方设法说服女人的亲属。他们停留了近四个小时，与莱比女士的亲属讨论，但他们非常坚定：她必须留在诊所里。

回想一下前面我用马萨诸塞州市郊居住区打的比方。假如你去牛顿-韦尔斯利探望生病的母亲，一群穿太空服的联邦官员忽然走进病房，声称你的母亲感染了一种极度危险的病毒，必须送她去某个政府机构，对此你恐怕也会疑虑重重。事实上，你很可能会开始尖叫。

关于玛米·莱比的争论越拖越久，诊所外聚集起了一群人，流言和手机短信在附近地区的村庄里飞速传播。外面的人越聚越多，迈克尔和小队听见了骚动的声音。他们看见人们在诊所窗户外走动。人群说基西语，其中混杂着很多年轻男人。

驾驶员留在车辆旁。基西驾驶员萨尔·纽可尔能听懂人们在说什么，他被吓坏了。他跑到诊所的一扇窗前，朝迈克尔·波凯挥手，波凯走到窗口，打开一条缝。

纽可尔告诉他，那些年轻人在策划袭击小队。他们打算烧毁车辆，不让小队逃跑，然后围住他们，伤害或杀死他们。

波凯跑回队员身旁，说咱们必须冲出诊所，就现在，脱掉装备，跳过消毒步骤。他们穿着太空服跑出前门，发现面前是一群怀着敌意、手握石块的年轻男人。他们聚在车辆旁，截断了小队的逃脱路径。

小队摘掉呼吸面罩，扯掉防护服，踢开橡胶靴。驾驶员从车辆旁跑过来，与小队会合。波凯和另一名领队——名叫兰萨纳·卡内的流行病学家——飞快地交换意见。他们认为去小镇警察局最有可能逃过一劫。警察局在400码开外。他们已经脱掉了生物防护靴，因此只能穿着袜子奔跑。

那些年轻男人步步逼近，队员拔腿就跑。他们奔向警察局，紧靠在一起，这400码变成了一场生死奔逃。那些年轻男人追赶他们，扔石块。苹果大小的石块划出足以砸碎头骨的抛物线。小队成员边跑边扭头张望，躲避石块，终于跑进警察局，气喘吁吁地停下，追赶的人群在警察局门外站住。所幸小队成员都没有被石块击中。

说来奇怪，警察们对这场骚乱似乎一无所知。迈克尔和小队对警察说，他们要上报一起他们刚刚遭遇的暴力袭击事件。他们还说他们担心他们的车辆会被烧毁。警察给了他们一张表格，要他们陈述事件细节、发生地点与时间，等等。

迈克尔填写好表格。但队伍现在无法离开警察局，因为那些年轻男人不肯散去。夜幕降临，几个小时过去。他们望着黑暗，琢磨会不会看见火球升起，他们的车辆被付之一炬。他们听见摩托车的突突马达声响彻小镇。

几小时后，小镇似乎安静了下来。他们回到车辆旁，车辆没有受损。然而，队伍被困在警察局的那几个小时里，显露出埃博拉症状的九个女人全都从诊所消失了，玛米·莱比也不例外。那些病床上此刻空无一人。

事情是这样的：人们有手机，人们有摩托车，而消息传播得飞快。生病女人的家属组织了营救行动。从马科纳河畔的其他村庄骑摩托车到科因杜只需要二十分钟。人们在夜幕的掩护下骑着摩托车从各个村庄出发，来诊所救走他们的亲人。他们把感染埃博拉病毒的九个女人放在摩托车后座上，带她们前往安全地点，或者藏在村庄里，或者过河去几内亚。事后人们得知，玛米·莱比被放在一辆摩托车的后座上，过河去了几内亚。（几周后，她活着现身，最终接受了当地新闻媒体的采访——她是一名埃博拉幸存者。）

小队没有在科因杜过夜，小镇已经变得过于危险，因此他们开车去一个比较大、更安全的镇子过夜。第二天，他们返回科因杜附近的区域，开车巡视周围的村庄，询问村民，寻找逃离诊所的九个女人。他们也在搜寻显露出埃博拉症状的其他病人。当地人不愿和他们交谈。村民显然把埃博拉的疑似患者藏了起来。

凯内马
5月27日，晚上8点

队伍踏上回凯内马的归程，迈克尔·波凯打电话给妻子扎伊娜布。他说他安全无恙，名为巡查的远征历险结束了，回家还赶得上吃晚饭。孩子们吃得比较早，因为第二天一早还要上学。车辆进入医院场地，在拉沙热项目组办公室旁停车。迈克尔走进办公室，拉开旅行包的拉链，取出一些文件放下。他累垮了。他取下墙壁挂钩上的里昂比恩①套头衫穿上，抵御夜晚的寒气。写字台上方的墙上挂着塞拉利昂东部的巨幅地图，数以百计的村庄星罗棋布。追踪拉沙热病例时他经常查询这张地图。此时此刻，村庄星罗棋布的地图让他感觉非常不安。埃博拉正在外面活动，但他们很难找到它的踪迹。他背上拉链行李包，戴上头盔，出门发动摩托车。

他在烂泥水坑之间穿梭，感受着潮湿而清新的晚风吹在脸上。雨季的夜晚很美，凉爽，雷暴雨时常不期而至。回家的路线要经过很多簇拥在一起的小房屋，它们用水泥砖搭建，被高低起伏的泥土街道分隔开。大部分屋子黑洞洞的，偶尔有一盏日光灯射出发绿的光芒。在这些屋子里，父母正在收拾餐桌或准备睡觉，孩子们已经上床休息。

---

① 美国著名户外用品品牌，创始于1912年。——译者

几年前,一场名为"血钻之战"的内战摧毁了凯内马及其周边乡村。劫掠成性的士兵手持自动武器,射杀了大量民众,用大砍刀砍掉人们的手脚,用处决来逼迫人们在钻石矿里劳作。原因当然是钻石。谁控制了钻石矿,也就控制了塞拉利昂这个国家。战争已经结束,情况有所好转,但他常常觉得在凯内马生活并不容易。他很难向国外同事解释在凯内马养家糊口的感受。他开上一条路,这条路与废弃的凯内马机场的泥土跑道平行。好些年没有飞机在这儿降落过了。

他拐上一条泥土小径,这条小径通往废弃跑道尽头的一片房屋。他在他家旁边停车,这是 幢简朴的灰泥建筑物,它干净得毫无瑕疵,漆成黄色,有玻璃窗和新盖的铁皮屋顶。他和扎伊娜布在抚养两家人的孩子。他们自己的孩子有的是少年,有的刚成年。他们还在帮迈克尔的弟弟带孩子,他们都是幼儿。迈克尔的摩托车的声音吸引了孩子们,他们跑出屋子。他是个慈爱的父亲。他停车的时候,孩子们围拢在他身边,期待他的拥抱。

"巡查怎么样?巡查怎么样?"孩子们问。

"谢天谢地,不算太糟糕,"他说,"别碰我。"他坚决地对孩子们说。

孩子们连忙退开。他们不明白老爸为什么不允许他们碰他。他从摩托车上下来,脱掉鞋袜。孩子们好奇地看着他。他在遭到污染的地区走了两天,他的鞋子有可能沾着病毒。他把双脚放进一双拖鞋里,拖鞋是他特地留在室外的。他脚上也有可能沾着埃博拉病毒粒子。拖鞋能保证他的双脚不接触孩子们有可能碰到的所有表面。他穿着塑料拖鞋走动,命令孩子们别靠近他,回屋里去:"现在都给我进去。"

他把鞋和拉链包塞进一个其他人都不准碰的地方,然后走到屋外的水井旁,打上来一桶水,拎着水桶走向屋子旁边一幢同样由水泥砖搭建的小建筑物。那是浴室,他拎着水桶走进去。

睡觉时间

5月27日

迈克尔·波凯的浴室里有个消毒室，这个小隔间算是他自制的灰色地带，充当病毒和家人之间的屏障。房间里有塑料浴缸——现在倒满了水——板刷、毛巾和几包酒精棉签。此时此刻，除他之外，任何人都不得进入消毒室。

他踢开塑料拖鞋，摘下手表，放在一个干燥的表面上。他量出一定体积的消毒水倒进水里，然后脱掉所有衣物，扔进浴缸中的消毒水溶液里。他用板刷刷洗衣服，里里外外不放过任何角落。他要把衣服在消毒水里泡三十分钟。实验证明，这个时间长度足以杀灭埃博拉病毒粒子。接下来，他把那一桶水慢慢地浇在身上，仔仔细细地在浑身上下打肥皂，洗掉肥皂水后用干净毛巾擦干。他用酒精棉签擦拭手表，消毒后重新戴在手腕上。

他赤身裸体，只戴着一块手表，此刻身上应该已经没有埃博拉病毒粒子了；迈克尔·波凯用毛巾裹住身体，穿过院子，走进家门。他在卧室里穿上干净衣服，然后走进客厅，终于拥抱了妻子和孩子们。

扎伊娜布准备的晚饭是木薯叶、秋葵和熏鱼配米饭。除他之外，所有人都吃过了，于是他盛了一碗食物坐下。他们都想听他去埃博拉疫区出任务时发生的所有事情。他向他们讲述村民如何袭击和追赶小队，车辆如何险些被烧毁，九名埃博拉患者如何被发现又消失，村民如何不相信埃博拉真的存在。

孩子们听得入迷，扎伊娜布却吓得魂不附体，尤其是听波凯说他和队伍明天要返回埃博拉疫区，搜寻更多的埃博拉病例。上床休息时，迈克尔强烈地感觉到情况已经脱离了所有人的控制。

新奥尔良
同一时间

迈克尔·波凯向家人讲述他在红色地区的遭遇时，新奥尔良市区，丽娜·莫西斯站在杜兰健康科学中心的二楼走廊里，看着面前价值 6 万美元的生物防护装备和医疗物资。这些东西装在无数个纸板箱里，堆满了几乎整条走廊。她将立刻返回凯内马。她回家只待了两天。

凯内马拉沙热项目组的美方顾问，微生物学教授罗伯特·F. 盖瑞，已经带着大量急救物质飞往凯内马。他授权丽娜·莫西斯调动大笔现金，购买她在短时间内能买到的所有品种的生物防护装备，然后以最快速度带着这些物资前往凯内马。胡玛尔·汗和姆巴卢·方尼"姨妈"很快就会需要它们了。

丽娜望着她搜刮来的巨量装备，感觉既害怕又兴奋。一摞又一摞的一次性非加压全身生物危害防护服。HEPA 呼吸面罩。护目镜。橡胶高筒靴。腈纶无菌手套，这种手套可抵抗撕扯。一卷又一卷的胶带。从事有生物危险的工作，你需要大量胶带，用来封住缝隙和保证防护服密闭。数不胜数的采血套件，用于采集患者的血样，送进高危实验室做埃博拉病毒检测。输液管、输液针、输液袋，用于将生理盐水溶液注入埃博拉患者体内，防止他们脱水。唧筒式喷淋器，用于喷洒消毒药水。生物安全的裹尸袋，白色特卫强质地——埃博拉肯定会造成死亡。

自从念大学以来，丽娜·莫西斯就一直想在埃博拉爆发中抗击病毒。这是她多年来的梦想。现在梦想终于要成真了。这是一场独一无二的战役，一场公共卫生的战役，目标是拯救生命。敌人是扎伊尔埃博拉，敢于靠近它的人都无法确保自己的安全。她当然有可能被感染，任何人都有可能被感染，但受过的训练和以往的经验使得莫西斯怀有信心。她是一名久经考验的流行病学家，已经研究了好几年拉沙病毒，而拉沙病毒和埃博拉病毒一样，也是四级病原体。她花了一个下午把所有东西从包装箱里拆出来，紧紧地塞进她在沃尔玛买的27个塑料整理箱。

她很晚才回家。艾隆去学校和托儿所接了女儿，给她们做饭。睡觉前，丽娜和艾隆与五岁的女儿奥黛丽偎依在床上，念书给女儿听。他们的大女儿回自己卧室去看一本反乌托邦科幻小说。整个晚上，丽娜·莫西斯的家里连一个字都没提过埃博拉。他们没提到丽娜即将赶回非洲去应对埃博拉爆发。没人使用埃博拉这个词。也没人谈论病毒。

丽娜躺在丈夫身旁，感觉有责任保护他和她的两个女儿。她完全不希望孩子知道埃博拉的任何情况。她们太小了，没必要多说与埃博拉有关的事情，而艾隆对病毒不怎么感兴趣。艾隆拥有高度视觉化的想象力。他绘制过她的肖像画，以无人能及的方式理解她的眼睛，画出了其中混合了棕色与绿色的色泽，闪现的情绪会在不恰当的时刻使得这双眼睛充满令人困窘的泪水。她不希望丈夫在脑海中见到她的身体和脸呈现出埃博拉所致疾病的症状。她赶赴前线作战的时候，艾隆应该待在家里照看女儿。

弗雷德里克，马里兰州
同一天晚上

丽莎·亨斯利背着詹姆斯上楼进卧室，亲吻他，道晚安，他顺着竖梯爬上高床，没有忘记带上笔记本电脑。埃博拉在非洲西部陡然爆发，利比里亚突然出现了相当大量的新病例。她将被再次派往蒙罗维亚那个由黑猩猩研究站改建而来的实验室。她一直在仔细观察詹姆斯，看他是否担心母亲重返埃博拉疫区。这次他似乎并不担心，只是很生气。为了哄詹姆斯开心，她答应等她回来就立刻带他去南卡罗来纳州的海滩度假，他们可以在大海里游泳，共度美好的时光。

第二天上午，迈克尔·波凯很早就骑着摩托车出门，带走了他那个拉链包。他要离开几天时间。蜂窝电话服务在马科纳三角洲很不稳定，因此他告诉扎伊娜布，她恐怕要等他回到凯内马附近才能得到他的消息，到时候一定打电话给她。

她目送丈夫的摩托车开下小径，拐上泥土跑道，扎伊娜布·波凯为他祈祷。她担心她和孩子们再也不会见到他了。他是为政府工作的医疗人员，职责要求他必须去很容易送命的危险地带。

伏 击

马科纳三角洲
5 月 28 日至 6 月 1 日

接下来的三天，迈克尔和监控小队开着几辆丰田陆地巡洋舰把塞拉利昂东部犁了一遍，他们在糟糕的道路上颠簸，见到村庄就停下，向村民打听情况。他们很快就找到了 12 个女人显露出埃博拉的症状，其中有一些曾经是小镇诊所的病人，监控小队被迫躲进警察局后，亲人们用摩托车带她们离开。所有女人都参加过麦宁道的葬礼。小队将全部 12 个女人送回凯内马医院。血样被送进高危实验室，确定均为埃博拉阳性，她们被安置在埃博拉病区的病床上，由"姨妈"和她的团队照护。

迈克尔·波凯经常和同为监控员的兰萨纳·卡内一起出任务，会说基西语的救护车驾驶员萨尔·纽可尔时常与他们同行。会说基西语的人在村庄里简直是金不换的宝贝。但驾驶员纽可尔也惹出了麻烦。他来自达鲁，这个大镇位于三角洲边缘，与凯内马相距一小时车程，他在达鲁有许多朋友和亲戚。小队很快在达鲁发现了几起埃博拉病例——病毒正在接近凯内马。5 月 29 日，纽可尔驾驶救护车，在达鲁接上了一名疑似埃博拉患者。没有规定要求驾驶员必须穿戴个人防护装备，因为他们按理说应该待在救护车内。埃博拉患者由穿戴全套个人防护装备的小队成员经手处理。然而在达鲁接人的时候，萨尔·纽可尔下车去一个人家里探望朋友或亲戚。他显然不想惊吓亲友，因此没有穿戴防护装备。后来他们发现那家有人感染了埃博拉。

纽可尔在达鲁走进那幢屋子后的第二天，丽娜·莫西斯抵达了弗里敦城外的国际机场，带着 27 个装满了生物防护装备和医疗物资的大箱子。她申报货物通关，来到机场外的砾石停车区，这儿永远挤满了要帮旅客搬行李的男人，有一辆陆地巡洋舰正在等她。人们围住莫西斯，但她说她一个人就能行，她把那些箱子塞进陆地巡洋舰。车厢里装满了箱子后，她爬上车顶，将其他的箱子捆在车顶上。一群行李搬运工站在旁边看热闹。她把一根绳子扔过一个箱子，拉下来拽紧扎牢。

"看看这女人的胳膊和肩膀。"一个男人用克里奥语说。

"哎，看看她多壮实啊！"另一个男人惊呼。他们没意识到她能听懂克里奥语。"她丈夫真是好运气，"又一个男人说，"他有个强壮、肯干活的好老婆。"

莫西斯对他们微笑。她开心得都快飘起来了。

几小时后，莫西斯走进拉沙实验室的图书室，见到了罗伯特·盖瑞，杜兰大学的微生物学家，拉沙热项目组的美方总顾问。盖瑞几天前从新奥尔良飞来，带来了大量生物防护装备。他们商量应对策略。她将扮演流行病学和后勤支持之间的枢纽角色，向汗、监控小队和拉沙热病区里的"姨妈"提供帮助。她要保证拉沙热病区的生物防护服和医疗物资的供应，协调拉沙热项目组各个零散部分之间的沟通和行动。拉沙热项目组是塞拉利昂对抗埃博拉的主要防线。

罗伯特·盖瑞将在实验室里研究病毒。他与胡玛尔·汗和哈佛的基因组学家帕尔迪斯·萨贝提紧密协作。他们计划编配一套血样，采样范围包括埃博拉患者和埃博拉的疑似感染者。通过空运将血样送到哈佛交给萨贝提,萨贝提将在布洛德研究所主持病毒的基因测序工作,目的是确定这种病毒如何随着人际传播而改变。

罗伯特·盖瑞在凯内马的任务是采集和保存血样并将它们送往哈佛,他要在高危实验室内工作。胡玛尔·汗和塞拉利昂卫生部的高级官员心急火燎地想看到埃博拉的测序结果,因此汗和萨贝提打算在卫生部官员的协作下,使用不干扰病患看护的采血方法:研究人员从临床看护中用过的试管里采集血清样本。这些原材料是具有生物危害性的医疗废物。"我们尽可能在采集样本时不留下足迹。"萨贝提后来说。

罗伯特·盖瑞不但要在高危实验室里搜集血样,还要和胡玛尔·汗一起前往马科纳三角洲各处的社区卫生所。汗和盖瑞还想近距离实地考察情况。莫西斯和盖瑞在图书室商定计划后,莫西斯去将防护服和物资送给埃博拉病区内的"姨妈"。现在病区内已经有15名患者了。病区只有12张病床,不过"姨妈"另外搬了3张行军床进来。随时都会有更多的埃博拉患者送到。"姨妈"和她的护士穿戴全套个人防护装备,加班加点工作,努力跟上进度,而患者在呕吐、腹泻和死去。莫西斯在埃博拉病区的门厅里找到了"姨妈"。两个女人拥抱片刻。5月31日的下午刚刚过去了一半。

同一时间

迈克尔·波凯和兰萨纳·卡内坐在萨尔·纽可尔驾驶的救护车里,开进基西-滕酋长领地内一个名叫科卢索的村庄。科卢索坐落于陡峭的山坡上,被一片茂密的森林包围。他们收到消息称有一名被亲友从诊所用摩托车拉走的疑似埃博拉患者在村里死去。美国生物科技公司Metabiota的一名流行病学家与他们同行,他和另一名司机开另一辆车。他们在村庄附近的森林里停车。驾驶员待在车上做好准备，万一出事可以尽快离开。迈克尔和搭档小心翼翼地走进村庄。他们打听了一番，村民最后领着他们来到一幢屋子，一个女人的尸体躺在一张床上。迈克尔和搭档记得这张脸。她正是亲友们从诊所带走的九个女人之一。她无疑死于埃博拉。

他们告诉村民，这具尸体非常危险，必须在特别的防护措施之下立刻埋葬。

这个主意一说出口，村民就变得充满敌意。

"他们断然拒绝。我们劝说了很久，激烈争吵了好几次，"波凯后来回忆道，"他们根本不相信埃博拉的存在。这次谈话真是不轻松。"

波凯和搭档在村里待了三个小时，尽量说服村民埋葬尸体。夜幕降临，但几位流行病学家表达得很清楚，只要尸体不被埋葬，他们就不走。最终，两名少年走出来，说埋尸体的活交给他们了。迈克尔和搭档担心两个男孩的安全，逼着他们穿上太空服，当然自己也穿上了。他们用消毒水喷淋尸体，然后将尸体装进生物安全裹尸袋。他们把装进裹尸袋的尸体放在旧门板上，用门板抬着尸体走进环绕村庄的森林，来到村民埋葬死者的地方，他们挖了个墓穴，在防护服里汗流浃背。等他们终于挖完，已经是晚上9点了。森林里一片漆黑，他们没有照明灯。他们几乎看不见自己在干什么。他们正准备把尸体放进墓穴，突然天下大乱。

允许他们埋葬尸体是个陷阱。他们忙着挖坑的时候，村里的年轻人悄悄摸进森林，藏在墓穴周围的灌木丛里。一声令下，他们开始朝流行病学家扔石块。垒球大小的石块呼啸着飞向波凯和卡内。两个男人躲闪，喊叫，盲目地跑进森林，爬上陡峭的山坡，寻找他们的车辆，那些年轻人紧追不舍，投掷石块。袭击者非常熟悉森林，白色的太空服是绝佳的靶子。迈克尔和搭档不知道他们在朝哪儿跑，在森林里什么都看不见。还好没过多久袭击就停止了,他们甩掉了追击者。

波凯听见一辆车发动引擎,在通往村庄的道路上呼啸而去。那是Metabiota的人在慌忙逃窜。"他们连个招呼都不打就跑了。"迈克尔后来回忆道。他和搭档听见了萨尔·纽可尔的喊声,连忙跑了过去。纽可尔朝他们喊叫,帮助他们找到他,他已经发动了救护车,在路上掉了个头,做好逃跑的准备。他们跑到救护车旁,刚好赶上第二轮伏击。石块不知道从哪儿飞出来,咣咣地砸在车门上。纽可尔一脚把油门踩到底,救护车蹿了出去,一块石头把挡风玻璃砸出一个窟窿,另外几块石头砸烂了侧面的后视镜。他们飞也似的开出环绕村庄的森林。

他们险些死于非命。他们开回凯内马,路上一次也没停车。凌晨3点,迈克尔·波凯回到家里,惊魂未定。他钻进消毒室给自己消毒,换上干净的衣服,然后走进客厅。扎伊娜布和他年纪比较大的一个儿子没有睡觉,一直在等他,他们担心到了极点。扎伊娜布给他留了热乎乎的晚饭,但他太激动了,吃不下东西,于是只喝了几口水,然后尽量睡了几个小时。第二天一大早,他和队员就要开车返回疫区,继续搜索被埃博拉感染的病人。

他现在完全看清了症结所在:当地人不相信埃博拉真的存在。病毒就在那些村庄里,而且正在扩散,但只要监控人员前去搜寻,当地人就会变得暴力。他险些在一个村庄里死于非命,现在对局势有了清醒的认识:他的国家正在走向一场灾难。就他个人而言,他能做的仅仅是继续工作,尽量保证家人的安全。

罗伯特·盖瑞,杜兰大学的科学家,正在高危实验室内工作,从装过患者血液的试管里采集血样。高危实验室过于狭小,而且设备数量有限。奥古斯丁·戈巴和他的技师用一台PCR仪检测血液里是否含有病毒，区分被埃博拉病毒感染的病人和没有被感染的病人。Metabiota的法国科学家纳蒂亚·沃凯埃则用她的PCR仪做平行试验，为了确保每名患者都能做两次埃博拉病毒检测。这么做能降低假阳性结果的概率，错误的检测结果对患者来说是致命的。假如一个人被检出阳性但实际上没有携带埃博拉病毒，这个人被送进埃博拉病区后几乎肯定会被感染。假如一个人被检出阴性但实际上携带埃博拉病毒，这个人被送回家或送进普通病房，就有可能将病毒传给其他人。因此，奥古斯丁·戈巴和纳蒂亚·沃凯埃操作的每次血检都生死攸关。戈巴和沃凯埃，以及他们手下的技师，都承受着巨大的心理压力，而且在处理被感染的原始血样。只要犯一个最微不足道的错误，他们的生命就会走到尽头。在高危实验室工作的这些人睡眠都不足。

罗伯特·盖瑞需要使用设备，他选择在实验室不太繁忙的夜间工作。然而随着时间推移，他越来越难以在高危实验室里心安理得地做研究了，因为优先级最高的任务无疑是检测血液以拯救生命。不过，盖瑞在几天内还是搜集了49名疑似埃博拉患者的科研用血样。

他的工作成果是大量装有人类血清的微量试管。血清是金色的透明液体，包含除红细胞之外的所有血液成分。微量试管的尺寸犹如削尖的铅笔头，装载的人类血清样本不比一颗柠檬籽更大。这些液滴每一个都含有几亿到几十亿个埃博拉病毒粒子。新出现的这种埃博拉病毒的遗传密码就藏在这些液滴里，没有被解析过，不为人所知。液滴与剂量更大、能够杀死埃博拉病毒的消毒药剂混合在一起，然后低温冷冻。奥古斯丁·戈巴把装着杀灭病毒后的血清的微量试管码放在一个箱子里的干冰上，然后通过国际快递服务将箱子送往哈佛。

剑桥，马萨诸塞州
6月4日

四天后，箱子抵达哈佛西北大楼的萨贝提实验室，研究人员史蒂芬·盖尔穿戴好生物防护装备，拿着箱子走进狭小的生物隔离实验室后打开。样本应该是安全的，但盖尔不想冒险。

盖尔是个高大而安静的男人，带着某种恪守标准的严肃气场。他带着装有非洲血样的箱子走进生物隔离实验室，箱子没有打开，他意识到他忘了带刀，于是拉开防护服的拉链，从口袋里掏出车钥匙划破封箱带。冰已经融化，但试管依然冰凉，而且显然是安全的：试管的颜色证明血清已经消毒。

盖尔的第一项任务是从血清中提取病毒的基因物质，同时在所有样本中检测是否存在埃博拉病毒。试管里装着49个人的血样，其中14人感染了埃博拉病毒。他凭肉眼就能分辨出来：在这些样本里，病毒破坏了血液，血清显得浑浊，死去的红细胞污染了血清。盖尔忙到很晚，他用离心机旋转所有试管，净化其中的液体。他向样本中加入乙醇和其他化学物质。液体里的埃博拉病毒粒子随即崩解，蛋白质内核四分五裂，内核中的RNA解旋出壳，像不可见的头发似的漂浮在液体里。盖尔用移液器（一种量器，带有按键，用来移取极少量的液体）在试管之间移动液滴。液体里的RNA链条像玻璃丝一样精细而脆弱。随着液滴来回移动，RNA链条被打碎成短链。

盖尔完成操作，他得到了14小滴透明的水溶液，每一滴都装在各自的试管里。14滴小水珠，来自14名感染了埃博拉的患者，他们全都生活在马科纳三角洲。每个小液滴内都含有大量的RNA断链——这些被打碎的遗传密码来自埃博拉病毒，而这些病毒曾经在14个人的血液里沉浮。试管里有许多互不相同的基因组，因为病毒在增殖时会发生突变。

第二天上午，盖尔开车来到麻省理工的校园，身边的小盒子里装着14个含有埃博拉RNA的液滴样本。他停好车，拿着盒子走向布洛德研究所。盖尔和一位名叫萨拉·维尼奇的同事与另外两个研究小组一起准备解读RNA密码。这项工作需要好几天，在布洛德研究所内一组玻璃墙壁的洁净实验室里进行。盖尔和维尼奇在液滴上忙碌，几乎没时间睡觉，为送入基因组测序仪处理做好准备，测序仪能够解析从马科纳三角洲采集的所有埃博拉病毒样本。他们首先分别处理那14颗液滴，然后将液滴合在一起，混合来自14个人的埃博拉病毒遗传密码。

帕尔迪斯·萨贝提与胡玛尔·汗保持联系，向他报告最新进展。他想知道解码的进度和完成时间。知道了病毒的遗传密码，他应该就能确定他在塞拉利昂处理的是哪一种埃博拉病毒，以及它传入人类这个物种后会如何变异。

萨贝提说他们还没得到结果，不过等实验室解析出病毒的遗传密码，她会立刻发布到互联网上，这样全世界的科学家就能窥见埃博拉病毒群集如何随着时间改变了。假如遗传密码中呈现出任何特异之处，她会第一时间通知他。

夹脚拖鞋

埃博拉病区，凯内马
6 月初

布洛德研究所的科学家在洁净实验室内忙着处理液滴时，埃博拉病区的情况日益恶化。病床全满，部分患者去世，更多的患者被送来。"姨妈"站在病区门口，压低声音向手下的护士们下命令，说话间带着英国口音，她通过工作人员发出和接受口信，有时自己穿戴好防护装备，进入红色区域帮助护士和管理事务。

防护服的特卫强材料不透气。护士在防护服里都快被焖熟了，浑身沾满汗水。在热带气候下，穿全身个人防护装备超过一小时就有中暑的危险，而中暑有可能致命。"姨妈"派护士结对进入红色区域，这是所谓的伙伴系统①。一对护士是一个"高危小组"。高危小组在病区内工作时，一名护士坐在红色区域外看表。一个小时结束，看表人命令里面的高危小组出来，派另一个高危小组进去接手。这就像派水肺潜水员执行危险任务，每个小组的潜水时间都有限制。

护士在安全防护措施方面尽量做得万无一失，但她们都很害怕。她们对埃博拉病毒没有任何免疫力。患者似乎出血不多，但都有爆炸性腹泻和喷射性呕吐。病房里一片狼藉。患者被痛苦折磨，看似稳定的患者会突然崩溃并在几分钟内死去，这些都使得护士内心充满了恐慌和畏惧。另一方面，护士的家人们也很害怕。护士在埃博拉病区内工作后回家，与孩子、配偶和父母接触。家人纷纷劝埃博拉病区的护士停止工作，有些护士开始迟到早退，甚至逃班。这一局面煎熬着"姨妈"。

从拉沙热病区下坡的 50 码外，拉沙实验室小楼的图书室里，丽娜·莫西斯在主持危机应对行动中心。图书室隔着走廊正对高危实验室的出入口，她能看见研究人员进出实验室，穿脱防护装备。图书室从地板到天花板堆满了成箱的防护服和防护物资。莫西斯坐在办公桌前，拿着手机接听或拨出电话，在笔记本电脑上写邮件，会见络绎不绝而来的实验室技师、工作人员、勤杂工和监控员。她时常在医院场地内跑来跑去办事，抱着医疗物资和防护装备上坡去埃博拉病区，拿着来自埃博拉病区的采血管下坡去实验室小楼。她会把血样交给守在高危实验室门口的人。

莫西斯穿着塑料夹脚拖鞋。她觉得她有必要在各个地点之间跑来跑去：总有急事在发生，总有人必须尽快拿到什么东西。显然，莫西斯不该穿夹脚拖鞋。她应该穿厚实的生物防护橡胶靴，尤其是靠近埃博拉病区的时候。病人和家属聚集在病区门口，其中也许有人携带病毒。病区门前的地面上有体液，包括呕吐物和粪便。莫西斯不肯穿防护靴，因为那样她就没法跑了。夹脚拖鞋使得脚部皮肤暴露在环境之中。她经常上坡去埃博拉病区找"姨妈"，夹脚拖鞋跑得噼里啪啦响。莫西斯认为她分得清哪儿有埃博拉病毒而哪儿没有。她抱着一摞生物防护服，低头看地，小心翼翼地绕过受到污染的地方，尽量不让任何东西沾在光脚上。假如一个人看上去情况不佳，她就会待在 6 英尺之外。

---

① 两人各负责另一人安全的同行制度，以保共同安全或相互帮助。——译者

纳蒂亚·沃凯埃在高危实验室内工作,用 PCR 仪检验血样,她越来越担心丽娜·莫西斯。两个女人是密友。纳蒂亚认为丽娜在竭尽全力帮助"姨妈",结果对自己的人身安全不够注意。丽娜总是跑到埃博拉病区,夹脚拖鞋让纳蒂亚非常紧张。她认为只要丽娜的脚部皮肤有个小破口,或者脚上沾了一丁点污血或呕吐物,都有可能受到感染。但是,她决定不去劝说丽娜换掉夹脚拖鞋。她必须信任丽娜不会做任何蠢事。

胡玛尔·汗把时间花在管控这场危机上——他在医院场地内跑来跑去,巡视普通病房,寻找表现出埃博拉症状的患者,他与"姨妈"会面,与实验室人员会面,与医院的其他医生会面,与患者家属会面,努力鼓励埃博拉病区的护士继续进入红色区域。他与地区卫生官员保持密切联系,那是一位精力充沛的医生,名叫穆罕默德·万迪。汗和万迪给弗里敦的卫生部打电话,恳求他们给予更多的物资、更多的协助、更多的资金。

埃博拉护士冒着生命危险在病区里工作,每天只挣 5 美元。汗和地区卫生官员万迪请求卫生部提高埃博拉护士的薪水。政府官员最终同意,每一位埃博拉护士每天能得到 3.5 美元的职业危害补助金。但这笔钱没有立刻兑现,只是一个承诺。汗担心补助金会被腐败分子挪用,或者政府官僚懒得动手去给他的护士们要钱。

汗和万迪寻求国际援助,尤其是想找到曾经和埃博拉患者打过交道的其他医生。事实上,全世界只有寥寥无几的医生知道该怎么处理有生物危险的患者,这些患者会大出血和喷射呕吐出四级病毒。汗联系上他的朋友丹·鲍什(正是他说服汗接受拉沙热项目组的主任职位)。鲍什此刻在为世界卫生组织工作,帮助几内亚科纳克里的一家医院建立埃博拉病房,以最快速度培训志愿参战的医生投入战斗。汗向鲍什求助,鲍什承诺立刻派一名世卫组织的医生前往凯内马。鲍什还承诺在接下来几周内再派几名医生来，具体多快就看他什么时候能找到人了。他还说他会尽快赶往凯内马，帮助他的朋友汗。

6月8日，丹·鲍什派出的第一名世卫组织医生抵达凯内马医院。一辆陆地巡洋舰在埃博拉病区前停下，一个三十几岁的男人下车，说他要找胡玛尔·汗，他相貌粗犷，剃光头，留着稀稀拉拉的大胡子。这位名叫汤姆·弗莱彻的英国医生是利物浦热带医学院的病毒研究者。弗莱彻是在埃博拉爆发中提供临床救治的专家，他志愿为世卫组织服务，扮演特种先锋的角色。他在负责诊治埃博拉的医生之前进入埃博拉肆虐的混乱医院，他的使命是稳定医院的局势，保障后续抵达的医生的安全。弗莱彻只带了一箱医疗物资。"我非常担心汗。我知道他越来越疲于奔命。"弗莱彻后来说。

汗来了，两名医生短暂地交谈。他们从没见过面。弗莱彻飞快地打量汗，觉得他看上去很有能力，非常专注。两个男人随后进入埃博拉病区查看情况，他们在集装箱整备室里换装，互相检查生物防护整备。弗莱彻注意到汗穿戴装备的动作并不特别流畅。两人随后穿过大门，进入红色区域。

狭窄走廊两旁的小隔间里共有15名埃博拉病人。弗莱彻看得出护士在承受巨大的压力。"那是一个相当惊恐和疲惫的群体。"他后来回忆道。汗告诉弗莱彻说有几个埃博拉护士逃班了。她们担心会感染病毒，家人逼迫她们待在家里，免得把病毒传给家庭成员。

患者情况危急，他们呕吐和腹泻。护士喂他们喝液体，但患者立刻呕吐出来，导致他们严重脱水。在这种情况下，血钾含量就会急剧降低。血钾失衡有可能引发心脏病。

汗非常担心，因为他难以确保埃博拉患者不脱水。他这些年个人执业时经常给患者开椰子水。椰子水很便宜，穷人买得起，而且富含盐分和矿物质。但埃博拉患者无法将液体留在胃里，喝下去往往会吐出来。

另一个选择是给埃博拉患者静脉滴注生理盐水，这样能快速为患者补液，将血钾拉回正常水平。埃博拉病区内有大量的生理盐水和静脉注射套件。但是，将针头插入埃博拉患者的手臂极为危险，作业者有可能被刺伤。国际红十字会和无国界医生组织的埃博拉诊疗团队通常不给埃博拉患者静脉滴注生理盐水，这个过程被视为高度危险，因为医务工作者有可能被带血的针头刺伤。汗和护士们遵循国际标准准则，不在红色区域内使用针头。

汤姆·弗莱彻有个高招，能够安全地建立静脉通道。他向护士们展示技巧，教她们如何在不会危及护士的前提下将针头插入埃博拉患者的手臂。这套手法的关键是给针头戴上塑料帽，这样就不可能扎伤操作者了。从那天起，在汗的鼓励下，凯内马医院的埃博拉护士们开始为所有埃博拉患者静脉滴注生理盐水。"这些护士太了不起了，真的，"弗莱彻说，"她们竭力提供高质量的护理，为所有患者做静脉注射，尽其所能救治埃博拉患者。"这给了他某种信心。"我当时满怀信心。'情况相当不错嘛。'我心想。"

那天傍晚，弗莱彻和汗去城里的一家酒店共进晚餐，两人喝啤酒，商讨稳定埃博拉病区局势的策略。吃完饭，他们回到医院，穿戴好个人防护装备，进入埃博拉病区，工作到深夜。

时间一天天过去。汗穿上防护服，巡视红色区域，他和弗莱彻并肩战斗。每天傍晚，两位医生去酒店吃饭，喝啤酒，策划行动方案，然后回医院，工作到深夜。弗莱彻越来越敬重汗。两人成为好友。另一方面，埃博拉患者持续不断地被送进医院，其中包括儿童。"姨妈"把一张又一张简易床搬进病区，最后病房里塞满了病床，护士都难以走动。患者在病床和简易床上死去，护士将尸体装进生物安全的裹尸袋抬走。食物也成了个问题。患者需要吃东西,尤其是儿童,只要吃了不吐就行。汗和弗莱彻想方设法向病区稳定供应食物。

汗和弗莱彻依然乐观,认为他们能控制住局面,但他们不可能控制医院外的病毒。弗莱彻抵达后四天,病区内有 25 名埃博拉患者。除此之外,弗莱彻和汗都知道普通病房里肯定还隐藏着未确诊的埃博拉患者。症状未必总是那么明显。埃博拉这种病毒千变万化,早期阶段有可能酷似疟疾或痢疾。汗每天早晨巡视病房时,总会发现表现出埃博拉症状的患者。他下令检验血液,有些患者检出阳性,立刻被送进埃博拉病区。

普通病房的护士们没有生物防护保护措施,也没有受过任何训练,无法分辨谁是埃博拉患者而谁不是。在普通护理人员眼中,这种病毒有可能出现在医院的任何地方,有可能无处不在。

显而易见,埃博拉病区不够大,无法容纳日益增加的患者。汗和地区卫生官员万迪开始搭建塑料帐篷,这是无国界医生组织向医院支援的物资。帐篷即将完工的时候,一场雨季的雷暴摧毁了它。汗和万迪立刻着手搭建一个更大的帐篷。另一方面,埃博拉病区人满为患。丽娜·莫西斯穿着夹脚拖鞋跑来跑去处理紧急事务。她太忙了,忘了吃疟疾药,结果疟疾发作。莫西斯发烧打着摆子,但继续管理危机应对行动中心。迈克尔·波凯和兰萨纳·卡内驾驶救护车巡视三角洲,不断发现新的埃博拉患者并送回来。汤姆·弗莱彻和胡玛尔·汗开始担心他们无法稳定凯内马政府医院的局势。与此同时,普通病房的护士开始离开岗位,担心病毒会传入普通病房。一般的工作人员纷纷逃离医院。

到了这个时候,汗意识到他和他的拉沙热项目组团队被病毒孤立了。病毒驱散了医院的主要人群,汗和他的团队日夜暴露于危险之中。病毒在外面增殖,对医院的攻击越来越猛烈,它侵蚀凯内马的医疗体系就仿佛涨潮冲垮沙筑的城堡。汗和他的下属依然坚守岗位，但很难说他们在病毒面前还能抵挡多久。另一方面，外面几乎没人知道埃博拉在非洲西部爆发，这个世界根本没有注意到凯内马医院的存在。这所被人遗忘的小医院藏在塞拉利昂的钻石产区腹地，非常恐怖的事情正在此处发生。汗决定不得不采取行动了，他召集整个拉沙热项目组开会，所有人都必须出席。

演 讲

危机应对行动中心
6月12日，上午8点

  汗的会议在危机应对行动中心召开，也就是高危实验室对面的图书室。拉沙热项目组的所有成员都来了，无论是流行病学家、不当班的护士、实验室技师、驾驶员还是勤杂工。空调在运转，但房间里热得像蒸笼。人们彼此紧挨着站在那儿，沉默而忧心忡忡。

  汗音调柔和，用塞拉利昂通用的英语说话。"先生们，这场与埃博拉的遭遇战非常艰苦，"他说，"这是一场艰苦卓绝的战斗。出乎意料的事情正在发生，我们要完成异乎寻常的任务。"护理人员正在逃离医院，但普通病房依然挤满了患者。没有了护士，患者的家庭成员只好接手照顾患者。病毒已经传入普通病房。人们非常害怕。

  "由于大部分医务工作者已经逃离医院，我们只能做好加班的准备，"他继续道，"现在你们每天工作八小时，那就准备好每天工作更多个小时吧。政府高官现在肯定盯着我们，政府在密切关注我们。"拉沙热项目组必须要留在抗击埃博拉的战场上，不能像一般人员那样逃之夭夭。医院的其他部分可以崩溃，但汗的团队必须坚守阵地。

  房间里有人开始轻声哭泣。很快有其他人跟着哭泣。

  汗的声音压过哭声。"这是我们必须完成的工作。现在这场战斗就是我们的战斗。我们在为祖国而战。"

更多的人开始流泪。

汗提高嗓门。"假如连你们都撂挑子不干了，那谁来干呢？我们必须尽我们所能，哪怕为国牺牲。"

听汗说出为国牺牲，哭声响彻了整个房间。拉沙热项目组的成员完全明白他的意思。他在预言房间里的一些人会死去。他们是政府雇员，他们为塞拉利昂卫生部工作。假如他们中有人死去，那就是为了国家而牺牲。然而，当拉沙热项目组的成员环顾四周时，他们意识到这个队伍是多么渺小。他们仅仅挤满了一个房间，但全国只有他们受过训练，知道该怎么应对出血热病毒。他们是战斗的第一线。他们彼此对视，无从猜测谁会牺牲，谁会为国捐躯。伤亡不可避免，汗在提醒他们记住这一点。

"别哭，"汗说，"在这场战斗中，我们能做的只有采取预防措施。大家尽量小心。"房间清空，人们回去工作。

拉沙热项目组有一名成员没有参加会议。他是救护车驾驶员，基西人萨尔·纽可尔。他在家里，口吐鲜血。

泪 滴

剑桥，马萨诸塞州
第二天，6月13日，星期五

布洛德研究所的科学家在玻璃墙壁的洁净实验室里工作，他们将来自马科纳三角洲的14名居民血液的14滴埃博拉RNA合在一起，得到了一小滴澄明如水晶的水溶液。它和一粒雨滴尺寸相仿，包含着6万亿个DNA片段。每个片段都是一段RNA的镜像，这些RNA来自14名患者的血样。液滴里的绝大多数DNA片段是人类的遗传密码，也就是那14个人的DNA片段，但其中混杂着大约2千亿个埃博拉的遗传密码片段。另外还有许多亿个遗传密码片段来自细菌和其他病毒，它们凑巧也生活在那些血样里。这颗液滴被称为一个"图书馆"。

液滴里的每个DNA片段都打着独一无二的条形码——DNA密码的八个字母的一个简短组合——标识出这个片段来自14名患者中的哪一个。"你可以将每个带条码的DNA片段视为一种图书，"史蒂芬·盖尔说，"这本书装订了封面，带着ISBN码（国际标准图书编号）。这本书很薄，因此读者很容易就能读完它。你能通过ISBN码找到一本书，所以这颗液滴才被称为图书馆。DNA图书馆里的书被装订成册，因此你可以把图书馆放进一台机器"——也就是基因测序仪——"由机器读取所有书籍。"DNA字母构成的"书"是杂乱无章的一大堆，封面和封底之间的内容无人知晓。尽管这颗液滴只是一滴含有 DNA 片段的水，但拥有的信息比得上 5 万个美国国会图书馆里的全部书籍。这体现出了生命在极小空间内储存海量信息的能力。这颗图书馆液滴含有埃博拉病毒的 14 份写照，假如埃博拉以链式传播进入人类群体的过程是一部电影，那么它们就是这部电影里的 14 帧画面。图像被打碎成微小的碎片，混杂着海量的其他碎片，共同存在于图书馆液滴之内。现在的任务是拼出这 14 张图像并把它们从液滴内抽取出来。

6 月 13 日星期五，盖尔拿着一个微量试管走向布洛德研究所基因组学平台的登记工作站，液滴图书馆就装在这个微量试管里。他把试管放进一个盒子，登记请求，希望能尽快为这个液滴测序。任务内容是读取液滴里等同于 5 万个国会图书馆的遗传学信息，开始拼合埃博拉病毒群集那变化多端的遗传密码的图像，这种埃博拉病毒正在非洲西部的人类身体内传播。

剑桥，布洛德实验室的登记工作站，一名技师拿起那个盒子，盒子里的微量试管里装着一颗水晶般透明的液滴，这个遗传密码图书馆来自马科纳三角洲的埃博拉病毒群集。技师带着液滴离开大楼，顺着街道向前走，拐弯走进一幢土黄色的矮楼。这座建筑物曾经用来储存在芬威公园售卖的花生和啤酒，现在归布洛德研究所所有，里面放着全世界最强大的 DNA 测序仪阵列。往日的花生与啤酒仓库中央现在矗立着 60 台测序仪，这些仪器摆成几行，由几组操作人员照看，每周七天、每天二十四小时运转，读取采自生物样本的 DNA 密码。

解析埃博拉血样的时候，一台 DNA 测序仪的尺寸如卧式冰柜，价值百万美元。写作本书时，布洛德研究所的 DNA 测序仪的尺寸如台式打印机，依然每台价值百万美元，也依然放在往日的花生与啤酒仓库里。不知为何，研究所的科学家就是不肯把他们最重要的设备搬进那几幢昂贵的玻璃幕墙大楼。

最近，曾经用来解析人类基因DNA的仪器被用来研究精神分裂症、自闭症、强迫症、忧郁症和儿童过敏症。布洛德研究所的仪器也用于一个旨在理解人体各个细胞内的各种蛋白质如何运作的项目。这些仪器被用来解析癌细胞的DNA——这是一项长期研究的一部分，目的是为了搞清楚该如何杀死任何一名患者体内的任何一种癌细胞。科学家用这些仪器解析整个人类微生物组（microbiome，生活在人类身体上和体内的所有种类的细菌）的遗传密码。人类微生物组生活在肠道、鼻窦、指甲垢、头皮屑、舌苔、牙菌斑、耳垢、肘弯汗水、包皮垢、肚脐绒毛和趾间污垢里。

布洛德研究所的仪器为结核菌、疟原虫和携带疟疾的蚊子做过测序。它们解析过腔棘鱼、兔子和4 400具人类骨骼的DNA，这些人类曾经居住在欧洲各处，那时候石器时代刚结束不久，是青铜时代的一个很有意思的时期。

说回那颗仿佛雨滴的埃博拉病毒液滴。昔日仓库里存放仪器的房间里，一名技师用移液器吸出图书馆小液滴的十分之一，其大小就像潮湿天里的一丁点凝结潮气，把它放在名为"流动池"的载玻片上。这一丁点液体含有来自马科纳三角洲那14名埃博拉患者的血样的整个遗传密码图书馆。液体扩散进入流动池上的通道，而流动池放在测序仪的入口处。

接下来的二十四小时，测序仪会全自动运转，有节奏地推动液体穿过流动池，由激光照射扫描。流动池的表面上，数以亿计的DNA片段汇聚成数以亿计的显微色斑。各个斑块的颜色在过程中会发生改变，摄像机拍摄色斑场的变化并记录数据。二十四小时后，仪器完成了读取盖尔所说的带有条码的DNA片段图书馆。数据随即送往布洛德研究所的电脑阵列，由它们将所有片段拼成完整的遗传密码，电脑阵列会整理图书馆里浩如烟海的混乱书籍，将所有图书里的字母按正确顺序放上书架。

6月15日星期天，下午晚些时候

盖尔和萨贝提听说电脑已经完成了工作。结果是12套完整的埃博拉病毒基因组，这些埃博拉病毒曾经生活在14个人中的12个人体内（电脑未能拼合出其中两个人体内的埃博拉基因组）。萨贝提和她的团队开始分析那些遗传密码，确定这种埃博拉病毒的变异程度。他们打印出测序得到的埃博拉遗传密码，着手研究那些字母，寻找其中的规律。他们一直工作到天黑。

太阳在美国东海岸落山的时候，非洲西部正是夜晚，丽娜·莫西斯在危机中心熬夜工作。她忽然听见柴油引擎发动的声音——她觉得应该是一辆救护车。救护车人员禁止在天黑后外出，因为人们对救护车怀有敌意，路上变得越来越危险。这辆救护车却在夜里出动。肯定有坏事发生了，但丽娜不知道究竟是什么。

救护车人员出动是为了去接他们的一名同伴。病倒的是萨尔·纽可尔，他在两次不同的场合救过迈克尔·波凯和其他团队成员的命，是纽可尔听见暴民在诊所旁商量，提醒迈克尔为偷袭做好准备，也是纽可尔在科卢索开着救护车突出重围。现在纽可尔正在吐血，他家里的某个人打电话叫了救护车。

他的急救伙伴把他送进全医院最好的病房：附楼病房。这是个私人病房，患者支付额外费用购买优质服务的那种地方，位于埃博拉病区旁。那天深夜他被收入附楼病房。他刚在病床上安顿下来，就感觉自己好了起来；呕吐已经停止。

群　集

凯内马政府医院
6月16日

第二天，汤姆·弗莱彻医生，世卫组织的特种先锋，意识到他的任务势必失败。他将无法稳定凯内马医院的局势，准备迎接研究埃博拉的医生的到来。弗莱彻在达鲁镇发现了28个新增病例，达鲁位于马科纳三角洲的外围边缘，距凯内马一小时车程。其中20个病例在达鲁的社区诊所里，诊所已经被埃博拉淹没，另外8人被发现病倒或死在达鲁的家中。弗莱彻曾经很乐观，以为他能帮助汗控制住局势，但此刻他看见病毒藏在人体里，如巨浪般涌出马科纳三角洲。人们骑着摩托车，搭乘小公车和出租车，有的来到凯内马医院，有的投奔亲戚，去随便哪个地方寻求帮助，有的前往弗里敦。从达鲁去弗里敦的公路穿过凯内马。弗莱彻预测在一周左右的时间内，将会有一波埃博拉病毒涌出达鲁，从凯内马席卷而过。即将来临的埃博拉巨浪很可能会吞噬胡玛尔·汗和他的团队。病毒已经不受任何人的控制了。它超出人类的控制范围，成了一股自然力量。

弗莱彻必须离开，其他地方还有更重要的工作等着他；他被派来协助胡玛尔·汗只是个短期任务，他不可能待着不走。他打电话请世卫组织立刻派遣几位研究埃博拉的医生来支援汗，但现在没有医生能来帮助汗。对埃博拉有所了解的医生都在非洲西部的其他地方抗击这种病毒。汗的朋友丹·鲍什给了弗莱彻一个承诺，他保证过两周左右派两名处理过埃博拉的世卫组织医生来凯内马，其中包括丹·鲍什本人。然而在这两周左右的断层中，汗只能在凯内马医院孤军奋战。弗莱彻担心混乱会在这两周内吞噬汗和他的团队。埃博拉的巨浪即将到来。

弗莱彻犹豫了；他认为他该再留两个星期，陪汗等待前来支援的医生。弗莱彻打电话给他在利物浦热带医学院的上司。"我真的没法从这儿抽身离开。"

他从心底里为胡玛尔·汗担忧。另外，他这么一走，丽娜·莫西斯和纳蒂亚·沃凯埃就是医院里仅有的两名外国工作者了。他觉得她们的生命危在旦夕。

话虽如此，6月17日，汤姆·弗莱彻依然把背包扔进一辆陆地巡洋舰，与莫西斯和沃凯埃道别。"情况会变得非常糟糕。"他用颤抖的声音对两个女人说。他拥抱她们，她们觉得他的眼睛湿了。

"我都快哭出来了，"弗莱彻后来说，"我很难离开。我们没法派世卫组织的年轻人来帮汗。他需要的是和埃博拉打过交道的医生。"弗莱彻不知道他还能不能再次见到活着的胡玛尔·汗和这两位女医生。

两个女人目送弗莱彻的越野车沿着土路缓缓爬坡，驶向医院的大门。"丽娜和我觉得我们被彻底遗弃了，"纳蒂亚·沃凯埃后来回忆道，"我们不知道其他人什么时候能来帮忙。"

弗莱彻离开后，胡玛尔·汗打电话给剑桥的帕尔迪斯·萨贝提。"我觉得我在这儿孤军奋战，"他对她说，"我们需要更多的资源。我们得不到需要的援助。所有援助组织都待在几内亚不挪窝。我们需要更多的外国援助,需要更多的医生来凯内马工作。"

萨贝提觉得汗听上去很绝望,她因此也感到绝望。作战室小组每天都在壮大,但她觉得她束手无策,无法帮助汗。她也觉得她非常同情医院的那些护士。她访问过凯内马医院,她们的工作深深折服了她。她对凯内马有着深厚的感情。但全世界所有的DNA测序仪也没法帮助胡玛尔·汗和那些护士。她为汗感到担忧,尽量让他感觉她和作战室小组正在尽其所能调遣更多的医生前往凯内马。"你记住我们正在努力找人去帮你,胡玛尔。我们在给所有地方打电话。"但萨贝提打出去的电话一无所获。组织或政府许诺要帮助你是很容易的,但得到真正的帮助就极其困难了。

萨贝提的同事罗伯特·盖瑞曾经在凯内马的高危实验室为萨贝提采集血样,他已经飞往华盛顿,希望能请求美国政府帮助凯内马医院和塞拉利昂整个国家。他不久前才离开凯内马。他知道埃博拉病区在发生什么,他去过达鲁,亲眼见过刚在那里发现的28名患者中的几位。和汤姆·弗莱彻一样,罗伯特·盖瑞实时目睹病例的爆发性增长,他知道一波埃博拉病毒正在扑向凯内马,他试图警告美国政府内的官员。"我在华盛顿跑了一堆地方,"盖瑞后来说,"我去了卫生与公众服务部,我去了国际开发署,我和国务院还有NIH的人都谈过。"他在华盛顿跑来跑去的时候,世界杯足球赛正在举行。"我做了个有关埃博拉形势的讲座,也许我这人不会演讲,但我发现人们总在手机上查看足球比分。天哪,他们对待这件事应该更认真一点的。"到最后盖瑞也没能说服美国政府内的任何人立刻为凯内马安排实质性的援助,他觉得他们不认为非洲一所小医院里的一场危机真有可能危及北美洲的所有人。"一直到埃博拉传入达拉斯的一所医院,他们才终于认真地看待它。"盖瑞说。

公共卫生专家普遍认为埃博拉在进入人类群体后会"自行燃烧殆

尽"。这种病毒过于危险,过于致命,杀人速度太快,因而无法站稳脚跟,成为人类群体中的永久性疾病。总之这个看法广为流传。简而言之,埃博拉病毒没有被视为一个严重的威胁。

帕尔迪斯·萨贝提和罗伯特·盖瑞无法为胡玛尔·汗找到援助还有一个原因:在处理生物安全四级的出血热病毒爆发上,受过训练和有经验的医务人员极为短缺。拥有足够知识的医生本身就不够多。以往数次爆发中,牵头扑灭埃博拉病毒的是无国界医生组织。无国界医生组织知道该怎么设立生物隔离的埃博拉病房,知道该如何安全地运作病房。他们有生物隔离帐篷,有唧筒式喷淋器、实验设备、发电机、食物、医生和稳定的供应链,他们在处理埃博拉上积累了相当多的经验。但是,无国界医生组织已经使出了浑身解数。作为一个整体的医学界不知道也不明白该如何阻止埃博拉爆发,如何安全处理感染了一种侵略性极强的生物安全四级病毒的患者。

"我担心你承受的压力,"萨贝提对汗说,"胡玛尔,最重要的是你的安全。请照顾好你自己。"

"我觉得我必须尽我的全部努力。"汗答道。他问埃博拉的基因组测序进展如何。病毒变异了吗?变得比扎伊尔埃博拉更致命了吗?拉沙热病区内的这种埃博拉疾病的特征吓坏了汗、丽娜·莫西斯、姆巴卢·方尼和护士们。患者内出血似乎较少,体表出血同样较少,但会大量呕吐和腹泻。丽娜·莫西斯怀疑这种新埃博拉病毒比扎伊尔埃博拉的传染性更高,因为患者会产生大量具有传染性的液体,液体四处飞溅,污物涂满了护士的防护装备。患者牙龈会出血,尿里会带血,但护士没有观察到鼻血。患者依然会排出黑粪,那是肠道出血的结果。非洲西部的这种埃博拉病毒有什么不一样的吗?它真的还是原始的扎伊尔埃博拉吗?

归根结底的问题:它变异了吗?埃博拉专家普遍认为埃博拉病毒

不会在人体内演化。他们宣称埃博拉基本不可能在爆发中出现显著的变异。然而看着来自三角洲那12名患者的埃博拉病毒遗传密码，帕尔迪斯·萨贝提发现埃博拉确实在变异。她眼前的这12套埃博拉基因组里，构成密码的字母已经有所改变。但他们无法分辨这些变异仅仅是噪声——埃博拉在人与人之间传播时，病毒基因组里出现的无意义的随机错误——还是埃博拉正在演化，变得越来越了解人类。

病毒在干什么暂且不论，但它无疑已经形成了集群。6月18日，埃博拉病毒粒子在非洲西部日益增长的集群还很小。病毒顶多只感染了400人左右。每个被感染者的身体容纳着数量100万亿到几千万亿不等的埃博拉病毒粒子。加起来，这个集群包括大约4亿亿到100亿亿个埃博拉病毒粒子。

100亿亿写成数字是这样的：1,000,000,000,000,000,000。在衡量病毒数量时，这是个小数字。这个数字真的很小。在6月中的这个时间点上，就病毒实体即将成为的那个数量级而言，这个集群还只是沧海一粟。

埃博拉病毒基因组由18 959个字母构成，它们按照某种精确的拼写方式排列。每个病毒粒子复制的时候，每个字母都有一定的概率出现错误，这样一来，基因组的拼写就会改变。绝大多数的拼写改变不会影响病毒本身的特性。但也有一些错误拼写有可能突然间极大地改变这种病毒。日益增长的埃博拉病毒集群可被视为一台巨大但不可见的生物学弹珠机，里面有100亿亿颗弹球在撞来撞去；这个状如乌云、不停扩增的个体沿着许多条传染链扑向人类这个物种，在同一时间内在人体上做了无数次随机测试，判断该如何最好地入侵他们，在他们之间传播，使得自己在他们体内永生不灭。萨贝提和她的同事非常担心埃博拉乌云会出现某种变异，从而非常突兀地改变它的性质，从而使病毒更加适应人类的身体。他们在尝试描绘这个怪物的形象，而它最初来自一个孩子接触了生活在他家附近的某种动物,仅仅是几个病毒粒子钻进了他的血液系统。

汗正在和这个实体战斗。他告诉萨贝提,病毒正在疯狂袭击他的医院,出于某些原因,他和他的同事未能在它刚抵达塞拉利昂时发现它的踪迹。"我们怎么可能漏掉它呢?我们怎么可能漏掉它呢?"汗一遍又一遍地对别人说。他问萨贝提能否确定病毒已经突变。她说她和同事还在分析数据。他们尚不知道埃博拉的遗传密码在如何突变或是否有了显著突变。她说一旦有了任何结果都会立刻通知他。她提醒他必须确保自身安全。

凯内马
十小时后

6月18日晨,天还没亮,还在普通病房工作的阿齐兹·贾洛医生走进附楼病房做常规巡视。他在这里遇到了救护车驾驶员萨尔·纽可尔。纽可尔因疑似出血性胃溃疡被收治入院。按照阿齐兹医生事后的回忆,他发现这位驾驶员"处于极为痛苦的状态"。纽可尔精神恍惚,腹痛难忍,扭来扭去。

阿齐兹医生怀疑他有可能感染了埃博拉,但症状对不上。纽可尔只是低烧,入院后连一次也没有呕吐,也不腹泻。事实上,他便秘,两天没有肠蠕动了。阿齐兹医生检查纽可尔先生的口腔,寻找是否有埃博拉的标志性特征。他在寻找口腔红肿或牙龈出血。纽可尔先生的口腔似乎完全正常。然而,纽可尔先生其实处于埃博拉的所谓假病愈阶段,即将死去。

尽管没有找到任何埃博拉症状,阿齐兹医生还是凭直觉认为这个人感染了埃博拉病毒,他下令验血。

阿齐兹医生为救护车司机检查时，一名护士从旁待命。本书中，我们称她为露西·梅（出于尊重家属隐私，在此隐去真名）。阿齐兹医生指点露西·梅如何护理纽可尔先生，然后在清晨 6 点左右离开病房。

露西·梅继续护理纽可尔先生。她当时三十岁，已婚，相貌秀美，是一位虔诚的天主教徒，将头发挽成端庄的发髻。露西·梅唱歌很好听，是凯内马的圣保罗天主教堂的合唱队成员。她和许多护士不一样，在其他护士因为害怕病毒而不来上班后依然继续在附楼病房工作。支持她坚守岗位的无疑是信仰的力量。

阿齐兹医生离开病房一小时后，上午 7 点左右，纽可尔下床，走进病房尽头的卫生间。他在卫生间里严重腹泻，便秘突然结束了。他在卫生间里虚脱跌倒，脑袋撞在了某个地方。露西护士跑进卫生间帮他起身，发现他头皮受伤出血。她擦净头部伤口流出的血液，扶他回到病床上。一小时后，纽可尔突然休克，迅速死去。

尽管无法确认，但我们可以想象，露西·梅在纽可尔临终前陪在他身边。两人都是医院的工作人员，她很可能和他有交情，至少认识。我们很容易想象，当她意识到她的同事即将死去，她为他祈祷，乞求上帝在永眠中赐他平安，也许他过世时她抓着她的手。救护车驾驶员去世后几分钟，护士的这个轮班结束。上午 8 点是交班时间，夜班护士下班，白班护士上班。露西·梅离开附楼病房，回家休息。她需要休息，因为她怀孕了，预产期就快到了。

抽 血

6月18日,上午8点

露西·梅护士在附楼病房下班后,接替露西护士的当班护士名叫伊耶·普林西斯·鲍瑞。普林西斯护士个子很高,端庄优雅,脸上偶尔会露出一丝怀疑的表情,她是一位基督徒,在胸前佩戴一枚用金链拴着的金质小十字架。救护车驾驶员刚刚死去,为尸体整理遗容成了她的责任。埃博拉在普通病房现身后,普林西斯护士和露西护士同样坚守岗位。假如埃博拉在美国任何一所医院的普通病房现身,全国肯定会进入紧急状态。这一点在凯内马医院没什么区别,塞拉利昂同样进入紧急状态,护士们对此心知肚明。这就是普林西斯·鲍瑞那天早晨来上班的原因,尽管她从内心深处畏惧埃博拉病毒。

她合上救护车驾驶员的眼睛。她也许和他有交情,至少应该认识他。假如他头部伤口上还有残余的血液,她肯定替他擦干净了。她是基督徒,因此多半会为他祈祷。她摆放好他的四肢,整理他的衣物,也许还为他洗了脸。完成这些琐碎但重要的任务,她用一块布盖住尸体。大约一小时后来了一名血检技师,从尸体身上抽了一份血样。这是阿齐兹医生几小时前下令做的血检。

萨尔·纽可尔的血样检验了两次,一次由奥古斯丁·戈巴及其团队使用哈佛的 PCR 仪,另一次由纳蒂亚·沃凯埃及其团队使用沃凯埃的PCR仪。下午晚些时候，两份结果比对后，他们确定救护车驾驶员死于埃博拉病毒。奥古斯丁·戈巴取了半茶匙纽可尔的血清，消毒后装进一个塑料小瓶，冷冻储存。两天后，这份血样和一大批其他埃博拉感染者的血样一起飞越大西洋，送往美国的布洛德研究所做基因组测序。

埃博拉病区和整个医院的情况日益恶化，丽娜·莫西斯与丈夫和两个女儿中断了联系。她本来就不擅长用电子邮件传递心声，凯内马和新奥尔良之间的电话通讯又很糟糕，很难听清楚对方在说什么。另外，莫西斯也不希望家人对她身边这场正在开演的恐怖大戏有任何直观认识。她最初期待这是一场可控的小型埃博拉爆发，但事实证明她错了。她同样不希望挚爱的亲人为她担心。她有信心能保证自己的安全。与此同时，新奥尔良的学校放暑假了。艾隆计划带两个女儿沿东海岸来个夏季巡游，去看看华盛顿特区以及其他城镇和风景名胜。

6月20日，一位英国流行病学家来协助追查疾病如何在人群中蔓延，他注意到丽娜·莫西斯每天穿着夹脚拖鞋在埃博拉病区门口的人堆里跑来跑去。这些人里有埃博拉患者，而且在呕吐。他非常生气，找莫西斯谈她的夹脚拖鞋。"你疯了才会穿这东西！你必须穿橡胶靴！"他说。莫西斯觉得穿了橡胶靴没法跑，但她愿意稍作让步，换一双旧登山靴。埃博拉病区门前的污染区域有几摊积水，蹚过积水的时候，登山靴上的埃博拉病毒粒子也许会被洗掉。

莫西斯住在杜兰客舍的一个房间里，这幢建筑物年久失修，带有游廊和已经枯死的花园，坐落在杭阿路上，这条主干道沿坎布依山脚而建，向北出城而去。经过血钻战争，客舍已经衰败，但还算舒适和干净。客舍由高墙环绕，有一名警卫负责安全。管家名叫杰内巴·坎内，负责做饭和保持屋子整洁。莫西斯的房间有一张罩着蚊帐的床和一个衣橱，天花板上有个电灯泡，落地电扇对着床吹。

莫西斯几乎中断了与丈夫和女儿的联系。她在一封给他们的电子邮件里提到这儿有个东西叫埃博拉，但没有仔细解释那是什么。她无法向他们解释凯内马在发生什么以及她对此的感受。她脖子上有个盒式项链坠，里面是两个年幼女儿的照片。无法描述的日子又过去了一天，她送物资进埃博拉病区，带着装有感染者血液的试管返回高危实验室；深夜时分，丽娜·莫西斯躺在客舍房间的床上，打开脖子上的项链坠，望着两个女儿的面容。以后当她们回忆母亲，会认为她是一个总不在家的失踪老妈，还是一名榜样和英雄？她只知道此刻她不能离开凯内马，无论发生什么。

杜兰客舍，凯内马
6月22日，上午7点

流行病学家逼着丽娜·莫西斯换掉夹脚拖鞋后的第二天，杰内巴·坎内正在杜兰客舍的厨房里做事。她把热水灌进保温杯，冲泡速溶咖啡，把香蕉、芒果和燕麦片摆在客厅的餐桌上。她听见莫西斯的卧室门砰然打开，莫西斯跑进卫生间，然后剧烈呕吐。坎内走到卫生间门口，问莫西斯是不是不舒服。

"我没事。"莫西斯隔着门答道。

过了一会，莫西斯回到卧室里，但很快又跑进卫生间，再次呕吐。她回到床上，管家来到莫西斯的卧室门口，再次问她是不是不舒服。

"我有点生病。"

大约一小时后，纳蒂亚·沃凯埃来到拉沙实验室。她朝危机应对行动中心张望，发现莫西斯不在图书室里。她不禁有点奇怪。丽娜·

莫西斯最近发作过一次疟疾,但即便打摆子发烧,还是坚持在危机中心继续工作。丽娜为什么没来上班?纳蒂亚开始打听:有人见过丽娜吗?

没人见过她。

纳蒂亚发短信给丽娜:你在哪儿?

丽娜回短信:感觉不怎么好。丽娜又说,她今天打算待在家里。

纳蒂亚并没有因此而担忧,至少没怎么担忧。肯定是丽娜的疟疾又犯了,她心想。她穿过走廊,来到高危实验室门口,穿戴好个人防护装备,然后走进高危实验室,开始为当天的埃博拉检验准备血样。纳蒂亚在高危实验室里工作,几个小时转眼过去。她脱掉防护装备,离开实验室,把血样转移到她的集装箱实验室,在PCR仪上继续处理。

纳蒂亚工作的时候,每隔一阵就看一眼手机。她希望能看见丽娜发短信来报告最新病况,但她什么都没收到。午餐时间过了。下午依然没有丽娜的消息。纳蒂亚注意到塞拉利昂工作人员非常在意丽娜的缺席。他们显然在琢磨她是不是病倒了,他们似乎很担心她。

下午慢慢过去。2点59分,纳蒂亚收到了丽娜的短信:我很确定我在发烧。

纳蒂亚认为情况并不严重。事情和丽娜的夹脚拖鞋没关系,和她习惯于不穿戴生物防护装备走进走出埃博拉病区的门厅没关系,纳蒂亚心想。丽娜多半是吃坏了。但是……万一呢?只是以防万一。她似乎应该给丽娜验血。私下里。假如人们发现丽娜……

丽娜向来显得铜头铁臂,刀枪不入。她声称她知道病毒都在哪儿。也许丽娜并不真的知道。采丽娜的血样并化验是绝对有必要的。纳蒂亚不知道该怎么抽血。她必须找个验血技师帮忙,但这个人需要私下里去抽血,而且在事后不多嘴多舌。

纳蒂亚走出高危实验室,找到一位名叫哈桑·卡塔的验血技师。

卡塔是丽娜·莫西斯的朋友，他答应去采血样并保守秘密。纳蒂亚和技师偷偷地把一套个人防护装备装上一辆车，他们开车赶到杜兰客舍，进入高墙围住的场地，在客舍旁停车，尽可能接近后门。附近有几幢屋子能毫无阻碍地看见院子里的情况。假如某个邻居看见有人身穿白色太空服走进屋子，肯定会在附近引发恐慌情绪。

纳蒂亚和卡塔打开所有车门，进一步阻隔视线。卡塔站在两扇车门之间，套上特卫强全身防护服，拉好拉链。他穿戴橡胶靴、HEPA呼吸面罩、护目镜和双层手套。他打开采血套件，取出静脉穿刺针和红盖的真空采血管。

纳蒂亚注意到穿刺针在卡塔手里颤抖。他极为紧张。

他们只带了一套个人防护装备，因此纳蒂亚只能站在后门口。她望向客厅，那是个宽敞的房间，里面只有一张餐桌和几把椅子。丽娜的卧室位于客厅右侧，门关着。卡塔走进客舍，敲了敲丽娜的房门，然后开门进去。

他发现房间里充满了阳光，非常热。窗帘全都拉开，落地电扇朝着床呼呼吹风。丽娜躺在床上。她意识清楚，但病得很重。她脸色潮红，汗出如浆，衬衫上到处都是被汗水打湿的痕迹。卡塔忘了带温度计。他隔着手套摸她的额头，估计她体温在 103 度到 104 度之间[①]——高得危险。他准备好了压脉带。

杜兰客舍，凯内马
6 月 22 日，下午 4 点左右

卡塔的手在颤抖，丽娜·莫西斯看了生气。"我能系压脉带。"她

---

① 摄氏温度39.4度—40度。——译者

对卡塔说。她坐起来，把橡皮筋绕在胳膊上扎紧，然后看着卡塔隔着手套用手指摸她的手臂，寻找静脉血管。他拿掉针头上的盖子。锐利的针头出现在眼前，他的手又开始颤抖。他把针头插进她的手臂，但他的手在抖，因此没扎中血管。他抽出针头，连声道歉。针头带着血，在半空中晃了一会儿。他再次把针头插进去，还是没扎中血管，但害得莫西斯皮下出血，因为他碰破了一条静脉，莫西斯的手臂上隆起一个鼓包。卡塔感到万分抱歉。

最后他总算把一股血液引入了采血管。采血管迅速装满。他从丽娜的手臂上拔出针头，<u>盖上盖子</u>，把采血管放进拉链袋封好。他走出客舍，把拉链袋递给纳蒂亚。她用消毒水喷淋拉链袋，杀死外表面上的微生物。

沃凯埃隔着塑料袋攥紧采血管。她觉得采血管热乎乎的，甚至发烫。丽娜在发高烧。世界卫生组织还没有派医生来。她和丽娜在凯内马与世隔绝，援助离她们非常遥远。她对自己说，没必要担心。保持冷静。去做检测。

方 尼

拉沙热病区
6月22日，同一时间

埃博拉病区的前厅里，姆巴卢·方尼"姨妈"站在她经常与胡玛尔·汗见面的制图桌旁，她面无笑容，表情严厉。她身穿白色护士制服，头戴一顶白色的护士小帽。她说话带英国口音，轻声命令护士做这做那，与聚集在病区门口的人们交谈，尽量安慰惊恐的患者家属，这些家属想知道里面病人的情况。一股浓烈的气味飘出病区。方尼手下的护士们正在被压垮。有几个人待在家里，但大部分人坚持工作。医院的工作人员来来去去，从其他地方给她带来消息，把她的口信带给医院的其他地方。一群人在病区门口闹得人声鼎沸，其中有病人，也有患者家属。病区门前有一道铁丝网做的围栏。假如一个人明显生病，而且显露出类似于埃博拉的症状，就应该留在这个区域之内，防止他们和其他人接触。方尼偶尔离开岗位，去医院各处办事，补充物资，寻找汗。汗和她会巡视普通病房，检查病床上的患者，在他们身上搜寻埃博拉病毒感染的迹象。"姨妈"和汗知道普通病房里肯定有未确诊的埃博拉患者，希望能找到他们并把他们带走。普通病房里依然有许多患者躺在床上，住院医师依然在值班，照顾患有各种疾病的大量病人。这些住院医师中有一位名叫萨尔·罗杰斯，他将在这场劫难中牺牲。"姨妈"最近每天在医院工作十四个小时，从日出一直到深夜。

她在工作时极少显露情绪，只是似乎不顾一切地把注意力集中在眼前的事务上。她不哭泣，不大笑，也不微笑。她对护士们的期望超出了她们能够给予的，对自己也超出了她能给予的。"都交给上帝吧，"她一遍又一遍地说，"上帝保有上帝。"

方尼不久前失去了丈夫理查德，依然在为他哀悼。理查德·方尼是个高大英俊的男人，拥有狂野的幽默感，据说只有他曾经逗得"姨妈"开怀大笑。他为他们的大家庭用水泥砖搭建了幢大屋子，周围有墙壁环绕，位于坎布依山较低处的山坡上。理查德还没完成这幢屋子就突然身故。"姨妈"按照习俗把理查德埋在屋子的地基旁。她不得不肩负起执掌一幢家族大宅的使命。"姨妈"的弟弟是一名流行病学家，名叫穆罕默德·伊拉，他和家人一起住在大宅里，同住的还有姆巴卢和穆罕默德的母亲卡迪。

伊拉是个高瘦、安静的男人，敬爱他的大姐。他用摩托车接送她上下班，早晨天还没亮，晚上直到深夜。他们沿着杭阿路疾驰的时候，你绝对不会认错这对姐弟：一个特别高的男人带着一个矮小的女人，女人一身白衣，双臂搂着他的腰腹。"姨妈"在埃博拉病区里工作的时候，伊拉永远就在附近。他给她送饭，替她跑腿，为她在医院各处送信，他照顾姐姐，确保她不至于太疲惫。

埃博拉病区有个供护士使用的私人房间，护士可以在那儿轮流休息。房间里有一张桌子，上面总是堆满了手包，护士会在上班前把手包放在那儿。"姨妈"需要休息的时候，一名护士会搬开那些手包，她躺在桌上，伸展身体，休息片刻。她的弟弟经常会坐在房间里，看着她躺在桌上休息。但她似乎永远不会睡过去。躺了十五分钟左右，她会从桌上下来，回去继续管理埃博拉病区。

埃博拉病区里现在有 35 名病人了，但设计容量仅仅是 12 名病人。九个小隔间里塞满了病床和简易床。每张病床和简易床上至少躺着两个人；有些病床甚至三个人。孩子躺在成人身旁。人们在病床上死去，身旁是还活着的病人。埃博拉会导致人们精神混乱，昏头转向的病人会下床，在走廊里乱逛，倒在地上爬不起来。埃博拉病区的护士给有脱水症状的患者静脉滴注补液。患者的体液溅在她们的生物安全防护服上。地板肮脏不堪。人们在夜间死去，尸体到第二天早晨才会被搬走。尸体摆放在病床或地板上。假如有时间，护士会把尸体装进裹尸袋，抬进病房边充当停尸房的小楼。救护车人员身穿防护服，将尸体运往凯内马公墓，那是城外一片灌木丛生的野地，作为凯内马市的义冢，墓地里到处都是没有标记的墓穴。死于埃博拉的病人只能埋在那儿。

杜兰客舍
6 月 22 日，下午 4 点 30 分

纳蒂亚·沃凯埃站在丽娜·莫西斯住处的后门口，拿着装有丽娜血样的采血管的塑料袋，与躺在卧室床上的丽娜讨论目前局势。两人做出决定，除了去卫生间，丽娜无论如何都不能离开房间。纳蒂亚保证一旦拿到确定的结果就用手机通知丽娜。

纳蒂亚和验血技师开车赶回医院，纳蒂亚拿着口袋里的采血管冲进实验室所在的建筑物。她站在高危实验室的前厅里，穿戴好全套个人防护装备，然后推开高危实验室的门。

房间一侧有一排窗户，窗户底下的窗台上放着一本登记册。登记册上记录了送进实验室的所有血样。沃凯埃不愿把丽娜·莫西斯的名字写进登记册，因为实验室人员看见了肯定会非常紧张。于是她写了

露西亚·穆萨，穆萨是克里奥语里的莫西斯①。她打开采血管的红色橡胶盖，把移液器插进采血管，吸了一小滴她朋友的血样，把这一小滴血液放进一个很小的试管，然后放入离心机里旋转，让红血球沉到试管底部，血清浮在红血球上面。然后她纯化血清，从血清里提取RNA断链，确定其中是否含有埃博拉病毒的遗传密码。这时天渐渐黑了。

高危实验室
晚间7点30分

日落后一小时，纳蒂亚·沃凯埃身穿防护服，站在靠近高危实验室出口处的室内。她走进盛着漂白水的塑料浴盆，为橡胶靴消毒，然后用漂白水喷淋全身，特别仔细地用漂白水清洗手套外侧。她用漂白水喷淋一个盒子的内侧和外侧，这个盒子装着一组细长的玻璃管，每个玻璃管里都是一份埃博拉病毒疑似感染者的纯化血样。其中一个玻璃管里装着"露西亚·穆萨"的血样。

彻底消毒后，纳蒂亚摘掉呼吸面罩，扔进一个大塑料桶，那是个生物危害垃圾桶。她小心翼翼地拉开防护服的拉链，脱掉防护服，剥掉手套，把防护服和手套放进生物危害垃圾桶。此刻她身穿便服，站在出口处，纳蒂亚转过身，背对出口，目视高危实验室内部。她倒退走出高危实验室。这是操作规程的要求：你必须用后背推开门，倒退着走出来。这样你就来到了一个仿佛壁柜的小房间里。离开高危实验室时之所以要倒退着走，是因为这样你能看清背后，确保你不会不小心把受到污染的材料或物品带出实验室，任何东西都有可能黏附在你

---

① 伊斯兰教的Musa即基督教的摩西（Moses）。——译者

的身体上。

纳蒂亚离开高危实验室，拿着盒子走出实验室所在的建筑物，拐弯走进一条小巷，她的集装箱实验室就放在这儿。她走进实验室，把玻璃试管放进 PCR 仪的托盘，开机运行。

两分钟过去了，PCR 仪完成一个循环。屏幕上出现几个点。仪器又完成一个循环，屏幕上出现了更多的点。每过两分钟，屏幕上就会增加几个点。点阵构成的图案逐渐成形。由点组成的几条线在屏幕上水平延伸，点出现得越来越多，各条线变得越来越长。每条由点组成的线都属于一份血样。假如一个人的血液含有埃博拉病毒，那么代表这个血样的水平点线就会拐向上方并逐渐爬升。点线拐向上方就是血样里存在埃博拉病毒的信号。

PCR 仪需要运行一小时左右才会给出可靠的结果。纳蒂亚用这段时间考虑接下来的策略：假如丽娜的血样里检出埃博拉阳性，那她就应该被尽快接走，每个小时都至关重要。丽娜是美国人，但美国政府还没有订出紧急疏散计划。没人知道凯内马在发生什么。纳蒂亚将亲自负责丽娜的撤离工作。纳蒂亚在凯内马有个男朋友，他叫哈迪，是一位黎巴嫩商人。哈迪有关系，也有些钱。无论发生什么，纳蒂亚都会陪着丽娜。她去瑞士能得到最好的救治。

可是，她恐怕不可能把丽娜弄到瑞士去。假如检出阳性，任何一家航空公司都不可能允许她登机。这样的话，就必须租私人喷气机送她去瑞士了。机组人员要受过生物危害防范训练。假如在二十四小时内无法找到并租用这么一架飞机，纳蒂亚就打算把朋友装进救护车，送她去弗里敦的一家医院。然而埃博拉也已经开始侵袭弗里敦的医院，那些医院也在变得不安全。弗里敦的医疗体系有可能崩溃。纳蒂亚其实并不太担心。她盯着她的仪器。

一位先知和一个预言

纳蒂亚·沃凯埃的集装箱
6月22日，晚间10点30分

三小时后，经过两轮检测，纳蒂亚没有在莫西斯的血样里找到埃博拉的特征信号。她的心情非常平静。丽娜的血液里依然有可能存在病毒，但数量还不足以触发警报。纳蒂亚打给丽娜，把结果告诉她。丽娜算是松了一口气。对绝大多数人来说，想象埃博拉的所有症状出现在自己身上可不是能在脑海里轻松面对的事情。

但是，第二天上午，丽娜的情况继续恶化，比前一天病得更重了。她高烧不退，身体极度虚弱，呕吐，腹泻，腹部剧痛。她拒绝再做血检，而是回到危机中心继续工作。她的丈夫和女儿对她的处境完全一无所知。四十八小时后，她的症状没有进一步恶化，莫西斯得出结论：她应该没有被埃博拉病毒感染。但她依然病得很严重。

几天后，世界卫生组织的一名医生终于抵达，前来帮助胡玛尔·汗。他是美国海军的一名内科医生，名叫戴维·布莱特-梅杰。他为丽娜做检查，给她开了抗生素，她的症状很快消失。接下来，布莱特-梅杰在埃博拉病区投入工作，尽其所能帮助患者。局势让他感到苦恼，生物安全性的严重缺失使得他忧心忡忡。护士应该在脱下防护服之前先用消毒水喷淋，但喷淋器里经常没有消毒水，护士也总是懒得给自己喷淋。

就在这时,产科病房的一名男护工被检出埃博拉阳性,随后在埃博拉病区内去世。这是凯内马医院内第二名死于埃博拉的医务人员,第一位受害者是救护车驾驶员萨尔·纽可尔。产科护工的死亡吓坏了依然坚持工作的护士们。既然产科病房里的一个人能被病毒感染,那么任何一名医务人员在医院的任何一个角落就都有可能染病。

护工的死讯传开,一个年轻人突然走进医院大门,开始喊叫。这是个精瘦的孩子,十八岁左右,名叫瓦哈布,在凯内马很有名。他是一名草药师,用植物配置的药物医治病人,人们认为他是个能预见未来的先知。城里有些人觉得瓦哈布有点疯疯癫癫的,也有人认为撒旦控制了他的头脑,导致他精神错乱。但还有一些人认为瓦哈布真的能够预见未来,他的预言意义非凡,必将实现。瓦哈布会登门拜访。假如你想知道你的未来,假如他愿意,就会出现在你家门口。他不为预言收费,他免费为你预言,只要他能见到你的未来。

根据预言师瓦哈布的说法,命运是真实的,但不是绝对的:一个人的命运有时可被改变。假如你命中注定会遇到什么事情,瓦哈布能见到命运在未来等着你,但有时他也会窥见能让你改变命运的蹊径。

此刻,他沿着医院建筑物外的那些小径走来走去,停留在产科病房外。"噢!"他用具有穿透性的声音叫道,声音一直传进产科病房。"哦!一个护士死在了这儿!"(他用的是克里奥语,由听见瓦哈布喊叫的一名医务人员翻译成英语。)

"三个护士将会死去!"瓦哈布喊道,"一个护士已经死了!还有两个要死!三个护士将会死去!这一点不可能改变!"

这是他预见的未来,不可改变:三个护士注定要死。一个护士已经死了，还有两个要死，命中注定要死的人必死无疑，但瓦哈布没说他们是谁。瓦哈布在将各个病区连接在一起的通道里走来走去，绕着病房转悠，用狂野的声音喊出他的预言，声称另外两名护士将会死去。他的声音传进病房，护士和患者都听得清清楚楚。

然后瓦哈布把该如何改变命运的预言告诉整个医院。"医院里所有活着的护士必须献祭或祈祷！"他喊道，"你们必须举行仪式！"假如护士们没有像他说的那样举行仪式，那么还会有更多的护士送命，要死的护士将会不止三个。然而无论凯内马医院的护士在仪式上怎么做，其中都有三个注定要死。"就算你们真的举行仪式，或者不肯那么做，三个护士都必定会死，"他喊道，"但要是你们不那么做，你们不举行仪式，还有很多护士会死！你们必须献祭和祈祷！"说完这些，和他来的时候一样突然，那小子蹿出医院大门，消失在了城市里。

瓦哈布的预言吓坏了听见他喊叫的护士们，也就是坚持在医院工作的那些护士。他的预言在医院里飞快地传开，在城里护士们的家人之间流传。然而，瓦哈布在某些细节上语焉不详。他没有解释他的"仪式"和"献祭"是什么意思。瓦哈布没有说清楚他要护士们举行什么样的仪式来防止更多的护士死去。他也没有道出那两位无论如何都会死去的护士的身份，究竟是谁不可能逃脱他们的厄运。护士们猜测他们当中难逃一死的到底是谁。

第二天，星期五早晨，一群护士聚集在产科病房旁一块遍地灰尘的空地上，死去的护工曾经在产科病房工作。他们念诵基督教和伊斯兰教的祷词，唱圣歌，向神忏悔，请求神宽恕他们的罪孽，保住他们的性命，不要让医院出现更多的死亡。

那天早晨，露西·梅，救护车驾驶员去世时负责照顾他的怀孕护士，也许就在人群中。她也许和其他护士一起唱圣歌，因为她嗓音优美,在教堂合唱队里唱歌。八天前,萨尔·纽可尔死于埃博拉病毒前,她曾经擦拭过纽可尔头上的出血。露西·梅是附楼病房的夜班护士,"献祭"那天早晨她有可能刚下班。不过,她的孕期即将结束,婴儿很快就要降生,因此她有可能没参加仪式,下班后就直接回家了,另外,她很可能感觉不太舒服。

当晚8点,应该来附楼病房上夜班的露西·梅没有出现。同事们以为怀孕让她身体不适。第二天,星期六,她一整天都待在床上,这时她已经非常不舒服了。星期天上午,她没有去圣保罗教堂望弥撒和参加合唱。星期天夜里,露西·梅病情严重。她的家里人打电话到医院要救护车,她被送进她工作的地方:附楼病房。

她住进一个半私人的病房,胡玛尔·汗医生为她做检查。她是一名医院的工作人员,因此汗成为她的主治医师,仔细观察她的情况。汗看得很明白,她显露出的症状很可能符合埃博拉,他下令抽血检验。尽管他怀疑她被埃博拉病毒感染,她也必须待在附楼病区的半私人病房里。在血检没有证实她被埃博拉病毒感染前就把一名孕妇送进埃博拉病区是不人道的。假如她没有感染,但被送进埃博拉病区,她和她的孩子肯定会染上病毒。

众所周知,埃博拉病毒对怀孕女性和未出生的婴儿有着近乎百分之百的致死率。这种病毒通常会杀死子宫内的婴儿,在婴儿出生时诱发产道大出血。被埃博拉病毒感染的婴儿不是死胎就是出生后很快就死去。1976年,扬布库的助产士比埃塔修女接生了至少两个分娩时伴有大出血的婴儿,埃博拉所致疾病的这一面从此为医学界所知。比埃塔修女在为他们接生后死去,医学界因此知道对于医护人员来说,接触被埃博拉病毒感染的孕妇在分娩时流出的血液或体液是极度危险的行为。

露西护士的血样被送往高危实验室化验。第二天,纳蒂亚·沃凯埃和奥古斯丁·戈巴证实露西·梅被埃博拉病毒感染。她的血样呈现出高度阳性——血液系统中的病毒粒子浓度已经极高。这意味着她和胎儿的死亡几率接近百分之百。露西·梅被转入埃博拉病区,接受姆巴卢·方尼"姨妈"的照护。

拯救露西·梅

7月3日

露西·梅被送进埃博拉病区，姆巴卢·方尼、胡玛尔·汗和照顾埃博拉患者的护士们认为不该把她和其他患者放在一起。埃博拉病区就像人间地狱。他们在红色区域的走廊尽头的角落里找到一小块僻静地方，把一张简易床搬进那个拐角，将露西放在简易床上，这样能给她一点隐私，也能避免她看见病区里的情况。夜间，一位名叫阿莱克斯·莫伊博伊的资深埃博拉护士接手照护露西。他在埃博拉病区上十二个小时的夜班，身穿个人防护装备，照护大约30名埃博拉患者。阿莱克斯护士尽其所能照护露西，经常来查看她的情况，满足她的各种需求，尽量陪伴她，以免她感觉孤独。他为她静脉滴注生理盐水，确保她不会脱水。

拉沙和埃博拉在孕妇身上会造成类似的结果：严重出血，胎儿死亡，母亲死亡。两种病毒对胎儿都几乎百分之百致命，对母亲通常也是致命的。话虽如此，多年以来，姆巴卢·方尼"姨妈"也救活了很多看似难逃厄运的大出血孕妇。"姨妈"的救命技法是通过人工流产或引产，尽快从母亲体内取出胎儿，然后为母亲施行 D&C 手术。病毒通常会杀死胎儿，导致流产，但被拉沙病毒感染的婴儿偶尔也会活着诞生，只是几乎不可能存活太久。胎儿通过人工流产或自然分娩离开母体后,再使用 D&C 手术刮除子宫内壁上残余的胎盘或胎儿组织。

出于某些尚不明确的原因,拉沙热拯救术似乎极大地增加了被拉沙病毒感染的孕妇的生存几率,她们的存活率达到了差不多 50%。"姨妈"思考拉沙热拯救术对感染埃博拉病毒的孕妇是否有效。这套方法有可能救活露西·梅吗?"姨妈"有理由认为它有可能成功。事实上,她见证了一名被埃博拉病毒感染的孕妇从痛苦中活了下来,尽管所有证据都表明她必死无疑。这位幸存者是维多利亚·伊利亚,二十岁,凯内马医院发现的第一名确诊埃博拉患者。伊利亚女士在大出血中产下死胎,被送进拉沙热病区接受"姨妈"的照护。"姨妈"错误地以为伊利亚女士患有拉沙热,对她施行了拉沙热拯救术。伊利亚女士已经失去了孩子,"姨妈"直接为她做了 D&C 手术。伊利亚女士当时大量出血,但最终活了下来。

一个女人被埃博拉病毒感染,正在大出血,用刮匙去刮她的子宫内壁似乎纯粹是发疯,但伊利亚女士在接受 D&C 手术后确实逐渐康复。想到上次处理维多利亚·伊利亚的经验,"姨妈"开始考虑用拉沙热拯救术尝试拯救露西·梅。问题在于时机。假如她打算尝试施行拯救术,那么她该在什么时候动手呢?露西的怀孕已经进入最终阶段。婴儿有可能自然降生,或许能活下来。"姨妈"决定再等一等,不立刻做出决定。除非婴儿在子宫里死去,否则她不会为露西·梅流产。她情愿让上帝决定是否结束胎儿的生命。方尼监控露西和胎儿的情况,指导护士们完成工作,偶尔穿戴上个人防护装备,亲自照护露西。夜间,阿莱克斯·莫伊博伊护士照护露西。她的脸已经变成毫无表情的面具。

7月3日,晚间8点

一名护士走出红色区域,告诉姆巴卢·方尼说露西·梅流产了。

方尼穿戴好个人防护装备，走进病区；她走向病区后侧的小拐角，来到露西的床边。她听露西的胎音，确认胎儿已经死去。

产道流血已经开始，象征着露西已经进入弥散性血管内凝血（简称 DIC）。微小的血栓出现在血流之中，卡在全身上下的小血管里，血液失去凝结能力，正在逐渐流失。出血点有可能位于子宫壁或胎盘上。

方尼召集三名护士进入病区，宣布露西的胎儿已经死亡。她问他们愿不愿意和她一起尝试拯救露西的生命。方尼打算引产，尽快从母亲身体里取出死胎。这个手术必须立刻进行。露西·梅流血不止，随时有可能死去。

三名护士很害怕，但都同意帮助方尼，因为露西也是一名护士。三名护士在集装箱里穿戴好防护装备。一次性的生物危害防护服极为短缺，护士们在重复使用防护服，有时用消毒水喷淋，有时甚至不喷淋，只是脱下来放着，下次进入红色区域时再穿上。

护士们穿戴整齐后，来到露西的床边。其中之一是普林西斯·鲍瑞，救护车驾驶员萨尔·纽可尔去世后为他整理遗容的正是她。"姨妈"最近把普林西斯·鲍瑞调入埃博拉病区，训练她穿戴个人防护装备。普林西斯没什么经验，仅仅几天前才第一次穿戴生物危害防护装备。另外两名女护士是希雅·马贝和法蒂玛·卡马拉。她们穿戴好装备，走进红色区域，因为露西·梅是她们的朋友和同事。三名护士已经吓得魂不附体。

晚间 8 点 10 分，方尼命令护士为露西静脉滴注催产素，这种药物能诱发宫缩。露西意识清楚，极度痛苦，但她们手头没有麻醉药。埃博拉病区已经耗尽了许多基础物资。

药物迅速进入她的体内。"姨妈"想以最快速度取出胎儿，因为胎儿在露西身体里每待一秒钟，她的死亡风险就会提高一点。露西很快开始宫缩。剧痛无疑超乎想象、难以忍耐，正在收缩的这些身体组织充满了血管，浸透了埃博拉病毒粒子，血管纷纷破裂，流淌出大量血液。她的产道大出血，血液无法凝结。分娩开始，出血更加严重。简易床上满是鲜血。护士们按住她的膝盖，和她交谈，用毛巾或纱布为她擦身。她们抓住她的手，向上帝祈祷。露西在简易床上几乎流光了血液。护士们的手套沾满血液，防护服的袖管上沾满血液。为了安慰露西，她们尽量保持镇定。埃博拉病区没有血液供应。她们不可能给她输血。

方尼的手伸进产道，摸到宫颈，估量它的扩张程度。既然胎儿已经死去，她就能够尽快从臀位取出胎儿了，也就是脚先头后。她不想等待宫颈完全张开，打算以最快速度把胎儿拽出来。她不能使用锐器切开死胎或破坏胎盘组织，因为那样有可能割破露西的身体，而露西无法承受这样的伤害。"姨妈"忙碌的时候，血液沾在她的手套上和防护服的袖管上。飞溅的血点或许落在了透明手术面罩和呼吸面罩上，尽管HEPA面罩遮住了她的口鼻，但血点或许落在了面具下方喉部的一小块裸露皮肤上。

"姨妈"的手穿过宫颈，把胎儿拽了出来，羊水和血液随之涌出。方尼取出胎盘，它似乎是出血的主要源头，她剪断连接着死胎的脐带。

目睹死胎，见到血液和羊水流到简易床上，沾满她们全身，三名护士肯定从视觉上证明了内心的恐惧：这个手术有可能使得她们被埃博拉病毒感染。体液和血液太多了，病毒到处都是，沾满她们全身，沾满露西全身，随着胎儿一起涌出子宫。

我们无从知晓，当姆巴卢·方尼"姨妈"见到露西的胎儿，或者注意到自己的防护服被彻底浸湿时，究竟想到了什么。也许"姨妈"过于疲惫，已经懒得为自己考虑，去思考她有可能发生什么。她是个

血殇　163

寡妇,她怀念她的丈夫,埃博拉摧毁了她管理的病房。她有可能在想,甚至自言自语:"上帝将驱走这些。"

我们不知道"姨妈"后来还有没有施行过 D&C 手术。她也许认为在大量出血的情况下去刮子宫内壁的风险过于巨大。手术完成后,护士们和"姨妈"为露西清洁身体,为她祈祷,她悄然睡去。当晚9点,她的呼吸变得沉重。埃博拉病房里没有氧气瓶,无法帮助她呼吸。9 点 15 分,露西失去了动脉血压,进入休克。她血压陡降,心率变得不规律,9 点 30 分,心脏停搏。拯救露西·梅的行动终告失败。

确认她已经去世后,参与救治的三名护士叫了起来,叫声很快变成痛苦的咆哮。喊叫声传出埃博拉病区,在黑暗中的医院场地内回荡,惊吓了医院里所有的人。从埃博拉病区沿山坡向下 50 码开外,纳蒂亚·沃凯埃身穿太空服在高危实验室里工作。她听见护士们的叫声,知道埃博拉病区内肯定发生了什么可怕的坏事。

我们可以想象,"姨妈"对普林西斯·鲍瑞、希雅·马贝和法蒂玛·卡马拉肯定很严厉。她很可能命令三名护士安静下来。我们也能想象,她很可能对她们说这是上帝的旨意。我们很容易就能想象,见到护士们的泪水,"姨妈"很可能也哭了。

最后,"姨妈"走进消毒区,脱掉生物危害防护服,防护服上沾满了羊水和血液。消毒区有个漂白水喷淋器,但没人知道那天晚上喷淋器里有没有漂白水。喷淋器常常是空的或者没人使用,医院里最近消毒水短缺。没人知道"姨妈"在脱掉防护服之前有没有喷淋消毒。防护服底下,她依然身穿上过浆的白色制服,制服已经被汗水浸透。她的弟弟穆罕默德·伊拉在等她。他发动摩托车,她爬上他背后的座位,用双臂搂住弟弟,弟弟骑车带她回家。他同样受到了感染。

第二天下午,预言师瓦哈布走进医院大门,开始喊叫。他已经知道了露西·梅的死讯。

烛 火

7月4日，下午

预言师瓦哈布在医院场地内飞快地走来走去，激动不安地叫喊，他预见的未来驱使着他，像牛虻似的折磨着他。"哦！"他用具有穿透力的声音喊道，"哦！你们没有献出足够的祭品！你们没有献出足够的祭品！"护士们的仪式失败了，他喊道。露西·梅是注定要死的三个护士之一。现在还会有更多的护士要死。但机会依然存在，厄运难逃的其他许多护士还有可能拯救自己。未来依然能够改变。瓦哈布的声音传进医院的各个主要病房，他甚至有可能走进病房，直接向留在医院里的护士和病人宣布他的预言。"现在，"他喊道，"你们必须献祭一支蜡烛。所有活着的护士必须献出这个祭品。你们必须在医院内的所有地方点蜡烛。所有护士都必须这么做！要是你们不这么献祭，很多护士将会死去。甚至会有一位重要的医生死去。"说完，年轻人就突然跑了。

日落后，大约50名护士聚集在产科病房前。他们中的很多人穿便服，因为这些人已经不来上班了。他们点燃蜡烛，静静地在医院内走来走去，用三部和声唱克里奥语的福音歌曲。他们的声音静谧而柔和。随着队伍在医院里游走，越来越多的医护人员加入人群，每个人都拿着一支点燃的蜡烛，希望这支蜡烛能成为适当的祭品，手持蜡烛的人能逃过劫难。护士们唱着圣歌,祈求神能保住他们的平安,医院里能少死几个人。

"真是震撼人心,非常美,但又异乎寻常地悲哀。"纳蒂亚·沃凯埃回忆道。

医护人员的队伍增加到了上百人,他们最后在儿科病房前停下。儿科病房有一块宽敞的开放性空间,顶上有个屋顶,父母和孩子会在这儿候诊。屋顶为他们遮挡风雨和烈日。人群聚集在屋顶下的候诊区,以及候诊区周围的露天底下。护士们唱着圣歌,烛光照亮了儿科候诊区和儿科病房的墙壁。黑暗中,瓦哈布的预言沉甸甸地压在许多闪烁的小火苗和医护人员的面容上。瓦哈布预言称假如献祭的蜡烛不够,还会有更多的人死去,其中包括一位重要的医生。假如姆巴卢·方尼"姨妈"冒着最大的危险也没能阻止病毒,假如连烛火都无法阻止病毒,那么也就不存在任何方法能阻止它了,完全不可能。

第三部
远古法则

金沙萨之旅

为了更好地看清新发病毒的面目,我们有必要回顾1976年的危机,当时埃博拉病毒第一次在扎伊尔中部以北的低地热带雨林里凭空出现,它选择的降临地点是个偏僻的天主教传教区。仔细观察埃博拉病毒的第一次爆发,我们就能得到有用的知识,或许可以帮我们为下一种新发病毒做好准备——无论那是什么病毒,在什么时候出现。我们几乎能肯定还会有另一种新兴的四级病毒在世上某处从病毒圈跳进某个人身上,这种病毒也许比埃博拉更容易传染。那个人会把微生物传给另一个人,微生物会潜伏在乘客身上,随着飞机航班移动,有能力在城市里点燃迅速扩散的传染链,就像埃博拉那样。由于新发病毒没有相应的疫苗和治疗方法,而它也许很容易就能在人与人之间传播,那么这种病毒就会变得真的不可阻挡。

假如想要阻止下一种病毒,我们就有必要研究历史。看一看人们在埃博拉病毒与人类的已知初次接触中的所作所为,我们能得到许多有用的知识。我们可以研究他们的生与死,我们可以观察他们遭遇未知时的行为。我们可以观察他们与病毒交战时采取的行动,还有病毒相应做出的反应。我们能够知晓他们的秘密。

埃博拉病毒可以算是某种实体,尽管它没有意识。不,它甚至不是一个东西,而是无数个东西的集合,从生物学意义来说,每个个体都在挣扎求生和自我复制。埃博拉病毒粒子群集成长壮大,但缺少实体的自我意识。它没有过去的记忆,也没有预测未来的能力。群集没有情绪、欲望、恐惧、爱恨、同理心、计划和希望。然而,与所有生命形式一样,群集内的每个病毒粒子都带有一种无法磨灭的生物本能,那就是自我复制,让自身的遗传密码在时间长河中流传下去。

回顾1976年的那场危机,我们能见到似乎无法遏制的灾祸如何得到遏制,能见到直面埃博拉并试图阻止它的那些勇士们付出了灵与肉的何等代价。假如能够从1976年的种种变故中领悟到一些什么,我们就有可能更加深入地理解2014年从凯内马政府医院开始并逐渐向全世界扩散的这场战斗。我们能够在关系生死的危机时刻中领悟到人性,我们能够窥见人类与自然之间戏剧性的互动,这一点向来是我极感兴趣的一个主题。与病毒狭路相逢的那些人面临着一个最简单的问题:如何在被病毒杀死之前剿灭病毒。

刚果河上空某处
赤道省,扎伊尔
1976年9月26日,上午9点

让-雅克·穆扬贝医生坐在福克友谊客机的座位上,听着双螺旋桨发动机的呜呜声响。舷窗外暗沉沉的。飞机越过几乎绵延不断的雨林,沿着刚果河飞向河流上游。底下见不到任何灯光,因为这个地区既没有电力也没有城镇,只是这儿那儿地有些村庄隐藏在树冠下或蜷伏在树冠之间的小块空地上。一些村庄居住着班图人,另一些村庄和小型营地住着特瓦人,后者非常矮小,有着悠久的历史,已经在非洲中部雨林生活了几万年,比生活在此处的其他群体都要久远。

穆扬贝急着把他的两位患者——米莉亚姆修女和斯莱格斯神

父——送进金沙萨最好的医院。他们患有某种多形态的疾病，症状令人困惑，病情似乎发展得很快，而且很可能是致命的。穆扬贝还想在血液和肝脏样本因为热带高温而腐坏之前把它们带回实验室。他希望能在实验室里分析样本，搞清楚这是什么疾病，然后也许就能找到办法来阻止它了。他高度怀疑这是伤寒或黄热病。

飞了一段时间，一簇光点悄然出现，友谊飞机开始下降，终于在基桑加尼降落，刚果河上的这座城市曾被称为斯坦利群瀑。

基桑加尼机场的航站楼是一幢正在朽败的建筑物，混凝土建材逐渐被雨水侵蚀，守卫它的士兵忠于扎伊尔的最高领袖蒙博托·塞塞·塞科。医生搀扶着神职人员在航站楼的候机室里坐下，然后买饮料给他们喝。米莉亚姆修女感觉还不错，喝了芬达或可口可乐。这个小小的队伍在基桑加尼机场的候机室过了差不多一夜，这是他们离开扬布库传教区后的第二个夜晚。穆扬贝把装样本的盒子放在身旁的地上，这里的气候与扎伊尔一样温暖。他知道血液和肝脏样本在变质，但他依然寄希望于有些东西能保存下来。

第二天凌晨，扎伊尔航空的一架波音客机降落在基桑加尼机场。医生和患者登上飞机，波音喷气机载着他们向西而去，飞过没有任何灯光的广袤雨林，巨蟒般的河流将森林分成一块一块的。天亮后不久，大草原、长廊林和耕地取代了雨林，金沙萨出现在前方，雾霾笼罩着蔓生的棕色都市。飞机降落在恩吉利国际机场。

下机时，太阳已经升起，首都迎来了新的一天。穆扬贝护送修女和神父走出航站楼，来到出租车候车区。空气中弥漫着柴油尾气和炊烟，还有无所不在的摩托车突突声。他给他们叫了辆出租车，吩咐司机送修女和神父去恩加利埃马医院。他与他们告别，保证一旦有了这种疾病的消息就通知他们。那一小块肝脏样本已经在高温中待了两天。他迫不及待地想把它放在显微镜底下观察。

另一辆出租车将穆扬贝送到大学。校园令人赏心悦目，铺展着现代化的建筑物。他带着样本跑进实验室。穆扬贝有一组实验室人员，他和他们一起动手，把肝脏样本分成几份。他和手下制备了几个极薄的肝脏切片，将切片放在载玻片上。穆扬贝希望能在这些肝脏样本上集思广益。有可能是黄热病吗？假如不是，那会是什么？他请两位同事分别观察载玻片，记录各自的发现。他把一个固定着肝脏切片的载玻片放进高倍数显微镜。他也想亲眼看看。

在高倍数显微镜下，感染黄热病病毒的肝脏组织会呈现出显著的变化。然而当穆扬贝观察组织样本时，却没有见到确定性的证据。没有任何能看的东西。组织已经腐败成了一团肉泥。这让人简直痛心疾首。他无法排除黄热病，也无法肯定就是。

但他还有血液样本。他打算在血样中寻找伤寒的证据。假如扬布库爆发的是伤寒，那么血液里就会有大量伤寒杆菌。细菌会在温暖环境中增殖，导致血液腐败。他和实验室人员拿出几个皮氏培养皿，把血样滴在上面，然后将培养皿放在温暖的地方。伤寒杆菌在培养皿上需要一两天时间就能生长出菌落。假如他在培养皿上见到菌落，那他就会知道在扬布库肆虐的确实是伤寒了。

恩加利埃马医院，金沙萨
9月27日，中午

恩加利埃马医院坐落于山丘上，俯瞰刚果河上马莱博湖的尾部，马莱博湖其实是一段流动迟缓的宽阔河道，出口处就是李文斯顿大瀑布。恩加利埃马医院是一组低矮的棚架房屋，排列得整整齐齐，涂成白色，环绕着几个矩形的草坪庭院。米莉亚姆修女被安置在一幢棚架屋中的单人病房里，她的病情变得更加严重。她开始呕吐，间歇腹泻。艾德蒙妲修女照护她，但没有穿戴橡胶手套、防护服或口罩。

发烧的主管神父斯莱格斯运气比较好。检查后发现他得的确实是疟疾。他的血液里只检出了疟原虫，抗疟药物最终让他好了起来。但米莉亚姆修女得的不是疟疾，她的情况在医院里迅速恶化。

穆扬贝一方面在密切关注米莉亚姆的病情，另一方面在观察那几个皮氏培养皿，滴在培养皿上的血样来自表现出症状的那几名患者。培养皿上还没长出菌落。到了这个时候，他开始觉得他很可能错误地理解了这种疾病。它未必是通过蚊虫叮咬或摄入被污染的食物或液体来传播的。事实上，它有可能是某种接触性传染病。他打电话给恩加利埃马医院，找到米莉亚姆修女的主治医师。"我们不知道这到底是什么疾病，"他对后者说，"我们必须提高警惕，我们必须小心。"他建议医护人员对米莉亚姆修女采取传染病的基础预防措施，应该将她视为潜在的感染源。

"没问题的，"主治医师用法语答道，"我认为她得的只是伤寒热。"

穆扬贝在大学里的职务极为繁忙。除了要管理微生物实验室，他还是医学院的院长。在等待皮氏培养皿出结果的同时，他在办公室和校园各处会见教授和学生。另一方面，扎伊尔是个刚独立的国家，乐观向上和欣欣向荣的气氛笼罩着一切。校园里生机勃勃，会议和工作忙得穆扬贝难以脱身。

然而，他从扬布库回来后的第二天，他收到了一个可怕的消息。杰梅因神父病倒了，传教区这位瘦削年长、留着山羊胡的助理牧师曾为比埃塔修女主持临终仪式。这个消息极为令人不安。无论这究竟是什么疾病，它都在扩散。

又过了一天，米莉亚姆修女开始出血。穆扬贝思考他先前向医院医生提出的建议，考虑这会不会是一种接触性传染病。与此同时，皮氏培养皿上没有长出伤寒杆菌的菌落,因此这种疾病不是伤寒。

此刻他一筹莫展。另一方面,他稍微有点担忧米莉亚姆修女与他本人的接触。他见过她的身体和胸前的红疹。那些红色的肿块和瘀斑——出血点。他注意到了红疹迅速地沿着颈部向上和顺着胳膊向双手扩散。他开始思考他本人有没有暴露在某些东西之下。

米莉亚姆修女的出血变得更加严重,已经成了临床意义上的大出血,身体上的红疹颜色变深,变得像是淤青,她的眼睛变成鲜红色。她的牙龈和肠道在出血。医生给她输血,补充她从身体各个孔穴流失的血液。血液灌注进她的身体,却从肠道倾泻而出。照护米莉亚姆修女的同伴艾德蒙妲修女无法承担照顾她的工作量,因此医院指派了一位名叫玛英嘉·恩赛卡的护士也去照顾米莉亚姆修女。玛英嘉护士二十三岁,从城区附近的村庄来到金沙萨当护士。玛英嘉护士和艾德蒙妲修女不得不处理从米莉亚姆修女体内流出的大量血液。

穆扬贝思考在那间病房里发生的事情。他也想到了杰梅因神父,这位神父与他在餐桌上交谈过,此刻也许正在扬布库走向死亡。他想到漫长而炎热的车程中,他坐在拥挤的路虎车里,身体紧挨着米莉亚姆修女。他能感觉到她皮肤上的汗水蹭到他身上,她的手臂与他的手臂摩擦。她肤色苍白,很容易就能看见红疹和瘀斑。但是在非洲人身上,这些东西就没那么容易看清了。

消息传来:米莉亚姆修女去世了。穆扬贝不知道她的病因,但似乎是某种病毒。某种无名病毒。他想到他的家人。他有妻子和孩子。病毒感染有潜伏期,也就是人从接触病毒到开始出现症状的这段时间。在潜伏期内,患者不会表现出任何症状,也不会有任何感觉。穆扬贝思考他会不会处于这种病毒的潜伏期之中。他觉得他很健康。

罗曼娜修女,扬布库的另一名修女,也病倒了。罗曼娜修女很快在扬布库医院的女性病房死去,几小时后,杰梅因神父在除他之外空无一人的男性病房死去。随后，艾德蒙妲修女，米莉亚姆修女的旅伴，在恩加利埃马医院照顾她的同伴，也表现出了症状。艾德蒙妲修女的病情不像米莉亚姆修女那么严重，但泻出黑便。先前照护米莉亚姆修女的玛英嘉护士现在负责照护艾德蒙妲修女。10月14日凌晨时分，艾德蒙妲修女在恩加利埃马医院的病房里去世。

金沙萨
10月15日

艾德蒙妲修女去世后约三十个小时，玛英嘉早晨醒来，意识到她在发烧。她因此惊恐莫名。那天上午她没有去恩加利埃马医院上班，而是请了一天假，跑遍金沙萨全城以寻求医疗帮助：她不想告诉恩加利埃马医院的医生，她有可能得上了那两位修女的疾病。她高烧不退，在全市最大的医院（名叫耶莫妈妈医院）的急诊室等了几个小时，希望哪位医生愿意为她看病。在此期间，她接触了许多其他人，耶莫妈妈医院有个巨大而繁忙的候诊室。没有医生能抽出时间为她看病，于是她去了另一所医院。玛英嘉护士最后回到恩加利埃马医院，告诉医生们说她生病了。医生们把她隔离在一间病房里。有关扬布库怪病的新闻报道陆续出现，收音机和报纸开始宣扬玛英嘉护士在感染扬布库怪病后跑遍了金沙萨，整座城市陷入恐慌。玛英嘉护士在金沙萨传播了扬布库怪病。瘟疫已经传入首都。

身为医学院的院长，穆扬贝负责追踪玛英嘉护士发着烧走遍全城寻求医疗帮助时的接触史。穆扬贝和调查人员发现，仅仅几个小时，玛英嘉护士在金沙萨就面对面接触过至少200人。监控人员必须找到他们所有人并置于观察之下，因为病原体有可能出现在他们任何一个人身上。穆扬贝无法忘记他本人与米莉亚姆修女有过近距离接触。玛英嘉的病毒有可能来自米莉亚姆修女或艾德蒙妲修女，也可能来自她们两人。

一幕幕画面在穆扬贝的脑海里闪现，都是他在扬布库调查这种疾病时发生的事情。他能看见，甚至能感觉到，尸体的血液流淌过他的手指，从他的手腕向下滴。他曾经暴露在海量的病毒之下。病毒有可能已经在他身体内增殖。

他再次想到妻子和孩子，想到他在大学里近距离接触过许多人。教职员、学生、实验室技师、普通市民。他开始每天量两次体温，早晚各一次。他无法忍耐待在家里，与家人生活在一起，他有可能把病毒传染给他们，于是他从家里搬出来，在大学里找了个房间睡觉。日子一天天过去，这种疾病的可怕症状经常在他眼前浮现，包括怪异的红疹、皮下的红色小点和血液渗漏。这些东西在米莉亚姆修女苍白的皮肤上非常显眼。但他有没有在病故的护士们身上见到同样的红疹呢？护士们的肤色更黑，红疹未必那么明显，但他觉得他确实在他们身上看见了。他总觉得自己的体温略微有点升高。他查看皮肤，总觉得他会看见渗血的小红点出现在皮肤表层之下，而且还在逐渐扩散。

丛林医生

金沙萨
1976 年 9 月 28 日

米莉亚姆修女在恩加利埃马医院渐渐死去的时候,一位天主教修女联系了金沙萨一位名叫让-弗朗索瓦·卢泊尔的医生,请他帮忙研究这种疾病。卢泊尔医生当时三十八岁,领导着比利时政府在扎伊尔的医疗救助组织:热带医药基金会(简称 Fometro)。卢泊尔个子不高,尖下巴,蓝绿色的眼睛,脸膛被日晒雨淋变成了热带常见的棕褐色,有一头浅棕色的波浪卷发,暴脾气声名在外。卢泊尔的家在商业区,是姆弗穆卢图努大道上一幢刷白的灰泥房屋,他和妻子乔西安·维索克还有两个年幼的女儿住在一起。作为比利时医疗组织的领导者,他管理着在扎伊尔各处工作的约 200 名医生。

卢泊尔定期在扎伊尔各处巡视,管理他手下的医生,探访乡村地带的小医院,治疗病患,提供建议,帮助医务人员完成他们的工作。每次他来到一所乡村医院,首先梳理药房的工作,然后开始给患者看病。另一方面,消息会在附近的村庄传开,说有一位名医来了,病人会来到医院寻求救助。他们会从 50 英里外赶来,有的走路来,有的被家人用刚果轿子抬来。卢泊尔用手头能找到的各种药物和器具治疗病患,从分发抗寄生虫药物到偶尔为之的接生,他什么事情都做过。

让-弗朗索瓦·卢泊尔就是所谓的丛林医生。

作为丛林医生的工作内容的一部分，卢泊尔也是一名流行病学家。他追踪昏睡病的爆发情况，记录统计学数据，努力阻止爆发。昏睡病是一种难以治疗的致命疾病，通过采采蝇的叮咬传染。昏睡病能够荡平一整个村庄。每次这种疾病传进一个村庄都会杀死许多居民，剩下的幸存者有时候会放弃村庄，搬去其他地方居住。

卢泊尔答应帮忙调查扬布库怪病，扎伊尔政府也发来正式文书，请他帮忙鉴别病原体并阻止它的传播。一位名叫吉尔贝·拉菲耶的法国军医来协助他完成这个任务，金沙萨的耶莫妈妈医院也派出了一位精力充沛的刚果医生，他叫布阿萨·克鲁布瓦。（与许多刚果医生一样，人们用名字称呼他，也就是布阿萨医生。）

卢泊尔想在扬布库采集一些血样。他与穆扬贝一直保持联系，知道穆扬贝未能冷藏样本，因此样本在归程中腐败变质。卢泊尔去城里的一家啤酒厂，租了几个二氧化碳压缩钢瓶。这东西可以制造干冰，他希望能用来低温保存血样。

10月4日天刚亮，卢泊尔、拉菲耶和布阿萨这三名医生就来到了金沙萨的军用机场。扎伊尔空军的一架C-130大力神运输机在沥青跑道上等待他们。他们想把二氧化碳钢瓶装进机舱，飞行员却说算了吧。他声称运输机已经达到了最大起飞载重。

飞机要前往北方的一个城市，蒙博托总统正在那里修建宫殿。卢泊尔在货舱里看了一圈，发现里面装满了要运往宫殿的各种物品，有许多个板条箱的进口蔬菜，许多个板条箱的本地蔬菜、比利时啤酒、勃艮第和美度出产的成箱葡萄酒、成箱的香槟、帕尔玛火腿、鹅肝酱罐头、两板条箱诺曼底的卡蒙贝尔奶酪和大量水泥块。所有东西都要运往总统的宫殿。飞行员说要是再装上那些二氧化碳钢瓶，飞机就没法起飞了。大力神运输机会在跑道尽头炸成一个美味的大火球。

卢泊尔开始和飞行员争辩，他在日记中将其形容为"艰难的磋商"。行贿在扎伊尔非常普遍，但卢泊尔从不行贿，真的从不。对于医务人员来说，那条路通往地狱。卢泊尔递了支烟给飞行员，开始了冗长的扯皮。飞行员就是不肯答应。卢泊尔的坏脾气起来了。他在内阁有朋友。他要打电话给几名内阁成员，他们——而不是他——会摆平这件事。提到内阁成员并没有打动飞行员，他抬出总统当挡箭牌。蒙博托总统会想听听你怎么说。最后，卢泊尔说他要打电话给总统。飞行员显然不相信。

于是卢泊尔走向机场的电话机，打给蒙博托总统。等了小会儿，接电话的人告诉卢泊尔说总统没时间和他谈。卢泊尔走回大力神运输机旁，告诉飞行员说钢瓶必须立刻装上飞机。

飞行员终于让步，说他可以带上钢瓶，但为了安全起见，必须留下同等重量的货物。出于某些原因，水泥块不在可考虑的范围内。飞行员扫了一眼货舱，飞快地做出决定，命令卸下两板条箱的法国卡蒙贝尔奶酪，留在沥青跑道上。二氧化碳钢瓶被送上飞机。起飞过程中他们做好准备迎接撞击，还好大力神最后还是笨拙地上了天。

多年后，法国军医吉尔贝·拉菲耶在回忆录《非洲从A到Z》里写道，大力神起飞的时候，他想到那些诺曼底的美味奶酪就那么扔在沥青跑道上，在热带阳光下融化变质，他心中升起了强烈的懊悔感觉。身为一名法国人，他能从所有角度痛苦地领悟到刚刚发生了一场何等的悲剧。奶酪是牺牲品，但为了低温保存血液，这是不得不付出的代价。飞机飞了几个小时，在总统的宫殿附近着陆。三位医生在城里的客栈过夜。第二天清晨，一架军用直升机送他们和二氧化碳钢瓶来到邦巴镇。

卢泊尔和拉菲耶走下直升机，发现小镇处于恐慌之中。政府围绕邦巴区划出了一个隔离区，士兵设立路障，不允许任何人离开。三位医生与地区专员开了个会,然后走遍全镇贴布告,称当天要在集市召开一场大会。布告说今天中午,医生将在集市向民众解释这种疾病并提供建议。卢泊尔和拉菲耶去邦巴医院看有没有染上这种神秘疾病的患者可供检查,布阿萨医生与地区专员开会,策划协调政府对疫情的应对手段。

卢泊尔和拉菲耶来到邦巴医院,发现医院里只有两名病人患有这种疾病。他们是夫妻,隔离在一间病房里。男人是扬布库寄宿学校的校长,妻子是这所学校的教师和行政人员。他们六个月大的婴儿把疾病传给了他们,婴儿已经死去。

卢泊尔和拉菲耶在这对夫妻的病房门口停下。病房里无疑有某种可传染的病原体。除了橡胶手套,他们没带任何生物防护装备。他们戴上手套,小心翼翼地走进房间。

女人蜷缩着躺在床上,塑料床垫上积着尿水,她恳求他们帮帮她。她丈夫面对着她,坐在一把躺椅上。他的一条腿弯曲,脚底贴着地面,另一条腿伸得笔直。他的一条胳膊直角弯曲,撑着椅子扶手,这只手松垮垮地握着拳头。他完全一动不动。椅子和地面上喷溅着各种颜色的液体。男人的脸是一个空白的面具,眼睛仿佛两颗红玉髓,死死地盯着妻子。

卢泊尔和拉菲耶查看两名患者,但没有去碰他们。他们非常注意喷溅得到处都是的液体,因为那些液体无疑含有病原体。两名患者陷入了可怕的麻烦,然而即便如此,卢泊尔在房间里见到的情况却让他感到鼓舞。这一幕证实了先前的报告:病原体会导致身体产生大量液体并从体内排出。这说明病原体通过接触血液和体液完成传播。卢泊尔松了一口气。

假如病原体能通过空气传播,那才是真正的恐怖呢。假如这是一种空气传播的疾病,你呼吸患者附近的空气就有可能被感染。在这种情况下，医院病房会变得极为危险，一个人走进去，呼吸里面带病毒的空气就有可能染病。病房里的空气对那个地区的全部人口来说都很危险，因为病房里的病毒很容易就能扩散到人身上，而只要你呼吸了被感染者周围的空气，病毒很容易就能扩散到你身上。

两名患者似乎已经无药可治。卢泊尔和拉菲耶是医生。检查完一名患者，然后径直离开，再也不打算回来，这么做是不合伦理的。他们走出病房，找到食物和水，带回病房拿给那对夫妻。他们让一名警察守在门口，下令不允许任何人走进病房。这是为了防止任何人接触病房里有传染性的患者。卢泊尔不知道病房里究竟发生了什么。他和拉菲耶必须推测出病原体是如何移动的，这一点至关重要。病原体就在从身体内倾泻而出的液体里。为了切断传播，你必须阻止人们接触那些液体。

时间临近中午，他们必须去集市开大会。卢泊尔、拉菲耶和布阿萨赶到市场时，数以百计的人聚集起来，等待医生告诉他们到底发生了什么。人群既激动又困惑，恐惧控制着他们。卢泊尔借了张蔬菜贩子的台子，他站在上面，这样所有人就都能看见他了。他等了一小会儿，让众人安静下来，然后开始讲话。他用的是林加拉语，一种地区性的方言。"今天，"他说，"咱们要谈的是一种疾病。"

远古法则

邦巴镇市场
1976年10月5日,中午

"这是一种可传染的严重疾病,"卢泊尔站在邦巴镇市场的一张台子上,用林加拉语继续道,"它是如何传播的呢?它通过接触汗液、唾液和其他体液传播。"他在医院病房里见过这些体液,它们从患者身体的所有孔穴里倾泻而出。"这种疾病非常难以消灭,"他又说,"你们要怎么做才能消灭它呢?首先,你们必须留意生病的人。"他列举症状,就是他不久前在病房里观察到的情况。"你们必须避免接触已经患病的人。"他说。

"然后,你们要做的第二件事,"他继续道,"就是留意死者。你们绝对不能用传统方式整理尸体准备下葬。你们可以对死者行注目礼,这个没问题,但绝对不能拥抱死者。除非戴上橡胶手套,否则绝对不能接触死者,另外,你们必须尽快埋葬死者。"

接下来,他向众人推荐名为远古法则的传统方法,使用这套方法,人们可以保护自己不受未知疾病的侵害。正如卢泊尔在日记里写到的:

> 出于偶然,我得知许多个世纪以来,当地居民一直在用习惯

性的经验方法处理另一种疾病：天花，它既致命又极易传染，现已被根除。每次天花爆发，疑似患病的人和他们的孩子就会被送进在村庄外建造的一间茅屋。茅屋里备有饮水和食物，村民被禁止与病患接触。经过一段时间后，假如茅屋里的人活了下来，会得到允许返回村庄。假如茅屋里没有了生命迹象，村民就会焚毁茅屋，连同尸体付之一炬。

"你们必须用远古法则处理这种新疾病。"卢泊尔对人群说。他不需要向邦巴的居民解释法则是什么。他们当然了解法则，正如邦巴的许多老人也了解天花。1960年代，刚果中部地区根除了天花病毒，但小规模的疫区一直残存到1970年代。

天花病毒通过空气在人与人之间传播。感染者说话甚至呼吸时，会从口部喷出嵌有病毒的不可见的显微级液滴。天花病毒同样能通过接触脓液和疮痂轻易传播。

天花病毒在人体内爆发性增殖时，身上会长出充满脓液、表皮绷紧的脓疱，身体会散发出令人恶心的甜腻气味。脓疱导致的疼痛据说极为剧烈。假如脓疱在皮肤上汇集成一大片，尤其是在面部，患者通常会死去。假如不发脓疱，皮肤看似平坦，但颜色发黑，呈现出起皱或发黑的状态，同时眼珠内出血或身体孔穴流出血液，那么患者就百分之百必死无疑。天花极易传染。天花患者待在一幢房屋的一个房间里，同一幢房屋的其他房间里的人都不需要见到患者的脸就有可能被传染。没注射过疫苗的人得了天花，死亡率大约为33％，也就是三分之一。天花已经有了疫苗。在全世界范围内根除天花是医药史上最伟大的成就之一，这个工程由世界卫生组织的一个医生小组牵头，数以万计的接种人员参与了战斗。

1976年，年纪比较大的人都还记得天花，也知道什么是远古法则。卢泊尔认为就算年轻人不知道,年长者也能教他们学会。卢泊尔用林加拉语说完,又用法语重复一遍。然后医院的几位护士用当地的布得扎语再重复一遍。不要触碰患病者,不要拥抱死者,死后立刻埋葬,遵循远古法则。

第二天上午,布阿萨医生开始巡视邦巴镇,向镇民传授关于这种疾病的知识,搜寻有可能患病的人们。卢泊尔和拉菲耶回医院查看那对夫妻。他们还想搜集血样。来到医院,他们发现守门的警卫已经离开。病房里的情况没有任何变化,还是昨天的样子。妻子依然以胎儿体位躺在床上,丈夫依然面对她坐在躺椅上,姿势和昨天他们离开时一模一样,一只脚踩在地上,左臂依然直角弯曲,手指松垮垮地握成半个拳头。两人已经死了。

卢泊尔和拉菲耶不想把尸体搬得太远,因为它们无疑非常危险。但尸体必须埋葬。两位医生在医院里寻找愿意帮忙挖墓穴的人。没人愿意帮忙,于是两位医生找到铁铲开始挖坑。然而天气炎热,他们进展很慢。

邦巴区的行政专员是个名叫西蒂森·奥朗格的男人,在镇中心有个办公室。布阿萨医生去西蒂森·奥朗格的办公室,希望专员能帮他们找个真正的掘墓人。专员传话出去,说医院急需一名掘墓人。

没人回应。镇上的掘墓人这会儿似乎都很忙。

于是专员传话去镇上的监狱:任何一名囚犯,只要肯来医院挖墓穴,就可以得到释放。囚犯无一例外地拒绝了。他们宁可烂在刚果的监狱里,也不愿接近带有致命疾病的尸体。

卢泊尔和拉菲耶束手无策,这时一位名叫曼度·林班达的年轻人,医院的勤杂工,自告奋勇说他愿意帮忙挖墓穴。林班达先生开始干活,挖了一个深坑,但随着洞越挖越深,医生们开始觉得尴尬了。

有人告诉他们，这位勤杂工是所谓"镇上的白痴"。医生们有点犯难，琢磨林班达先生到底明不明白他在这种病毒身旁干什么。我认为我们应该为曼度·林班达的行为赞颂他。他当然知道他在干什么：他在为两个惨死的人掘墓。曼度·林班达应当被载入抗击埃博拉之战的史册，邦巴镇上的这个年轻人拥有勇气和慈悲心，给了埃博拉病毒的两位受害者——他们是一对夫妻，教育者，爱着彼此，关心他们的孩子，直到苦难的尽头——最基本的尊重：一个坟墓。

墓穴挖好了，卢泊尔和拉菲耶脱掉衣服，换上全套外科手术行头，包括一次性的纸手术服、手术帽、橡胶手套、手术口罩和鞋套。他们走进医院病房去抬尸体。坐在椅子上的尸体这时已经出现尸僵。考虑到男人的坐姿，他们显然很难把他放进墓穴。卢泊尔想拉直男人弯曲的手臂，但事实证明这是做不到的。他同样没法拉直男人踩在地上的那条弯曲的腿。最后，两位医生极为小心翼翼地从椅子上抬起坐姿的僵硬尸体，走到墓穴旁扔下去。尸体最后坐在墓穴里，半握的拳头举在空中。他们把女人也放进墓穴，她依然像胎儿似的蜷缩着。曼度·林班达挥起铁铲，给尸体盖上薄薄的一层土，医生将汽油倒进墓穴，擦燃火柴扔下去，墓穴里燃起熊熊大火。医生们见到这对夫妻的最后一眼是男人的手从火焰中伸出，像是在乞求帮助。卢泊尔永远也忘不了这一幕。

布阿萨医生留在镇上，卢泊尔和拉菲耶搭军用直升机去扬布库传教区，查看那里的形势。两人来到扬布库，发现医院的大多数护理人员不是已经死去就是奄奄一息。卢泊尔和拉菲耶巡视扬布库医院，卢泊尔径直走向药房：这是他的习惯。他怀疑药房出了问题。他没有猜错，他立刻发现了他在找的东西。那是一个金属水盆，几个老式的玻璃注射器扔在里面。这些注射器装着结实的不锈钢针头，这种针头可重复使用多次。他四处询问，得知了两点事实。首先，修女们对医药知之甚少。其次,她们并不定期为注射器的针头消毒。修女们每天为数以百计的患者注射维生素和药物,使用的是被污染的针头。修女偶尔会在水盆里洗掉注射器上的血。每天下班后,她们有时候会用开水煮注射器,有时候则不。

更有甚者,卢泊尔发现修女们会把注射器借给医护人员,他们骑着摩托车外出走访,用一个针头和一个注射器为村民注射维生素和药物。他们甚至会去50英里外的村庄。骑摩托车的医护人员把病毒传遍了整个邦巴区。

卢泊尔、拉菲耶和布阿萨走访扬布库的病人住宅,从患者身上采集了许多血样。有几个人侥幸逃脱了这种疾病的魔爪,医生们也采集了他们的血样。这是所谓的"幸存者血液"。幸存者血液能用来鉴别在邦巴区大开杀戒的病毒X。一个人因为一种病毒而病倒,免疫系统会产生这种病毒的抗体,抗体是蛋白质,能够黏附在病毒粒子上,杀死它们。幸存者血液里的抗体会对病毒X做出反应。对于鉴别病毒X,这一点至关重要。

最后,卢泊尔、拉菲耶和布阿萨乘直升机在邦巴区来回穿梭。三位医生走访了17个小镇和村庄,在每个降落的地方用当地语言向民众宣讲,提供关于这种病毒的信息。记住它看起来是什么样子。不要触碰患病者。不要拥抱死者。死后立刻埋葬。遵循远古法则。

他们乘直升机飞回金沙萨,带回了大量真空采血管,里面装着他们采集的血样。医生们把部分血样转移进干净的试管,将这些试管放在干冰里,通过空运送往巴黎的巴斯德研究所。巴斯德研究所立刻把血样送往佐治亚州亚特兰大的疾病控制中心(简称CDC)。

病毒 X

疾控中心总部，亚特兰大
1976年10月13日

10月13日上午10点左右，卢泊尔采集的血样送到了CDC的特殊病原体部。这个机构专门处理来自病毒圈的最诡异的怪物，生物安全四级的魔鬼。1976年，领导特殊病原体部的是医生卡尔·约翰逊，这位高大的男人留着胡须，声音柔和，职业生涯从研究普通感冒开始。然而，卡尔·约翰逊并不满足于和鼻涕打交道。他很快转向猎杀使得患者血流不止的未知丛林病毒。他在中美洲的热带雨林里摸爬滚打了一段时间后前往玻利维亚，在那里发现了一种病毒，他将其命名为马丘波。约翰逊在玻利维亚研究马丘波病毒的时候，也被马丘波病毒研究了一番，害得他在巴拿马入院治疗，险些流血而死。

约翰逊一直怀着极大的兴趣追踪扎伊尔的病死事件。他很快想办法搞到了一份米莉亚姆修女的血样。修女的血样严重变质，仅仅是一团黑色黏液。尽管如此，约翰逊团队里一位名叫帕特里夏·韦伯的科学家还是把一些黏液放进装有猴细胞的烧瓶，在这些烧瓶里培育出了病毒 X：一种未知病毒。（当时卡尔·约翰逊和帕特里夏·韦伯是夫妻。）10月13日下午早些时候，电子显微镜专家弗雷德里克·墨菲从这些烧瓶中的一个里取出极小的一滴液体，成功地拍摄了这种病毒

血殇

X 的照片。病毒粒子状如毒蛇。

与此同时,卢泊尔送来的血样储存在特殊病原体部的一台冰箱里。它是当天早晨刚送到的。这些血样新鲜而殷红,不是黑色的黏液。它完全适合用于测试——其中有取自疾病幸存者的几份血样。幸存者血液里有 X 病毒的抗体,意味着这些血液会对 X 病毒做出反应,但对其他病毒不会做出反应。当天下午,帕特里夏·韦伯与同事吉姆·兰格发现幸存者血液对已知的所有病毒都毫无反应。因此这些血液感染了一种未知病毒,科学对这种病毒一无所知。两周后,这种病毒将被命名为埃博拉。帕特里夏·A. 韦伯、卡尔·M. 约翰逊、弗雷德里克·A. 墨菲和詹姆斯·V. 兰格被认为是埃博拉病毒的主要发现者。

CDC 团队事实上发现了一颗正在倒计时的定时炸弹。它倒计时了三十七年,只有极少数专家为之提心吊胆,直到它终于在 2014 年爆炸,吓得专家们心脏病发作。让-弗朗索瓦·卢泊尔、吉尔贝·拉菲耶和布阿萨在其中扮演了一个角色,他们采集的血样是发现病毒的关键,他们还用二氧化碳钢瓶低温保存了样本。付出的代价是被遗弃在金沙萨机场跑道上的两箱法国卡蒙贝尔奶酪。

发现新病毒后数小时,CDC 准备集结一支国际病毒特战队前往金沙萨,努力在局势演变成全人类的噩梦之前扑灭病毒。CDC 主任指派帕特里夏·韦伯统领这支国际队伍。然而事后不久,主任对韦伯产生了疑虑。"这份责任对帕特里夏来说太重了",他声称,转而指派卡尔·约翰逊统领队伍。帕特里夏·韦伯留守总部的实验室,其他人飞往扎伊尔。他们离开亚特兰大时走得过于匆忙,忘了携带生物危害防护装备。

黑夜窟窿

金沙萨
1976 年 10 月 18 日

几天后，姆弗穆卢图努大道那幢刷白的屋子里，让-弗朗索瓦·卢泊尔正在收拾行李，他将再次远征邦巴区，但这次是和国际队伍一起去。队伍的总负责人卡尔·约翰逊征召了一些志愿者，将他们编成一支别动队，也就是所谓的流行病学调查组（简称 epi team）。他们的任务是前往邦巴区这种疾病的原爆点，追踪病毒的移动路径，想办法打破正在扩散的感染链。卢泊尔是调查组的中间人。他熟悉这片土地，会说当地语言，而且已经探访过扬布库，亲眼目睹过这种疾病。

卢泊尔把生活物品塞进旅行包：烟斗和烟草、牙刷、安全剃刀、袜子。他加上了一瓶尊尼获加黑方。苏格兰威士忌能帮助释放压力，他觉得幸免于难的修女和神父应该会需要的。在这次任务面前，他似乎颇为放松。

但他妻子乔西安就不一样了，他最近觉得她 un peuinquiète——有点不安。乔西安对这种病毒不像她丈夫那么安心。她向丈夫解释，说她担心的不是病毒本身。不，而是那些美国人。她是比利时人，对美国人有自己的看法。总体而言，这种看法还算正面。倒不是说他们是坏人，只是他们是美国人。这就是个问题了。因为，众所周知，美国人通常不知道他们到底在干什么。她开始想象美国人拿着病毒做出某些蠢事，结果害得让-弗朗索瓦被感染。

她的脑海里浮现出一个画面：丈夫被美国人送回来，变成了一具受到感染的尸体。但她无法见到他的尸体（当然了，假如他死于这种病毒，她也不想见到他的尸体），因为美国人会把他的尸体放进未来主义造型的铝合金棺材里——就像航天局试验用的什么东西——然后用橡胶垫圈封死，免得棺材里的病毒逃出来。

她把恐惧埋藏在心底，亲吻丈夫，祝他一路顺利，孩子上来拥抱他，他倒车开出门前车道，然后驶向军用机场。

10月19日，中午

几小时后，流行病调查组坐在一架大力神运输机的货舱里，飞行于1万英尺的高度，脚下是刚果河。货舱没有舷窗，贴着舱壁有两排活动座椅，调查组的成员坐在上面。他们面前的货舱中央停着一辆路虎，加满了油，随时可以出发。离路虎不远处是个吧台，存放着威士忌、金酒、香槟和各种开胃酒。这是蒙博托总统的一架私人飞机。调查组成员过于紧张，没心情喝酒。

调查组有一名成员是皮埃尔·苏乌，他是巴斯德研究所的医生，调查组没有带任何生物安全装备让他感到非常担心。队伍在金沙萨集结时，苏乌坐着出租车跑遍全城，尝试购买防护装备，却伤心地发现密封防护服在金沙萨极为短缺。不过，他想办法买到了12套法式工作服。法国的机修工最喜欢穿这种淡蓝色的连体工作服。他还买到了一些摩托护目镜。作为一名医生，你戴着摩托护目镜，身穿机修工的工作服，也许有机会让当地人相信，面对一种极度危险的病毒，你知道自己在干什么。

调查组的队长是疾控中心的一位医生，名叫乔尔·布莱曼。飞行途中，他溜进驾驶舱，和机组人员聊天。天气炎热，没有一丝风。宽达数英里的刚果河分岔流入几条水道，平缓得和镜面一样，倒映着天空，在飞机前方绵延伸展到视野外，最终消失在地平线上的稀薄云雾之中。乔尔·布莱曼思考着即将发生的事情。"我吓得脑子都不好使了，"近期他回忆道，"我们不知道我们在面对什么。我们不知道它如何传播，也不知道我们会见到什么样的临床表现。"

让-弗朗索瓦·卢泊尔，调查组的中间人，他在飞行途中没怎么和其他人交谈。他的英语不够好。他知道该如何改进丛林地区的小医院的药房工作。他知道该怎么劝村民吃驱虫药和如何接生。他会说林加拉语和刚果语，他擅长追踪昏睡病的传播情况。但他对有能力杀死几百万人的四级病原体知道些什么呢？他带了个黑色皮革制作的长方形档案夹。卢泊尔在档案夹里放了一件用于抵抗疾病的秘密武器。他没有告诉调查组他的档案夹里装着什么。

调查组打算将流行病学的知识作为他们对抗病毒的主要武器。首先，他们要研究症状。然后，他们要做出这种疾病的病例定义。也就是说，他们要确定该如何在患者身上辨别这种疾病。接下来，他们要四处走访，搜寻这种疾病的患者，尝试搞清楚它的人际传播途径。一旦知道了这种疾病是怎么传播的，他们就可以开始追踪病毒在人群中的扩散了。等他们知道了谁携带病毒和谁不携带，就可以禁止被感染的人接触其他人，从而阻断病毒的扩散。他们希望能用这个方法根除人类体内的这种病毒，以免它站稳脚跟，变得无法彻底根除，甚至发展成一场瘟疫。他们的任务是阻止病毒，不让它变得像是中世纪的鼠疫。

"流行病学家就像医学的高空作业工人，"乔尔·布莱曼说，"我们是装配工。我们把钢梁组装成摩天大楼。精神集中非常重要。你必须把焦点放在你必须完成的工作上。"

大力神在邦巴机场降落。卢泊尔发动货舱里的路虎,顺着坡道开下飞机,当地人群高喊"好啊"——他们在庆祝援助人员的到来。没过多久,调查组围坐在一张咖啡桌旁和地区专员西蒂森·奥朗格开会。(这位先生不久前承诺过,任何一名囚犯,只要愿意帮卢泊尔和他的同事埋葬那两位教师的尸体,就可以获得自由。)专员说邦巴区已被彻底隔离,无法获得物资补给,连盐或瓶装啤酒都运不进来。

卢泊尔坐在咖啡桌前,取出他的黑色皮革档案夹。他身旁的乔尔·布莱曼在琢磨"这个比利时佬"想干什么。布莱曼后来回忆道,卢泊尔打开档案夹,翻过来,一堆现金掉在咖啡桌上:厚如砖头的几沓扎伊尔钞票。这是卢泊尔对抗疾病的秘密武器。"这些也许能帮上忙。"卢泊尔冷静地对邦巴区的专员说。

"你他妈搞什么?Qu'est-ce que vousfaites?"——"你在干什么?"乔尔·布莱曼低声对他说。这是行贿,他心想。

卢泊尔耸耸肩。"这儿就是这么办事的。"

布莱曼震惊了。"这种事一旦开头,以后不掏钱就什么都办不成了。"他对卢泊尔说。

这不是贿赂,卢泊尔对布莱曼解释道。他从不行贿,从不。这笔钱是他所属的组织给一位政府官员的现金资助,用来在危机之中维持政府职能的运转。

10 月 20 日

第二天上午,调查组开上土路,驶向扬布库传教区。他们抵达目的地,发现修女们精神严重受创。即便如此,她们还是做了一顿佛兰德斯炖牛肉招待客人。调查组的一名成员是比利时人彼得·皮奥,他用佛兰德斯语和她们交谈,享用炖牛肉,修女们得到了极大的鼓舞。卢泊尔医生拿出他的尊尼获加黑方。利奥神父,那位会用香蕉酿酒调鸡尾酒的神职人员,喝掉了半瓶威士忌。吃过晚饭,调查组思考该在哪儿睡觉。病毒感染者有可能在传教区的任何一张床上睡过觉,因此每一张床都是高危区域。最后他们决定在女生教室打地铺。他们先用漂白水清洗地板,然后躺下休息。

卢泊尔根本不想睡在漂白水洗过的地板上。他对调查组说他要换个地方过夜,于是出去找床。他转悠了一阵,最后走进传教区的荒弃客房,找到了一张床。他掀开蚊帐,仔细查看床单。他没看见任何特别大块的污渍,于是躺了上去。

"La nuitfutcalme"——"这一夜很宁静",卢泊尔的日记这么说。然而夜晚的声音却有点不对劲。丛林发出正常的嘈杂声,有疣猴的吼叫,有夜鹰的低鸣,有无数昆虫的吱喳叫声……全都是非洲中部丛林大自然发出的自然声响,但其中缺少了某种元素。黑夜中有个窟窿。大自然的声音饱满而完整。缺失的是鼓声。

卢泊尔在扎伊尔长大。小时候每天夜里伴他入睡的是从卧室窗口飘进来的鼓声。天黑后,声音能传得很远,村民在夜里会用鼓声远距离交流。他们敲鼓通常只是为了交谈,与朋友聊天,分享消息,就像其他地方的人打电话。卢泊尔从小就喜欢夜里的鼓声。对他来说,鼓声算是一种安慰心灵的东西,就像父母在楼下客厅轻声聊天,而你在卧室里沉沉睡去。但今天夜里他只听见大自然的声音,森林里代表人类存在的声音彻底消失。就仿佛森林里发生了什么异常恐怖的事情,人们甚至不敢谈论它……

……有人在敲门。"医生!请快来!"

萨拉特氏手术

扬布库传教区
1976年10月21日，上午5点

卢泊尔听见敲门声就下了床。天色尚黑，黎明未至。他打开门，看见杰诺薇瓦修女站在门口。她说有个正在分娩的女人被送进医院。情形看上去不太好。

卢泊尔穿上衣服，拿起他的医疗包，跟着修女走向医院门口的空地，女人躺在担架上，家庭成员围着她。他用手电筒照亮她，发现她的眼白呈鲜红色，弥漫性出血。这是这种病毒的临床特征之一。她汗出如浆，病情危重，发着高烧。她显然濒临死亡。

卢泊尔看着这个女人，内心一时间充满恐惧。她在发高烧，生命之火行将熄灭，他心想。有两条生命岌岌可危。通常他会立刻做剖宫产手术。但是，被那种无名病毒感染的怀孕女性的传染性很可能极强。切开母亲的身体会产生大量血液。助产士比埃塔修女的遭遇就是例证。她为濒临死亡的病重孕妇接生后感染了病毒。

另一方面，她也可能没有携带病毒。假如她没有携带病毒，他就不能带她进医院，切开她的皮肤，将她的血液系统暴露在病毒之下。他绝对不能在产科病房做任何手术，因为分娩台上有血，产房里到处扔着沾血的绷带和棉塞。手术室的情况同样糟糕。

"医院里到处都是病毒。"他对杰诺薇瓦修女说。

他决定在室外做手术。但他还是需要手术台。他问杰诺薇瓦修女能不能从厨房或餐厅搬一张桌子出来,放在外面的门廊上。修女匆忙离开后,他穿上外科手术的防护服——棉布罩衫、帽子、棉布手术口罩、橡胶手套。病毒通过体液传播。他必须确保孕妇的体液不接触他的皮肤和身上所有的黏膜组织,尤其是眼睛和口腔。

杰诺薇瓦修女带着两个男人搬来了一张桌子。他们把桌子放在门廊的一个电灯泡底下。男人们把女人用担架抬上门廊,然后滑到桌子上。她似乎处于极度痛苦之中。两个男人里有一个是护士,名叫苏卡托·曼德佐巴。

天花板上的灯光不够亮。卢泊尔请修女和苏卡托护士用手电筒照亮产妇的生殖器区域。在手电筒的光束下,他看见产妇阴道口周围的皮肤上有黏液和少量血液。他将两根手指伸进产道,触碰张开的宫颈。他能摸到胎儿的臀部或足部卡在了宫颈里。胎儿处于臀位,身体侧躺,被卡在产道里。

他决定不做剖宫产。这种手术会导致大量出血,流出的血液有可能感染性极高。另一方面,医院里没有足够的麻醉药,这是不做剖宫产的又一个理由。还有一点,剖宫产在扎伊尔文化中不受欢迎。通过剖宫产生下胎儿的女人被认为受到毁伤,所属的社群有可能驱逐她。他决定做非常原始的萨拉特氏手术(Zárate procedure)。这种手术又名萨拉特切开,18世纪末在法国开始出现,1920年代由阿根廷外科医生恩里克·萨拉特改良。现代医院早已弃用萨拉特氏手术,但碰到他认为不适合做剖宫产的时候,卢泊尔偶尔还会给病人做这种手术。

他用碘酒清洗产妇的骨盆前侧,直接给手术区域注射局部麻醉剂。她能够感觉到医生在切开她的身体,她肯定能感觉到,但局部麻醉剂足以止痛。他请杰诺薇瓦修女和苏卡托护士按住她的手臂和膝盖，一定要紧紧抓住。他做萨拉特切开的时候，她有可能扭动或挣扎，而他下刀时必须非常谨慎。

修女抓住产妇的双臂，苏卡托护士抓住她的膝盖，抬起来，直到腿部弯曲。卢泊尔用右手拿起手术刀，左手食指按住产妇的骨盆前端。他轻轻移动指尖，感受骨骼的结构，最后在骨盆前端找到名叫耻骨联合的位置。这个位置很硬，位于阴部正上方，臀部的骨骼在此处汇合连接。髋骨在此处并不合为一体，而是形成关节，被一块厚实的软骨连接在一起。

他用手指找准位置后，请苏卡托护士拉开产妇的双膝。对她的双膝轻柔用力，他告诉苏卡托，但必须抓紧，防止她突然挣扎。

苏卡托开始拉开产妇的双膝，卢泊尔将手术刀的刀尖垂直插入髋骨前部连接处的软骨，也就是耻骨联合。然后他开始切开软骨，沿垂直方向在肚脐和产道口之间扩大刀口。他轻轻地运动刀柄，将手术刀向下插进软骨，鲜血涌出刀口，流向产道口。她没有挣扎，她只希望孩子快点出来。他继续用手术刀轻轻锯开软骨，与此同时侧耳倾听。

突然，他听见仿佛橡皮筋断开的一声脆响。这是软骨断开的声音，于是骨盆打开。听见这个声音，他立刻停止切开软骨，让苏卡托停止拉开双膝。他留下少量软骨没有切开，它将髋骨松垮垮地连在一起，就像一截胶带。要是他不小心切断了软骨，她的骨盆就会散开。

胎儿松脱了。他的一只手伸进宫颈，把住胎儿的后脑勺，将胎儿掏了出来。

随着婴儿出生，羊水和黏液涌出产道。他抓住脐带，将胎盘拉了出来。他剪断脐带，抱起婴儿，仔细查看。

婴儿没有呼吸。

卢泊尔扯掉手术口罩，俯身凑近婴儿，用他的嘴盖住婴儿的口鼻，把一口气吹了进去。他轻轻地吹了几口气，一点一点地扩张婴儿的肺部。要是他吹得太用力，就有可能撕裂肺泡。

杰诺薇瓦修女和苏卡托护士后退一步，瞪着卢泊尔。他们看见震惊的表情慢慢爬上卢泊尔的脸。他忽然意识到了自己在干什么。但他的嘴依然没有离开婴儿的口鼻。婴儿的胸膛挺起来了，肺部充满了气体；卢泊尔把婴儿从面前拿开。婴儿哭了，呼出卢泊尔的气息。他活着。

杰诺薇瓦和苏卡托惊恐地盯着卢泊尔。他的口鼻和面颊糊满了黏液、羊水和从切口或产道流出的血液。这些液体无疑进入了他的口腔。

"医生，你知道你干了什么吗？"修女轻声说。

"现在我知道了。"卢泊尔答道。

他似乎吓得无法动弹。旁观者见到各种体液在他脸上反射光线。他把孩子举在面前，继续盯着看。他遵循的是标准流程。给新生儿做了心肺复苏之后，医生应该观察婴儿三分钟。这是为了确保婴儿能继续自主呼吸。假如婴儿的呼吸再次停顿，医生就必须重复人工呼吸。

除了观察婴儿，在必要时重复人工呼吸，卢泊尔还能怎么办呢？这会儿他想自救已经来不及了。卢泊尔无计可施，无论如何都不可能改变他已经做出的选择。他接生的次数太多，为许多婴儿做过心肺复苏……那一瞬间他忘记了自己，出于本能采取行动。卢泊尔医生很清楚他刚刚做了什么，因为他在日记里写下了这句话："我刚刚宣判了自己的死刑。"

那天吃早饭的时候，卢泊尔很沉默。他似乎没有向调查组里的其他人提到他做了什么。也许他觉得很尴尬。他跑遍邦巴区宣讲，警告人们不要触碰呈现出那些症状的人，却把整张脸扎进了有可能含有病毒的体液。至于杰诺薇瓦修女和苏卡托护士，他们对卢泊尔的失误保持缄默。

国际调查组分成几个流行病调查组，开始在邦巴区搜寻呈现出这种疾病症状的患者。他们开着几辆路虎，走访了扬布库周围的69个村庄，询问居民，观察病患，向民众描述那些症状，搜集信息。村庄之间的道路非常泥泞，几乎没法通过。有些村庄似乎对这种疾病毫不在意，一点也不担心，而其他村庄则极为恐惧，切断了自身与外部世界的联系——村民砍断树木横在路上，阻止车辆靠近村庄。这是反向隔离，村庄切断它与外部世界的联系，以此保护自身不受正在扩散的疾病的侵害。医生们在至少两个村庄里发现房屋连同里面的尸体被烧成白地。人们在这些房屋里死于这种疾病，村民焚烧房屋，火化尸体。确实还有人在遵循严苛的远古法则。

到调查结束时，流行病调查组探访了大约60平方公里的土地和其上的17万居民。这种疾病的病例为数极少。病毒已经几乎消失。调查组找到九名患者，其中五名很快死去。他们还找到另外五名疑似患者，另有一人的血样显示他受到过感染，但活了下来。调查人员开车走访所有村镇之后，发现邦巴的这场爆发在国际调查组抵达时已经几乎结束。有什么东西或什么人阻止了这种病毒。

既然国际调查组没有阻止病毒，那么是谁呢？又是怎么做到的？

证据表明，是邦巴区的居民自己阻止了病毒。这件事发生于他们得知这种疾病的辨别方法和人际传播途径之后。卢泊尔、拉菲耶和布阿萨这三位医生扮演了其中的关键角色，因为他们先前走访邦巴区时向人们灌输了这些知识。

这是极其难以完成的任务。远古法则相悖于普通人保护与照顾亲人的本能。病毒毫不留情，为了击败它，人类也必须变得毫不留情。他们必须约束自己，不去照护病人。他们必须切断与疑似患者的一切联系。他们必须停止按照传统方式向逝去亲人表达哀悼之情。邦巴区的人们做到了这些。他们驱逐患者全家，不照护他们。尽管很多人哀悼亲人的逝去，但似乎放弃了睡在死者身旁和拥抱死者的习俗。在几个案例中，他们烧掉整幢房屋。最重要的一点：他们对扬布库传教区医院敬而远之。任何有理性的人都会注意到疾病以医院为中心扩散，因此假如你不想得病，就该尽量远离医院。让-弗朗索瓦·卢泊尔敦促人们做出最艰难的选择，告诉他们必须用铁石心肠对待病人和弱者，自己却做了完全相反的事情，因为一个婴儿而失去理智。

流血而死

金沙萨
10月15日

J.J. 穆扬贝是医学院的院长,同时也要为金沙萨的安全负责。金沙萨是一座200万人口的大城市,对这座城市威胁最大的病人莫过于恩加利埃马医院的二十三岁护士玛英嘉·恩赛卡,米莉亚姆修女和艾德蒙妲修女去世时都由她照护。她受到感染,然后发着烧走遍金沙萨全城,接触了许多人。玛英嘉护士躺在恩加利埃马医院渐渐死去,穆扬贝和一组调查人员忙着追踪她在全城接触过的人。他们找到了至少100个人,所幸病毒没有传染给他们中的任何人。与此同时,穆扬贝一直在思考他会不会像玛英嘉那样被修女感染,而他本人,医学院的院长,即将变成第二个玛英嘉。要是那样,肯定会吓得金沙萨失去控制。另一方面,玛英嘉的血液在全身上下都形成了血栓——病毒引发了全身性的中风。一位名叫玛格丽特·伊萨克松的南非医生尝试用血液稀释剂阻止血液凝结,但这个疗法却造成了反作用,玛英嘉的肠道开始大量出血。她陷入休克死去,伊萨克松医生陪在病床边。

玛英嘉护士去世前两天,医生用采血管采集了她的一些血液,然后送往疾控中心的特殊病原体部。特殊病原体部的研究人员把玛英嘉的血液滴入烧瓶,培植她血液里的病毒。今天,这批病毒被称为扎伊尔埃博拉病毒的玛英嘉分离株，或简称玛英嘉。这是不断演变的埃博拉病毒集群的一个特定片段，曾经在玛英嘉护士的身体里复制繁衍了几天时间。玛英嘉分离株现已永生不灭，冰冻储存在极小的塑料样本瓶里，存放在疾控中心四级实验室的超低温冷柜中。玛英嘉护士的安息之处似乎已被遗忘。根据一名相关人员的叙述，她的遗骸装在生物危害品袋里发还家人，家人将她埋葬在她出生的村庄里，离金沙萨不远的刚果河河畔某处。

1976年10月27日，下刚果省的电台首先报道了让-弗朗索瓦·卢泊尔去世的消息，他在下刚果省长大并行医数十年。卢泊尔在扬布库抗击病毒的战斗中做出了最大的牺牲。他受到病毒感染，病情发展得太快，打垮了他的身体，根本没时间送他回首都，否则也许还会有一线得救的希望。等遗体回到金沙萨就会举行盛大的葬礼，数百人将会出席。

电台搞错了。10月27日下午2点左右，卢泊尔浑然不知他自己的死讯，在姆弗穆卢图努大道家门口的车道上停车。他轻手轻脚地自己开门进屋。孩子们听见了，跑到门口，欣喜若狂地看见他。他扔下旅行包，抱起孩子，拥抱亲吻他们。然后他走进客厅，跌坐进一把椅子。他累得筋疲力尽，除此之外感觉还挺好。

乔西安很快走进客厅。她知道他还活着，高兴得无以复加。她看见丈夫坐在客厅里，鞋子踩在地毯上。她的第一个念头是琢磨他的鞋都踩过什么地方。我的天，她心想，他抱过孩子们了。

他起身，过来亲吻她。

她从他面前退开。"别亲我。"她生硬地说。她走向酒柜，取出一瓶苏格兰威士忌。"先喝一杯威士忌，然后再亲我。"酒精能给他的口腔消毒，毫无疑问。她倒了一大杯威士忌递给他。

他立刻喝掉了这杯酒。他太需要喝一杯了。

她又倒了第二杯。"喝两杯！三杯！拿着酒瓶出去，全喝完。还有，去洗澡。"

他出去，在院子里用三大杯苏格兰威士忌给口腔消毒。然后他走进浴室，在浴缸里泡澡，享受死里逃生和回家的愉快。过了一会儿，乔西安轻轻敲门，然后探身进来，收走了他的衣服和鞋子。当然了，她要清洗他的所有东西。

卢泊尔知道他救那个婴儿时是多么接近灾祸。给婴儿做完人工呼吸，液体进入了他的鼻腔、口腔甚至眼睛，他这辈子都没有那么惊恐和害怕过。

他忍不住去想他在医院病房里查看过的那对夫妻，女人蜷缩在床上，男人凝固在躺椅上，望着他的妻子，还有最后的那一幕：男人的手从焚烧墓穴的火焰中伸向天空。他做到的仅仅是努力拯救一个婴儿。被病毒感染的那对夫妻也努力拯救过他们的孩子。卢泊尔花了好几天在邦巴区各处宣讲，告诉人们，他们必须硬起心肠，绝对不能触碰生病的亲人或死者，否则就有可能染病。他们必须遵循远古法则。可是，他却没能守住法则。为什么？因为他的人类情感和医生本能一脚踢开了法则，他在竭尽全力拯救一个孩子的生命。

卢泊尔稳定住婴儿的情况后，在医院里找了个应该没有病毒的地方，把婴儿和母亲安置在吊床上。之所以使用吊床，是因为它能让产妇的髋骨合在一起，促进萨拉特切开的伤处愈合。他没有把他犯的错误告诉调查组。他以极为冷静的职业态度与CDC的医生们和比利时的病毒学家们相处，但恐惧啃噬着他的内心。国际医疗调查组当时完全不知道卢泊尔在遭受何等的折磨。

感染埃博拉病毒的产妇和婴儿都会死去，这是埃博拉病毒的已知特性。他像秃鹫似的观察母亲和孩子。假如婴儿死去或产妇病情恶化，那就意味着他受到了感染。

他观察了他们四十八小时。四十八小时后，他们依然活着，而且似乎相当健康。卢泊尔绷紧的神经终于放松。他认为产妇是非常严重的疟疾患者。疟疾会造成与X病毒类似的部分症状：眼球变成鲜红色，高烧不退，腹泻呕吐，尿血，肠道出血。但你只会通过蚊虫叮咬染上疟疾，不会通过接触分娩时的体液感染，哪怕吞下去或弄进鼻腔也不会。最后，产妇和婴儿出院回家。

这会儿，卢泊尔泡在浴缸里，想到邦巴镇的这个插曲，他只有一丝微弱的满足感。无名病原体已经撤退，几乎销声匿迹。差不多可以结案了。他和国际调查组在阻止病毒传播上几乎无所作为，但他至少救了一个婴儿。至少他没害死自己，否则对比利时医疗援助计划和他的名声都会是一个令人尴尬的打击。

他、拉菲耶和布阿萨只做了一件事，那就是用当地语言向人们传递信息，宣传病毒如何传播和他们该如何保护自己。他们影响了社群的运作方式。人们领悟了病毒的本质，就会采取必不可少的行动。事实证明，这种病毒是个纸老虎。现在他可以回去研究更恶劣的病原体了，例如昏睡病，它有能力抹平一整个村庄，而且没有受到控制。

卢泊尔开始抽烟。

他穿上衣服，来到院子里和家人共进晚餐。这时他注意到厨房旁的壁炉里生着火。这可真是奇怪，因为那是金沙萨一个常见的傍晚，炎热而潮湿。"你在烧什么？"他问乔西安。

他的衣服，她说。还有他的鞋。事实上，她说，她把他行李包里的所有东西都扔进了火堆，她把他的行李包上下颠倒，倒出里面的东西。牙刷、袜子、剃刀、梳子、烟斗、烟草、内衣，所有东西都烧掉了，最后，为了保险起见，她把行李包也扔进了火堆。

他感谢她这么做。在他看来，她做了最正确的选择。焚烧接触过病毒的所有东西。遵循远古法则。这条简单的法则在刚果盆地施行了几千年。在埃博拉病毒的第一次爆发中，远古法则旗开得胜。

如今，让-弗朗索瓦·卢泊尔和乔西安·维索克住在比利时的小村庄里，享受孙子辈的陪伴，他们的家是一幢石砌小屋。卢泊尔对抛头露面不感兴趣。他通常拒绝接受采访。他说他很少会去想1976年埃博拉的第一次爆发，不过他和他当年在扎伊尔认识的老朋友保持联系。他们之中有些人已经过世。

我和卢泊尔一家坐在餐桌边共进午餐。乔西安是个聪颖的女人，有着淘气的笑容和动人的幽默感，她做了一顿丰盛的大餐。埃博拉的问题解决起来其实也简单，卢泊尔说。他说着耸耸肩。那只是一次普普通通的爆发，关键在于向人们传授关于病毒的正确知识。你在战斗中必须影响当地社群的运作方式。我们吃着饭后甜点克拉芙缇①，讨论埃博拉，乔西安描述她的恐惧，她担心美国人会把让-弗朗索瓦的尸体装在某种难以想象的航天局设备里送回来。她说她命令卢泊尔出去喝掉一整瓶威士忌。想象一下，让-弗朗索瓦肯定喝得很艰难，她说，他毕竟咽下了那么多 jus de mucus——黏液。"我把他的行李包也扔进了火堆"，她说，双手互相一搓，表示清除得干干净净。吃过午饭，我们来到室外的院子里，坐在紫藤架底下，卢泊尔医生点燃烟斗，露出微笑。

他指出，埃博拉和昏睡病不一样，后者杀死了很多人，完全不可能控制。卢泊尔的看法是，他和他的两位同事向当地人宣讲，告诉他们病毒如何传播——通过接触体液——然后人们就自己解决了问题。

---

① 来自法国中部利穆赞大区的传统甜点，用黑樱桃加入蛋奶面糊烘烤而成，也可用其他水果。——译者

他们不触碰死者，尽快焚烧尸体。远古法则在很短的时间内阻止了病毒。谈到是谁首先发现了埃博拉病毒，卢泊尔认为不该归功于疾控中心或帕特里夏·韦伯。"谁首先发现了埃博拉？"他微笑道，拿着他的烟斗，"扎伊尔人民发现了埃博拉。他们用他们的身体发现了它。"

至于让-雅克·穆扬贝·汤丰，他一直没有发作埃博拉所致的疾病。他不明白为什么没有在1976年的爆发中死去。他完全不知道为什么能活到今天。"我觉得我就是走运。"他说。他数次严重暴露于被感染的血液之中，其中有一次是他取出那位年轻护士的肝脏样本，一只手浸泡在充满埃博拉病毒粒子的血液里。他在路虎里紧靠着米莉亚姆修女颠簸了几个小时，他永远不会忘记从她身上散发出高烧热量和红疹沿着她手臂扩散的样子。穆扬贝一直活到了今天，这是埃博拉病毒的诸多谜团之一。穆扬贝的存活是个不解之谜，无论对他自己还是对他身边的其他埃博拉专家都是如此。"我依然不明白穆扬贝和卢泊尔是怎么活下来的。"彼得·皮奥在不久前说。1976年，皮奥是前往扬布库的国际流行病调查组里的一位年轻成员，现在是伦敦卫生与热带医药学院的院长。"我一向认为，人生中最重要的好事莫过于坏运气远离你。"皮奥说。

今天，穆扬贝是全世界范围内埃博拉病毒的顶尖专家之一。他在刚果民主共和国是医药学方面的重要人物。目前在这个国家执业的大约七成医生接受过他的培养。从1976年开始，每次埃博拉在穆扬贝的祖国现身，他就负责管理爆发的响应处置。他多次率队实地调查，尝试找到病毒的自然宿主。他还搜寻和追踪过猴痘病毒，这种病毒会导致患者长出水疱，它从丛林松鼠身上跃入灵长类动物，能够感染人类。猴痘日后有可能会突变，侵入东京、伦敦或硅谷之类的人口密集区域。2009年，下刚果省一个名叫曼加拉的村庄爆发了一种致命怪病，穆扬贝和同事们在调查时发现了一种前所未见的类狂犬病病毒，这种病毒由蝙蝠传播，他们将其命名为下刚果病毒（Bas-Congo）。下刚果病毒进入人体后，会引发狂犬病加出血热的症状，而且有人际传染性。没人知道下刚果热有朝一日会不会在人群之中大肆爆发。下刚果病毒有可能继续作为一个珍稀怪物，也有可能通过人群传遍世界。蝙蝠群体中肯定还有其他类似于下刚果病毒的病毒在流传，其中之一迟早会进入人群。关于新发病毒，只有一点是确凿无疑的，那就是它们的行为完全不可预测。穆扬贝将他的很大一部分职业生涯投入了抗击新发病毒 HIV，他是非洲抗击艾滋病的世界级领袖之一。2014 年，穆扬贝因为他在研究与疾病爆发响应方面的贡献获得了克里斯托夫·梅里埃医学奖。

第四部
血 殇

形势报告

2014 年 7 月 4 日
露西·梅护士去世后的第二天

　　1976 年埃博拉首次现身之后的这些年来，我们对病毒和传染性疾病的理解已经突飞猛进。如今，我们比以前更加了解病毒，我们知道病毒粒子的构造，知道病毒如何进入细胞，进入细胞后又会做些什么，知道病毒如何在宿主物种之间跳跃，知道它们如何随时间演变。对病毒的分类变得更加细致和精确。我们发现了六个埃博拉物种并为之命名。有可能还会发现其他种类的埃博拉病毒；没人能说得清楚。

　　基因组学，这门研究遗传密码的科学，已经变得异乎寻常地发达，帮助我们更深刻地洞察包括人体组织在内的生物体的运转原理。基因组学也揭示了这颗星球上的生命历史的新信息，正在揭开人类演化和人类群体历史的秘密。事实证明，深度测序（deep sequencing）这种高度精确的技术拥有巨大的能量。深度测序可以用于搜集和分析一个给定样本中的全部生物体的遗传密码，深度测序能描绘出存在于自然世界一处的所有生命形式的全景图。举例来说，我们可以深度测序少量海水，这么做能找出水中的所有遗传密码：包括 DNA 和 RNA，来自水中的全部生物和病毒。深度测序揭示出一个事实：病毒无所不在。

布洛德研究所，帕尔迪斯·萨贝提和作战室的同事们正在对埃博拉患者的血样做深度测序，从而复原在每个患者的细胞中复制繁衍的所有种类的埃博拉病毒的确切遗传密码。他们想得到一幅全景视图，看清埃博拉病毒集群在感染马科纳三角洲居民时出现的全部变种。他们的目标是尽可能深入和迅速地理解西部非洲的这种埃博拉病毒，据此向卫生主管部门推荐控制手段，还能知道病毒有没有发生显著的变异。

帕尔迪斯·萨贝提打算在互联网上刊出他们发现的所有埃博拉病毒的基因测序结果，让其他研究团体也能研究埃博拉的遗传密码，后者或许会做出他们自己的发现。"在一场埃博拉爆发中会有大量的私藏行为。"萨贝提解释道。所谓私藏就是指科学家将手上的数据视为秘密，不对外公开，以便其他科学家阅读和使用。研究埃博拉的科学家出了名地热衷于保守秘密，喜欢隐瞒他们有关埃博拉的发现，直到能在有影响力的期刊上发论文和获得荣誉。萨贝提觉得这么做等于把优势让给了病毒。"我们想打破私藏，鼓励所有人共同努力。"她说。

6月24日，从凯内马来的第二批血样送达哈佛。这批样本包括84管经过消毒的血清。血清采自66名检出埃博拉病毒阳性的个体。这些人居住在马科纳三角洲或其外围地带。萨贝提的团队立刻开始为这些样本测序。

7月1日，团体得到了曾经在共计78名病人血液中自我复制的埃博拉病毒的深度测序结果。这就像一段埃博拉的电影片段，共有78帧画面，这是病毒如何随时间演变的四维画面，能够让我们看清整个群集的一小部分。萨贝提和同事列出清单，记录曾经栖息在这78人体内的埃博拉病毒所呈现出的突变。这份清单只有两页纸，他们复印了许多份，在布洛德研究所内分发。

剑　桥
7月1日

　　萨贝提及其团队盯着这些复印件看了一整天。他们面临的问题非常简单，但又非常难以解决。他们在看埃博拉病毒遗传密码中的突变，试图理解其中的意义。这就像盯着莎草纸上的一段神秘文字，那些字母就摆在眼前，但你不明白它们组成的词句代表了什么。

　　随着埃博拉从一个人传给另一个人，病毒的遗传密码不停发生改变——这儿改变一个字母，那儿改变一个字母，在病毒18 959个字母的遗传密码里，到处都有可能出现随机错误。这些复制错误扩散出去；病毒群集似乎在改变。这些复制错误代表着什么？埃博拉病毒在以某种方式演化吗？

　　盯着复印件看的研究人员中有一位基因组科学家，叫丹尼尔·帕克，是作战室小组的成员。他用彩笔在纸上勾画，标出遗传密码中发生改变的字母。"首要的问题是，我们该问哪些问题？"他回忆道。"对于正在处理病毒爆发的那些人来说，最有可能帮助他们的是什么信息？我们讨论得很激烈。我们会走进其他人的办公室，说：'你觉得这个代表什么？是一条传播链吗？我们能拼出一条传播链吗？'"帕克说。萨贝提及其团队开始察觉到传播链的存在：他们能看到埃博拉的一个变种如何从一个人传给另一个人，然后再传给下一个人。

　　他们尝试辨别病毒究竟是如何从一个人身上传到另一个人身上的。它真的仅仅是通过接触体液传播，还是说有可能会通过其他途径移动，比方说，通过空气？"身为科学家，我们生性多疑，"丹尼尔·帕克说，"我们会问：'这种病毒还存在其他传播方式吗？'"

　　团队忙着研究埃博拉病毒的遗传密码，帕尔迪斯·萨贝提始终坐不下来，她在其他人的办公室走进走出，在走廊里与三五成群的组员大声交谈。非洲正在发生的事情让他们忧心忡忡。他们担心埃博拉有可能出现巨大的变异,彻底改变它的特性,变得更加容易传染。萨贝提的声音清晰而明快,响彻布洛德研究所的整个六楼。她在"千日"乐队担任主音歌手长达八年,分析埃博拉的遗传密码时同样会用到她的肺部。

团队逐渐确信这场爆发始于一个地点,很可能就是梅里昂杜的那个小男孩,而病毒来自某种动物宿主,最有可能的是蝙蝠。要是能够知道马科纳三角洲的这种病毒会不会对疫苗或药物有所反应就好了,然而目前还没有疫苗或已知的药物能用来对抗任何一种埃博拉,无论变异与否。

截至 2014 年年中,科学家已经部分研发出了两种实验性的埃博拉疫苗,它们也许能(也许不能)让人们获得对埃博拉病毒的免疫力。一种疫苗名叫 VSV-ZEBOV,另一种名叫 IFN-Alpha。两种疫苗都还没做过人体试验。除此之外,有十几种高度实验性的药物正处于研发的各个阶段,绝大多数都还没进入过人体。人们普遍认为,大多数实验性的埃博拉药物最终会失败,不是因为对人类不够安全就是因为没有效果。在抗埃博拉药物的候选队伍里有一种名叫 ZMapp 的化合物。它在豚鼠身上做实验时表现出了一定的希望,但还没做过人体试验。ZMapp 的故事始于一个名叫拉里·泽特林的男人,以及精子。

痰盂

巴尔的摩,马里兰州
1996 年

拉里·泽特林现在是一家小型生物科技公司的共同创始人和总裁,公司名叫 Mapp 生物医药有限公司,在圣地亚哥城郊的一个办公园区内租用了几个房间,作为公司总部。泽特林嗓音柔和,四十多岁,黑发黑眼,身材瘦削,穿牛仔裤和 T 恤,他是用抗体阻击传染病的专家。

1996 年,泽特林是一名博士后,在巴尔的摩的约翰·霍普金斯大学的一间实验室工作,他和一个小组合作研发阴道杀微生物剂,目标是杀死通过性接触传播的疱疹病毒或精子——这样就可以用作杀精剂了。当时的杀精剂都不怎么好用。事实证明,精子很难杀死。这一点其实也在意料之中,因为精子在具有挑战性的环境中挣扎求生已有大约六亿年时间。

泽特林的研究思路是用抗体杀灭精子。抗体是蛋白质,由高等动物的免疫系统制造。抗体悬浮在生物体的血液中,会黏附在侵入生物体血液的外来微生物上并杀死它们。泽特林使用人类的抗体,他想知道抗体会不会黏附在人类精子细胞上并杀死它们。

泽特林用精子和抗体做了些小型试验。他会坐在约翰·霍普金斯医院的试验台前,面前摆着显微镜和两个塑料小胶片盒。他打开一个胶片盒,里面装着少量从女性宫颈处采集的黏液。泽特林用移液器取出微量宫颈黏液,滴在载玻片上。然后他打开另一个胶片盒,里面装着一团尚有余温的精液。("那是当天早晨一名大学生捐献的,很可能是在他去教室的路上,"泽特林说,"他得到了10块钱。")泽特林把一滴精液滴在宫颈黏液上,然后将载玻片放在显微镜下,开始观察。

他看见精子细胞在黏液中疯狂游动。事实上,这是大自然最古老的奇迹之一。精子细胞带着死不罢休的劲头,片刻不停地扭动。似乎没有任何东西能阻止它们。

接下来,泽特林从显微镜下取出载玻片,在上面滴了一滴生理盐水溶液,溶液里含有抗体。然后他以最快的速度——将抗体滴在精子上仅仅一瞬间之后——把载玻片塞回显微镜下,继续观察。

但他慢了一步,抗体已经使精子失去了活性。

精子细胞凝聚成团,变成一个个瑟瑟发抖的球状物。它们无法动弹,最终会死去。抗体比任何一种化学杀精剂的杀精能力都强千百倍。精子细胞可以被视为入侵机体的微生物。抗体会立刻阻止入侵者。

2000年,拉里·泽特林搬去加利福尼亚的圣地亚哥,接受了一家生物科技初创公司的工作邀约,这家公司名叫Epicyte,正在研发制造抗体的工业生产方法,抗体可用于治疗疾病和杀灭精子。他把行李塞进一辆大众GTI轿车,出发前往西海岸。泽特林在霍普金斯大学实验室的上司之一是凯文·惠利,他是研究黏液的专家,同样接到了Epicyte的工作邀约。泽特林和惠利在德尔马的海滩附近租了一套单卧室的公寓,去这家公司上班。

这家公司拥有一套工业方法,能在经过基因改造的玉米粒上培植大量抗体。但是，2003年夏天，Epicyte遇到了麻烦。问题之一是反转基因激进分子不喜欢转基因玉米能杀死精子的这个念头。要是能杀死精子的基因从转基因玉米逃逸进入普通玉米怎么办？要是人吃了杀精玉米怎么办？

泽特林和惠利闻到了破产即将到来的气味，他们辞职后不久公司就宣告破产。没有了工作，拉里·泽特林申请了失业救济金，开始每月领取1 600块的救济金支票。

这时，泽特林开始思考传染病。有可能用抗体制造药物，杀死入侵人类机体的病毒吗？抗体药物会不会很快就起作用——甚至即刻见效？就像抗体在几秒钟内核平精子那样？

泽特林开始思考埃博拉。抗体有可能用于治疗埃博拉吗？埃博拉与精子有着奇异的相似之处：人类机体被几个埃博拉病毒粒子"受孕"，大约十天后，受孕的机体会生出恐怖的埃博拉病毒粒子洪流，它们或喷涌或渗漏，通过每个毛孔和孔穴离开身体。

2003年，泽特林和惠利创立了Mapp生物医药公司，简称Mapp生物，对外宣称的目标是治疗传染性疾病，他们打算就从埃博拉开始。他们后来怀疑给公司起名叫Mapp生物是不是个错误，因为它听着很像Crap生物（狗屎生物）。他们的创业资本是泽特林每个月1 600美元的失业救济金。他们用这笔钱在一个办公园区租了一个三房的套间。其中一个房间带车库门，因此公司立刻就有了成为传奇的模样。

公司最大的问题在于穷得叮当响。付完租金后，泽特林和惠利已经没钱购买科研设备了，而科研设备又极其昂贵。假如他们指望自己能治疗埃博拉，就必须拥有科研设备。不过还好，他们还有那家破产的杀精玉米公司Epicyte。这家公司已经翻船，残骸飘得到处都是。Epicyte申请破产后，原先由风险投资者用大笔金钱购入的实验室设备在破产拍卖会上以可怜的低价变现清算。为了准备拍卖，这些设备被放进一个上锁的仓库。但就在拍卖开始前，Epicyte 的部分设备就像经过了《星际迷航》里令人眼花缭乱的传送，从上锁的仓库里陡然消失，又在 Mapp 生物的车库里陡然出现。拉里·泽特林觉得，反正这些设备要被卖掉，也还换不来几个钱，还不如做做好事，用来推动我们抗击埃博拉的事业呢。

泽特林和搭档完全没兴趣和风险投资者打交道，而是开始向与生物防御有关的美国政府机构申请研究资金。总体思想是抗体药物能用于抗击生物武器。他们最后在国防高级研究计划局（简称 DARPA）一笔 30 万美元拨款中分到了一部分。这个机构出了名地会投资所谓的"蓝天研究"：失败可能性极大但成功就会一本万利的研究项目。

他们的计划是在转基因烟草（而不是转基因玉米）中培植能杀死埃博拉病毒的抗体。他们想知道是否有可能培植出数量足以制作药物的抗体。他们开始在租来的房间里用人工光源培植烟草，他们买了两台餐厅级的食物研磨机。主厨用这种机器磨菠菜泥做浓汤。泽特林和惠利用食物研磨机把烟叶磨成绿色糊状物，然后从糊状物中萃取埃博拉抗体，制备过程复杂而精细，弄得 Mapp 生物的办公室闻上去活像痰盂。他们最后得到了溶于生理盐水中的极少量抗体。这些抗体或许能（或许不能）杀死埃博拉病毒粒子，这部分研究还没有进行。

USAMRIID，德特里克堡
2000 年至 2013 年

Mapp 生物的科学家忙着用烟叶培育抗体的时候，USAMRIID 一位身穿密封防护服的研究人员正带领团队设法寻找能够杀死埃博拉病毒粒子的抗体，他叫小吉恩·杰拉德·奥林杰。奥林杰的想法与泽特林和惠利的类似，他认为抗体会是抵御新发病毒和生物武器的一种强大手段。2000年,奥林杰得到了一小笔研究资金,他和他的团队开始在USAMRIID用试管测试1 700种抗体对埃博拉的作用。

奥林杰使用的抗体来自小鼠。小鼠的绝大多数抗体对埃博拉病毒粒子毫无作用,但有五六种抗体使得试管里的病毒粒子凝集并死去。

然而,即便小鼠的抗体能在试管里干掉埃博拉,研究埃博拉的专家依然普遍认为抗体药物的效用不够强,无法在人体内阻止埃博拉。他们的看法是有理由的。在早些时候的实验中,一种抗体药物未能治愈被埃博拉病毒感染的猴子。奥林杰的一位科研顾问告诫他,他再这么做实验用抗体阻击埃博拉,就有可能害得自己的职业生涯走进死胡同。"人们对我说:'你永远不可能做出结果的,埃博拉这种疾病太可怕了。'"奥林杰说。他没有听从建议,而是跟随自己的直觉做事。医学研究向来昂贵而耗时耗力,但他依然在测试抗体。

魔法剑

假如我们用超级电脑构造出抗体蛋白质的三维图像,你会看到一个表面凹凸不平的团块,通常呈 Y 字形,就像一把两个尖的叉子。这个 Y 字形的团块悬浮在血液中。叉尖就像钥匙齿,有可能呈现出的三维形状多得数不胜数。假如一个抗体的钥匙齿符合某个微生物外表面上某一处的形状,那么抗体就会黏附在微生物上,像钥匙插入锁具那样与敌人合为一体。抗体非常微小。假如人体细胞有西瓜那么大,埃博拉病毒粒子像一小段意大利面,那么一个抗体蛋白质就像是粘在意大利面上的一粒碾碎的黑胡椒。

人类血液富含抗体。按体积来算,人类血液中大约有 2% 是抗体,它们可以让血液变得黏稠。只够覆盖一个人小指甲盖的一小滴血液中就含有 50,000,000,000,000,000,000(5 000 亿亿)个抗体蛋白质。人类婴儿刚诞生时,母亲会分泌一种名叫初乳的特殊乳汁。初乳是富含抗体的稀糊状液体。婴儿吞下初乳,母亲的抗体就会直接进入婴儿的血液系统,使婴儿的血液变得黏稠。婴儿的血液因此就有能力摧毁所有企图伤害婴儿的入侵生命体了。

病毒在人体内开始增殖后,宿主的免疫系统会开始运转,制造针对这种病毒的抗体。宿主的免疫系统会把各种形状的抗体投向入侵者,这些抗体有着几百种形状的钥匙齿。几乎所有形状都注定会失败，钥匙齿不符合入侵病毒表面上的任何一处突起，因此无法黏附在病毒上，也就不可能伤害它了。然而，还是有少数几个抗体黏附在了病毒上。这些抗体的钥匙齿与锁具相符，因此就成了杀手抗体。于是免疫系统全力运转，制造海量的杀手抗体，它们进入血液系统，黏附在病毒粒子上，覆盖病毒粒子的表面，从而杀死它们。抗体是生物纳米机器人，内置程序驱使它们摧毁进入人体的外来生物。吉恩·奥林杰率领团队在USAMRIID制造能杀死埃博拉的秘密抗体，在小鼠身上测试它们的效果。在圣地亚哥，拉里·泽特林同样在率领团队制造能杀死埃博拉病毒粒子的秘密抗体。还有另一个团队也在研发能够杀死埃博拉的秘密抗体。

温尼伯，加拿大
2009年至2014年

事实上，旨在找到治疗埃博拉的方法的竞赛早已悄然开始。加拿大公共卫生部在温尼伯有一个业界领先的生物安全四级实验机构，名叫国家微生物学实验室。加拿大的实验室里研究病原体的时任主管是一位法裔加拿大人，他专门研究埃博拉病毒，名叫加里·P.科本杰。科本杰带领一个小型团队也在试验用抗体杀死埃博拉病毒。因此，一共有三个团队在尝试用抗体治疗埃博拉，分别由Mapp生物的拉里·泽特林、USAMRIID的吉恩·奥林杰和加拿大实验室的加里·科本杰率领。他们知道寻找埃博拉的治疗方法的竞争已经打响，因此对各自的技术严格保密。

丽莎·亨斯利当时在USAMRIID工作，与奥林杰合作研究埃博拉病毒，她和奥林杰很熟。她和科本杰也很熟，她觉得两位竞争对手应该通力协作，这样能提高寻找疗法的效率。于是亨斯利建议他们见面聊一聊。2012年夏天在芝加哥的一场研讨会上,他们接受亨斯利的建议,找了个酒吧喝啤酒。"在丽莎·亨斯利的指点下,我猜我们就这么彼此掂量了一下。"奥林杰说。两人首先在芝加哥的酒吧里,然后在研讨会之后,决定试验性地分享部分数据。亨斯利还建议他们也和圣地亚哥Mapp生物的拉里·泽特林谈一谈。

没过多久,拉里·泽特林和吉恩·奥林杰合作了一项实验:他们用埃博拉病毒感染小鼠,然后给小鼠注射泽特林在车库实验室里从烟草泥中提取出的抗体。这种药物治愈了一部分感染埃博拉病毒的小鼠。

2013年夏,三位竞争对手在马里兰的一个科学会议上碰面,亨斯利邀请他们去一家名叫翠竹的小酒馆喝一杯。亨斯利、泽特林、奥林杰和科本杰坐在室外的天井里开始喝酒。加里·科本杰除了经常穿密封防护服做研究,还擅长在疫情爆发期间挖墓穴埋葬埃博拉患者,他给其他人讲他如何险些被暴民杀死的故事,因为他们认为他在用尸体做恐怖的实验。亨斯利提前离开,回家哄儿子詹姆斯睡觉,但其他人聊了下去。他们达成协议,决定拿出各自的秘密抗体,尝试创造能治疗埃博拉的最优秀的药物,一种能够统御所有药物的神药。这种超级药物将汇聚他们各自发现的最厉害的抗体。奥林杰称之为抗体鸡尾酒。亨斯利后来将这次会面称为翠竹停战会谈。三位领袖如今通力合作,计划在豚鼠而非小鼠身上测试抗体。这算是在药物试验的阶梯上爬了一级,继续研究下去,有朝一日也许能进入人体试验,看这种药物究竟能不能治疗埃博拉。

与此同时,加里·科本杰在加拿大实验室研究针对埃博拉的实验性疫苗:VSV-ZEBOV。它原先由USAMRIID的埃博拉研究人员托马斯·盖斯伯特及其团队于2000年代初研发。盖斯伯特的团队(丽莎·亨斯利也在其中)在灵长动物身上测试过VSV-ZEBOV,疫苗似乎能保护实验对象不受埃博拉病毒的感染。然而,这个团队花光了经费。向生物医药研究提供经费的政府部门几乎没有甚至完全没有兴趣把钱花在研究埃博拉疫苗上。这种病毒被视为易于控制,对大众不构成危险。然而,加里·科本杰认为针对埃博拉病毒的生物防范研究应该拥有更高的优先级。他从加拿大的公共卫生部搞到经费,开始在温尼伯的四级实验室里测试 VSV-ZEBOV 疫苗。

温尼伯
2014 年 1 月 14 日

在翠竹停战会谈中商定共同开发治疗埃博拉的抗体鸡尾酒药物后五个月,埃博拉正在梅里昂杜村庄里杀死小男孩的家人;温尼伯的高危实验室里,加里·科本杰开始在豚鼠身上测试各种能杀死埃博拉病毒的抗体。有些抗体来自 USAMRIID 的吉恩·奥林杰,有些来自他自己的实验室。他将多种抗体组合起来使用,看哪一个组合最能在豚鼠体内阻击埃博拉。科本杰、奥林杰和泽特林将这种药物命名为 ZMapp。他们计划在猴子身上做实验。

与此同时,Mapp 生物的拉里·泽特林与一家药物生产企业——肯塔基州欧文斯伯勒市的肯塔基生物制品公司——达成协议,开始生产药品级的 ZMapp,也就是这种药物的纯化产品。2014 年春,埃博拉爆发的形势变得严峻之时,肯塔基生物制品公司开始生产极少量的超高纯 ZMapp,目的是用于动物实验,而不是给人使用。

制备过程极为复杂。到 6 月份,肯塔基的生产厂仅仅制造出一小批超高纯 ZMapp。在这批产品中,有六个疗程带正式编号的额外备品,它们是生产过剩的产物,尚未指定用于哪次实验。每个疗程的 ZMapp 由三剂药物组成,装在三个小塑料瓶或玻璃瓶里,瓶子里是冰冻的抗体的盐水溶液。这六个疗程的额外备品从1到6编号，储藏在肯塔基生物制品公司的一个冰柜里和另一处安保设施中。从1到6这六个疗程的备品，每个疗程仅生产成本就高达10万美元。

不止这些。ZMapp还有另外一个疗程的备品。一组不带编号的秘密备品。在本书中，它将被称为零号备品。ZMapp的零号备品存放于一个秘密冰柜中，所在地点只有ZMapp的诸位发明者才知道。零号备品是这种药物的一个隐藏货源，以备不时之需。

无国界医生组织的管理者听说了ZMapp，他们在4月请求Mapp生物送一些药物到瑞士，以防他们的国际工作人员被埃博拉击倒。Mapp生物于是送了七份备品中的一份给日内瓦的世界卫生组织。这是ZMapp的1号备品，专门在紧急情况下供无国界医生组织或其他国际医疗团体的人员使用。2到6号备品依然存放于肯塔基和其他某处的冰柜里。

温尼伯
6月2日

凯内马医院的埃博拉病房收治第一名埃博拉患者后一周，加里·科本杰开始在猴子身上测试ZMapp。他和同事邱香果穿上密封防护服，穿过气密室，走进加拿大国立微生物学实验室的高危区域。高危区域内的笼子里关着21只恒河猴。科本杰和同事将大剂量的埃博拉病毒注射进每只猴子的体内，剂量足以保证猴子的死亡。然后，在接下来的几天内，猴子的病情越来越严重，科学家开始给它们用ZMapp，看药物能不能延长猴子的生命。

加里·科本杰刚开始用猴子测试ZMapp，就和一批加拿大人员飞往非洲西部，与无国界医生组织合作开展一个志愿者项目。无国界医生当时正在建设一个埃博拉治疗中心（白色帐篷组成的营地），所选地点为塞拉利昂城市凯拉洪，它位于马科纳三角洲，离凯内马约70英里。科本杰计划在无国界医生的营地设立一个可移动的血液检测实验室，然后在营地担任掘墓人。

科本杰决定带上一些 ZMapp，以防他被尸体感染埃博拉。要是发生这种事，他打算拿自己做第一例 ZMapp 的人体试验。这种药物还没进入过人类的身体，也无法确定它是否安全。事实上，科本杰知道，这种药物有相当大的可能性会导致过敏性休克，在五分钟内杀死他。不过，总比死在埃博拉手上强。6月18日，科本杰把三小瓶超高纯 ZMapp 塞进一个白色泡沫塑料保温箱。这是 ZMapp 的 2 号备品，在紧急情况下由他或加拿大团队的任何一名成员使用。

几天后，科本杰和同伴们抵达塞拉利昂的凯拉洪，来到无国界医生组织的埃博拉治疗中心。科本杰把装有 2 号备品的泡沫保温箱放进一个实验室帐篷里的冰柜。科本杰装配好验血设备后，开始挖掘坟墓。到 7 月初，他已经埋葬了许多尸体。

病毒正在进一步扩散。截至 7 月 2 日，几内亚共报告 413 起病例，其中 303 人死亡。塞拉利昂，239 起病例，上报 99 人死亡。病毒也开始凶猛地袭击利比里亚了，共报告 107 起病例，65 人死亡。埃博拉在几内亚首都科纳克里已经肆虐了一段时间。现在病毒也开始在利比里亚首都蒙罗维亚出现。

弗雷德里克，马里兰州
7月1日

德特里克堡的综合研究设施，丽莎·亨斯利一直忧心忡忡地看着埃博拉病例逐渐增加。到了6月中，她觉得局势非常明显，病毒即将在利比里亚迎来大爆发。她开始制定计划，打算代表国防部再去一趟前线，重返由黑猩猩研究站改建而来的血液实验室。她与在那里工作的利比里亚技术人员保持着联系，一方面他们的基础物资即将耗尽，另一方面他们也需要更多的设备。他们每天化验的血样越来越多，发现的埃博拉病例也越来越多。

詹姆斯的学校快放暑假了。她为儿子报名参加了本地YMCA的几个夏令营，请她的父母迈克和卡伦·亨斯利在她去海外执行任务期间来弗雷德里克陪詹姆斯。她和儿子讨论她打算再去一趟非洲西部，她觉得詹姆斯这次似乎一点也不担心她了。事实上，他有点生气。他问这次她会去多久。她和儿子约定，等她从非洲回来就履行承诺，带他去南卡罗来纳州海滩度暑假。

亨斯利的朋友拉菲并不希望她在爆发最猛烈的时候重返前线。他请她重新考虑出任务的计划。他担心她会冒险，导致自己暴露于病毒之下。拉菲自己也有孩子。他说她应该优先考虑詹姆斯，她有詹姆斯需要照顾，不该冒着生命危险去拯救其他人。

但亨斯利觉得为人父母，树立榜样是很重要的。人们需要帮助，而她是埃博拉的专家。她有穿密封防护服处理危险病原体（包括天花在内）的十七年经验。她绝对不会拿自己的生命去冒险，绝对不会。但假如她选择拒绝帮助正在死去的人们，詹姆斯会从中学到什么？孩子的观察力是很强的。

亨斯利开始搜罗密封防护服和防护装备。她把各种各样的东西塞进行李箱，国防部为她安排航班。

就在这时，7月1日，亨斯利收到朋友及同事加里·科本杰的一封电子邮件，后者正在无国界医生组织的营地当掘墓人。传来的消息令人震惊。

哇 噢

无国界医生组织的埃博拉治疗中心
凯拉洪，塞拉利昂
2014 年 7 月 1 日

非洲西部现在是夜晚，营地的红色区域外沿，加里·科本杰抱着笔记本电脑坐在一个塑料帐篷里，打开了邱香果的一封电子邮件，这位同事正在温尼伯用猴子测试 ZMapp。她报告了令人难以置信的结果。猴子实验刚刚结束。18 只猴子被注射了超致命剂量的埃博拉病毒，而 ZMapp 治好了全部 18 只垂死的动物，其中有几只离死亡仅有几小时之遥。在几只垂死的猴子身上，ZMapp 在九十分钟内就逆转了埃博拉的症状。

九十分钟治好埃博拉？百分之百有效？甚至在猴子再过几小时就会死亡的情况下？这种结果在药物研究中根本闻所未闻。不可能是真的。科本杰写信给参与研发药物的各方人员，把药物试验的结果告诉他们。他们很快将猴子实验称为哇噢实验，因为每个人都在邮件里打出了哇噢（Wow）。不过，哇噢实验是非公开的。除了收发邮件的这些参与者，没人知道它的情况。另外，ZMapp 的发明者知道人类毕竟不是猴子。ZMapp 治好了猴子不等于这种药物在人身上也能制造相同的奇迹。也许效果轻微。也许会杀死使用者。也许会杀死埃博拉。没人知道 ZMapp 进入人体后会发生什么。

凯内马政府医院
7月的第一周

预言师瓦哈布预言凯内马医院的许多护士和一位重要医生将会死去，几天后，医院陷入全面危机。埃博拉病区的护士开始旷工。他们一直没有收到塞拉利昂政府承诺的每天 3.5 美元的危险补助金。现在凯内马政府医院一共有三个埃博拉高危病区了，它们合起来被称作埃博拉治疗中心。三个病区加起来容纳着 70 到 90 名埃博拉感染者，这个数字还在稳步攀升，尽管已经有许多患者死去，尸体也被运走。埃博拉患者从整个塞拉利昂东部而来，有的乘坐出租汽车，有的坐在摩托车后座上，抱着亲友的腰。有些埃博拉受害者被摩托车送来时已经死亡。摩托车驾驶员会把尸体扔在医院门口，然后踩油门离开。

埃博拉治疗中心的三个高危病区里，第一个就是原先的埃博拉病区，也就是昔日的拉沙热病区，设计容量为 12 张病床。这个病区现在容纳着大约 30 名埃博拉患者。

第二个是附楼病区，也就是露西·梅曾经工作的地方。它位于埃博拉病区旁，现在用于收治疑似但尚未血检确诊的埃博拉患者。

第三个是一个类似于帐篷的大型建筑物，塑料墙壁，金属屋顶，6 月末建造于埃博拉病区之下的山坡空地上。人们称之为大帐篷。截至 7 月初，大帐篷里有大约 30 名埃博拉患者躺在简易床上。只有屈指可数的几名护士在维持三个病区的运转，一次性生物危害防护服和其他装备也即将用完。事实上，医院里已经开始严重短缺生物危害防护服。

大帐篷里的那种简易床在非洲医院里随处可见，被称作霍乱病床。霍乱患者会出现无法自控的水泻。霍乱病床铺着塑料覆膜的床垫，床垫中央有个洞，洞底下的地上放着一个桶，患者的粪便穿过床洞掉进桶里。这套体系在大帐篷里运转得并不好。患者向桶里排便时会产生大量溅出物，患者还会从床上掉下来，会在精神错乱中游荡，碰翻粪桶。在大帐篷里工作的埃博拉护士为数极少，他们会清理粪桶，但不可能保持环境清洁。

大帐篷有个塑料窗，人们能看见里面的亲人并与之交谈。埃博拉患者的家庭成员站在保护性的围栏后，向塑料窗里看。假如一名患者来到窗前，家人看见他还活着，就会发出惊喜的叫声，假如消息传来，说某个人死在大帐篷里，外面就会响起悲伤的哭声。人群里有些人默不作声，无法理解护士和医生为什么身穿太空服。

胡玛尔·汗巡视所有三个病区。

流行病学家及生物危害安全官迈克尔·波凯是汗的副手，拉沙热项目组的 2 号管理者。局势变得越来越混乱，迈克尔始终留在汗身旁。汗带着三部手机。每次他准备进入红色区域时，就会把手机交给迈克尔，然后再走进集装箱里的整备室，穿戴防护服和装备。集装箱里有一面等身的落地镜。他会站在镜子前看自己，转圈查看装备上有没有瑕疵。他称这面镜子为"警察"。他对路透社的记者说："我为我的生命而担忧，因为，我不得不说，我珍惜我的生命。"对着镜子检查完装备后，他出发巡视三个埃博拉病区。

汗巡视三个红色区域时，他的三部手机响个不停。迈克尔·波凯替他接电话，在纸条上记录留言。等汗终于走出病房，脱掉防护装备，迈克尔会递给他一摞纸条。

所有人都在打电话给汗，有政府官员、医生、世界卫生组织的官员、各国科学家、非营利医疗救助组织的管理者、凯内马的居民和患者。汗也打电话给所有人，为凯内马寻求帮助。汗和地区卫生官员穆罕默德·万迪日复一日每天几小时打电话恳求卫生部长兑现承诺,向埃博拉护士支付每天 3.5 美元的危险补助金。他们把电话打遍了弗里敦的政府部门,但资金就是迟迟不到。埃博拉护士只能拿到每天 5 美元的基本工资,但自从露西·梅惨死后,许多埃博拉护士再也提不起勇气,为了这一点薪水冒险走进高危病区。

7 月 7 日,胡玛尔的朋友及导师丹·鲍什——十年前正是他招募了胡玛尔来领导拉沙热项目组——以世卫组织志愿者的身份来到凯内马医院。鲍什、汗和美国军医戴维·布莱特-梅杰于是结伴巡视埃博拉病区。他们尽量保证脱水的患者得到静脉滴注生理盐水,所有患者都有饮用水供应,要是能吃东西就供应食物,然而他们能做到的也就是这些了。大帐篷和埃博拉病区内的所有表面都覆盖着埃博拉病毒粒子构成的薄膜。

汗承受着巨大的压力。他变得易怒、暴躁,偶尔爆发多疑妄想。他会因为似乎非常难以理解的原因对丽娜·莫西斯生气。他会一连几小时消失得无影无踪,没人知道他去了哪儿。"我去打个盹。"他会对同事这么说。他依然在他的私人诊所给病人看病。也许他觉得至少能帮助私人诊所的这些病人,而他对埃博拉病区里的那些人无能为力。汗到底更在乎谁呢?在某些旁观者眼中,汗似乎辜负了他的护士们。

7 月初,世卫组织一位名叫蒂莫西·奥邓普希的医生来到凯内马医院,开始在埃博拉病区工作。后来他发表的文章记录了他所目睹的情形。

ETC(埃博拉治疗中心)的管理和组织都极其差劲,骇人听闻地忽视院感预防与控制(IPC);结构性和程序性的明显漏洞数不胜数;个人卫生、环境卫生、医疗废弃物和尸体的管控与处置的标准堪称灾难。用于病患的基础治疗物资和用于工作人员的个人防护装备（PPE）奇缺，仅有极为不足的供应。人员士气处于前所未有的低谷；护士们在罢工……他们目睹越来越多的同事病倒和死去，（护士们产生了）越来越强烈的宿命感，觉得接下来就会轮到自己。

掌管三个埃博拉病区的医生正是胡玛尔·汗。他看上去难道是个无能而懦弱的医生，配不上他所从事的职业？他辜负了护士和其他员工，辜负了患者吗？人们将埃博拉病区内的惨状归咎于他；也许他确实活该，因为他毕竟是负责人。

阿莱克斯·莫伊博伊，资深的埃博拉护士，他继续在埃博拉病区和大帐篷值十二小时的大夜班，在两个病区之间跑来跑去。阿莱克斯为人感性而温和，露西·梅护士在埃博拉病区的角落里等死时，是他奋不顾身地照护着她。阿莱克斯和另一名夜班护士艾德温·科努瓦单独彻夜照护60名埃博拉患者。大帐篷里没有电，病区到了夜里暗得伸手不见五指。阿莱克斯会在黑暗的帐篷里继续照护病人，与他们交谈，尽量安抚他们，用双手在黑暗中摸索。他似乎无法离开埃博拉病区。没多久，艾德温·科努瓦感染了埃博拉，以患者身份住进埃博拉病区。负责照护他的还是阿莱克斯。

7月9日，阿莱克斯·莫伊博伊和胡玛尔·汗穿戴好个人防护装备，巡视全部三个埃博拉病区，照护患者，设置静脉滴注。当天晚些时候，他们走出病区，消毒后脱掉防护装备。随后，阿莱克斯向汗坦白，说他感觉不舒服。

汗把手背贴在阿莱克斯的脖子上，这是检查对方体温的快捷方法。阿莱克斯的颈部感觉起来热乎乎汗津津的：他在发烧。汗心想，多半是疟疾，于是决定检查阿莱克斯的眼睛。他按住阿莱克斯一只眼睛的下眼睑，将眼睑向下翻开，露出湿润的内侧黏膜。眼睑内侧呈鲜红色。"向上看。"他对阿莱克斯说，同时按住眼睑。阿莱克斯向上望去，眼球的下半部露了出来。眼白呈红色，在发炎，血管明显肿胀。他检查阿莱克斯的另一只眼睛，见到的情况相同。阿莱克斯的双眼表现出疟疾的典型症状。汗掏出他的钞票卷，剥下几张塞给阿莱克斯。"拿着，去买疟疾药，然后回家，休息一个晚上。"阿莱克斯向汗道谢，出发去买药。

忏 悔

拉沙热项目组办公室，凯内马政府医院
7月10日，上午晚些时候

事后，汗开始思考他刚才做了什么。他出于本能采取行动，习惯成自然，就像一个在门诊室工作的医生。"天哪，"他对自己说，"我直接接触了阿莱克斯。"阿莱克斯的泪水沾在他的指尖上。阿莱克斯的汗水沾在他的手背上。他把钱放进阿莱克斯潮湿的手里。他的双手有可能沾上了数以百万计的病毒粒子。他洗过手吗？他到底有没有洗过手？人们经常会不自觉地触碰自己的面部和眼睛。他在洗手前有没有摸过面部或眼睛？

第二天，汗来到项目协调人森比瑞·贾洛的办公室，坐进办公桌旁的一把木椅。这把椅子算是某种解忧椅，供项目组的所有人使用，让他们向森比瑞倾诉内心的苦闷。

"森比瑞，我犯了个错误。"汗对她说。他解释他对阿莱克斯做了什么。

森比瑞听着他描述前因后果，感到极度恐惧，但她尽量平静地说："汗医生，别这么担心。"

坐了几分钟，汗离开，去忙其他的事情了。

同一天，卡马拉护士，徒劳地帮助"姨妈"拯救露西·梅的三名

志愿者之一，发作了埃博拉所致疾病。

又过了一天，阿莱克斯告诉汗说疟疾药不管用。汗建议他做埃博拉血检。阿莱克斯确实感染了埃博拉，他们把他送进附楼病区的一间私人病房。

阿莱克斯的疾病发作后，汗似乎变得更加绝望。埃博拉病例如海啸般冲出凯内马，直奔首都弗里敦而去。他再次来到森比瑞的办公室，坐进她的解忧椅。"森比瑞，我希望政府能隔离这个地区。"

她觉得汗显得无比疲惫。

"人们在离开这个地区，把埃博拉带到全国其他地方去。"他继续道。

"汗医生，我一直在给政府打电话，一次又一次。"政府根本不听她，每天3.5美元的危险补助金依然没到。"我不知道我到底能做什么。"她对汗说。

"姨妈"也走进森比瑞·贾洛的办公室，坐进那把木椅。"我觉得不舒服，森比瑞。我全身上下哪儿都疼。"

"姆巴卢'姨妈'，你必须休息，"森比瑞对她说，"你太累了。你失去了丈夫。你必须让自己喘息一下。"

"我还能做什么？人们在死去。"

"姆巴卢'姨妈'！你必须休息！"

"姨妈"重新爬上山坡，走向埃博拉病区。

7月12日

约瑟夫·费尔，曾经打算和丽莎·亨斯利一起为胡玛尔·汗建设血检实验室的科学家，此刻住在弗里敦，担任塞拉利昂卫生部的顾问。费尔越来越担心汗的情况，决定前往凯内马，看看他能帮上什么忙。

2006年，费尔还是一名研究生，他来到凯内马，为学位论文做研究，结识了胡玛尔·汗。他在城区外围的天主教牧灵中心找了个房间。他来到凯内马没多久就病倒了，他躺在床上，高烧不退，肠道出血，呕吐鲜血。他失去了说话能力，只能勉强耳语。费尔是一名虔诚的天主教徒，他请求中心的一位神父为他主持死前忏悔和临终仪式。神父却一个电话叫来了胡玛尔·汗。

很快，费尔看见一辆螺桨毂盖的白色梅赛德斯在他的房间门前停下，汗钻出车门。他戴着他那顶白色棒球帽，样子像个运动员。他走进房间，检查费尔。"你会好起来的。"汗愉快地说。然后汗出去了一会儿，但忘了关门。费尔听见汗对另一个人说："这家伙快死了！我不能让一个外国佬死在我手上！"

汗回到费尔的房间里，准备给费尔静脉滴注抗生素。

"我觉得我要走了，"费尔对汗耳语道，"我必须忏悔。你能听我说吗？"

汗一边摆弄点滴管，一边答应听费尔的忏悔。费尔向汗诉说他内心的各种悔恨。汗给他赦罪——说上帝会宽恕他的。费尔又说他没留遗嘱。汗给他拿来纸笔。费尔写了几行字。他没有世俗财产，但愿意将遗体捐献给科学，请求病毒学家穿上密封防护服在四级高危区域解剖他的遗体，以防杀死他的是某种古怪东西。汗作为见证人在费尔的遗嘱上签字。然而，只过了很短的一段时间，抗生素就开始起作用了。费尔恢复得很好，两人成了密友和酒伴。费尔发现汗笃信宗教，但从不声张。

此刻，约瑟夫·费尔驱车四小时从弗里敦赶到凯内马，他在埃博拉病区旁停车，开始寻找汗。外面大雨如注，他在哪儿都找不到汗。最后，费尔来到大帐篷的塑料观察窗前，发现汗在里面工作。这时，大帐篷里容纳了近40名埃博拉患者。"汗医生身穿PPE，和仅仅一名同样身穿PPE的护士单独工作，"费尔回忆道，"地上到处都是血污、粪便、呕吐物和尿液。"他没找到机会和汗交谈。

约瑟夫·费尔又去找"姨妈"，他和"姨妈"也很亲近。他在埃博拉病区的前厅找到了她，两人紧紧拥抱。费尔绕着这幢小楼的外部走。他来到埃博拉病区背后，在一扇后门外见到20具尸体躺在滂沱大雨之下。尸体毫无遮盖，没有装在裹尸袋里，雨水带走了尸体上的体液。病人在这个病区内死去。后门开着，病区内的患者能看见躺在外面的尸体。

费尔问"姨妈"究竟发生了什么。

裹尸袋用完了，她说。"我们问遍全国，找不到任何裹尸袋。"她说。费尔保证一定给她搞一些裹尸袋来。他回到弗里敦，安排立刻从日内瓦空运200个裹尸袋给胡玛尔·汗和姆巴卢·方尼。

7月14日，星期一

两天后，上午10点钟左右，森比瑞·贾洛坐在项目组办公室的桌前，考虑该何去何从。她思考是不是该一走了之。人们正在逃跑，弃守医院。母亲一直在打电话给她，催促她离开凯内马，去弗里敦住在她家里。母亲害怕她会感染埃博拉，但也说万一她感染了埃博拉就必须来弗里敦，母亲会好好照顾她的。就算你变成了石头也要来弗里敦，母亲对她这么说，这是当地的一句谚语。

胡玛尔·汗走进她的办公室，坐进解忧椅。塞拉利昂政府刚刚宣布他是国民英雄，因为他正在率领众人为了国家抗击埃博拉。汗对此似乎并不怎么起劲，他对森比瑞说，病毒百分之百将会失控。埃博拉的浪头正在涌出凯内马，将会袭击首都弗里敦。汗再次提到隔离的问题。

"汗医生，我不知道我能做什么。"

汗一直在打电话给他能想到的所有医疗救助组织，但一无所获。他也一直在想他如何触碰过阿莱克斯·莫伊博伊的眼睛。阿莱克斯检测出埃博拉病毒高度阳性，也就是说他很可能难逃一死。"我不认为阿莱克斯能熬过去，"汗对森比瑞说，"假如阿莱克斯死了，我要担心的就是我这条命了。"他用左手抓住右臂。"要是能救阿莱克斯的命，森比瑞，我情愿砍掉这条胳膊。"

森比瑞想到汗无数次地暴露在病毒之下，情不自禁地哭了起来。

汗露出严厉的表情。"森比瑞，别哭，"他用克里奥语说，然后换回英语，"要是情况坏得不能再坏，你也只能做力所能及的事情。"

她哭得停不下来。

他的态度变得柔和。"森比瑞，别哭个没完没了的。"

他的举止让她感到恐惧。他直挺挺地坐在椅子边缘上，与办公桌保持几英寸的距离。他身体的任何部位都不接触她的办公桌。他没有伸出手安慰她。他似乎不想触碰她或触碰与她相接的任何东西。他突然站起来，径直走出她的办公室。

森比瑞坐在办公桌前，眼含泪水。他为什么用那个姿势坐在椅子上？为什么不肯接触她的办公桌？为什么忽然离开？她决定去找他问个清楚。

吸烟点

凯内马政府医院
7月14日，星期一，临近中午

森比瑞·贾洛沿着山坡跑向埃博拉病区，但汗不在那儿。她往他的集装箱办公室里看，同样没见到他。他有可能去普通病房了，她心想，于是在各个病房飞快地走了一趟，但哪儿都找不到他的身影。她开始恐慌。这时她突然想到，他有可能躲了起来，于是她沿着土路下山，来到新拉沙热病区的建筑场地，在集装箱背后寻找。她在这儿找到了汗，汗坐在塑料椅上喝雪碧汽水。

"汗医生，你还好吧？"

他命令她别靠近他。"我必须和你保持距离，森比瑞，我不知道我有没有被感染。我们不知道下一个感染者会是谁。"

她又开始哭了。

"森比瑞，别哭个没完没了的。"他拿着汽水瓶，望着混凝土房屋和雨水中一片绿油油的茂密野草。"这个世界充满了神秘，"他说，"强壮健康的时候，尽你的职责去帮助别人。假如你黯然逝去，接替你的人也会尽他的职责。"

"汗医生，咱们祈祷吧。"

汗放下汽水，站起身。两人保持距离，抬起手放在胸前，掌心向天，开始祈祷。

他重新坐下。森比瑞劝他别再靠近埃博拉患者了。

"不然谁会来照护这些人呢？工作必须完成，剩下的就只能祈祷了，"他喝了一口雪碧，"你已经筋疲力尽了。"

"我没有筋疲力尽。"

他认为她该去让母亲照顾她。"去弗里敦找你母亲吧，待两星期再回来。"

她不肯答应。

他对她微微一笑。"这是医嘱。休养两周。"

森比瑞离开时汗依然坐在那把椅子上，她走路回到办公室。第二天，她前往弗里敦，住进母亲的家里。她觉得自己是个临阵脱逃的胆小鬼。更糟糕的是，她抛弃了她的上司，把他一个人扔在那儿，让他孤零零地坐在医院一角的椅子上，而他正在打的那场战斗很可能会要了他的命。

7月14日，星期一
与此同时

世卫组织的英国医生蒂莫西·奥邓普希待在凯内马医院工作，在三个埃博拉病区内尽其所能帮忙。那天临近中午，他走进护士的私人休息室，发现"姨妈"躺在桌子上，和平时一样闭目养神。但这次有点不一样，桌子旁有个点滴架，方尼的弟弟穆罕默德·伊拉正盯着方尼胳膊上的输液管看。他在给她输抗疟疾药。

奥邓普希警觉起来。他出去找到丹·鲍什，把"姨妈"的情况告诉后者。鲍什赶到护士休息室。他与"姨妈"保持距离，温和地建议她做个埃博拉血检。

"姨妈"答应了。鲍什说他立刻就做。他戴上手套，从她胳膊上抽血，然后带着采血管来到高危实验室，隔着门把采血管递给里面的工作人员。

　　鲍什去高危实验室之后，丽娜·莫西斯来到护士休息室找方尼谈事情，却看见方尼躺在桌上，胳膊上插着点滴管，弟弟伊拉看着她输液。她把伊拉叫到一旁："她怎么了？"

　　"她正在等验血结果。"伊拉答道。

　　莫西斯感到天旋地转。这不可能是真的。不可能是"姨妈"姆巴卢。她的第二个念头是"姨妈"的弟弟。他每天骑着摩托车带"姨妈"来来去去。他刚刚还把输液针头插进她的手臂，暴露于她的血液之下。"你有没有做防护措施？"她压低声音问伊拉。

　　他没有回答。但她在他眼睛里看见了答案，一下子全明白了。他也感染了埃博拉，是从他姐姐那儿传染的。

　　他们把"姨妈"安置在附楼病区的私人病房里，阿莱克斯·莫伊博伊正在这儿死去。阿莱克斯是"姨妈"手下的资深埃博拉护士，此刻两人正在一同死去。"姨妈"的弟弟伊拉待在他们的病房里，开始护理他们，尽其所能地帮助姐姐和阿莱克斯逃出埃博拉的魔爪。照护他们的时候，他懒得穿戴任何生物危害防护装备。他已经不需要保护自己不受埃博拉的侵害了。

呼叫者身份

蒙罗维亚，利比里亚
第二天，7月15日，星期二

由黑猩猩研究站改建而成的利比里亚国家基准实验室，丽莎·亨斯利每天工作十二个小时。她几乎一直待在密封防护服里，在负压的高危区域工作，用能够侦测到埃博拉遗传密码的PCR仪检测血样。这天上午晚些时候，她走出高危区域，站进一盆漂白水，脱掉橡胶靴，用唧筒式喷淋器里的消毒水清洗防护服，然后脱掉防护服。防护服底下穿戴着蓝色棉布外科手术服、外科手术手套和袜子。她穿上乐福鞋，走进一个房间，从这个房间的阳台能俯瞰黑猩猩笼区的铁皮屋顶。大雨滂沱，雨点打在猩舍的铁皮上，制造出喧嚣的噪音。

她吃了几块花生白脱饼干，喝了些瓶装水。这是她的午餐。她用政府线路打了几个电话，然后穿戴上防护装备，回到实验室里，直到再也站不住了为止。她和一位名叫兰达尔·薛普的陆军同事一起工作。有时她或薛普不得不因为肠胃问题离开高危实验室，肠胃问题在非洲很常见。然而每次亨斯利只要有点不舒服，都会怀疑是不是埃博拉病毒正在扩增。

病毒正在猛烈攻击蒙罗维亚。全城的所有医院都塞满了埃博拉患者，这座城市的医疗系统变得几乎不复存在。一份血样被送进实验室，来自一名难产的孕妇。她躺在蒙罗维亚最大的市立医院外的人行道上，产道流血不止。医生们不能收她入院，因为她似乎感染了埃博拉病毒，被埃博拉感染的大出血产妇对医护人员来说是个巨大的风险。亨斯利知道产妇和胎儿需要立刻得到救治。她立刻开始为产妇验血，但整个流程需要两小时。结果出来了：产妇没有感染埃博拉。医院可以收治她，她和胎儿都能得救。然而等她把结果送回给医院，产妇和胎儿已经死在人行道上了。

每天晚上，美国大使馆的车辆把亨斯利和薛普送回他们在海滩上的旅馆。街道感觉很不安全；文明秩序开始崩溃。回到旅馆，亨斯利会吃些东西，然后在睡觉前用 Skype 和家里通话。她父母在照看詹姆斯，这个时间他正在吃晚饭。儿子一边吃饭一边和她聊天，然后她会和父母交谈。她父亲迈克·亨斯利开始为她担心。他没有向她吐露他的担忧，一个字也没说过，但他是一名科研人员，曾经参与研究治疗 HIV 病毒的药物。他一直在关注埃博拉爆发的报道，每天至少和丽莎交谈一次。根据她报告的情况，他看得出蒙罗维亚的情况还会进一步恶化。在他看来，这场埃博拉爆发才刚开始，而丽莎就待在风暴中心。他很了解女儿。他认为她会为了帮助他人而无视自己的安危，但他没有向丽莎或丽莎的母亲卡伦表露他的担忧。

凯内马医院
7月19日，星期六，上午6点

"姨妈"的病情迅速恶化。她被搬出附楼病区的私人病房，送进埃博拉病区。她最终在病区后面角落里的简易床上死去，也就是露西·梅护士去世之处。阿莱克斯护士依然单独待在那间私人病房里。

星期六，黎明时分，一名护士走进阿莱克斯的房间，发现他已经孤零零地在夜间死去。没人把尸体装进生物隔离裹尸袋，因此尸体就那么躺在床上。

上午9点左右，森比瑞·贾洛在弗里敦母亲家里打电话给胡玛尔·汗。他没接电话。这很不寻常。他的电话能显示呼叫者身份，每次她打电话他都肯定会接。

她等了一小时，再次打给他。依然没人接。她轮流打给他的三部手机，免得其中一部没电了或者不在身边。还是没人接。她一整天不停打电话，变得越来越焦急。天黑后，她打给每天上午送汗去医院的救护车司机。"汗医生怎么了？我打了他十次电话。"

医生今天待在家里，司机说。

她意识到汗一直能在电话上看见她的来电号码，但就是不接电话。为什么？他为什么不接电话？难以想象的恐惧慑服了她，她的身体开始颤抖。这时她的电话响了。是汗。"我在发烧。"他说。

这个电话打得很短。事后，森比瑞·贾洛无法停止颤抖。她对母亲说她必须立刻返回凯内马。她终究无法抛弃汗。

惊　叫

埃博拉病区
7月20日，星期日，上午10点左右

第二天上午，森比瑞·贾洛坐在出租车上赶回凯内马，一名验血技师来到胡玛尔·汗在松波街上的住处，抽取他的血样并送往高危实验室。高危实验室的人员刚开始化验汗的血样，这时"姨妈"在埃博拉病区内忽然心脏停跳。当时照护她的是埃博拉护士爱丽丝·科沃马，她立刻喊人来帮忙，她和世卫组织的医生戴维·布莱特-梅杰开始按压"姨妈"的胸部，尝试做心肺复苏。尽管"姨妈"恢复了自主呼吸，但陷入昏迷。爱丽丝·科沃马和另一位名叫南希·约科的埃博拉护士待在"姨妈"的病床边，尽其所能挽救她的生命。她们无法唤醒她恢复神志。

姆巴卢"姨妈"在埃博拉病区内生命垂危的消息迅速传遍凯内马市。这座城市崇敬她。几分钟后，担忧的人们开始涌入医院大门，聚集在埃博拉病区门口，急切地等待"姨妈"病情的最新消息。许多护士和医院工作人员混在人群中，身穿便服，因为他们已经不来医院上班了。人群越聚越多，情绪越来越激动。

人们认为护士们的烛光守夜仪式失败了。瓦哈布的预言正在成真。更多的护士因埃博拉而死，连凯内马的"姨妈"也有可能倒下。

群众越聚越多,而且越来越吵闹,叫声此起彼伏。"姨妈"不能死。在医院工作的那些无能白痴让病毒传遍了医院,现在害得"姨妈"也病倒了。假如"姨妈"死去,他们就要报复,他们喊道。

大约凌晨1点,小道消息在人群中流传,说"姨妈"并不是昏迷,而是许多个小时前就去世了。小道消息还说工作人员隐瞒真相,不敢宣布实情,是因为害怕暴民会袭击医院。

人群里有些性情鲁莽的年轻人。他们嚷嚷着要是"姨妈"死了,医护人员敢骗人,他们就要把医院烧成白地。那些男人高喊,是护士们把病毒带到了凯内马来。医院的工作人员要为凯内马的所有死亡负责。现在他们又害死了"姨妈"。在这些年轻人的鼓动下,人群开始暴怒,情绪逐渐蔓延,暴民越来越多。人群无论从数量还是从激情上说,都拥有摧毁凯内马政府医院的能力。

图书室的危机中心,丽娜·莫西斯听见了埃博拉病区周围的叫声和喧嚣。姆巴卢·方尼和已故的丈夫理查德·方尼有个十几岁的女儿马蒂科。莫西斯忽然意识到马蒂科很可能守在埃博拉病区附近,等待她母亲的消息。马蒂科有可能遇到危险,她心想,因为人群听上去杀气腾腾。丽娜冲出危机中心,沿着山坡跑向埃博拉病区,大喊:"马蒂科!马蒂科!你在哪儿?"

她在人群中找到了"姨妈"的女儿,她孤身一人,没人保护她,正在啜泣。暴民们在喊"姨妈"已经死了。

丽娜搂住女孩,抱紧她。"姆巴卢没死,"她对女孩说,"要是你母亲死了,我肯定会知道的。"

但就在这时,一连串刺穿耳膜的尖叫声传出了埃博拉病区。两位护士在惊叫。

丽娜立刻知道发生了什么。她紧紧搂住"姨妈"的女儿。

激动的人群沉默下来,一时间陷入寂静,听着从病房里传来的叫声。护士的叫声持续不断，饱含着无法言喻的丧亲之痛。叫声笼罩了人群，他们逐渐意识到其中的含义。刚刚"姨妈"去世了。护士们的叫声接连不断，像大雨似的冷却了人群。人群中开始响起哭声，一阵阵的啜泣声，直到所有人都泪流满面，愤怒消失得无影无踪，暴民恢复了理智。护士的尖叫声持续不断地传出病区。

丽娜·莫西斯不禁担心这幢建筑物里是不是发生了什么恐怖的事情。她对"姨妈"的女儿说她去去就来，然后冲过埃博拉病区的大门，进入了红色区域。

现在没时间穿戴防护装备了，甚至没时间戴橡胶手套。丽娜顺着狭窄的走廊向前跑，经过一个个小隔间，跑向惊叫声的源头，尽量不去关注周围的情形，尽量把注意力放在找到惊叫的护士上。病区里的气味无法用语言描述。患者不是赤身裸体，就是躺在污秽的衣物中。她看见赤红的眼睛、垂死的病人、死去的病人、地上的污物和体液，她的登山靴踩在脚下滑溜溜的。莫西斯总是告诉自己说她凭本能就知道病毒在哪儿和不在哪儿，此刻她很清楚病毒在哪儿。病毒在她周围的所有地方：每一个表面、每一张病床、每一个人、每一面墙。这个病区如同融毁的反应堆核心，她在病毒中跑向惊叫的源头，尽量不去触碰任何东西。

整理遗容

埃博拉病区
7月20日，下午1点30分

丽娜·莫西斯赶到时，护士刚刚走出"姨妈"去世的那个角落，两人无法控制地痛哭。爱丽丝·科沃马和南希·约科，莫西斯很熟悉她们。震惊和悲痛似乎使得两位护士失去了行动能力。她们不肯看"姨妈"的尸体，甚至不愿接近它。

莫西斯轻轻抓住两位护士的手臂，触碰特卫强防护服的袖管。她说她们的哭声惊扰了人群，她说服两人走进一个房间后，关上房门，重新穿过病区，走出大门。她在病区里只待了几分钟，但她毫无保护地用双手触碰了两位护士。她们的防护服受到严重污染，因为她们一直在护理"姨妈"，尝试拯救她的生命。

莫西斯回到室外，立刻走向立在埃博拉病区外的一桶消毒水，在消毒水里清洗双手。随后她回到"姨妈"的女儿身旁，后者正在抽泣。丽娜·莫西斯不知道该怎么办，面对死亡，她的内心充满了无力感。她忽然想到，也许小姑娘会喜欢喝瓶汽水。这儿有个卖软饮料的贩子，她猜他应该就在附近。"我们要一瓶芬达！"她喊道。

小贩听见她的叫声，拿来两瓶冰镇的芬达，为她们打开。莫西斯领着"姨妈"的女儿下山，走向未完工的新拉沙热病区，两人在离汗的吸烟椅不远的地方坐下喝汽水。

迈克尔·波凯望着两人走远,他看见了她们哭得有多么伤心。他自己也想哭,但他没哭。他是胡玛尔·汗的副手。他一直坚持在医院工作,每天回家睡两三个小时,然后半夜就骑摩托车回到医院,处理应接不暇的紧急事务。汗正在家里等待验血结果,"姨妈"已经去世。所有人都在哭泣的时候,他心想,也必须有人去完成手头的事情。现在必须完成的是什么事情?必须有人去为"姨妈"整理遗容。迈克尔觉得自己是战场上最后一个站着的人,他穿戴好个人防护装备,走进埃博拉病区。他发现爱丽丝·科沃马和南希·约科还站在莫西斯领她们进去的那个房间里,两人痛哭流涕,惊恐万状。连"姨妈"都没活下来,现在没有人是安全的。我们注定会死,她们对波凯说。

他同意她们的看法:他们的生命都岌岌可危。"你们知道的,这不容易,"他对两位护士说,"真的不容易。"他们必须处理尸体,因为此刻他们还活在世上,而且有能力做这些事情。

爱丽丝·科沃马最终答应和迈克尔去处理尸体。听见她说愿意帮忙,南希·约科说她也愿意。两位护士和迈克尔来到那个角落,见到此刻躺在简易床上的"姨妈"。他们用消毒水喷淋尸体,把尸体装进裹尸袋,将裹尸袋抬出埃博拉病区,等待丧葬人员晚些时候来运走。

关于努力拯救此刻生命的这两位护士,我还有一些要说的。爱丽丝·科沃马是一位瘦削而美丽的四旬女士,为人充满活力。人们普遍喜欢和钦佩她,她在高危病房里工作了许多年。康泰医生在病房里死去时,她曾经尝试过救治他,也曾因他而洒下泪水。她尝试救治"姨妈"后过了五天,被化验出埃博拉阳性。两周后的8月5日,她在埃博拉病区的患者之中死去,牺牲在她曾经服务过的地方。

南希·约科护士继续在埃博拉病区工作。这场疫情爆发的晚些时候,她成为凯内马医院的护士长:她成为了"姨妈"的继任者。危机中的某一天,约科对一位英国同行说,她打算在凯内马的病房内工作,直到病毒绝迹。"我不会远离埃博拉,"她对英国朋友说,"我会坚守岗位,直到我们在这个国家消灭埃博拉。我有信仰,这就足够了。"没过多久,2014年9月14日,南希·约科身上出现了埃博拉所致疾病的症状,一周后,她在一个埃博拉病区内的患者中死去,就像姆巴卢·方尼和爱丽丝·科沃马那样。

"姨妈"去世后的第二天上午9点左右,高危实验室的一名技师打电话给森比瑞·贾洛。"汗医生被检出阳性。"他说。

怒火迸发,吞噬了她。她觉得整家医院和汗医生都被所有国际机构抛弃了,扔下他们等死。

没过多久,汗打电话给卫生部,通知对方他感染了埃博拉病毒。半小时后,他的一部手机响了。塞拉利昂总统欧内斯特·巴伊·科罗马想和他谈话。

冰 柜

松波街，凯内马
7月22日，星期一，上午10点

科罗马总统告诉胡玛尔·汗，他刚刚和世界卫生组织的总干事陈冯富珍谈过，她支持向世卫组织直接求助，将汗从塞拉利昂接走。假如能用飞机把汗送到欧洲或美国，他就可以得到最好的医疗救治，甚至有可能使用在塞拉利昂不可能接触到的实验性药物和疗法。

卫生部长米亚塔·卡格波也在电话上。"我们会安排飞机在跑道上等你。"她对汗说。

汗的朋友约瑟夫·费尔当时在为卫生部工作，他也在电话上听着，但没有说话。通话即将结束时，费尔私下里问政府官员，他能不能和汗医生聊几句。总统和卫生部长退出电话会议，费尔等待片刻，亮出身份。"C宝贝儿，是我，约瑟夫。你感觉怎么样？"

"觉得很疲倦。我还没急性发病。"

"我需要你保持坚强，记住咱们一起经历了多少风雨。"费尔知道汗要做一些重要的决定，因此他准备和汗说再见了，但汗有话要说。

他告诉费尔说他最近读到过埃博拉的实验性疗法的资料。他在寻找有可能帮助他病人的药物或疫苗。只是现在他成了病人。他的结论是存在三种似乎有希望的疗法可供选择。其中一种是实验性的疫苗VSV-ZEBOV（就是加里·科本杰和同事们在温尼伯研发的疫苗）。汗认为即便一个人已经被病毒感染，这种疫苗依然有可能救他的命。除此之外，在汗看来，还有两种药物也值得期待。一种叫TKM-Ebola，另一种叫ZMapp。"要是交给我选，随便哪种我都愿意快乐地接受。"汗对费尔说。他还说他更看好ZMapp。这种药物已经治好了几只豚鼠。他问费尔有什么看法。

费尔不知道该说什么。他听说过ZMapp，但对它一无所知。他甚至不知道它该如何用在人类身上。"我完全不知道它会对你产生什么效果，"他对他的朋友说，"你也许会过敏性休克，五分钟内死去。然后你会成为一号实验体。"

"约瑟夫，换了你会怎么做？"

费尔沉默地拷问自己。要是他感染了埃博拉，他会怎么做？"那是一种非常惨烈的死法，"费尔后来解释道，"我见过我的朋友如何死去。胡玛尔也见过他的朋友死于埃博拉，他知道接下来会发生什么。埃博拉专家圈里有个说法，要是我们感染了埃博拉，我们什么针头都肯挨。随便什么针头。"

费尔犹豫片刻，给了汗他的答案。"我个人会使用ZMapp。"

汗想进一步了解这种药物。"你能找些ZMapp的论文发给我吗？"

费尔说他会去搜集有关ZMapp的论文，用电子邮件发给汗。此时此刻，约瑟夫·费尔和胡玛尔都不知道ZMapp已经治好了18只猴子，无论它们的病情在用药前有多么危重。哇噢实验仅仅在三周前结束，详情尚未对外披露。只有少数几名专家知道这件事。胡玛尔·汗也不知道ZMapp的1号备品就存放在日内瓦的一个冰柜里。

血殇　249

7月22日
上午10点45分

汗与总统通话后,决定转入无国界医生组织在凯拉洪的埃博拉治疗中心,凯拉洪是马科纳三角洲地区的一座塞拉利昂城市。他不愿住进凯内马医院的病房,一方面是因为那里的条件非常糟糕,另一方面是护理他的将是他手下的护士,见到他病倒,士气会严重受挫。无国界医生组织的营地拥有基础护理所需的装备,还有来自欧洲和美国的管理者和医生与拿薪水的当地医护人员共同工作,后者以塞拉利昂人为主。汗觉得他会在无国界医生组织的营地待一小段时间,然后乘飞机去欧洲或美国的一家医院。

他的三部手机响个不停。他的精神越来越差,病情越来越严重。他不想在电话上交谈。他拿了些钱给管家彼得·卡伊玛,请彼得帮他去店里买一部便宜手机。这部手机有个新号码,一个秘密号码。他只打算把号码告诉屈指可数的几个人。他尤其不希望父母知道他感染了埃博拉病毒。他父母健康状况良好,依然住在弗里敦海湾边的小屋里。但他父亲毕竟已经九十九岁了,汗担心坏消息会要了他的命。

他听见人群在院子里聚集。他待在室内。救护车赶到,医护人员穿戴着个人防护装备,抬着担架走进屋子。他们发现汗躺在床上,衣服穿得整整齐齐。他们帮他在衣物外面套上生物隔离防护服,戴上口罩和手套,这样就不会把病毒传播给其他人了。然后他们用担架把他抬出家门。他们用担架抬着身穿防护服的汗走出屋子时,人群中爆发出惊呼和啜泣声。

汗请急救人员停一下,他从担架上下来,站在地上。"先生们,别担心。我会回来的。"他对人群说,然后走向救护车,从后面爬进车厢,躺在轮床上。汗的管家也上了救护车,坐在司机身旁。救护车开出院子，沿着杭阿路向北而去。一小时后，救护车驶过马科纳河上的一座公路桥。过桥后，公路戛然而止。救护车放慢车速，沿着蜿蜒于马科纳三角洲之中的一条土路缓缓前行。

蒙罗维亚，利比里亚
7月22日，上午11点35分

汗那辆救护车离开凯内马的时候，丽莎·亨斯利正坐在一辆四驱车里穿过蒙罗维亚市区，这辆车归美国大使馆所有，配一名大使馆的驾驶员。她正在前往永恒之爱胜利非洲医院，这家医院坐落于市区以南的大西洋海滩上。亨斯利和利比里亚同事们一直在化验 ELWA 医院的医生们送来的血样，亨斯利想去走访现场。基督教医疗救助组织撒玛利亚救援会在这家医院的礼拜堂里设立了一个埃博拉隔离病区。

大使馆车辆在礼拜堂旁停下，亨斯利下车。礼拜堂是一座刷白的小建筑物，顶上立着十字架，屋顶向两侧展开，由白色塑料屏障包围，里面住满了埃博拉病人。亨斯利与埃博拉病区的管理者见面，他是一名内科医生，为撒玛利亚救援会工作，名叫肯特·布兰特利，这个瘦高个美国人当时三十多岁，有着沙黄色的头发，胡须修剪得整整齐齐。撒玛利亚救援会的医护人员有利比里亚人也有美国人，他们穿戴着个人防护装备，从指定的进口和出口进出礼拜堂。隔离病区的出口处，消毒人员用漂白水喷淋器为医护人员的防护服消毒。

肯特·布兰特利忙得不可开交。他要去一间物资储藏室里工作一段时间。亨斯利说她可以帮忙。两人一起走进储藏室，一边交谈一边搬运成箱的医疗物资。做完事情，他们走到外面的阳光下，亨斯利用手机给肯特·布兰特利拍了张照片。那天晚上，她回到蒙罗维亚的旅馆房间里，取出手机，看她当天拍的照片。肯特·布兰特利在储藏室里看上去挺好，但此刻看着照片，她发现他有黑眼圈，状态很糟糕。他们交谈和搬东西的储藏室里很暗，因此她没有意识到他看上去是多么疲惫。

义　冢

布洛德研究所，剑桥
上午9点

丽莎·亨斯利为肯特·布兰特利拍照后一小时，帕尔迪斯·萨贝提收到了罗伯特·盖瑞的邮件，杜兰大学的这位微生物学家曾经去凯内马搜集血样，供研究埃博拉基因组使用。盖瑞报告称胡玛尔·汗感染了埃博拉。萨贝提读完邮件，走进埃博拉作战室，主持预定的会议。"不到三十秒，"萨贝提后来回忆道，"我的脸就垮了下来，我歇斯底里地大哭，等我抬起头来，我发现其他人也在流泪。"

开完会，她打电话给罗伯特·盖瑞。他在新奥尔良的办公室里。萨贝提和盖瑞安排开个国际电话会议，商讨向非洲的医疗人员供应实验性药物和疫苗。凯内马医院的护士纷纷死去，连姆巴卢·方尼都没能逃脱厄运，萨贝提和盖瑞发疯般地想寻找方法保护他们不受病毒的侵害。他们决定会议的第一个议题就是为胡玛尔·汗寻求医疗救助。

凯内马政府医院
与此同时——下午1点

萨贝提和盖瑞在电话上交谈的时候，一辆救护车停在了凯内马医院的太平间门口。两个穿戴着个人防护装备的男人抬着姆巴卢·方尼"姨妈"的尸体走出太平间,尸体装在白色裹尸袋里。他们将尸体放进一口棺材,把棺材放进救护车的车厢里。几分钟,救护车抵达凯内马公墓,公墓位于城郊一片灌木丛生的区域中。它是凯内马市的义冢,死于埃博拉的病人只被允许埋在此处。

墓地里有许多没有标记的坟墓。就算有标记,通常也只是一块木板,或者两段木头钉成十字架。姆巴卢·方尼一直希望能在她丈夫身边长眠,葬在坎布依山较低处他们家的地基旁,这幢屋子是她丈夫为姆巴卢和他自己修建的。但这个想法不可能成真了。

埋葬埃博拉死者的墓穴挖得很匆忙。尸体埋在浅坑里,坟上隆起一个小土丘。最近一直在下大雨,雨水冲开土丘,白色的裹尸袋从泥土里露了出来。野狗或老鼠会撕开裹尸袋,咬住尸体的残块拖出来。肋骨和手臂骨头散落在草丛中,一根人类的大腿骨从一个土丘里戳了出来。见到这个景象,"姨妈"的母亲卡迪悲痛欲绝。身穿生物隔离防护服的人们把"姨妈"的棺材放进一个浅坑,用泥土填满墓穴,"姨妈"的家人站在原处观看。

葬礼过后,方尼的弟弟穆罕默德·伊拉坐出租车回家,路上他开始感觉发热。他知道这是埃博拉即将发病的预兆,于是请出租车司机在医院停几分钟,让他抽血化验埃博拉病毒。回到家,伊拉命令家里的孩子不许碰他。他把自己关在卧室里,请家人把食物放在门外。

下午晚些时候,塞拉利昂的基西-滕酋长领地,胡玛尔·汗的救护车开进凯拉洪的无国界医生的埃博拉治疗中心。治疗中心实际上是一组帐篷,坐落于城郊的一片森林中。帐篷里挤满了患者,每天都有更多的病人被送来。营地的医护人员承受着巨大的压力,几乎没时间睡觉,已经在被压垮的边缘了。汗抵达营地后受到的待遇与其他人相同。有人从他胳膊上抽血，他被安排住进营地红色区域内的一顶帐篷。

无国界医生组织的埃博拉治疗中心相当于用塑料武装起来的现代版远古法则。棕榈叶搭建的茅屋——远离村庄，储备了食物和水——就是古代的红色区域。天花患者被隔离在红色区域的茅屋里，禁止与村庄里的任何人发生任何接触。天花和埃博拉一样，都无药可救。你去红色区域待着，你有食物和水，你要么能活下来，要么不能。等幸存者走出茅屋，茅屋就会被烧毁。这相当于就地销毁具有生物危险性的尸体，无国界医生组织在营地旁烧毁感染者的尸体也是这个道理。

无国界医生组织的标准埃博拉治疗中心由十几个白色塑料制成的隔离帐篷组成，在红色区域的中央一字排开。每个帐篷里有供20名患者使用的简易床。每张简易床旁有一个塑料盆，供患者呕吐使用。帐篷旁有一排简易旱厕。若是病人腹泻且无法起身，那么医护人员就会在简易床上铺一层一次性垫子。护工应该每天来更换垫子。病人会得到盘装的食物、瓶装水和苏打水。亮橙色塑料围栏包围着红色区域。营地有个探视区，病人的亲友可以隔着围栏与病人交谈。访客被要求站在离围栏至少6英尺外的地方。埃博拉患者有可能会突然呕吐，将具有传染性的液滴喷射到6英尺之外。

汗被安置在一个算是有点私密性的帐篷里，这个帐篷只有六张简易床，供受到感染的本地医疗工作者使用。这块红色区域位于探视区旁，有用木柱支撑的铁皮遮阳棚。汗坐在探视区旁遮阳棚下的一把塑料椅里，用他的秘密手机打电话给政府官员。他手机用得非常节省。红色区域不通电，等电池用完了，他就没法给手机充电了。他的手机也无法拿出红色区域充电，因为它已被埃博拉病毒粒子污染。

太阳下山，汗祈祷。他感觉不太难受。他仅仅在发低烧，身体酸痛。他的胃口相当不错。没有呕吐和腹泻。他在许多患者身上见过这种情况。病情刚开始时只是有点不舒服，你甚至几乎不知道自己被传染了。

营地里亮起几盏灯。某处有一台发电机在嗡嗡运转，向验血设备和冰柜所在的两个实验室帐篷供电。汗所在帐篷的 100 英尺外，一台冰柜里有个四四方方的白色泡沫塑料盒子。这个盒子每边长约 18 英寸，坑坑洼洼，破破烂烂，脏兮兮的，用胶带封得严严实实。营地里没人知道那个泡沫塑料盒子里装着什么或是谁把它放在冰柜里的。营地的工作人员太忙了，根本没注意到那个盒子。盒子里是三个塑料小瓶，装着冷冻的抗体蛋白质溶液。那是 ZMapp 的 2 号备品，制造成本高达 10 万美元。

加里·科本杰结束他在营地的工作后返回他的加拿大实验室，把这份药物留在了冰柜里。他之所以把药物留在凯拉洪的营地，是因为他想检验 ZMapp 在热带气候下的稳定性。他并不打算将这份药物用在任何人身上。ZMapp 还从未进入过人类的身体。

凯拉洪 ETC
7 月 23 日，星期三，上午

"没人告诉我任何消息。"第二天上午，汗向森比瑞·贾洛抱怨道，他度过了来到营地里的第一个夜晚，正在用秘密电话和她交谈。他在考虑该如何尽快乘飞机离开。他说他忘了带护照。森比瑞说她会处理的。汗花了大半个上午坐在探视区的一把塑料椅上，听着雨点噼里啪啦敲打头顶上的铁皮屋顶。

森比瑞打电话给迈克尔·波凯，请他去汗家找汗的护照。"你多陪一陪汗医生吧。他需要身边有个朋友。"她说。迈克尔在汗的衣橱里找到护照，几小时后，他来到了营地的探视区。他告诉汗，护照先交给他保管,等汗需要了再说——护照不能送进红色区域,因为进去就会受到污染。迈克尔在凯拉洪找了个房间住下。

塞拉利昂迎来下午时,美国正是上午。帕尔迪斯·萨贝提在哈佛的办公室里,罗伯特·盖瑞在杜兰的办公室里,两人准备参加一个国际电话会议,讨论如何向非洲医疗人员供应实验性的药物和疫苗。等电话会议开始,为汗寻找实验性药物将是他们的头等大事。萨贝提和盖瑞已经研究过了十几种未经测试但或许能用来治疗汗的药物。他们得出结论,ZMapp是他的最佳选择,但前提是他能登上飞机,去一个可以搞到这种药物的地方。

帕尔迪斯·萨贝提本来打算主持这场会议,但随着时间临近,她担心她提到汗的处境会忍不住哽咽,于是请盖瑞首先发言。萨贝提和盖瑞等了一会儿,世界各地的埃博拉专家一个个说明身份,加入会议。他们全都与胡玛尔·汗有私交,其中几个更是他的密友。会议讨论得很热烈。

电话会议

7月23日
东部夏令时，上午9点30分

罗伯特·盖瑞开门见山，说假如能送胡玛尔·汗进欧洲的一所医院，就有可能得到实验性的药物。在盖瑞看来，ZMapp是最佳选择。这种药物在猴子身上取得了成功，但从未做过人体试验。汗是一位医学专家，曾经在人类患者身上测试过实验性药物。因此他能够自己权衡使用ZMapp这样的药物的风险，在知情的前提下做出选择。"假如说有谁应该得到这种药物，那就只能是汗医生了。"盖瑞说。

帕尔迪斯·萨贝提随后发言。她说汗是ZMapp做临床试验的最佳人选，既因为他了解埃博拉，也因为他是塞拉利昂的一位国民领袖，有能力服务大众，激励整个国家。另外，这么做的重要之处还不仅仅是帮助汗。"我们的做事方式里应该有某种正义感。持续推动为所有人提供治疗手段，这是很重要的。"她说。

分子生物学家艾丽卡·奥尔曼·萨菲尔发言。她在加州圣地亚哥的公寓里找了个僻静角落打电话，她丈夫正在为孩子们张罗早餐。萨菲尔当时在管理位于拉霍亚的斯克里普斯研究所的一个实验室，研究埃博拉和其他病毒的分子结构。她曾与汗合作研究过一种抗拉沙病毒的药物。她语气强硬，说ZMapp无疑是汗的最佳选择。这种药物无一例外地救活了 18 只猴子，从任何角度说都是个极为出众的结果，给她留下了非常深刻的印象。

汗的朋友丹·鲍什发言。他刚刚抵达日内瓦，在此之前他与汗一起在凯内马的埃博拉病区并肩作战。他说日内瓦的一个冰柜里存放着一个疗程的 ZMapp。这份药物规定用于国际医务工作者，但鲍什认为他们应该把它从冰柜里取出来，空运送到无国界医生的营地，汗若是愿意就可以使用。药必须尽快送到汗手上，因为他的病情每个小时都在恶化。

这时，阿曼德·斯普莱切，无国界医生组织在布鲁塞尔的一名领导者，他扔下了炸弹。"咱们不用担心运输问题，"他说，"没这个必要。"斯普莱切不久前得知汗的营地里就有一个疗程的 ZMapp 放在冰柜里。汗不需要乘飞机去任何地方。

这个消息惊呆了与会的大多数人。他们根本不知道营地里已经有一个疗程的 ZMapp 了。帕尔迪斯·萨贝提、罗伯特·盖瑞、丹·鲍什和艾丽卡·萨菲尔听说汗所在的营地就有 ZMapp，顿时松了一口气。盖瑞得到的印象是药物几小时内就会送到汗手上。他们觉得汗的问题已经解决——他会在营地里使用 ZMapp。没人知道这种药能不能帮助他，但至少能提高他的存活几率。汗的问题似乎得到解决后，会议立刻转向一个更大的问题：如何向生命受到埃博拉威胁的所有非洲医务人员提供实验性药物。

凯拉洪 ETC
当地时间，下午 2 点 30 分

电话会议结束后几分钟，阿曼德·斯普莱切打电话给凯拉洪营地的临床护理管理者，一位名叫安雅·沃尔茨的注册护士。斯普莱切把

电话会议的情况告诉沃尔茨。他说专家们建议把营地冰柜里的ZMapp给汗。他说他个人赞同这么做。

安雅·沃尔茨说她不喜欢把药给汗的这个主意。她自己也才知道冰柜里有这么一份药物,她对此的反应是:"唉,糟糕。"

她对斯普莱切说,在营地里的仅仅一名患者身上使用一种完全未经测试的实验性药物,这个想法让她感到非常不安。

"我不想劝你做什么,"斯普莱切对沃尔茨说,"汗医生是我的朋友,但我知道你会做出最恰当的决定。"

她对斯普莱切说她会考虑给汗使用 ZMapp 的这个主意。"既然你说可以,那我会考虑一下的。"她对斯普莱切说。

放下电话,安雅·沃尔茨召集营地的医生和管理人员开会。他说,布鲁塞尔建议把冰柜里有那种药物的事情告诉胡玛尔·汗,并且在他身上使用药物。帐篷里的与会医生中有一位名叫米切尔·凡赫普的内科医生。凡赫普和另一位医生表示反对。

他们眼中的问题是公平。胡玛尔·汗是一名医生,他有特权。把一种实验性药物用在有特权的医生身上,他能得到极为罕有的治疗,生命有可能因此得救,而许多其他患者——儿童、穷人——就在他身旁因为埃博拉而死去,这难道公平吗?其他患者根本没有机会得到实验性药物。

无国界医生组织毫不动摇地坚持名为"分配正义"的伦理准则。这条准则认为所有人类都应该平等地得到有可能得到的最好的医疗服务。从分配正义的准则出发,每个人都有资格得到相同的服务,无论贫富,无论贵贱。这条准则要求必须在所有患者之中根据需要平均分配医疗资源。无家可归的药物成瘾者有权得到和权势滔天的政府高官一样的医疗服务。遇到灾难,假如医生和药物短缺,那么短缺必须在所有患者之中平均分配——分配正义在灾难中没有特别青睐的群体。

在营地里的诸多欧洲和美国工作人员看来,把 ZMapp 给汗是不公平的,会破坏他们最重要的伦理准则。

除此之外,营地管理人员也担心药物会使汗过敏性休克,立刻杀死他。ZMapp 从未做过人体试验。营地没有氧气供应,假如他休克失去知觉,就不可能维持他的呼吸。正如约瑟夫·费尔后来说的:"他们的意思是,'我们不是 ICU,我们只是一个医疗帐篷,你们却要我们把 ZMapp 注射到他体内'。"

假如汗在注射药物后死去,非洲人也许会认为是药物杀死了他。哪怕药物毫无作用,他死于埃博拉病毒,在非洲人看来也还是药物杀死了他。营地附近已经有过暴力事件,假如白种外国佬给一位非洲医生使用实验性药物,这位医生随后死去,营地的管理者担心当地人会袭击营地。当地人在埃博拉爆发期间向无国界医生组织施加暴力早有先例。不久前,无国界医生组织的另一个营地就遭受了骚乱和暴力的威胁,那个营地位于几内亚的马森塔,距离凯拉洪营地不远。假如汗在用药后死去,安雅·沃尔茨和其他人认为他的死亡会危及他们和营地里的病人,有可能破坏他们的整个使命。

假如恰恰相反,药物救活了汗呢?这个结果同样会破坏伦理准则,因为得救的是一名有特权的医生,而其他人依然会丧命。给汗用药只会有两种结果:死亡或存活。假如他死去,就将威胁营地的使命。假如他活下来,药物似乎确实帮助了他,就将严重破坏无国界医生的伦理准则。营地里有几个人说,把 ZMapp 给汗实在太不符合伦理了,他们甚至会考虑退出任务——他们会辞职,换个地方工作或回家。

他们讨论是否该告诉汗冰柜里有这种药。假如他知道了,他很可能会主动索要。假如他们拒绝给他,他死于埃博拉,非洲人会说白人有一种特殊的药物,但只供他们自己使用,拒绝给一位卓越的非洲医生,因此他才会死,人们会掀起针对营地的暴力事件。最稳妥也是最符合伦理的解决方法就是瞒着汗。

汗对这场激烈的争论一无所知。

营地管理人员在讨论是否该给汗用药时，蒂姆·奥邓普希——在凯内马的埃博拉病区与汗一起工作的世卫组织医生——来到营地，检查汗的病情，若是需要就用临床手段帮助他。奥邓普希是利物浦热带医学院的人道主义项目的管理者，在向危机人群给予医疗救助方面是国际知名的专家。他抵达营地，发现管理人员躲在一个帐篷里开闭门会议。一小时后，他们请他进去，解释目前的局面。

奥邓普希对 ZMapp 几乎一无所知，但他认识药物的共同发明人之一加里·科本杰。奥邓普希有一部好手机，打电话到温尼伯找到科本杰。他问科本杰，假如他处于汗的境地，会不会给自己用 ZMapp。

"百分之百会用。"科本杰答道。他说，事实上，他做过打算，假如他不幸感染了埃博拉，就会在自己身上试验这种药物。

安雅·沃尔茨和科本杰交谈，她说："加里，我不知道该怎么做。"

沃尔茨记得科本杰对她说："你的处境极为困难。无论你如何选择，做出的都是错误决定。但我们会支持你和你们团队的决定。"

蒂姆·奥邓普希结束与加里·科本杰的谈话后，向安雅·沃尔茨和营地的医生与管理人员提出他的看法。他认为应该把冰柜里有这种药物的事情告诉汗，让汗选择是否使用。奥邓普希认为，汗死于埃博拉的可能性远远高于药物有可能对他造成的危险。

然而，营地的医务人员，包括在场的所有医生，此刻都不同意给汗使用这种药物。他们一致决定，就算汗主动要求，他们也不会给他用药。

蒂姆·奥邓普希是带着计划来营地的，假如汗需要，就会用医疗手段帮助他。他问安雅·沃尔茨,他能不能穿戴上个人防护装备进入红色区域,会见汗并帮助他。她的回答是不行。

事实上,沃尔茨曾经在利物浦医学院当过奥邓普希的学生。他与她还有营地的其他管理人员长时间争辩,试图说服他们允许他进去帮助汗。

我曾数次请求蒂姆·奥邓普希接受访问,但他都拒绝了。不过,奥邓普希在利物浦医学院的同事汤姆·弗莱彻医生(在凯内马医院扮演特种先锋角色的世卫组织医生)做出了评论。"蒂姆·奥邓普希不得不和他们艰难地谈判,然后才得到允许进去见汗,"弗莱彻说,"根据蒂姆·奥邓普希向我们报告的情况,我们认为汗得到的照护可以更好一些。我认识的绝大多数人都认为他得到的照护离恰当还差得远。这惹恼了世卫组织的很多工作人员。"

加拿大医生罗伯·福勒曾在凯内马医院与蒂姆·奥邓普希一起工作,他说他能理解安雅·沃尔茨的立场,也能理解奥邓普希的不满。双方观点之间的冲突关系到生死。"想象你是一名医生,"福勒说,"你走到汗医生的病床前,说:'汗医生,我们需要谈一谈你可选的治疗方案。'然后你原地转圈,看见另外50个病人,他们的处境与汗没有任何区别。这怎么可能公平呢?当然了,我确定蒂姆不会仅仅只治疗汗医生一个人。蒂姆一旦走进去,他们想把他弄出来就难了。"福勒说他和奥邓普希在凯内马医院共事过,你几乎不可能劝说他离开岗位,哪怕他已经筋疲力尽,哪怕时间已经到了深夜。

最后,营地管理人员总算同意奥邓普希穿戴好个人防护装备,进入红色区域探望汗。但他们禁止奥邓普希向汗谈起冰柜里的药物。

医生有责任告诉患者他有可能选择的治疗方案。既然营地里没有任何人会同意给汗用ZMapp,那么这个治疗方案对他来说并不存在,因此营地里的医生在伦理上就没有责任要告诉他了。

国际医疗人员代表无国界医生组织前来工作时，他们会被告知，假如他们当中的任何人感染了埃博拉病毒，就会被空运到日内瓦，住进世界一流的医院，接受实验性的药物治疗。具体地说，所使用的药物正是人用纯度级的 ZMapp 1 号备品。

奥邓普希得到允许进入红色区域后，他穿戴整齐进去，发现汗心情愉快，正在微笑。汗说他头疼，身体酸痛，但依然有胃口。奥邓普希问他有什么心愿。汗说他要椰汁果冻。

ELWA 医院
蒙罗维亚，利比里亚
7 月 23 日，星期三
上午晚些时候

就在专家讨论该不该治疗汗的时候，肯特·布兰特利医生离开了撒玛利亚救援会组织在 ELWA 医院礼拜堂设立的埃博拉隔离病房。他穿过消毒流水线，撒玛利亚救援会组织的志愿者穿戴着生物防护装备，用漂白水为他喷淋，帮他卸下防护装备。脱掉防护服后，布兰特利取回手机，打给撒玛利亚救援会的紧急行动主管兰斯·普莱勒医生。普莱勒是布兰特利的上司。"兰斯，你别惊慌，但我觉得我在发烧。"布兰特利对他说。

兰斯·普莱勒命令布兰特利回家自行隔离。布兰特利的住处是 ELWA 医院场地内一幢刷白的单层房屋。撒玛利亚救援会的一名护士登门拜访，抽取他的血样，在采血管上写了个杜撰的名字："汤巴·斯奈尔"。普莱勒不希望其他人知道抗击埃博拉的医生首领在验血。大约二十四小时前，丽莎·亨斯利在一间封闭的储藏室里和布兰特利一起搬箱子，与他交谈，两张脸仅仅隔着几英寸。

夜幕降临

凯拉洪 ETC
7月23日,星期三,日落时分

几小时后,夜幕降临在非洲西部,胡玛尔·汗躺在简易床上,开始度过他在营地里的第二个夜晚。他不知道关于他的国际电话会议仍在进行中。世卫组织的医生越来越愤怒。他们强烈赞成把 ZMapp 的事情告诉汗,给他一个为自己做出决定的机会。营地管理人员反对这个想法,正在寻求替代方案。无国界医生组织布鲁塞尔办公室的部分管理人员赞成把药给汗,但他们认为营地管理者有决定权。假如汗死去,安雅·沃尔茨不希望营地的工作人员和患者受到暴力的威胁。另外,她对药物的疗效有所怀疑,担心它会毫无作用或杀死汗。双方针锋相对,互不相让。

加里·科本杰在温尼伯参与了通话,回答有关 ZMapp 的提问。他是药物的发明者之一,因此不能给出建议——这种药物尚未通过审批,研发者推动用于人类对象是违反法律的。"我尽量保持语气平和。"科本杰回忆道。他描述这种药物如何从死亡中拯救了 18 只猴子。每只动物注射了三剂 ZMapp,每次给药相隔数天。他将其比喻为职业拳手的三记重拳:前两拳把埃博拉打倒在地,第三拳结束战斗。

几个小时过去了，世卫组织的蒂姆·奥邓普希医生同意由他亲自给汗注射药物。就算出了问题，接受非洲人谴责的也将是世卫组织，而不是无国界医生组织。然而，营地的医生声称，假如奥邓普希给汗用ZMapp，他们就会拒绝从任何一个方面参与对汗的后续医疗照护，于是计划流产。奥邓普希无法在没有任何后援的情况下单独照护汗。

他们为汗制定了新的计划。非洲西部时间晚上10点45分，加里·科本杰从加拿大发邮件给Mapp生物的总裁拉里·泽特林，后者在他圣地亚哥的办公室里。两人快速交换意见。

科本杰：好吧，今天/夜是不会治疗了。WHO总部很生气，但MSF（无国界医生组织）决议反对。还需要更多的实验室数据，他依然有可能得救……另外，WHO要送他上救伤飞机，就看他能不能经受住旅途了。

泽特林：哇——他们要送他去日内瓦？

科本杰：日内瓦，伦敦，法国，愿意接收他的任何地方。

泽特林：所以他们不打算用日内瓦的那一剂治疗他？

科本杰：正在送一剂给他，其余的需要从日内瓦送去（或者全部三剂）。

计划是这样的：一架救伤喷气机接上汗，送他去某个欧洲国家。蒂姆·奥邓普希和汗一起上飞机。奥邓普希会带上2号备品（凯拉洪营地那个疗程的ZMapp）中的一瓶。他会在飞行途中向汗注射药物。假如药物导致汗休克，飞机上的医疗设备也许能救他一命。假如汗活下来，住进欧洲的一家先进医院，就把1号备品中（日内瓦那个疗程的ZMapp）的两瓶空运给他。这样一来，汗就能得到ZMapp规定的三剂用药，他的治疗会在非洲之外完成。

利比里亚国家基准实验室
7月24日，星期三，上午8点30分

大使馆车辆在旅馆接上丽莎·亨斯利和她的美国同事，踏上前往国家实验室的一小时车程。他们来到实验室时，撒玛利亚救援会从ELWA医院送检的一批血样已经在等他们了，这是个隔热保温盒，采血管底下垫着冰块。每个采血管都装在一个塑料袋里，塑料袋经过消毒。亨斯利穿戴好防护服，走进高危区域，团队开始化验血样。其中有一个样本属于名叫汤巴·斯奈尔的一位病人。这个名字很普通，没人对此多想什么。一天工作结束，团队发现汤巴·斯奈尔对埃博拉的结果是阴性。亨斯利把血检结果发给撒玛利亚救援会。在撒玛利亚救援会的办公室，兰斯·普莱勒得知布兰特利的结果呈阴性，命令再做第二次检验。肯特·布兰特利依然在家隔离，而且病情也没有好转。

凯拉洪 ETC
当天晚些时候

如何为汗安排飞机的讨论在第二天上午继续。世卫组织日内瓦总部的官员最终雇佣医疗航空公司国际 SOS 将汗送往欧洲。但法国、德国和瑞士都无法立刻批准一名感染埃博拉病毒的外籍人士进入国境。另外，SOS公司的飞机还必须中途降落加油，最佳地点是马里或摩洛哥。然而，这架飞机载有已确诊的埃博拉患者，任何一个国家都不会允许它在境内降落。

蒂姆·奥邓普希随后向安雅·沃尔茨和营地管理人员提出了另一个方案：他亲自带汗回凯内马。他会同时带走营地里的那一份

ZMapp。回到凯内马医院,由他亲自向汗注射药物。假如汗在自己的医院里使用 ZMapp,那么非洲人就不太会认为他是白人实验的牺牲品了。这么一来,对于无国界医生营地来说不存在任何风险,另外,既然药物不是他们给汗的,那么也就不会破坏他们的伦理准则了。

营地的管理人员同意了奥邓普希的提议,但他们禁止他把营地里有 ZMapp 的事情告诉汗。奥邓普希走到探视区,隔着红色区域的围栏与汗交谈。他问汗愿不愿意回凯内马。奥邓普希语焉不详地说回到凯内马,他也许能给予汗某些在营地不存在的治疗。他对 ZMapp 只字未提。

汗不希望他的人员见到他感染埃博拉的惨状。他对奥邓普希说他在营地能享有更多的私人空间,他更愿意待在凯拉洪。

此后,米切尔·凡赫普私下里找到安雅·沃尔茨。他无法忍受看着汗再这么下去了。"我去治疗中心亲自给汗注射药物吧。"他对沃尔茨说。

沃尔茨回忆她如何说服他放弃这个念头。"我说的好像是:'不,从伦理角度来说,你不该这么做。'这是我在无国界医生组织内面对的最可怕的局面了。"

同一天

迈克尔·波凯——他为汗保管着护照——定期探视汗,在探视区隔着围栏和汗交谈。汗告诉迈克尔说他开始腹泻,正在脱水。他请迈克尔为他静脉滴注补液:从手臂点滴注射生理盐水,补充失去的体液。

营地工作人员在患者的数量面前感到不知所措,担心带血的针头有可能造成危险,因此已经停止向患者静脉滴注补液。迈克尔对汗说，他会亲自进入红色区域，为他点滴注射生理盐水。他认为对汗来说，最适合注射的是林格氏液①，其中含有钾离子。假如汗的血钾降得太低，他就有可能发作心脏病。迈克尔去找营地官员，希望能得到允许，带着静脉滴注套件进入红色区域，由他给汗注射补液。

他找到一名医生，请求和医生谈一谈。他说汗医生开始脱水，需要静脉滴注补液。他希望能进去，为汗点滴注射林格氏液。

医生说除了无国界医生组织的医护人员，禁止任何人进入红色区域。

迈克尔表明身份，说他是汗医生的副手，汗医生急需帮助。他说他在穿戴个人防护装备执行任务方面拥有丰富的经验。

说来也巧，与他交谈的这位医生正好和营地的后勤管理员在一起。后勤管理员是营地里最重要的管理人员之一，负责管理营地的供应链和现场运行。营地的形势危若累卵，后勤管理员被迈克尔的请求气得火冒三丈。"为什么所有人都这么在乎汗医生？"他说。不，汗医生不能得到其他患者无法得到的额外治疗。其他患者无法得到静脉滴注。既然其他患者无法得到静脉滴注，那么汗医生也不能得到静脉滴注。

迈克尔觉得这太疯狂了。"你知道你在胡说什么吗？"他对后勤管理员说，"你说你们必须平等对待所有患者，行啊。但你知道他救过多少人吗？你知道假如他能活下来，还能救多少人吗？"假如注射盐水能拯救汗，就有可能拯救更多的生命。

迈克尔说他提出他的疑问后，两名管理人员一个字也没说就转身离开了。他没有得到允许带着静脉滴注套件进入红色区域。

---

① 即复方氯化钠，除氯化钠成分外，还含有钾离子、钙离子、镁离子和乳酸根离子。——译者

公　正

凯内马政府医院
六个月后

我坐在迈克尔·波凯的办公室里，此处离高危实验室不远。这是1月份一个炎热的日子，旱季正在最炽烈的时候。名叫哈马丹风的燥风充斥空气，裹挟着来自撒哈拉沙漠的沙尘，天空呈现狮子毛皮的颜色。病毒依然在凯内马时隐时现，但大火已经熄灭。塞拉利昂每月新增1000个埃博拉病例，这个数字正在迅速下降。病毒活跃于科诺，凯内马以北的一个地区。塞拉利昂的学校已经关闭。全国到处都是路障，士兵和警察用数字体温计对准你的额头，问你从哪儿来和往哪儿去。红十字组织在离凯内马不远的地方设立了埃博拉治疗中心，红十字治疗中心内的埃博拉患者人数在稳定下降。凯内马医院的三个埃博拉病区都已关闭，医院不再收治埃博拉患者。普通病房里挤满了病人，食物小贩轻手轻脚地穿行于走廊之中。

迈克尔·波凯从病毒的洪流中活了下来。他生性安静，个子不高，面部棱角分明，带着敏感而拘谨的气质。从他办公室的窗户向外看能见到大帐篷。帐篷里空无一人。

"营地管理人员转过身去不理你，你觉得他们对待你的态度是轻蔑吗？"我问。

他平静地答道:"当然了,很轻蔑。"

"你有什么感觉?我是说,你当时怀着什么样的情绪?"

他的视线飘向一旁,像是不想直视某些东西,而不是去看什么东西。"按照我当时的感觉,从情绪上说,我面上的印象是他对我的问题的答案让我不太满意。我没有喊叫。我还挺平静的。他们就那么走开了。他们一个字也没说,就好像我不存在。"

"他们是白人吗?"

"两个都是白人。"

"你觉得是因为种族主义吗?"

他的回答让我吃惊。"不,"他立刻坚定地说,"问题似乎并不是种族主义。"

我被他的回答吸引住了。"那你觉得问题是什么?"

在他看来,问题并不是简单的种族主义。在他看来,营地管理人员过于狭隘,被呆板的教条和僵硬的流程捆住手脚,反而妨碍了拯救生命。他是一名职业医生,和他们在同一个战场上战斗。他有十年穿戴个人防护装备工作的经验,领导医务人员护理感染生物安全四级病毒的出血热患者。他在发表他对于医疗公正的看法,当他质疑对方秉持的公正概念时却受到了冷遇,他不喜欢这样。

"无国界医生组织和非洲当地的医疗组织之间的矛盾由来已久。"约翰·S.谢非林说,他是杜兰大学医学院的儿科专家,危机期间曾在凯内马医院工作。"我去凯拉洪与无国界医生的欧洲人员谈事情时,得到的待遇和我们在凯内马共同工作的非洲人员得到的待遇完全不同。在凯内马,我们的非洲工作人员能够得到平等对待。但无国界医生的欧洲人并不把凯内马的本地人员视为同事。这么做是错误的。完全错误。他们还企图把他们眼中的公正强加于看法不同的其他人身上。我们甚至无法说服无国界医生使用静脉滴注补液。"谢非林说。

无国界医生组织的管理层当时认为向埃博拉患者静脉滴注盐水无助于提高患者的生存几率。他们还认为那样会让工作人员暴露于带血针头之下,承受不可接受的风险。随着无国界医生组织的治疗中心内的病患数量急剧增加,他们停止或大量减少使用这一方法。

"我觉得难以理解,"汤姆·弗莱彻说,他指的是无国界医生组织决定停止给埃博拉患者静脉滴注补液,"因为他们本来就很少进行静脉注射。然而只要你曾经给埃博拉患者做过静脉滴注,就不可能理解有什么理由不这么做。在凯内马医院,100名患者顶多只有两三名医生照护,而任何人只要需要,我们就给他静脉滴注。做静脉滴注用不了多少时间,而且对健康的工作人员来说风险也不高。各种针头都有盖子,翻下来就能确保安全。让患者喝水补液更消耗时间,因为你必须坐在患者身边陪着他。同时也更加危险,因为你近距离接触患者的时间更长,而且患者有可能会呕吐。解决方法不该是禁止静脉滴注,这么做的病死率高达70%。只要愿意使用静脉滴注,病死率就能降到50%以下。"

汤姆·弗莱彻曾在几内亚科纳克里的东卡医院工作。东卡医院的医护人员给所有脱水的埃博拉患者静脉滴注补液。一天,无国界医生组织的一位医生来到东卡医院,她曾在无国界医生组织的盖凯杜埃博拉治疗中心工作。"她环顾四周,开始哭泣,"弗莱彻回忆道,"她对我说:'我工作的地方(无国界医生组织的治疗中心)和这家医院的护理方法为什么这么不同?我们无法使用静脉滴注的方法,就因为有那么一条规则。'"

一位医生在灾难中开展工作,尽管无法帮助所有人,但不是有责任帮助尽可能多的病患吗?这是检伤分类的实际应用——在你无法立刻处理所有病患的时候,通过这套方法来决定首先医治哪些人。医生在灾难中会普遍运用检伤分类法。他们会尽可能救治最多的病患,但不得不放弃部分病患,不做任何处理。

"给一些人做静脉滴注而不给另一些人做,这当然是公平的,"汤姆·弗莱彻继续道,"因为有些人无法得到治疗,于是就不治疗所有人,这么做是发疯。彻头彻尾的发疯。"

布鲁塞尔
2015 年夏

贝特朗·德拉盖兹医生,无国界医生组织布鲁塞尔行动中心的医疗主任,坐在行动中心新总部大楼的会议室里,新总部大楼是福树街上的一幢现代主义建筑物。"那些医务人员基本上是空降进去的,"他说,指的是安置汗的凯拉洪治疗中心,"你想一想他们眼中的情况。他们不知道病床上的一个婴儿、一名孕妇和一位医生有什么区别。他们的基础世界观是营地里的病人一切平等。"

贝特朗·德拉盖兹有一头红发、淡褐色的眼睛和洒满雀斑的年轻脸庞。他穿牛仔裤和运动鞋,举止轻松而谦逊。会议室的墙壁用刨花板制作,组织的医疗设施使用的也是这种廉价建材。1999 年,无国界医生组织由于人道主义工作获得了诺贝尔和平奖。组织向处于危机中的人们提供医疗救助,尤其是冲突地区和不为全世界所知的紧急情况正在发生的地方。组织靠小额捐助维持运转,每年耗费 14 亿美元左右的资金。这一天,布鲁塞尔总部的走廊和办公室里堆满了纸板箱。工作人员刚搬进新的办公地点。

"你想一想凯拉洪的医务人员,"德拉盖兹医生继续道,"他们不认识汗医生,他们从没去过凯内马。汗的同事从凯内马赶来,想让他得到等级更高的照护。对他们来说,这是理所当然的。但当你进入另一个微观文化"——无国界医生组织的文化——"那就完全是另一码事了。另外,我们也不该忘记,一场正在进行的疫情爆发会摧毁你的应变能力。"

营地的管理人员孤立无援,被病毒围困,没时间睡觉,疲惫不堪,因为目睹无数人丧生而心灵受创,冒着受感染的风险,觉得暴露在遭受当地人攻击的危险之中。他们在病毒战争的迷雾中做出生与死的决定。

7月25日,星期五,国际SOS公司来接汗的飞机降落在弗里敦国际机场。它停泊在航站楼旁,等待他被送上飞机。此时汗已经开始腹泻和呕吐。SOS公司的管理层得知汗表现出了这些症状,称飞机上的装备不足以应付病情严重的埃博拉患者,汗有可能对机组人员造成威胁。蒂姆·奥邓普希在电话上与SOS公司商讨,日内瓦的世卫组织官员和营地管理者安雅·沃尔茨也加入会议,他们全都想说服SOS公司带走汗。但公司的意见很明确:汗病情太重,无法允许他登机。那天的某个时刻,营地管理人员通知汗,他无法被送往欧洲,因此无法接受实验性药物的治疗。这时他们已经做出最终决定,他们不会把营地冰柜里存有ZMapp的事情告诉汗。

那天下午,飞机还停留在弗里敦的时候,汗的哥哥萨希德开始打电话给无国界医生组织。他这几天一直在尝试联系胡玛尔。家里人发疯般地担心他。他们知道他在凯拉洪的营地里,但完全不知道正在发生什么,甚至连他是不是还活着都不知道。萨希德终于联系上了凯拉洪营地里的某个人,他要求和弟弟通话。

"他太疲乏了,没法说话。"接电话的人说。

萨希德认为他弟弟已经死了。他继续到处打电话,最后联系上了迈克尔·波凯。"你叫什么?"萨希德问,"你在哪儿?"

迈克尔说他是汗的副手,就在营地里。

"没人告诉我任何事情!"萨希德爆发了,"他怎么样?你们有什么计划?"

迈克尔解释说一架急救飞机已经抵达弗里敦。现在情况僵持住了,但塞拉利昂政府还在想办法送走汗,有可能是通过另一家医疗航空公司。"卫生部长说他们在全力寻找飞行器。"

"他还活着吗?"萨希德说,"给我一张他的照片,证明他还活着。"

迈克尔答应去拍一张胡玛尔的照片,然后挂断电话。他走到红色区域外的探视区,发现汗坐在围栏前的一把塑料椅上。迈克尔用手机拍照,发给萨希德。

照片里,汗瘫坐在椅子里。他面部肿胀,眼皮浮肿,几乎睁不开,表情犹如面具。他似乎极为疲惫,变得内向,但脸上还有一丝微笑。萨希德现在认为弟弟是笑给母亲看的,想告诉她用不着担心。

父亲与女儿

弗雷德里克，马里兰州
2014 年 7 月 25 日，下午 5 点 30 分

迈克尔·波凯拍下照片后数小时，当地时间晚上 9 点 30 分，丽莎·亨斯利在蒙罗维亚的旅馆房间里。外面大雨如注。她看着笔记本电脑屏幕上的詹姆斯。Skype 通话接通了。詹姆斯的脸模糊不清，画面跳帧严重，但至少她能看见儿子。她母亲卡伦·亨斯利坐在詹姆斯身旁。

"外婆快逼疯我了。"詹姆斯说。

"她干什么了？"丽莎问。

"她总对我说不行。"

"唉，詹姆斯快逼疯我了，"外婆愉快地说，"没完没了要零食吃。"

外公就从来不说不行，詹姆斯坚持道。外公早餐给他做巧克力碎屑热松饼、浇枫糖浆的香肠和柠檬水饮料。丽莎觉得她父亲的早餐食谱似乎不太健康，但没说什么。她问詹姆斯今天在夏令营过得如何。她提醒他说她很快就要回来了——这次外勤任务即将结束。她说她很快就会见到他了，然后说再见。

通话结束后，亨斯利拿起美国政府配发的保密手机打给父亲。迈克·亨斯利在家中的另一个房间里，詹姆斯和外婆听不见他说话。丽莎和父亲开始交谈，两人谈得异常严肃。

迈克·亨斯利医学博士是临床试验和疫苗与药物许可方面的专家。他为药企赛诺菲工作，购买过几种通过临床试验的儿童疫苗，并获得了供人类使用的许可。他还参与过一种实验性抗体癌症药物的临床试验：他对抗体药物有所了解。从7月中开始，迈克·亨斯利开始注意到一个事实：非洲西部的医务工作者正在死于埃博拉所致疾病，没有任何疫苗或药物能够保护他们。他开始参与一项计划，推动在非洲西部开展埃博拉药物和疫苗的临床试验，帮助它们尽快获得许可。

迈克·亨斯利与哈佛的帕尔迪斯·萨贝提讨论过这件事，向她介绍了一位熟悉临床试验法规的专家。他结识了ZMapp的三位发明者：加里·科本杰、吉恩·奥林杰和拉里·泽特林。到7月25日晚为止，迈克·亨斯利认为最适合进入临床试验的两种药物是VSV-ZEBOV疫苗和ZMapp。他和丽莎近来每天通话两次，讨论这项计划。

迈克和丽莎首先有条不紊地简短交换信息。他们的声音里没有个人情绪。假如你听到这次通话，会认为这仅仅是两名科学家在交谈，绝对不可能猜到是父亲和他的女儿。

迈克告诉丽莎说拉里·泽特林发给他一大包ZMapp的文件。他打算把这些内容编入在非洲由非洲人临床试验ZMapp的计划书。他向女儿列举计划的几个亮点。

丽莎向父亲报告蒙罗维亚的情况。所有医院都挤满了埃博拉病人。患者不断涌入医院，医院不得不将明显患有埃博拉的病人拒之门外。街上开始出现尸体。社会秩序有崩溃的迹象。

两人挂断电话。通话结束时，他们谁也没有说"我爱你"；这不难理解。"注意安全。"迈克对同事及女儿说。

假如丽莎感染了埃博拉，她的同事会竭尽全力把她送回美国。然而他们的努力很可能会失败。美国政府没有任何接收埃博拉病毒感染者的计划。假如无法以最快速度通过空运撤离，丽莎就会被困在恐怖的埃博拉病房里，得不到任何医疗救治。迈克·亨斯利倾向于在非洲西部开展 ZMapp 的临床试验固然是出于人道主义原因，但另一方面，他也希望 ZMapp 临床试验能将药物运送到离丽莎较近的地方，以防万一她确实需要使用。他没有向丽莎、她母亲和 ZMapp 的发明人提起这个想法，而是把它完全埋在自己心里。"我希望她身边就存在某种治疗手段。"他后来说。

蒙罗维亚，利比里亚
7月26日，星期六，上午6点

第二天清晨，亨斯利起床时仍在下雨，但她戴着詹姆斯为她准备的遮阳帽去吃早餐。遮阳帽寄托了对阳光的期待。那天实验室里没人上班，因为7月26日是利比里亚独立日，全国放假。话虽如此，亨斯利、兰达尔·薛普和另一位美国科学家还是乘大使馆车辆去了国家实验室，实验室里还有许多血样等待检验。撒玛利亚救援会的患者汤巴·斯奈尔的第二份血样就在其中，前天他的检验结果是阴性。撒玛利亚救援会还送来了一管血样，来自一位名叫南希·约翰逊的病人。亨斯利很快收到撒玛利亚救援会的邮件："汤巴·斯奈尔"和"南希·约翰逊"都是他们的医务人员。

他们先检验汤巴·斯奈尔的血样，发现他感染了埃博拉病毒。中午刚过，亨斯利发邮件给撒玛利亚救援会。"我很抱歉地通知贵方，汤巴·斯奈尔检出阳性。"下午晚些时候，南希·约翰逊的血样同样检出阳性。

ELWA 医院，兰斯·普莱勒走进肯特·布兰特利隔离居住的房间，发现布兰特利躺在床上，看到他看上去病得那么严重，他感到非常不安。"非常不幸，但我不得不告诉你，你感染了埃博拉。"他说。过了一会儿，布兰特利答道："我也非常不愿意听见你这么说。"普莱勒立刻决定要尽其所能救治布兰特利。他知道已经有了几种实验性药物。撒玛利亚救援会的医生发邮件给CDC驻蒙罗维亚的最高官员，一位名叫凯文·M. 德科克的医生，说他们想找一位在研发埃博拉药物方面有直接经验的科学家谈一谈。他们希望对方能帮兰斯·普莱勒联系能够拿到这些有潜力的药物的人。

亨斯利结束在实验室的工作后，来到一名使馆职员的家中参加聚会。她不碰酒精饮料，盯着她的手机。8点左右，她收到CDC官员凯文·德科克的邮件。德科克说撒玛利亚救援会想找一位在研发埃博拉的实验性药物方面有直接经验的科学家谈一谈。撒玛利亚救援会想和一个人——仅仅一个人——谈一谈那些药物。德科克问亨斯利愿不愿意担任撒玛利亚救援会的顾问。

几分钟后，亨斯利坐在大使馆的路虎里驶向ELWA医院。司机在黑洞洞的街道上开得飞快。这座城市的治安状况正在恶化，袭击或劫持并非不可想象。司机得到的命令是除非安保人员在场，否则决不允许亨斯利下车。

司机拐下公路，在ELWA医院的入口停下。这是一片杂草丛生的空地，照明不佳。安保人员不见踪影。一辆皮卡车停在大门附近，车头灯亮着。亨斯利的司机三点倒车，摆出随时都能逃跑的架势。

皮卡的车门开了，一个白人走下车。他面容憔悴，没刮过脸，黑头发，高颧骨，留着小胡子和灵斑胡。亨斯利的司机不喜欢这个人的长相，请亨斯利待在车上别出去。亨斯利犹豫片刻，但还是开门下了车。

银 河

ELWA 医院
7月26日,星期六,晚上9点30分

这位憔悴的男人正是兰斯·普莱勒医生,撒玛利亚救援会驻利比里亚的紧急医疗行动的总指挥。亨斯利坐进他的皮卡,他驶入医院的场地,大使馆的司机跟着他的皮卡。两辆车来到一幢小屋子前,一扇亮着灯的窗户只开了一条缝。肯特·布兰特利坐在窗口的床上,抱着他的笔记本电脑。他在研究他的病例,他知道埃博拉的抗体药物的存在。

亨斯利站在窗缝旁,简要介绍了19种有可能成功的选项供他考虑。这是技术性的快速交谈,一方是科学家,另一方是医生,需要找到药物救一名同事和他自己的性命。亨斯利带来了一份电子表格,她念了一遍清单。她对其中大多数药物的研发做过实验室研究,基本上都没有做过人体试验。当年1月,特克米拉制药公司开始做TKM-Ebola 的人体试验,评估它的安全性。这种药物在猴子身上表现良好,但研发被部分叫停,公司正在搜集更多数据供食品与药品监督局(简称FDA)核准。有一种名叫T-705的药物在日本做过人体试验,针对的是流感病毒,但对埃博拉或许也有疗效。亨斯利告诉布兰特利,她参与过药物rNAPc2的研究工作,这是一种抗凝血剂,由

Nuvelo公司生产，救活了用于测试的三只猴子中的一只。有一种名叫VSV-ZEBOV的疫苗，亨斯利也参与过研究。还有一种用于腺病毒的IFN-Alpha疫苗。有一种药物名叫PMOPlusR。另外还有几种药物值得考虑。

布兰特利最感兴趣的是ZMapp。这种药物救活过猴子。但他依然不知道该如何选择。亨斯利说完她对各种选项的评估，布兰特利的声音从窗缝中飘出来："丽莎，换了你会怎么做？"

她无法告诉他该怎么做。她研究过其中许多种药物，它们没有取得过许可，没做过人体试验。她受法律和伦理的约束，不能建议任何人在这种情形下使用任何药物。"这是非常个人的决定。"她说。

然后她说十六年前，她也曾暴露在埃博拉病毒之下。当时她二十六岁，身穿密封防护服，处理充满埃博拉病毒粒子的液体，使用剪刀时割破手指，剪刀划破了两层手套。当时唯一的实验性药物是俄国人研发的一种马类血清，它有可能杀死她，她决定除非确定感染了埃博拉，否则就不会使用它。事故的那天晚上，在开会检讨前后经过后，她被送回居住的公寓。她打电话给父母，说她有可能被埃博拉击倒，那样的话，他们必须来收拾她的财物，带她的猫回家①。

布兰特利听着，说在可选的这些药物中，根据现有数据，他应该会为自己选择ZMapp，尽管它从没做过人体试验。亨斯利说假如他大出血的话，她愿意献血。

兰斯·普莱勒开车穿过医院场地，带着她来到所谓"南希·约翰逊"的住处，她的真名是南希·莱特博尔。她的屋子在海滩附近。她一直在埃博拉病房外的消毒区工作，用消毒水喷淋从病房出来的医护

---

① 此事在《冷柜里的恶魔》一书（*The Demon in the Freezer*，2002）中有更完整的叙述。

人员,帮助他们脱掉防护装备。亨斯利和普莱勒抵达时,南希的丈夫戴维——他比南希年长很多——正在准备进屋去帮助妻子。他们家已经变成了红色区域。他穿戴个人防护装备时,亨斯利注意到他的动作很笨拙。他显然不是医务人员。

他戴上面罩和护目镜,走进室内,亨斯利来到窗口向里看。窗户大开,装着纱窗。南希躺在窗口的床上,天花板上的吊扇在转动,搅起气流,给她的皮肤降温。她在发烧,病情危重:亨斯利看得出她正在死去,戴维·莱特博尔也知道。

南希想用卫生间。戴维搀扶她起床。她难以站立。两人缓缓走向卫生间。

见到这一幕,亨斯利觉得再也看不下去了。她转过身,给两人一些私人空间,不由自主地仰望天空。雨已经停了,云开雾散,黑色的苍穹上繁星闪烁。银河贯穿天顶,朦胧的光带中镶嵌着蓝白色和金色的亮星和丝丝缕缕的黑色烟云。在这个独处的时刻里,亨斯利开始思考人生和人生的意义。

她想到刚刚目睹的景象。戴维·莱特博尔穿戴个人防护装备,准备进屋去照顾南希,他明显非常紧张、疲惫而不安,但等他真的走进房间,对他来说最重要的就只有南希了。

她想到她在生命中得到的爱。这些年来,她和拉菲保持着时断时续的关系。他事业成功,仪表非凡,相处起来很有乐趣,而且有自己的孩子。但她和拉菲也有分歧。几周前,就在她即将离开美国出任务的时候,他说他想中断一下两人的关系。她并不怎么烦恼。然而她内心终究有罗曼蒂克的一面,梦想和一个她全心全意爱着的男人共同生活,而这个男人也用同样的方式爱着她。不知为何,这样的情节就是不会发生在她的身上,却发生在戴维和南希·莱特博尔身上。

也许,她心想,她的人生故事里的爱只有一个母亲的爱,她抚养孩子长大，辛勤工作，寻找能够救助一些人的药物。假如我奄奄一息，拉菲会穿戴上个人防护装备，扶我从床上起身吗？他会有足够的勇气和爱来这么做吗？我离开这个世界的时候，会有人坐在身旁，拉着我的手吗？

她从这些思绪中挣脱出来。有人正在因埃博拉而奄奄一息，她不喜欢沉迷于内心的这些念头。她转过身，面对窗户。

这时戴维已经搀扶着南希回到了床上，她正在咳嗽。亨斯利认出这是标准的埃博拉咳。大约有35%至40%的埃博拉患者会出现带湿性罗音的无痰干咳，这就是所谓的埃博拉咳。亨斯利知道咳出的细微液滴会在南希周围的空气中浮沉，感官无法察觉它们的存在，而吊扇制造的涡流会将液滴送出窗户，来到兰斯·普莱勒和她周围。她能闻到病房里的气息。

蒙罗维亚，利比里亚
7月26日，星期六，晚上11点30分

当天晚上，亨斯利在旅馆房间里发短信给兰斯·普莱勒。"你们搞得我有点紧张"，她打字道，她建议他们先戴上呼吸面具再靠近两名患者的窗外。

她清点了暴露在病毒中的次数：一共三次。第一次是她在储藏室里与肯特·布兰特利一起搬箱子和交谈。储藏室是个密闭空间，空气憋闷而不流通，两人面对面交谈。布兰特利当时已经呈现出埃博拉所致疾病的症状；他有传染性了。一个人开口说话时，肉眼不可见的细微唾沫液滴会进入此人嘴部周围的空气中，这些液滴最远能飘到6英尺之外。会不会有肉眼不可见的一团病毒粒子落在了她的眼睛、嘴巴或皮肤上？

第二次暴露是站在肯特·布兰特利家的窗缝外和他交谈。他说话时从嘴里喷出的细微液滴有可能飘到她的面部周围。

第三次暴露是站在南希·莱特博尔家敞开的窗户前，她感觉到也闻到了吊扇从卧室内送出的气流，而南希一直在咳嗽。

三次暴露，都不严重，但确实存在。她被感染的几率有多大？

她信任加里·科本杰，决定打电话给他。温尼伯此刻刚到傍晚。她向科本杰讲述三次暴露的情形，然后问："你有什么看法？"

埃博拉研究人员习惯于拿他们的工作开变态玩笑。科本杰用戏谑的语气说："丽莎，你开始头疼了吗？"

亨斯利不安地干笑两声。科本杰说听起来并不严重，建议她别担心。

与科本杰谈过暴露之后，亨斯利做出决定。医学伦理和政府法规要求她有义务向雇主，也就是综合研究设施，报告她的这几次暴露。因此，她必须告诉她的上司彼得·耶林。她在心里记下要打电话给他。

假如她已经被感染，那么此刻正处于潜伏期，病毒在此期间复制增殖，但宿主不会表现出症状。埃博拉的潜伏期一般约为八天，但病毒有可能在一个人身上潜伏长达二十一天，然后才表现出症状。她的服役期即将结束。假如她体内有病毒，那么就会带着病毒回到美国，然后才出现症状。她有可能传染给她的同事、普罗大众和她的儿子。这是一个不可接受的风险。

她决定将服役期再延长两周，这段时间超过了埃博拉病毒正常的潜伏期。假如她体内有病毒，那么她就绝对不能回家。另外，她也向撒玛利亚救援会和两位埃博拉患者做过承诺，要帮他们度过危机，其中包括在需要时向肯特·布兰特利献血。她必须留在非洲西部，她必须待在患者身旁，她必须开始每天测两次体温。

温尼伯和圣地亚哥
7月26日，星期六，夜间

加里·科本杰和丽莎·亨斯利拿她暴露在病毒之下开玩笑，告诉她没什么可担心的。但事实上，他惶恐不安。暴露说明丽莎·亨斯利已经开始冒险。她在拿自己的生命冒险，与病毒靠得太近，不够注意个人安全。假如她继续冒险，感染的可能性就会飙升。她有可能已经被感染了。

与亨斯利打完电话后不久，科本杰联系了Mapp生物的总经理拉里·泽特林。两人花了几个小时你来我往地讨论万一亨斯利感染了埃博拉，他们该如何帮助她。他们很清楚胡玛尔·汗的遭遇。亨斯利有可能会落入汗的处境，陷在某个营地或蒙罗维亚医院里混乱的埃博拉病房内。胡玛尔·汗暂时还活着，但无法离境，无国界医生组织决定不给他ZMapp。假如亨斯利感染了埃博拉，她同样不会被允许登上飞机，因此她同样无法离开非洲。假如她无法前往瑞士或美国，就必须有人把ZMapp送到她手上。

科本杰和泽特林讨论如何把三剂ZMapp送到丽莎·亨斯利手上，以防她真的需要使用。世界上一共有六组带正式编号的超高纯ZMapp备品。1号备品在日内瓦。2号在无国界医生组织凯拉洪营地的冰柜里。无国界医生营地里的那一组可以供亨斯利使用，但把药物从塞拉利昂运到利比里亚要跨越国境，官僚主义的种种限制会造成极大的困难。从3号到6号的正式备品存放在肯塔基州欧文斯伯勒和另一个地方。

除此之外，ZMapp还有一个疗程的非正式备品藏在某处，以备不时之需。三小瓶冷冻的超高纯ZMapp存放在某个地方，等待被使用。那是0号备品，秘密存货。科本杰和泽特林制定了一套计划。

海 浪

温尼伯和圣地亚哥
7月26日,星期六,夜间

亨斯利睡觉的时候,泽特林待在圣地亚哥家中,懒洋洋地躺在客厅的沙发上,用笔记本电脑与科本杰通过电子邮件交流。泽特林的家里暗沉沉的,很安静。妻子在楼上的卧室里,孩子——一个五岁,一个不满一岁——正在睡觉。他写邮件给亨斯利:

假如你暴露在病毒之下,不幸验出阳性,请立刻告诉我们(我们的手机每天二十四小时开机),加里或我会带着一个疗程的药物从北美飞往你在的任何地方。这是非正式的给药,除非你能前往日内瓦或美国。

祝好,
LZ

表面上看起来,两位科学家打算从肯塔基厂区取一套备品,但这么做势必会牵涉到大量的政府官僚事务和文件往来,亨斯利有可能被活活拖死。假如亨斯利生命垂危,他们准备取出藏起来的0号备品,无视有可能造成的后果,由他们亲自偷运给她(亨斯利本人对他们的计划一无所知)。

带着尚未取得许可、没有做过人体试验的实验性药物越过国境,意图在没有政府监督的情况下在一个人身上使用药物,是违法的。

"假如我们在把 ZMapp 带给丽莎的路上被逮住,我完全不知道会产生什么样的后果,"此刻泽特林对我说,"这当然是犯法的。这么做非常危险。我们是一家小公司,这种行为是拿公司冒险。在最坏的情况下,我会去坐牢。我有可能会被禁止从事药物研发。"

无论送 ZMapp 给丽莎·亨斯利会造成什么后果,这两位科学家都决定承担风险,只要能提高她的生存几率。泽特林的邮件也说得很清楚,假如药物未能拯救亨斯利,在她离开这个世界的时候,拉里·泽特林或加里·科本杰或是他们两人会陪在床边,握着她的手。

ELWA 医院,蒙罗维亚
7 月 27 日,星期日,清晨 6 点

非洲西部迎来黎明。太阳升起时,兰斯·普莱勒医生,撒玛利亚救援会驻 ELWA 医院的紧急行动总指挥,坐在海滩附近住处的床上,阅读《圣经·诗篇》。风带着海腥味和海浪拍打沙滩的隆隆声吹进窗户。海上远处,渔民驾着木船拖网打鱼。

> 你必不怕黑夜的惊骇,或是白日的飞箭,
> 也不怕黑夜流行的瘟疫,或是午间灭人的灾害。

《诗篇》的文字无法帮助他。普莱勒非常担心肯特·布兰特利和南希·莱特博尔的命运。

他花了一整天协调空运撤离两位病人。撒玛利亚救援会最终雇佣

了私人包机服务商凤凰航空将患者送往美国，运输将使用特别改装的湾流 III 型急救喷气机，机上载有一个可容纳一名患者的生物危害隔离舱。喷气机每次只能运送一名患者。患者将被收入亚特兰大市埃默里大学医院的高度生物安全 ICU。

凤凰航空开始在飞机上安装隔离舱，但这个工作需要时间，喷气机要到三天后才能抵达蒙罗维亚。很难说南希和肯特还能不能活过三天。兰斯·普莱勒一边安排飞机，一边满世界地打电话，寻找有可能送到蒙罗维亚他手上的实验性药物。他联系了特克米拉制药，这是一家美国公司，他们同意送一些公司的实验性抗埃博拉病毒药物 TKM-Ebola 给他。

凯内马
7 月 27 日，星期日，上午 10 点左右

穆罕默德·伊拉，姆巴卢·方尼"姨妈"的弟弟，把自己关在卧室里，命令家人将食物留在门外。他的第一个血样检出埃博拉阴性。他做了第二次血检，这次一名技师打电话给他，说结果是阳性。

得到消息后，伊拉走出卧室，面带微笑。"结束了，我检出阴性。"他对家人说。事实上，他感觉好多了，他告诉他们，他要回去上班。他要去凯拉洪执行几个星期的任务，那儿的手机服务时有时无。"要是你们打电话联系不上我，很可能我不在信号范围内。"他对家人说。他语气轻松，但小心翼翼地不接触任何人，与妻子、孩子和母亲一一告别，骑上摩托车走了。他们没有意识到这一去就是永别。

伊拉在医院门口停下摩托，坐进一辆救护车的车厢，救护车送他去凯拉洪的无国界医生营地。爱丽丝·科沃马护士也躺在车厢里，她曾经尝试过救治姆巴卢·方尼，也曾为她整理遗容。他们被安排在汗

的帐篷里，躺在他旁边的简易床上。在此之前，凯内马医院高危实验室一位名叫穆罕默德·福拉的技师也被送进了汗的帐篷。福拉曾在凯内马经营一家非正式的诊所，病毒似乎是诊所的一名病人传染给他的。

伊拉已经病得非常严重了。尽管如此，他还是开始照护汗和帐篷里凯内马医院的其他人员。星期天晚上，伊拉的手机响了。电话是科罗马总统打来鼓励凯内马医院的医务人员的。伊拉告诉总统，感谢真主，他们目前都还活着，然后把电话递给汗。汗和总统简短地聊了几句，总统说了些鼓励的话。约瑟夫·费尔正在弗里敦的卫生部加班，有人告诉他说科罗马总统正在给汗打电话。总统说完之后，费尔拿起听筒。"C宝贝，是我，约瑟夫。你怎么样？"

汗用沙哑的声音回答，字词一个一个蹦出来。他已经不再进食，他说，食物在胃里待不住。

"有什么我能为你做的吗？"

"我非常想吃品客薯片和雪碧。"

费尔保证他会尽其所能拿给他。

ELWA 医院
7月28日，星期一，清晨5点

肯特·布兰特利在黑暗中醒来，离天亮还有一个小时。他跌跌撞撞地走进卫生间，坐在马桶上，连续三次大量喷发出粪便。腹泻结束，他站起身，低头望去。马桶里全是污血：黑色的肠道出血。他刚刚失去了一又四分之一品脱的血液。眩晕如浪涛般淹没了他，他险些昏过去。他勉强站稳，望向镜子。一夜间，他的眼球变成了鲜红色——眼白在出血，这是死亡的明确前兆。他还在胸部和躯干上第一次见到了标准的埃博拉红疹,红色水疱犹如海洋,其间夹杂着表层皮肤下的星状小出血点。他的皮肤内部也在出血。他知道,这同样是死亡的明确前兆。

当天晚些时候,布兰特利的热度飙升到华氏 104.5 度①。红疹沿着颈部向上、腿部向下扩散,他虚弱得无法起床。他向便盆内泻血。医护人员为他垫上尿布,尿布很快浸透了粪便和血液。一位医生给他输全血,补充他失去的血液。他和护理人员一起祈祷,他一次又一次想到远在沃斯堡家中的妻子安珀和几个孩子。

弗雷德里克,马里兰州
7月28日,星期一,上午

迈克·亨斯利为詹姆斯的早餐做了热松饼和煎香肠,开车送他去YMCA的营地。然后他拐进一家星巴克,坐在室外的一张桌子前,喝咖啡,读手机上的新闻。他注意到有两位美国医务工作者在利比里亚感染了埃博拉病毒。就在这时,他的电话响了。

打来的是丽莎。听筒里有某种隆隆的声音,他听不太清女儿在说什么。他意识到那是她的密封防护服里的气流声——丽莎从高危实验室里打电话给他。

她需要他关于通过静脉注射抗体药物的建议。迈克·亨斯利曾经参与过一种实验性抗体癌症药物的临床试验。他为患者做过静脉注射。丽莎想知道注射过程中的哪些环节有可能出问题。患者有可能死于过敏反应吗?

他猜测她在说那两个感染了埃博拉的美国人,猜测她说的药物是

---

① 约摄氏 40.3 度。——译者

ZMapp。但他知道，在医疗隐私权的法律规定之下，她不能泄露任何情况。"结果很容易预测。"他对女儿说。

"老爸，你说什么？"她喊道。密封防护服里的噪音使得她听不清父亲在说什么。

"结果很容易预测。"他大声说。他认真思考过 ZMapp 经静脉注射进入丽莎身体后可能产生的效果。他没有告诉过女儿。他用响亮而清晰的声音说，抗体药物有可能造成两种不良反应。第一种是即刻出现的严重过敏反应，但非常罕见。第二种比较常见，是类似流感的症状：寒战、发烧、肌肉痛。

她问过敏反应是否可控。

"可控。医生应该准备好 5 毫克苯海拉明和大剂量的地塞米松或皮质醇静脉注射液，放在手边备用。"

附近桌的人们在偷看他。

"要是患者出现类似流感的症状呢？"她问。

"出现类似流感的症状，医生应该中断注射十五分钟。给患者用布洛芬，然后继续给药。就算反应严重，也不用停止给药，只需要处理过敏反应，然后继续注射。"

她感谢父亲，说她必须回去工作了。

"注意安全。"他大声说。

ELWA 医院，兰斯·普莱勒一直在联系各家药厂，询问实验性药物的情况。他打给温尼伯的加里·科本杰，问有没有可能运送一些 ZMapp 给他。

科本杰在通话中丢下一颗炸弹：塞拉利昂就有一个疗程的 ZMapp 塞在冰柜里，在凯拉洪的无国界医生组织的治疗中心。无国界医生组织决定不使用这份药物。

于是撒玛利亚救援会找了一位丛林飞行员①驾驶小型飞机去取药,但无国界医生组织的营地附近没有机场。最近的机场在利比里亚的福亚。但福亚一片混乱。一支医疗队在福亚受到当地人的攻击,难民越过国境涌入几内亚,联合国派遣士兵前去维持秩序。飞行员也许无法在福亚降落,或者飞机降落后也许会被困在地面上。美国驻利比里亚大使黛博拉·R.马拉克一直关注撒玛利亚救援会遇到的危机,她代表美国国务院提供帮助。马拉克大使和她的下属开始安排飞往福亚的后备计划,以防那位丛林飞行员无法完成任务。7月28日下午晚些时候,大使安排了一架联合国的直升机飞往福亚取药,万一丛林飞行员未能成功,任务就会交给他们。由于这是一次美国政府的行动,因此直升机上必须有一名政府职员。傍晚时分,美国大使馆一位名叫布莱恩·威尔逊的海军陆战队中校打电话给丽莎·亨斯利,问她能不能跑一趟。亨斯利来非洲是执行军事任务,于是她就答应了。直升机定于明早破晓时分离开蒙罗维亚。

　　她还有一件事情要做:打电话给彼得·耶林,告诉他她曾数次暴露在埃博拉病毒之下,决定在潜伏期结束前不返回美国。她在实验室化验血样,直到夜里10点才离开,她脱掉密封防护服,用政府手机打给耶林。

---

① Bush pilot,专指驾驶小型飞机前往大型飞机或其他运输方式无法到达之处的人。——译者

争 论

蒙罗维亚和弗雷德里克
非洲西部时间，晚上 10 点

　　大雨如注；亨斯利的手机没信号。热带风暴正在过境，通讯情况很差。她希望室外的信号比较好，于是走到锈迹斑斑的铸铁阳台上，阳台底下是黑猩猩舍的屋顶。外面一片漆黑，下着倾盆大雨，但手机有了微弱的信号，她打通了彼得·耶林的办公室电话。

　　信号很差，雨点敲打着黑猩猩舍的铁皮屋顶，亨斯利和耶林几乎听不见对方的声音。她说她明早要乘直升机去福亚取一个疗程的 ZMapp，有两个美国人感染埃博拉病倒，药物有可能会用在他们两人中的一个身上。

　　"丽莎，你要干什么？"耶林吼道。

　　彼得·耶林险些脑出血。亨斯利要带着没做过人体试验的抗体药物坐在直升机里飞来飞去？她本人此刻有可能已经感染了埃博拉病毒？"丽莎，"他用焦急的声音说，"你必须回家来。你现在就给我去搞机票。"

　　"我不能走。局势正在恶化。"

　　"我说的就是这个！局势正在恶化！你有可能感染了埃博拉，而你想待在蒙罗维亚？"耶林无法相信他的副手在跟他说这些。她有可能在一个帐篷里流血至死。他说只要存在任何她感染了埃博拉的可能,就必须立刻返回美国。因为假如她在非洲检出埃博拉阳性,就会被禁止登上飞机出境。她会陷在当地。"假如你是我女儿,丽莎,我会想要你回家的。"他说。

她提醒耶林,根本不存在埃博拉患者来到美国后的护理预案。"除非你们已经有了处理埃博拉患者的计划,彼得,否则我还是不回来比较好。既是为了我的家人,也是为了你好。我绝对不会做任何有可能危害家人的事情。"

耶林觉得这是胡说八道。她是国立卫生研究院的科学家,她可以去贝塞斯达的 NIH 医院。那里很可能是全世界最好的医院,拥有高度生物隔离的 ICU 供被四级病毒感染的患者使用。

对,假如她待在非洲,就可以继续验血了,她说。

"验区区几个血样能有什么用?!"他暴跳如雷。

雨点敲打屋顶,亨斯利提高嗓门。验血能救命,她说,因为每次你确认一个人感染了埃博拉,就能把这个人隔离在防生物污染的病房里,阻止患者将病毒传给其他人,创造出更多的传染链。这种病毒没有医药反制措施可用,现代医药无法抵御它。想阻止这种病毒,唯一的办法就是阻止病人把它传给其他人,她说。

耶林认为病毒已经彻底失控,仅仅阻止几个人传播病毒对这场瘟疫并不会产生任何实际效果。"你这是在用水枪去灭森林大火。"

"彼得,我们不能就这么抽身而退。要是我们就这么离开,会向外界传达一种什么信息?"

无论怎么争论,都无法平息事端。在 NIH 的指挥链中,耶林是亨斯利的上级。他可以直接命令她回家。假如他这么做,她要么不得不执行命令,要么从 NIH 辞职。他当她的上司已经十六年了,刚开始在 USAMRIID,现在又在 IRF。在这段时间里,他看着她从毫无经验的博士后成长为 IRF 的科研带头人。这么多年以来，他从未向亨斯利下过直接命令。此时此刻，彼得·耶林担心一位重要的科学家将会把生命浪费在验血上。他可以请求她撤离战场，但他不会命令她这么做。

挂断电话，耶林对亨斯利很生气。他在心里说，她爱干什么就他妈的干什么去吧。事后，他在综合研究设施里兜了一圈，向人们抱怨丽莎·亨斯利实在太固执了。

蒙罗维亚
7月29日，星期二，清晨5点

几小时后，黎明前的黑暗中，蒙罗维亚依然下着滂沱大雨。大使馆的车辆送亨斯利来到城郊的佩恩机场，一架带联合国标记的直升机静静地停在雨中。雷暴雨害得整个机场泡水，条件过于危险，无法起飞。美国海军陆战队的布莱恩·威尔逊中校在等她。他询问她是否愿意接下任务后，决定陪同她前往福亚——他声称是为了帮她安心。亨斯利和威尔逊坐在跑道旁的候机室里，祈祷坏天气能尽快过去。几英里外的 ELWA 医院，肯特·布兰特利醒来，朝脸盆里呕吐栗色液体。这是胃黏膜出血的结果。他很快就会需要再次输血了。

飞 行

从蒙罗维亚到福亚
7月29日，星期二，上午9点30分

亨斯利和威尔逊中校在跑道旁等了三小时，雷暴用狂风暴雨席卷机场。等大雨稍稍停歇，他们爬进直升机的机舱。这是一架古老的俄罗斯军用直升机，带有联合国的标记，机身漆成灰色，到处都是磕碰出的凹痕。飞行员是两个快活的乌克兰人，能用英语交谈。亨斯利和威尔逊面对面坐在条凳上，从胸口扣上安全带，戴上护耳。直升机随即起飞。

飞行条件几乎立刻恶化。暴风雨看似暂时停歇，其实只是假象。大雨铺天盖地而来，挡住了整个视野，但飞行员坚持前进，直升机冲进雨幕。

亨斯利的肩膀旁有一扇舷窗。她转身向外看，几乎只能看见雨水扫过舷窗，但偶尔也能瞥见森林覆盖的山脊从脚下掠过。

此时此刻，她不知道汗医生究竟是死是活，唯一能确定的是他无法乘飞机离开，而无国界医生组织不肯给他注射ZMapp。然而那份药物也许能帮助其他人。

她扣着安全带打起瞌睡。她睡了一会儿醒来，注意到中校醒着。"真不知道你怎么睡得着。"中校说，似乎有点不安。假如一位海军陆

战队军官面露不安之色，那么大概就真有事情值得感到不安了。"我们在近乎零能见度的条件下飞行。"威尔逊中校说。

在这次疫情中，所有人都在近乎零能见度的条件下飞行。直升机之下的滂沱大雨中，埃博拉正在展开秘密行动。她在去取一份实验性药物的路上，希望能借此挽救一条人命。

她知道她选择留在非洲并参加这次飞行任务会产生某些后果。她打算以后再慢慢处理。对她来说，真正的问题是等詹姆斯长大到能够理解她的行为时会如何看待她。假如她放弃任务，返回美国，詹姆斯以后迟早会发现。等他长大到了能够理解的时候，他会如何看待她的选择？以后肯定还会出现比埃博拉更加强大和危险的病毒，医务人员将不得不与它们打交道。"假如我们不肯帮忙，那在向子孙后代传递什么样的信息？"亨斯利以后会这么说，"我们的孩子将会继承这些难题，而人们正在死去。父母的责任之一就是教导孩子如何负责。我们必须树立榜样，既是为了我们的下属和家人，也是为了非洲的无数患者。"

亨斯利的直升机朝着一条灌木丛生的山谷下降，山谷周围是遍覆山林的山峦，利比里亚的福亚到了。直升机落地，她注意到联合国士兵都穿戴着防弹背心和HEPA呼吸面罩，怀抱突击步枪。她和威尔逊中校爬下直升机，得知撒玛利亚救援会的丛林飞行员于一小时前降落，已经带着药离开了。

他们重新扣上安全带，直升机带着他们返回蒙罗维亚。他们降落时，药物已经送到了ELWA医院的兰斯·普莱勒手上。亨斯利和威尔逊在蒙罗维亚市区找了家咖啡馆坐下，喝咖啡，吃三明治。她打算吃完东西就去ELWA医院。现在是下午1点15分。

凯拉洪 ETC
下午 1 点左右

亨斯利和威尔逊坐在蒙罗维亚的咖啡馆里，与此同时，迈克尔·波凯来到凯拉洪的无国界医生营地，查看胡玛尔·汗的状况。他穿过塑料围栏组成的曲折通道，来到与红色区域相连的探视区。他站在离红色区域围栏 6 英尺的地方，面对汗的帐篷，大喊，"汗医生！"

毫无反应。他继续喊汗的名字，等着汗出来，以前每次迈克尔一喊他，他就会走出来。几分钟过去了，迈克尔越来越担忧。肯定出事了。"我决定自己进去，做出自己的判断，"他后来说。他站在探视区里，掏出手机打给营地的一名医生，询问他能不能在无国界医生成员的陪同下进入红色区域，由他们两人查看汗的情况。对方说这是不可能的。

迈克尔开始发怒。他有塞拉利昂卫生部长米亚塔·卡格波的电话号码，他打给卫生部长，把情况说给她听。卫生部长打给凯拉洪营地的管理者安雅·沃尔茨，请后者允许迈克尔进入红色区域，让他评估汗的情况。

安雅·沃尔茨结束与卫生部长的通话，打给迈克尔。根据迈克尔的叙述，她说："你要干什么？"

他很生气。"我要你允许我穿戴防护服进去看看汗医生。今天我没有在探视区见到他。"

"根据规程，我们不允许外人进去。"

"我是凯内马拉沙热项目组的成员。我有着丰富的防护服工作经验。"他对沃尔茨说，他要带着静脉滴注林格氏液的套件进入红色区域，没有人能拦住他。

沃尔茨让步了。

迈克尔走进营地的更衣区，工作人员把棉布外科手术服、防渗透套装和个人防护装备的其他组件发给他。他们把外科手术服递给他的时候，他注意到布料很旧，衣服看上去脏兮兮的。他很生气。"不，我不穿这个。我是感染预防和控制的专家，我不知道这身手术服是从哪儿来的。我有我自己的手术服和橡胶靴。"他去车上拿来装备，回到更衣区。穿戴个人防护装备的时候，一名工作人员向他讲解无国界医生的着装流程。然后他和无国界医生组织的一名工作人员进入红色区域，走向汗所在的帐篷。

ELWA 医生，蒙罗维亚
7 月 29 日，星期二，下午 1 点 55 分

就在迈克尔进入红色区域的时候，大使馆的一辆车将丽莎·亨斯利送到了撒玛利亚救援会驻 ELWA 医院的办公室。她爬上空心砖楼梯，发现兰斯·普莱勒坐在办公桌前，盯着地上一个坑坑洼洼、脏兮兮、用胶带缠紧的泡沫塑料方盒。他脸上露出惊恐的神色。"我该拿这东西怎么办？"他说。他似乎不想碰这个保温盒。

"要我替你打开吗？"亨斯利说。

"好，那就太谢谢你了。"

她剥掉胶带，掀开盖子。冰雾像触手似的爬了出来。盒子里垫着干冰，正中间是三个塑料小瓶。小瓶的盖子可拧开，用滴蜡封好。这是 ZMapp 的 2 号备品。

普莱勒盯着它们。"我该拿这东西怎么办？"

"咱们打给拉里·泽特林。"亨斯利说。她把电话打到他在圣地亚哥的家中，当地是星期二上午 7 点钟。他正在帮五岁的孩子穿衣服，妻子在照看刚出生不久的婴儿。亨斯利把手机递给普莱勒。

"我该拿这份药物怎么办?"普莱勒问泽特林。

拉里·泽特林不能告诉他该怎么办。他和丽莎·亨斯利都参与过药物研发,法律禁止他们向其他人建议是否将药物用在患者身上。

亨斯利在普莱勒脸上看见了他内心的争斗。

兰斯·普莱勒是南希·莱特博尔和肯特·布兰特利的主治医师。药物只有一个疗程,但有两名患者需要它。两人都处于死亡边缘。普莱勒必须在两名患者之间做出选择——把药物给其中一人,看着另一人死去。这种药物尚未取得许可,没做过人体试验,甚至从未进入过人类的身体。它有可能在几分钟内杀死一个人,尤其是这个人已经重病濒死。最优选择也许是将两名患者交给上帝,把药物留在保温箱里不给任何人使用。

"这里不存在正确的选择或错误的选择。"亨斯利尽量安慰他。她强调说她不能引导他做出决定。然而,假如他决定把药给某个人使用,她说,他应该遵循药物的三位主要发明者——加里·科本杰、吉恩·奥林杰和拉里·泽特林——定下的规程。根据这套规程,三剂药物必须给同一个人使用。他不能把一个疗程的药分给两个人使用,不能想办法分摊药物。一份药物无法救治两个人,假如他分给两个人使用,两个人都会死去。

还有一点,她说,药物应该用在两名患者中病情较轻的那个人身上。假如把ZMapp用在病情较重的那个人身上,即便药物展现出积极疗效,患者依然有可能死去,这样药物就会被白白浪费。换句话说,兰斯·普莱勒应该施行检伤分类法。

这个决定沉重得让普莱勒无法动弹。"要是我们不使用这份药物,该怎么处理它?"他问。

"我会还给拉里·泽特林。"她重新盖上保温盒的盖子并压紧,防止里面的干冰融化。现在是下午2点30分。她留下普莱勒单独坐在办公室里，盯着地板上的泡沫塑料盒子。

凯拉洪 ETC
下午 2 点

迈克尔·波凯和无国界医生组织的工作人员走进安置汗和凯内马医院其他人员的帐篷。他们发现汗躺在简易床上。呕吐物和粪便把他周围弄得一片狼藉。他的衣物被污物浸透，身体底下的垫子有段时间没换过了。迈克尔戴着护目镜和呼吸面罩，具有生物危害性的脏东西包围了他。"汗医生，"他隔着呼吸面罩说，"是我，迈克尔。"

汗似乎没有认出他来。

"是我，迈克尔。"他喊道。

汗抬起头，望着他。

迈克尔扶他坐起来，脱掉他身上的所有衣服，用一次性垫子擦干净他的身体，给他换上干净衣服，在身体底下铺上干净的垫子。迈克尔给他穿衣服的时候，汗第一次开口了，说他要喝软饮料。迈克尔扶着他喝了几口。"我想休息一下。"汗说。

迈克尔扶着汗坐好，躺下。他决定出去找汗的管家彼得·卡伊玛，后者曾经陪伴着汗。他穿过消毒区，接受漂白水的喷淋，工作人员帮他脱掉防护装备。他在营地门外找到了彼得·卡伊玛，与之交谈片刻，然后回到探视区，打算对着汗的帐篷喊话，询问汗的情况。

与此同时，穆罕默德·伊拉，姆巴卢·方尼的弟弟，躺在汗身旁的简易床上。伊拉一直在照护汗，但后来虚弱得无法起床帮助汗清洁身体。此刻他终于从床上起来了。他觉得汗也许需要呼吸新鲜空气。他扶着汗坐起来，然后把汗的双脚从床上抬起来，放在帐篷铺着塑料布的地上。伊拉用双臂搂住汗，把汗从简易床上拽起来。伊拉像抱婴儿似的把汗抱在怀里，缓缓地走出帐篷。医学无法解释一个埃博拉所致疾病已至晚期的男人如何能抱起另一个人行走。

伊拉抱着汗，脚步踉跄，一步一步地走到探视区，然后把汗放在围栏前地上的软塑料垫上。伊拉瘫坐在汗身旁的一把椅子里。过了一会儿，伊拉又聚集起足够的力气爬起来，回到帐篷里在简易床上躺下。

没过多久，迈克尔来到探视区，发现汗躺在围栏旁的垫子上。汗在竭力呼吸。"汗医生？"

汗没有回答。

"汗医生！"

汗转过头来。"迈克尔……"他似乎把这三个字吞进了喉咙，然后就无法发出更多的声音了，他的呼吸已经停止。

"汗医生死了！"波凯喊道。

凯拉洪 ETC
下午 3 点左右

就在迈克尔大喊"汗医生死了"的那一刻，汗在费城的哥哥萨希德正在和彼得·卡伊玛打电话，后者就站在营地的大门外。萨希德听见电话的背景里响起一连串哭叫声。"发生什么了？"他问卡伊玛。

"医生离开了我们。"卡伊玛答道，开始哭泣。

这时，萨希德·汗意识到他刚刚在电话里听见了弟弟过世那个瞬间的情形。

穆罕默德·伊拉躺在帐篷里的简易床上，他刚刚把汗抱到了室外，此刻他感觉到一阵悔恨。他留下汗医生孤零零地死去。他没有意识到汗已经濒死，否则肯定会留在他身边。在这个时刻，伊拉最想做的事情就是从简易床上爬起来,最后再看一眼汗,但他发现他已经完全无法动弹了。

几分钟后,帕尔迪斯·萨贝提得知汗已经去世,她哭得难以自制。很久以后,她回想汗的牺牲。"在与传染性疾病作斗争的时候,我们经常目睹死亡,我们会思考它为什么会发生。我们都会尝试理解我们在宇宙中的位置和我们存在的原因。汗的去世让我觉得我们必须加倍努力,才能让他这样的勇士不会白白死去。"

凯拉洪 ETC
下午 4 点左右

随着下午逐渐过去,姨妈的弟弟伊拉躺在简易床上无法动弹,心中的怒火越烧越旺。凯拉洪营地的患者无法得到静脉滴注补液,这一点让他非常生气。他认为他刚刚在汗的死亡中见证了这条政策的结果。身体需要液体来补充失去的液体。身体里缺少液体,这个人注定会死去。帐篷里还活着的凯内马医务人员包括他、实验室技师穆罕默德·福拉和护士爱丽丝·科沃马。

伊拉再也无法忍受下去了。他的手机还有电。他打给凯内马的森比瑞·贾洛,请她派救护车来无国界医生的营地,接所有还活着的凯内马医务人员返回凯内马医院。"我死也要回凯内马去死。"他对她说。

夜晚正在接近,她保证救护车明天黎明就出发,接他和凯内马医院的其他人回家。她已经派出一辆救护车去接汗的遗体。那天傍晚,实验室技师福拉在简易床上死去,帐篷里只剩下两名凯内马的医务人员还活着:穆罕默德·伊拉和爱丽丝·科沃马。

营地工作人员将汗的尸体放在担架上,抬着担架来到停尸帐篷。

日落后不久，工作人员将汗的尸体装在裹尸袋里交给迈克尔·波凯。迈克尔和其他工作人员全都穿戴着个人防护装备，将尸体装进救护车的车厢，然后迈克尔和一名司机出发返回凯内马。

司机在崎岖的道路上开得很快。迈克尔在乘客座上颠簸，眼睛望着车窗外。他什么也看不见：乌云遮挡了天空，乡野之中毫无光亮，因为塞拉利昂的这个区域尚未通电。他心想，指挥我们所有人的医生已经死于埃博拉，我们会遭遇什么样的命运呢？我的命运会是什么样的？坎布依山悄然浮现，轮廓在天空的映衬下依稀可辨，城市的稀疏灯光逐渐接近。

隐藏之路

ELWA 医院
7月30日,星期三,上午6点

　　黑暗中,兰斯·普莱勒医生躺在床上,望着白色泡沫塑料保温箱。保温箱放在床边的地板上,犹如一个幽魂般的谜团。保温箱里的药物有可能杀死肯特或南希,也有可能救活两人之中的一个,还有可能毫无用处。

　　天亮了,普莱勒睁开眼睛。保温箱仍在原处。自从他把保温箱放在床边,就丧失了勇气去搬动甚至触碰它。他起床,走进厨房。

　　他和撒玛利亚救援会的其他几位成员一起居住在这幢屋子里。他为大家煮咖啡,然后端着一杯回到床上。他喝着咖啡,拿起《圣经》,阅读《诗篇》和祈祷。特克米拉制药寄送的 TKM-Ebola 在运输途中丢失,没能抵达蒙罗维亚。现在唯一的选择就是 ZMapp 了,但手头的药物只够一个人使用。

　　肯特·布兰特利是他的好朋友。假如他把药给肯特,他因此而死,那么他就亲手杀死了自己的朋友。当然,药也可能拯救肯特的生命。然而,假如他把药给肯特,就不能把药给南希·莱特博尔了,那样她就几乎肯定必死无疑。南希和肯特有资格得到同等的爱和公平。然而南希的病情比肯特重,已经濒临死亡。普莱勒知道规程:他该把药给肯特,肯特的病情比南希轻,他应该坐视南希死去。

他无法忘记他发过的希波克拉底誓言:"我将首先不伤害任何人。"他能够做出的任何一个选择都有可能对至少一个人(可能两个人)造成致命伤害。假如每个选择都有可能造成致命伤害,那么他该如何抉择呢?他祈求上帝为他指路,希望得到他该如何决定的启示。他能感觉到上帝陪伴着他,但上帝似乎每次只愿指引他迈出一步。

丽莎·亨斯利无法建议他该怎么做。她参与过药物研发。另一方面,她也不是医生,而他才是医生。尽管如此,他还是想再找她谈一谈,不是打电话,而是面谈。他发短信给她,请她来一趟医院。

ELWA 医院
7月30日,星期三,下午1点30分

中午刚过不久,大使馆的车辆把亨斯利送到医院。她爬上空心砖楼梯,发现普莱勒单独待在办公室里,坐在写字台上。

亨斯利坐进普莱勒对面的椅子。

他在遭受煎熬。"我不知道我该怎么做。我只想救我的朋友。我该怎么做?"

"我不能告诉你该怎么做。"

"丽莎,假如换了你,你会使用抗体药物吗?"

她不得不在回答前停下思考。假如她说她愿意给自己使用ZMapp,这算不算在推荐他向患者使用这种药物?你可不能跨过那条明确的界限,医学伦理的红线,她对自己说。她停顿良久,最后说:"假如是我,我会使用的。"话说出口,她不禁怀疑她是不是答得太快了。

"丽莎,我绝对不想怀疑你是否诚实,但我就跟你直话直说了。

我知道你有利益冲突的问题。我知道你想帮忙，但你参与这种药物的研发已经好几年了，把它用在人身上牵涉到你的个人利害。"我刚认识这个女人不久，他心想。她能把科研热情放在第二位，只做正确的事情吗？"我求求你了！"普莱勒脱口而出，"假如对方是你身边的人，你的家人，你会给他用药吗？"

两人隔着写字台对视。她没有回答。

他继续盯着她，在她脸上寻找或许能揭示情绪或思想的线索。他看见她转开视线，似乎盯着不在这个房间里的什么东西。某些私密和令人痛苦的东西，他心想。有一瞬间，他琢磨她有没有孩子。随后他想起她提到过她有一个孩子，一个儿子。他对那个男孩一无所知。

这是一个拷问心灵的时刻。这个时刻拖了很久，但亨斯利一直没有回答。妈妈，要是我得了埃博拉会怎么样？在一个患有血友病的孩子身上使用这种药物，结果无法预测，可能非常危险。

最后，她终于打破沉默。"会，我会给我的孩子用药。"

她长时间沉默后的简短回答使得他相信她在说实话。不仅如此，他还在她身上觉察到了更深邃的情绪，那是他无法看穿也不能理解的。她的心灵承受着某种重负，他心想。

普莱勒在内心搜寻，却依然找不到通向抉择的道路。他说他还是不知道该怎么办。

这时，亨斯利建议他们和药物的三位主要发明者开个电话会议。但吉恩·奥林杰、拉里·泽特林和加里·科本杰都没接电话。于是她对普莱勒说："咱们打给我父亲吧。"她解释说她父亲是一名科学家，曾经在人类对象身上做过抗体药物的临床试验。

迈克·亨斯利立刻接了电话。她把手机调成免提，放在普莱勒的写字台上，两人凑近手机，脑袋几乎贴在一起。

"爸爸，假如我感染了埃博拉，你会给我用 ZMapp 吗？"

迈克·亨斯利立刻答道:"会,丽莎,我会给你用的。"他已经花了很多时间思考这个问题。

拉里·泽特林的电话打了过来。

普莱勒问泽特林:"你会给自己用ZMapp吗?"

泽特林不得不思考片刻,然后才回答:"我先声明一下,推荐使用ZMapp对我来说会造成伦理问题,但我的回答是我会用在自己身上。"

亨斯利说:"拉里,我想问的重点是,你会用在你的孩子身上吗?"

普莱勒趴在亨斯利的手机上,等待泽特林回答。

确实是个好问题,泽特林心想。他想到他的五岁女儿和刚出生的孩子。这时他觉得其他事情都不重要了,非洲更是远在万里之外。他深吸一口气。"会,我会用在我的孩子身上。"

挂断电话,普莱勒决定去探视肯特·布兰特利,查看他的病情,和他一起祈祷。他开着皮卡来到肯特的住处,站在窗口向房间里看。一位名叫琳达·莫布拉的医生穿戴着个人防护装备,正在照护他。

肯特一动不动地躺在床上。他有意识,正在遭受巨大的痛苦折磨。他的眼球呈鲜红色,心跳极快,呼吸浅而急促。红疹已经从头顶到脚趾覆盖身体。他接受过三次输血,补充大出血时失去的血液,尿布浸透了污物和血液。肯特认为用不了多久,他的力量就无法支撑他继续呼吸了。假如无法自主呼吸,他无疑会死去,因为医院里没有氧气供应和呼吸辅助设备。

兰斯和肯特一起念诵经文,然后交谈片刻。急救飞机将在两天后抵达。假如一个人正在被埃博拉夺去生命,那么两天就是一段漫长的时间。肯特认为他也许还能继续呼吸大约四十八小时,长得足以登上飞机。等上了飞机,他就会立刻戴上呼吸面罩,通过人工手段维持生命。那些设备应该能在飞行途中维持他的生命,假如他能活着抵达亚特兰大的医院，就可以接受最先进的医疗救治了。然而南希不一样，她很可能无法活到登机的那一刻了。"把药给南希。"肯特说。

兰斯离开时没有告诉肯特他打算怎么做。

ELWA 医院
7 月 31 日，星期四，上午 6 点 30 分

第二天清晨，天刚破晓，兰斯·普莱勒坐在床上喝咖啡，望着那个泡沫塑料保温盒。大西洋的浪花拍打着窗外的沙滩。自从他把保温盒放在床边以后，就一直无法提起勇气去碰它。他从背包里取出《圣经》打开。纸张发软，一撕就破，被他的手汗泡得颜色发暗，用钢笔和铅笔写满了笔记。他翻到《以斯帖记》。

故事的主角，年轻的犹太王后以斯帖嫁给了波斯国王。她的叔父末底改发现了旨在杀死波斯所有犹太人的宫廷阴谋。末底改敦促以斯帖向国王告发阴谋，拯救波斯犹太人的生命。他对以斯帖说："谁知你之所以被召入王国，不正是为了挽救现在的危机呢！"以斯帖冒着生命危险提醒国王，因此救了犹太人。

在兰斯·普莱勒看来，他被召入医学的王国，也许正是为了挽救此刻的危机。然而他和以斯帖不同，他的选择无法拯救所有人。但他将不得不做出决定，任何做法的前提都是一个决定。有一个选择是什么都不做，根本不使用药物，让上帝决定他们的生死。但他认为他和以斯帖一样，上帝似乎把选择的责任交给了他。肯特敦促他把药给南希。但假如他，兰斯·普莱勒，违反检伤分类的法则，把药用在南希身上，她依然有可能死去，而同时他放弃了救治肯特。他合上《圣经》。

他思考他能不能把药物分给两名患者使用。这个做法的风险极高。假如他给南希和肯特各一剂药，那么两名患者都必须以最快速度

运往亚特兰大，不能延误，不能耽搁。另外，亚特兰大必须有更多的ZMapp 等着他们。只要一个环节出错，两人都有可能死去。

拐个弯就是南希·莱特博尔的住处。当天上午晚些时候，普莱勒站在莱特博尔的窗外看着她。她的埃博拉病情已经到了末期，皮肤内出血，肠道大出血。她比肯特年纪大得多，身体不如肯特健壮，她显然随时都有可能死去。普莱勒在窗外看着她的时候，他对她的同情吹散了检伤分类的法则。假如他袖手旁观，她就必定会死。他最终决定把药给她用。他做出了决定。

临近中午，普莱勒把保温箱留在南希的门廊上，附有他写给南希的主治医师黛博拉·艾森赫特的指示：她要解冻三瓶中的一瓶，用生理盐水溶解药物，通过静脉注射给南希。泡沫塑料保温盒在门廊上放了几个小时，没人去打开它，医务人员忙着为南希·莱特博尔成为 1 号实验体做准备。

凯内马政府医院
7 月 31 日，星期四，中午

就在撒玛利亚救援会的医务人员准备向南希·莱特博尔注射ZMapp 的时候，胡玛尔·汗的葬礼开始在凯内马政府医院举行。500名民众组成的人群聚集在儿科病房前，一具白色棺材放置在遗体告别处。就在同一个地方，人群曾经聚在一起，拿着蜡烛唱歌，希望能够扭转瓦哈布声称一位重要医生将会死去的预言。

仪式结束后，几位身穿生物危害防护服的抬棺者将灵柩抬到一片石头地上，此处在新拉沙热病房未完工的建筑物前方，离汗的吸烟点不远。掘墓人已经开始挖坑，但他们进展很慢。凯内马的岩石已有三十亿年历史，它们抗拒改变。几小时过去了，掘墓人依然在砍削地面的石块。人群最终散去，只剩下了掘墓人和灵柩，他们依然在挖地。阵雨来来去去。

兰斯·普莱勒将保温箱放在南希·莱特博尔的门廊上后不久，撒玛利亚救援会向全球发出媒体通稿，宣布他们在一位感染埃博拉的美国人身上使用了实验性的抗体药物。通稿称药物由国立卫生研究院和研究院的一名科学家丽莎·亨斯利提供。

几分钟后，CNN跟进撒玛利亚救援会的通稿，在网站上刊出一篇报道。接下来的一小时内，电子邮件涌入亨斯利的信箱，世界各地的埃博拉专家纷纷来信问询。他们既吃惊又生气，像开炮似的向她提问。丽莎，你刚刚做了什么？……你向一名美国患者提供了试验性抗体药物？……抗体药物来自NIH？……你疯了吗？……谁授权你向患者提供未经测试的抗体药物了？

亨斯利身穿密封防护服待在实验室里，没看见这些电子邮件。事实上，药物尚未进入南希·莱特博尔的身体。CDC的主任汤姆·弗莱登博士见到新闻报道，打电话给NIAID的所长安东尼·福奇博士，NIAID是NIH的过敏和传染病研究所，是德特里克堡的综合研究设施的上级单位。弗莱登非常恼火，问福奇NIH的这个研究员和NIH的这种药物到底在非洲搞什么名堂。安东尼·福奇被问得大吃一惊。他似乎对此事一无所知。假如NIH要提供一种未取得许可、没做过人体试验的试验性药物，而患者通过NIH的一名雇员得到这种药物，在这名患者身上使用这种药物的所有决定都必须由NIH的最高层管理人员做出，同时还要经过食品与药物监督局的监督和核准。丽莎·亨斯利似乎违反了所有规定。NIH的领导层对她几乎一无所知。她是一名底层科研人员，在机构内仅仅工作了几个月。NIH的领导层开始打听：这个丽莎·亨斯利到底是谁，她究竟做了什么事情？无论她是谁,她似乎都在自行其是。

彼得·耶林的直属上司,一位名叫克里夫·莱恩的 NIH 管理者,他找到耶林,询问具体细节。耶林不得不告诉莱恩说亨斯利乘直升机去取那种抗体药物,她本人有可能也感染了埃博拉。耶林为没有向高层管理人员通知此事而道歉。忽然之间,耶林似乎也陷入了麻烦。

耶林得到指示,命令亨斯利立刻返回美国接受调查,结果很可能是被解雇。调查将以最快速度开始,甚至在她返回美国之前。仅仅两个小时,熊熊烈火就吞没了亨斯利的职业生涯。

ELWA 医院
7 月 31 日,星期四,下午 1 点至 6 点 50 分

黛博拉·艾森赫特医生把第一剂药物——一小瓶冷冻的 ZMapp——塞进南希·莱特博尔手臂旁的床褥,让它在那里解冻。

就在小瓶逐渐解冻的时候,彼得·耶林打电话给丽莎·亨斯利,命令她回国。NIH 已经开始调查,要求读取她在非洲执行任务之前和期间送出与收到的所有电子通讯——每一条手机短信、每一封电子邮件、每一通电话的记录。调查人员要求知道她在什么地方通过什么手段获得了这种药物、她如何处理它、她采取这些行动的授权来自何方。

兰斯·普莱勒对丽莎·亨斯利被召回美国和她的行为正在接受调查一无所知:她决定不告诉兰斯。当天晚些时候,兰斯·普莱勒做出将药物给南希使用的决定后,他驾驶着皮卡车来到肯特的住处,查看肯特的情况。他在日落前几分钟来到那幢屋子。大雨暂时停歇,太阳在火烧云之中落向大西洋。接着夕阳的光辉,他从窗外望向肯特·布兰特利,所见到的景象让他惊恐。

崩　溃

ELWA 医院，蒙罗维亚
7月31日，星期四，晚上6点50分

肯特·布兰特利的脸变成了一个灰色的面具。他的体温升到104.7度。他每分钟呼吸30次，气息浅而急促，血氧降低到了危险线上。他的呼吸有时会缓慢下来，甚至几乎停止，然后他会深吸一口气，继续喘息。这在医学上称为潮式呼吸①，是死亡临近的一个征兆。兰斯·普莱勒亲眼见过许多人死去，他熟悉这个景象。肯特·布兰特利也心知肚明，他正在强迫自己的身体呼吸。医院里没有呼吸机，他不可能挺过这一夜了。

兰斯忽然知道了他该怎么做。正如他事后解释的："上帝给了我压倒一切的平和心境，我决定把药分给两个人用。"他决定破坏所有规定。决定把药给南希用，他已经破坏了检伤分类法，现在他又要把一份药物分给两名患者使用。他决定去做药物发明人告诉他不该做的所有事情。他做出了选择，这次是不可动摇的最终决定。"肯特，我要给你用抗体药物。"他说。

"行啊。"肯特答道。

然而有个问题。三剂药物都在半英里之外，而肯特此刻已在生死边缘。两剂药物冻得比石头还硬，存放在南希·莱特博尔住处门廊上

的泡沫塑料保温箱里。另外一瓶在南希的房间里,说不定已经进入她的血液系统。

普莱勒跳上皮卡,发疯般地疾驰半英里,滑行着在南希·莱特博尔住处旁停下。他跳下车,打开保温箱,取出一剂 ZMapp。药物冻得很结实。他把药瓶塞进腋窝,放了一小会儿取出来。药瓶没有任何解冻的迹象。这是一坨无法使用的冰块。肯特正在死去。

兰斯跑到南希房间的窗口,请黛博拉·艾森赫特医生把南希的那一剂药拿给他。医生从南希的床褥里取出药瓶,用漂白水给瓶身消毒,放进三层塑料袋,给塑料袋消毒,然后从前门递给兰斯。他用刚从保温盒里取出来的冰冻药瓶和她交换。医生把冰冻药瓶塞进南希的床褥,让它慢慢解冻。

普莱勒跳上皮卡,把装在塑料袋里的半解冻药瓶夹在腋下,开快车返回肯特的住处,祈祷药物能够及时融化。

他来到肯特的住处,跑到窗口——肯特还活着。他从腋下取出药瓶,发现药物已经融化。他从门口把药交给琳达·莫布拉医生。此刻是傍晚 7 点 20 分。太阳已经落下,天空正在变暗。

与此同时

夜晚即将来临,快速移动的乌云使得凯内马医院内暗沉沉的。掘墓人已经完成工作。胡玛尔·汗的抬棺人身穿密封防护服,把绳索从灵柩底下穿过去,然后将灵柩放进墓穴,他们抓紧绳索,向后仰身,以平衡灵柩的重量。几个人站在旁边观看。其中之一是纳蒂亚·沃凯

---

① 又称陈-施呼吸,特点是呼吸逐步减弱以至停止和呼吸逐渐增强两者交替出现,周而复始,呼吸呈潮水涨落样。

埃，负责验血的法国科学家，她经常和汗在她的办公室一起抽烟聊天。她望着抬棺人脱掉生物危害防护服扔进汗的墓穴，这是向埃博拉受害者告别的标准流程。掘墓人开始铲土填平墓穴，泥土落在防护服上。葬礼结束，纳蒂亚穿戴好装备进入高危实验室，继续化验血样。

ELWA 医院
7月31日，三十分钟后，近晚上8点

兰斯·普莱勒在窗外看着莫布拉医生用750毫升林格氏溶液灌满一个输液袋，然后破开药瓶的蜡封，拧开瓶盖，用注射器抽出药液并注入输液袋。两人祈祷，兰斯发短信给丽莎·亨斯利说他正在把药物分给两名患者使用，他即将给肯特·布兰特利注射一剂药物。等药瓶解冻，南希也将注射一剂药物。"这就要开始了。"他发短信称。

莫布拉医生把点滴设置为慢速滴注，让药物流入患者的身体。时间是晚上8点。肯特·布兰特利成为了1号实验体，接受ZMapp注射的第一名人类。点滴将持续大半个夜晚，让药物在布兰特利的血液系统中缓慢积累。然而药物进入血流后仅仅一两分钟，他就开始颤抖。埃博拉患者去世时，身体有可能会抽搐。布兰特利开始剧烈颤抖。

普莱勒判断这是一种名为"寒战"的颤抖。"只是抗体药物在猛踢病毒的屁股。"他隔着窗缝对布兰特利说。

这有可能是寒战，也有可能是埃博拉感染的濒死阶段，患者在颤抖或抽搐中痛苦地死去。布兰特利的颤抖还在继续，莫布拉医生报告称他的体温开始下降。仅仅十五分钟，体温就从105度降到了100度，从致命高烧回到了中等发热。颤抖持续了半个小时，逐渐缓和下来，直到最终停止。药物开始进入布兰特利的血液系统才半个小时，

他就在床上坐了起来。这时,普莱勒拿起手机,贴在纱窗上拍了一张布兰特利的照片:他张着嘴,眼窝深陷,双眼半睁半闭,但看上去相当有活力。

9点,肯特说他要上厕所。他无法起床已经一天半了,大小便彻底失控。他起床走向卫生间,莫布拉医生搀扶着他,举着他的IV支架。他说他感觉稍微好一些了。点滴开始这才一个小时刚过几分钟,第一剂药物只有大约12%进入了他的血液系统。

晚上9点09分,布兰特利在卫生间里的时候,兰斯·普莱勒发短信给丽莎·亨斯利:"说真的,他看上去已经明显好转。真的有可能吗?"

她在匆忙间回短信道:"加里(科本杰)说(接受治疗的猴子)在几小时内就出现了改变。它们会明显好转,但随后似乎稍有反复。不过,对,真的有可能。"

兰斯·普莱勒在肯特·布兰特利的窗外待了一整夜,间或与他一起祈祷,随着时间一小时一小时过去,他看着布兰特利的情况稳定好转。

在肯特·布兰特利身上发生的确实是个医学奇迹。药物显然救了布兰特利一命。不存在第二种可能性。ZMapp击退了布兰特利体内的埃博拉病毒。第一滴药物进入他的血液后仅仅几分钟,它就开始屠杀病毒粒子集群。一种药物有可能在九十分钟内扫灭埃博拉感染,有可能在身体已经进入临终抽搐时将病人从崩溃的死亡线上拉回来,这听上去仿佛是剧本里的虚构场景,绝对不可能发生在现实之中。然而事实就是如此。至少在肯特·布兰特利这位1号实验体身上,药物成为真正的天使之剑,挖出了病毒的心脏。写作本书的时候,ZMapp对肯特·布兰特利体内的埃博拉病毒究竟做了什么依然是个不解之谜,然而无论发生什么,对埃博拉来说都不可能是好事。从更大的尺度来看,这种药物打开了通往未来的一扇窗。像ZMapp这样的药物能够战胜生物武器或阻止来自大自然的新发病毒。就完成研发并做过人体试验的某些更犀利的武器而言,ZMapp仿佛它们的一个粗糙版本。这种药物或许实现了拉里·泽特林最初的想法(那是他在领失业金时想到的):假如你能设计出一种可以击败埃博拉的药物,那么你就几乎可以踢得所有种类的病毒满地找牙了。

当晚10点,黛博拉·艾森赫特医生把针头扎进南希·莱特博尔的股骨,开始直接向骨髓滴注ZMapp溶液。她手臂静脉的血管壁变得软而脆,点滴针头会破坏静脉,引起大出血。药物进入血液系统后不久,她的双手感到奇痒无比。这很可能是过敏反应。这一夜,药物在她的血液系统内逐渐累积,她的情况没有明显好转,但依然还活着。这一点本身也许已经是个奇迹了。

丽莎·亨斯利在旅馆房间里彻夜不眠,关注情况发展。她确定两名患者都开始接受ZMapp注射后,发短信告诉兰斯·普莱勒说她已受召返回美国。她没有告诉他原因。

肯特·布兰特利坐在皮卡的车斗里被送到蒙罗维亚国际机场,随后进入凤凰航空喷气机的生物隔离舱,飞机随即起飞。飞机在亚特兰大降落后,布兰特利身穿密封防护服,自己走下飞机,救护车将他送进埃默里大学医院,安置在高度生物隔离的ICU内。三瓶ZMapp已经从肯塔基生物制品公司送达医院。布兰特利进入生物隔离ICU后,由4名传染病医生和21名护士组成的团队立刻开始医治他。ZMapp或许在几分钟内救了他的命,但他尚未痊愈,假如没有一支优秀的医疗团队和全世界最好的医疗科技,他未必就肯定能活下来。他是8月2日抵达埃默里医院的。

惊 恐

凯内马政府医院
2014 年 8 月 2 日,星期六

胡玛尔·汗去世已经四天。到目前为止,8 名埃博拉护士已经丧生,活下来的护士精神受创。他们大多数人再也不肯进入三个埃博拉病区,但这些病房里还有 60 到 70 名埃博拉患者。凯内马的医务人员也有坚持工作的,其中包括南希·约科护士,她曾经为葬礼整理姨妈的尸体。

世界卫生组织继续派遣医生前往凯内马,尝试稳定医院的局势。其中之一是约翰·谢非林,杜兰大学医学院的儿科专家。他主动接受了来凯内马政府医院工作三周的任务,报酬仅仅是 1 美元,还要扣除 24 美分以抵消行政开支。谢非林从未见过埃博拉患者,也从未穿戴过个人防护装备。一辆路虎把他送到医院,他站在附楼病区前,认为他再也无法与家人团聚的可能性很大。

一位叫凯瑟琳·霍利亨的英国医生向谢非林介绍情况,教他如何穿戴个人防护装备,然后两人一起走进了如奥马哈海滩般惨烈的医学地狱。

病房里混乱得令人惊恐。按理说这个病区只有 17 张病床,里面却塞了大约 30 名埃博拉患者。病房里有全员感染埃博拉的几家人。

患者自己从一张床移动到另一张上，选择躺在看上去比较干净的病床上。患病的父母进入病区，带着未受感染的孩子，因为村庄拒绝接纳父母感染埃博拉的孩子。谢非林和世卫组织的其他医生不知道该怎么处理健康的孩子，于是把他们安置在患者病情较轻且尚未检出埃博拉阳性的病房里。对孩子来说这当然不是好事，但谢非林唯一的另一个选择就是让他们和埃博拉晚期、传染性更强的父母待在一起。"我们犯了错误吗？是的，肯定犯了。但我们只是在挣扎求生，尽可能做正确的事情，我们在蹚水过河。"他说。

南希·约科护士尽可能延长她在病房里的工作时间，然而到了夜里，病房里往往没有任何医务人员。天亮后，南希·约科和世卫组织的医生总会从埃博拉病区（往往是从厕所里）内搬出几具尸体，留在病房建筑物旁。谢非林抵达后不久，凯内马医院共收治了一百名埃博拉患者，谢非林和同事考虑关闭凯内马医院的所有埃博拉病区，以此平息混乱。然而他们意识到，假如他们关闭病区，感染者就会待在家里，由家庭成员照护，病毒会继续扩散，更多的人将会死去。他们必须继续开放凯内马医院的埃博拉病区，吸引埃博拉感染者离开原有社群，来到一个地点接受隔离。

约翰·谢非林曾经以儿科专家身份在拉沙热研究项目组里工作过，认识埃博拉护士中的许多人。来到医院后，他在埃博拉病区里见到了他的两位朋友：穆罕默德·伊拉和爱丽丝·科沃马护士，救护车已经将他们从无国界医生的营地接回了凯内马医院。谢非林抵达的当天，他检查伊拉的情况，意识到他的病情已经无可挽回：他打嗝、尿血和便血。谢非林打破检伤分类的规则，虽然已经无力回天，但还是尽其所能救治伊拉。他以同样方式对待爱丽丝·科沃马，不顾她希望渺茫的事实。她后来在他的护理下去世。谢非林将精力主要放在儿童和青少年身上，他毕竟是一位儿科医生。"我们所有人都有一两名患者,从他们刚送来时我们就开始悉心照护,"谢非林说,"出于天晓得什么原因,我们把心灵和灵魂放在这些患者身上。但他们当中的大多数没能活下来。"

世卫组织的加拿大医生罗伯·福勒在凯内马医院工作过,亲自照护过30到40名埃博拉患者。"每天早晨我一走进我负责治疗的区域,就会见到人们在病床上呼喊,"福勒回忆道,"我必须问自己:'我该先去哪一张病床?'是昏睡不醒的三岁孩童?还是嗓门最大的三十岁女人?无论我先去哪一张病床,另外五个人都会对我说:'医生,医生!求求你!'假如我给一个病人挂上一升液体,另外六个人也会要相同的东西。我都没法说下去了。"

谢非林逐渐注意到凯内马医院里的埃博拉患者组成了某种社群。能够帮助他们的医生和护士太少,他们于是开始互相帮助。埃博拉患者社群内出现了首领,他们比较年轻,活了下来,正在康复。他们开始帮忙执行护理任务。

约翰·谢非林一直在照护穆罕默德·伊拉,他惊讶地注意到伊拉的病情开始好转。他的大出血停止了,他不再打嗝,高烧逐渐退去。他的免疫系统战胜了病毒。伊拉的存活完全是个谜——他照护姨妈时没有穿戴个人防护装备,他大量多次暴露于病毒之下。8月9日,高危实验室报告称伊拉的血液检出埃博拉阴性,他回到了坎布依山坡上的家里。伊拉本来就很瘦,现在只剩下了骨架。他笑嘻嘻地走进家门,对母亲卡迪说:"结束了,我检出阴性。"

她不相信。他上次对她说的就是这几个字:结束了,他检出阴性,然后自己去了无国界医生组织的营地等死。

他搂住母亲,证明他确实检出阴性。她知道除非他真的检出阴性,否则绝对不会这么做。

几个月后,穆罕默德·伊拉和我坐在凯内马政府医院内的一个僻静角落里。他瘦得可怕，身高超过6英尺，举止克制而亲切。梦幻般的受创阴霾似乎包裹着他。他看上去足有七十岁，其实只有四十七。他说他不记得他亲身经历的某些恐怖时刻了。他提到他留下汗医生独自死去的悔恨。"我甚至不记得当时的情形了，真是非常可怕。上帝保佑，我的生命得救了。"他说。

科纳克里、弗里敦、蒙罗维亚、拉各斯
2014年8月

从结果来看，凯内马政府医院的毁灭仅仅是病毒新发的起始火苗，初期的爆燃最终在人类群体内引发了树冠猛火。随着凯内马的埃博拉病房被病毒吞噬，真正的瘟疫开始蔓延，扎伊尔埃博拉的A82V马科纳变异株（马科纳毒株）点燃了非洲西部的城市。8月8日，世卫组织报告埃博拉病例共计1 779人，其中961人死亡。

7月20日，病毒通过一位名叫帕特里克·索耶的美国律师传入尼日利亚。他在利比里亚被姐姐传染了埃博拉病毒，然后乘飞机到尼日利亚首都拉各斯，转机前往尼日利亚的卡拉巴开会。他在拉各斯国际机场下飞机时感觉极度不适，被送进拉各斯一家名叫第一咨询医疗中心的医院。医院的主任医师斯黛拉·阿达德沃怀疑他感染了埃博拉，不顾索耶想要离开的意愿，把他留在医院接受检查。检测结果证实他确实感染了埃博拉，他很快在医院内死去。他将埃博拉病毒传给了另外20个人，其中包括阿达德沃医生。病毒眼看着即将在拉各斯失去控制，拉各斯拥有2 000万人口，居民中有很多一贫如洗，住在拥挤的贫民窟里，无法接触到医疗救助。假如病毒在拉各斯的城市人群中扩散，这座城市将被病毒如核爆般荡平。索耶在尼日利亚死去的过程中曾与70人近距离接触，他们当中的任何一个人都有可能感染

病毒并传给其他人。尼日利亚卫生部门和外国医生迅速而果断地采取行动，切断了从帕特里克·索耶开始蔓延的传染链。

斯黛拉·阿达德沃医生没有让索耶离开医院，却在事后死于埃博拉所致疾病；现在她被视为国民英雄，因为她阻止了病毒在尼日利亚大规模蔓延。

假如埃博拉病毒在拉各斯爆发，病毒隐藏在一个人的身体内从拉各斯前往某个超级城市，例如孟加拉的达卡或印度的孟买，病毒无疑会在这些城市造成可观的灾害，同时得到无数机会再次突变，进一步适应人类这种生物。野生埃博拉病毒在梅里昂杜跃入小男孩体内后，通过仅仅几个人的连续传染就变异成了马科纳毒株。假如病毒集群在更多人的体内连续传染，构成更长的传染链，那么集群中就更有可能出现更多的变异，鱼群将会再次改变，病毒有可能会变得更适应人类。埃博拉有能力改变自身，它会对新的宿主做出反应，它已经潜伏在人类体内前往这颗星球上更遥远的角落了。

胡玛尔·汗去世后两周，ZMapp 挽救了肯特·布兰特利和南希·莱特博尔的事实已经无可辩驳，《纽约时报》刊发了一篇报道，讲述人们如何拒绝在汗身上使用 ZMapp："来自无国界医生组织和世界卫生组织的医疗团队彻夜激辩，最终决定不使用这种药物。"报道还提到了汗没有得到机会选择是否使用这种药物。文章刊发后，罗伯特·盖瑞、艾丽卡·萨菲尔、丽娜·莫西斯和帕尔迪斯·萨贝提极其惊讶地得知汗根本没有使用 ZMapp。他们都以为汗使用了这种药物，但它没有能够挽救他的生命。

帕尔迪斯·萨贝提被这个决定气得暴怒。她没有公开表达她的感受，但布洛德研究所的同事听见她在埃博拉作战室附近的办公室走动时大声咒骂。胡玛尔·汗是她的团队成员和亲密朋友，有人居然会拒绝给他使用很可能会挽救他生命的药物。

《时报》文章引用丹·鲍什的看法说他不赞成无国界医生组织的决定，称他认为他们应该询问汗本人的意见。"我认为，汗医生是个完美的患者，能够理解这个灰色地带的复杂性。"他说。但他也说当时形势危急，他尊重在场医生的决定。那些科学家、医生、官员和营地管理人员都不知道汗研究过抗埃博拉的试验性药物和疫苗，熟悉它们的数据，将 ZMapp 视为他的首选治疗手段。这部分情况在文章中第一次被公之于众。

凯拉洪营地的管理人员不愿公开讨论他们为何会决定不向汗提供这种药物。我通过无国界医生组织的三位医生得知，凯拉洪团队的成员严重心理受创，甚至无法与无国界医生组织的其他成员在私下里讨论他们的经历。最后，安雅·沃尔茨，凯拉洪埃博拉治疗中心的临床护理管理者，答应与我交谈；我通过电话找到身在无国界医生组织布鲁塞尔总部的她。

"我连回想此事都感到极为痛苦，"她说，"我们有我们的担心，给汗医生用药后，我们不可能知道会造成什么结果。ZMapp 从未做过人体试验，也就是说我们会拿汗医生当豚鼠使用。"她与加里·科本杰谈过，询问他对药物的看法。他参与了药物研发，因此无法建议安雅·沃尔茨是否给汗用药。"加里说：'现场的决定权属于你。你可以决定怎么做对你和你的团队最有利。'"科本杰说他可以帮她解除决定中的伦理责任。"假如你需要，我们可以替你决定。"科本杰对沃尔茨说，意思是由一个国际专家委员会权衡并给出建议。沃尔茨说她愿意承担这个决定的道德责任。

她父亲经常打电话给她，尽量鼓励她。她对父亲说："爸爸，人们在死去，我们什么都做不了。"你无法向其他人解释在埃博拉治疗中心工作是一种什么经历，疾病无药可救，儿童和青少年没有家人陪伴，孤独地死去。她不得不考虑汗死去的暴力风险；离营地不远的地区已经出现了暴力事件；所有患者和医务人员的生命都取决于她的决定。她本来已经戒烟，但现在又抽个没完。她一遍又一遍地听到承诺，说 SOS 的急救飞机很快就会送汗去瑞士，他会在瑞士接受 ZMapp 治疗，这样就不可能危及营地人员的生命了。然而到了最后，所有承诺都成为泡影，SOS 拒绝让汗上飞机。汗在营地去世后不久，沃尔茨得知她和她的团队拒绝给汗使用的 ZMapp 药物似乎挽救了两名美国人的生命。"我觉得，天哪，天哪，我们做错了吗？现在已经知道 ZMapp 确实有效，当初的决定很可能是错误的。然而就我们当时掌握的情况来看，我已经尽力了，我依然坚持我的立场。这件事太触及情绪了，太让人痛苦了。有许多事情，很久以来我一直在努力忘记。"她的声音开始动摇，她哭了起来。

2014 年的整个夏末，帕尔迪斯和她的小组一直在解析埃博拉群集的基因组，在国家生物技术信息中心的网站上实时发表数据，这样世界各地的科学家就能立刻见到结果了。8 月下旬，萨贝提的团队在《科学》杂志上发表论文，详细解释他们的结果。他们面对 5 月至 6 月间的三周内生活在凯内马及其周边地区的 78 名居民，做了他们血液内的埃博拉病毒的 RNA 测序，所选取的正是病毒在塞拉利昂开始链式传染的时间段。团队用设备解析海量的埃博拉遗传密码，在这 78 人的血液中得到了约 20 万张病毒的单独快照，他们据此观察病毒进入人类群体后的变异情况。

萨贝提的团队还发现病毒是从一个人身上开始传播的。随着病毒从第一个人传给第二个再传给其他人，集群开始稳定变异，病毒探索人类这种宿主的情况，遗传密码不断改变。病毒从一个人跳到另一个人身上时，有近一半可能性携带着变异。大多数变异并不改变构成病毒的蛋白质，但偶尔也有会改变的，于是病毒就会变得不太一样了。等病毒传入塞拉利昂，进入参加了信仰治疗师麦宁道葬礼的那些女人的身体，病毒已经变异成为两个遗传密码迥异的集群。两个病毒世系都从麦宁道的葬礼向外扩散到整个塞拉利昂，但两个之中只有一个感染了非洲西部的大多数患者。这就是马科纳毒株，致命马科纳，处于优势地位的变异体。

到了9月，帕尔迪斯已经看到了活体的马科纳毒株，但她依然不知道它究竟有什么本质性的不同之处。马科纳毒株有什么非同寻常的能力吗？它对人类来说更致命，或者传染性更强，或者两者兼备？马科纳毒株为什么能够席卷整个非洲西部，而其他毒株都逐渐偃旗息鼓？最后一个问题她依然没有找到答案——她依然无法看穿马科纳毒株的特性。她能读出这个毒株的遗传密码的所有字母，但无法理解这些字母的含义。

埃博拉病毒的某些变异使得病毒在化验中更难以被发现。"这显示出我们有能力实时分析埃博拉病毒了，"萨贝提在9月中旬对笔者说，"这种病毒不是一个单独的个体。现在我们有了一个入口，能够窥见病毒的所作所为，从而认清我们在每个时间点上都在和什么作斗争。"《科学》杂志的论文将五位埃博拉死难者列为共同作者，包括胡玛尔·汗、埃博拉病区的管理者"姨妈"姆巴卢·方尼、资深护士阿莱克斯·莫伊博伊和爱丽丝·科沃马。共同作者中还有凯内马团队的多名其他成员，包括迈克尔·波凯和兰萨纳·卡内，他们冒着危险在马科纳三角洲搜寻埃博拉感染者并几乎丧命。"那篇论文里有许多条生命。"萨贝提说。

治　愈

亚特兰大，佐治亚州
2014 年 8 月，前两周

肯特·布兰特利活着住进了埃默里大学医院，但依然病得很严重。他的病情似乎符合亨斯利所说的猴子遇到的情况："它们会明显好转，但随后似乎会稍有反复。"药物击退了他体内的病毒，但无疑尚未清除干净。布兰特利又接受了两剂 ZMapp，它们属于从肯塔基送来的 3 号备品。他的情况持续好转，治疗团队给了他世界级的医疗救治。布兰特利的妻子安珀赶到医院，两人可以隔着玻璃窗交谈，但他必须留在生物隔离病房之内。

南希·莱特博尔在 ELWA 医院注射了第一剂 ZMapp，然后继续躺在住处的床上，撒玛利亚救援会的医护人员负责照顾她。她活了下来。几天后，撒玛利亚救援会的医生们给她注射了第二剂 ZMapp。本来打算用在胡玛尔·汗身上的 2 号备品于是全部用完了。南希·莱特博尔依然住在 ELWA 医院，等待第三剂药物。

凤凰航空的喷气机将肯特·布兰特利送到亚特兰大后，掉头返回利比里亚，接上南希·莱特博尔，同样送到亚特兰大。她也住进了埃默里医院的生物隔离 ICU，接受埃默里团队的医治。她在埃默里医院注射了第三剂 ZMapp，这是 3 号备品的三剂药物中的最后一剂。

南希·莱特博尔在埃默里医院与埃博拉病毒艰苦作战。她康复得很慢，最终在 8 月 19 日出院，和丈夫戴维一起回家。她需要私人空间，拒绝媒体的关注。她后来说她对生病的那段时间没多少记忆。埃博拉感染会导致失忆，许多埃博拉幸存者对他们被病毒蹂躏的那段时间几乎没有甚至完全丧失记忆。

肯特·布兰特利持续好转，然而只要他的血流内还有病毒，美国土地上就能窥见埃博拉的身影。无论可能性多么微小，病毒从布兰特利体内逸出的风险都依然存在。出于这个原因，疾控中心一直在监督他的血检作业。8 月 20 日，院方宣布布兰特利体内已无病毒，他走出埃默里医院的生物隔离病房，几个月来第一次和妻子紧紧拥抱。第二天，他终于出院。他很瘦，但能自己走路，而且面带笑容。他从两排为他鼓掌的医务工作者之间穿过，返回沃斯堡的家中。肯特·布兰特利和南希·莱特博尔将侥幸存活归功于医疗团队的卓越照护、ZMapp 药物和上帝的权能。

肯特·布兰特利和南希·莱特博尔各得到了一个疗程的 ZMapp，这样世界上还剩下四个疗程的 ZMapp 备品了。一位名叫米奎尔·帕哈雷斯的七十二岁西班牙神父在利比里亚感染了病毒。飞机将他运到马德里，他注射了存放在日内瓦的 1 号备品中的一剂，但在不久后死去。

有一位名叫威尔·普利的英国护士以志愿者身份在凯内马工作。他发作了埃博拉所致疾病，8 月 24 日，皇家空军的一架环球霸王运输机将他送到伦敦，机舱内安装了生物隔离的塑料帐篷。他进入伦敦一所医院的生物隔离病房接受治疗，1 号备品中的另外两剂注射进他的身体。普利的埃博拉病况在二十四小时内被彻底扭转，他完全恢复了健康。

拉里·泽特林将 4、5 和 6 号备品送往蒙罗维亚的 ELWA 医院，它们用在感染了埃博拉的三位非洲医生身上,他们分别是亚伯拉罕·波尔波尔、祖库尼斯·爱尔兰和亚罗·科斯莫斯·伊诸古。波尔波尔医生不幸逝世,但另外两人活了下来。此时 Mapp 生物宣布称全世界一共只有六个疗程的 ZMapp 药物,目前已经全部用尽。

这种药物明确无误地从死亡线上挽救了肯特·布兰特利。他原本已经处于埃博拉病症的崩溃期,但 ZMapp 进入他的血液系统仅仅三十分钟,他就在床上坐了起来。不到一个小时,他已经可以下地行走。这怎么可能呢?此时还只有极少量的药物进入他的血流。

ZMapp 似乎在短时间内杀死了悬浮在他血流中的所有埃博拉病毒粒子。它对埃博拉的效用就仿佛强效杀虫剂瞬间消灭一窝黄蜂。我询问 Mapp 生物的总裁拉里·泽特林,极少量 ZMapp 怎么可能在仅仅几分钟内杀死那么多的埃博拉病毒粒子。

泽特林并不吃惊。他见过抗体对精子细胞做相同的事情。经过短暂的计算,他说药物开始滴注进入布兰特利的手臂三十分钟后,布兰特利血流中的每个埃博拉粒子都被 3 万个抗体团团包围,这个数量足以摧毁病毒粒子,确保它的死亡。

布兰特利的血液经过肾脏,肾脏的功能就是过滤血液中的外来粒子。布兰特利开始注射 ZMapp 六十分钟后,他走进厕所,将死亡的埃博拉病毒尿出身体。

但这还不是故事的全貌。他全身上下的细胞都像制造工厂,数以千计地产出埃博拉病毒粒子。抗体也会黏附在从细胞长出的埃博拉发丝上,杀死这些细胞。拉里·泽特林如此解释:"我先声明一下,以下内容纯属推测——地图之外,那是海怪出没之处——大量证据表明,使用抗体治疗病毒感染的原理是杀死受到感染的细胞。这个推测说得通,因为这么做是在阻止工厂源源不断地生产病毒,而不是仅仅杀死工厂生产出来的东西。"摧毁制造炸弹的工厂,这样就能阻止炸弹被生产出来了。患者需要注射三剂 ZMapp 是因为第一剂无法杀死所有受到感染的细胞。有些细胞会继续大量产出埃博拉病毒粒子,但后续的 ZMapp 攻势会摧毁它们。

9 月初,有编号的六组 ZMapp 备品全部用完,肯塔基生物制品公司开始紧急生产 ZMapp,但生产过程非常缓慢,而且产量极低。不过,还有一个疗程的 ZMapp 秘密存货——0 号备品——隐藏在美国某处的冰柜里。

国立卫生研究院
贝塞斯达,马里兰州
2014 年 8 月中旬

国立卫生研究院的官员仔细梳理丽莎·亨斯利的电子通讯记录。"假如他们开始查看一个人的电子邮件,"加里·科本杰说,"那就几乎可以肯定这个人要被解雇了。"然而,事实很快变得明确。NIH 没有向两名美国患者提供药物。ZMapp 的 2 号备品是加拿大政府的财产。加里·科本杰,一位为加拿大政府工作的科学家,他将药物捐赠给撒玛利亚救援会,作为慈善用药供美国公民使用。

另一项事实也起了作用。丽莎·亨斯利在执行国防部的任务。她在军队的指挥链内采取行动。疾控中心驻利比里亚的最高官员凯文·德科克请求亨斯利为撒玛利亚救援会研究最有希望的可选药物:她在指挥链中是德科克的下属。美国驻利比里亚大使黛博拉·马拉克授权了那次直升机飞行,海军陆战队的一名军官布莱恩·威尔逊中校请求亨斯利代表美国政府登上直升机。在大使馆服务的军事人员归美国大使指挥,亨斯利去取 ZMapp 的那次飞行是大使馆组织的外交和军事任务。还有最后一点重要的事实。两条生命得到拯救，亨斯利在其中做出了少量的贡献。她并没有自行其是。也许她真的违规了？在那么一个危机时刻，在病毒战争的硝烟中，没有谁能够真正地掌控局势。总而言之，调查洗清了亨斯利的所有指控。"丽莎做了正确的事情。"帕尔迪斯·萨贝提评论道。国立卫生研究院的高层也得出相同的结论，亨斯利保住了工作。

剑桥，马萨诸塞州
9月22日

秋天的一个温暖日子，帕尔迪斯·萨贝提在布洛德研究所的埃博拉作战室里与一群同事开会。窗外视野中满是生物技术公司和药企的玻璃外墙大楼，它们背后是查尔斯河和信号山。胡玛尔·汗去世已经一个月了。埃博拉继续在非洲西部蔓延。不过，病毒在尼日利亚的传播已经停止。"病毒没有在尼日利亚进入指数增长，"萨贝提对团队说，"因此咱们可以稍微喘口气了。"

萨贝提确定埃博拉很快就会在美国出现，被航空旅客携带入境。她说医院和卫生管理部门没有为病毒做好准备。结果肯定会有美国人因埃博拉而死。

一周后的达拉斯，得克萨斯健康长老会医院，一个名叫托马斯·埃里克·邓肯的男人走进急诊室，他头疼、反胃、发烧到100.1度。他曾在利比里亚的蒙罗维亚租房居住，不久前才来到美国。经过几小时的化验，医生给邓肯开了抗生素的处方并放他离开。两天后，他来到同一个急诊室，这次是被急救车送来的。医生这时才得知他曾在蒙罗维亚居住，他们因此怀疑他感染了埃博拉。他们向疾控中心报告了这个病例。

得克萨斯健康长老会医院的医护人员在他疑似感染埃博拉的情况下照护他。他的体液喷溅在他们身上，但他们没有穿戴标准的特卫强生物危害防护服、HEPA呼吸面罩和鞋套，只穿戴了棉布手术口罩、手术服、手套和护目镜。换句话说，他们对待埃博拉的态度过于随意。邓肯呕吐在地上，医务人员的鞋子很可能把埃博拉病毒粒子传播到了整个医院的走廊里。9月29日，一位名叫妮娜·法姆的护士负责照护邓肯，根据医疗记录，没有任何证据表明她穿戴了任何防护装备。疾控中心化验邓肯的血液，证实他感染了埃博拉；他于一周后去世。

邓肯去世后不久，妮娜·法姆发作了埃博拉病症。她转入马里兰州贝塞斯达的NIH医院的生物隔离ICU接受治疗，最终活了下来。她的主治医师之一是安东尼·福奇，国立过敏和传染病研究所的所长，他在她的病床边守护了许多个小时。得克萨斯健康长老会医院的另一名护士——安珀·文森特，托马斯·埃里克·邓肯也把埃博拉传染给了她。她在因为埃博拉发烧的情况下搭乘边疆航空的客机从达拉斯飞往克利夫兰，又搭乘边疆航空的另一个航班返回达拉斯。两架飞机上有几百名乘客和机组人员。边疆航空深度清洁飞机四次，将机组人员隔离了二十一天。文森特护士最终进入埃默里大学医院接受治疗，她同样活了下来。

10月17日，一位名叫克雷格·斯宾塞的医生在纽约肯尼迪国际机场落地，他曾以志愿者身份在无国界医生组织在几内亚的一个埃博拉治疗中心工作。他感觉极为疲惫，但除此之外都还好。隔周的星期二，他沿着高线公园（曼哈顿沿高架轻轨线而建的一个公园）散步，在一家咖啡馆里喝咖啡。他在一家餐厅吃肉丸，他搭乘地铁，他去打保龄球。星期四，斯宾塞医生醒来时感觉异常。他呼吸急促，身体发热。傍晚时分，血检证实他感染了埃博拉病毒。纽约市卫生局的官员不确定该怎么对他做生物隔离：将他包裹在茧壳里，防止他将病毒传给纽约市的其他人。"他们明显没有任何预案。"斯宾塞后来对《纽约》杂志说。

斯宾塞住进贝尔维尤医院的一个高度生物隔离病房，他与病毒在那里共度了十九天时光，贝尔维尤的医疗团队给了他最高等级的护理，他最终康复出院。病毒在他体内但他尚未发烧的那段时间里，他搭乘过地铁，去过城里的许多地方，大众和媒体对此非常紧张。斯宾塞认为公共安全部门和媒体夸大了他对这座城市造成的危险，讨论你有没有可能通过保龄球感染埃博拉病毒，毫无必要地吓唬人们。总而言之，斯宾塞体内的病毒在贝尔维尤的生物隔离病房内全部死去，没有传给纽约市的其他任何人。

10月中旬，世界卫生组织报告共发生了9 200个埃博拉病例，其中4 500人已经死去。情况非常明显，埃博拉正在爆炸性增长。病毒已经越过了临界点。流行病学家再也无法跟踪它在非洲西部城市内的传播情况。任何人——无论是医生还是普通市民——都不知道谁感染了埃博拉而谁没有。埃博拉的蔓延速度堪比季节性感冒传入一座城市后的势头。在预测未来的新增病例数时，有些流行病学家认为一年内会出现几百万埃博拉感染者。所有埃博拉治疗中心都人满为患。

塞拉利昂，病毒在首都肆虐，扩散到整个国家。上报的病例已经超过万人，而且数字还在攀升。

然而在马科纳三角洲，病毒从生态系统中涌现的这个原爆点，情况却发生了改变。此处的新增埃博拉病例数急剧下降。到10月末，马科纳三角洲几乎没有新增病例，凯内马周边地区的新增病例也不多了。马科纳毒株从它诞生的摇篮悄然隐退和消失，刚开始势头还比较缓慢，后来急转直下。马科纳三角洲发生的事情只能用奇怪来形容。

护理链

2014 年 10 月至 12 月

"到了某个时候，人们忽然想明白了。"丽娜·莫西斯在几个月后说。马科纳三角洲的基西村民首先领悟了真相：埃博拉不是虚构的，也不是外国佬的阴谋，而是一种会传染的疾病。马科纳三角洲的居民认识了这种疾病的征兆和症状。他们避免与疑似患有这种疾病的人接触。他们不再去参加葬礼。除此之外，他们开始将患病的亲人送进无国界医生的营地。后来，同样的事情在整个非洲西部发生。"他们逐渐意识到的是他们不能照护他们的亲人，"丽娜·莫西斯继续道，"他们必须将他们的幼儿、配偶或亲爱的祖母送进隔离病房，为的是拯救家里其他人的生命。换了是我面对同样的处境，我觉得我会很难做出这样的抉择。然而风险是你的生命和你家里其他人的生命，你很快就会想通的。"

2014 年 8 月和 9 月，病毒在城市内爆炸性传播的时候，安雅·沃尔茨，凯拉洪营地的临床护理管理者，探访了马科纳三角洲的基西村镇。她在三角洲见到的是基西村庄开始施行反向隔离，切断它们与外界的联系，防止病毒进入村庄。1976 年，扬布库地区的村民也正是这么做的。"村民在区域级别上自我隔离。任何人在进入村庄前都必须接受检查，"沃尔茨说，"他们检查进入村庄的人，看这些人有没有得病。"村民检查沃尔茨和司机有没有疾病的症状,命令他们用漂白水洗手,然后才被允许进入村庄。在一个村庄,村民干脆不允许沃尔茨和司机进入,因为他们已经切断了与外部世界的联系。"感觉像是回到了旧时代,"沃尔茨说,"他们不去参加葬礼,不再互相亲吻,不触碰其他人。行为模式彻底改变。"

"爆发就是这么终结的,"无国界医生组织驻布鲁塞尔的官员阿曼德·斯普莱切说,"永远是因为行为模式的改变。人们决定要结束这一切的时候,埃博拉爆发就会结束。"

城市居民同样不触碰或接近任何有可能携带病毒粒子的地方或个人。假如埃博拉在一个家庭内出现,邻居会避而远之。假如你住在马萨诸塞州的韦尔斯利,某种四级病毒正在镇上传播,你那条街道上的一个人生病待在家里,你恐怕也不会希望你的孩子去和他家的孩子玩耍。即便病毒已从患病家庭中消失,非洲人也还是躲着他们走。看似患病的人在街头游荡,甚至躺在街边奄奄一息,人们只会任由他们孤独死去。陌生人不会得到帮助。整个非洲西部的居民不再握手,不再拥抱和互相触碰,像强迫症患者似的用漂白水洗手。有段时间,人们改变了他们的殡葬习惯。任何神志清醒的人都不会想要亲吻布满埃博拉粒子的尸体。

埃博拉战争不是通过现代医药打赢的。这是一场残酷无情的中世纪战争,交战的一方是普通人,另一方是一种生命形式,它想将人类的身体用作求生工具,活过亿万年的时光。为了战胜这个非人类的敌手,人们必须去除自身的人性。他们必须克制最深沉的情绪和本能,撕开爱与情感的羁绊,隔离自身或隔离他们挚爱的亲人。为了拯救自我,人类必须变成怪物。

非洲西部不存在类似于刚果盆地的远古法则那样的习俗。然而在2014年,人们与埃博拉的交战法则完全就是1976年让-弗朗索瓦·

卢泊尔医生站在市场案台上推荐扎伊尔人民使用的方法。病毒通过接触体液传染。假如你学会识别症状，不去触碰体液，避免接触出现症状的那些人，放弃处理死者，你就能保住自己不被感染。

2014年10月初，蒙罗维亚惨遭埃博拉病毒的蹂躏。所有埃博拉治疗中心的病床都被占满，根本没有空余的床位能够收治更多的埃博拉病人；人们在家里照护病毒的受害者。无国界医生组织出于绝望，决定在蒙罗维亚发放65 000套埃博拉防感染和保护用品。这些装备简单、廉价而原始，包括塑料桶、漂白水、外科手术服、口罩和手套。无国界医生组织的人员到处分发装备，向人们讲解该在何时如何使用它们。一套装备可用于处理一具尸体，也可用于一名人员在照护一名病人时保护自己。

利比里亚的一个镇子上有一位名叫法图·科库拉的年轻女性，她正在学习护理，由于医院缺少空余床位，她不得不在家里照护四名家庭成员：父母、姐姐和一名表亲。她没有任何保护装备，于是用塑料垃圾袋自制了生物危害防护服。她用垃圾袋包裹腿脚扎紧，然后穿上橡胶靴，再套上垃圾袋。她穿戴雨衣、外科手术口罩和数层橡胶手套，她用裤袜和垃圾袋包裹头部。法图·科库拉如此穿戴后，为全家人静脉滴注补液，以免他们脱水。她的父母和姐姐活了下来，表亲不幸死去。她本人没有受到感染。当地医务工作者将法图·科库拉的做法称为"垃圾袋法"。你需要的仅仅是垃圾袋、雨衣和相当分量的爱与勇气。医务工作者向无法去医院的居民传授垃圾袋法和它的其他变种。

新增埃博拉病例的数字逐渐下降，刚开始很缓慢，后来越来越明确。随着新增病例数的下降，埃博拉群集内的粒子总数也在下降。病毒粒子无法传播到新宿主身上，群集开始收缩，而不是扩张。它们被困在它们杀死的宿主体内，无法进入新宿主的身体，海量的病毒粒子与丧生的宿主一同死去。到 2014 年年末,埃博拉的风潮渐渐过去。在马科纳三角洲,它已完全绝迹。

Mapp 生物和肯塔基生物制品公司制造了三批药品级的 ZMapp,2015 年 4 月,NIH 开始在塞拉利昂开展 ZMapp 的人体试验工作。然而这时的埃博拉患者已经过于稀少,难以获得 ZMapp 的有效统计数字。总而言之,药物用在 11 名患者身上,他们全部痊愈。但随后药物未能挽救一名男童,他接受一剂注射后很快死去。没有足够的统计学证据能够确认 ZMapp 对埃博拉的有效性。美国食品与药品监督局判定 ZMapp 有一定前景,但需要做更多的动物实验才能获得许可,在紧急情况下用于人类。

ZMapp 真能在几分钟内灭杀埃博拉病毒吗?目前已有的少量证据表明 ZMapp 确实能够治愈一些人甚至许多人的埃博拉病症,而且在部分人身上见效极快。抗体药物似乎将是药物学方面的一个巨大进展。研究人员——包括 Mapp 生物的科学家在内——已经开始研发更多的抗体药物,用来对抗埃博拉和其他病毒。ZMapp 也许是一类银弹药物的榜样,它们就像天使之剑,能够治疗一个人身上的多种传染性疾病。有朝一日或许会出现能够治疗病毒或耐药菌所致感染的抗体药物,甚至有可能治愈由先进生物武器导致的病症。无论事实能否证明 ZMapp 是百发百中的埃博拉杀手,它都是人类与传染病之战的一个重大突破。

肯塔基生物制品公司忙着赶制更多的 ZMapp 的时候,全世界只存在一个疗程的药品级 ZMapp。这就是 0 号备品,存在在美国某处的一个冰柜里。在 0 号备品是全世界唯一一组 ZMapp 的这段时间内,它显得弥足珍贵,是一份国家资产。

白宫负责总统安全的官员仔细研究了肯特·布兰特利和南希·莱特博尔的病历。"我见过那些档案,"加里·科本杰后来解释道,"你读的时候肯定会说：'哇噢，这东西真的管用。'"2014年秋，一名白宫官员联系国立卫生研究院的一名官员，问他能不能向白宫提供ZMapp。NIH得知了0号备品的存在。0号备品最后被放进了华盛顿特区内或附近某个秘密地点的冰柜。假如丽莎·亨斯利感染了埃博拉病毒，0号备品有可能会用在她身上，但这组药物现在专供美国总统使用。当然，前提是埃博拉有可能来到华盛顿。

随着埃博拉的流行势头逐渐平息，NIH开始测试VSV-ZEBOV疫苗，结果显示出确凿的有效性。在本书写作时，疫苗正在刚果东部接受测试，埃博拉病毒在此处爆发，变得不受约束，而且无疑正在人体内演化。

马科纳毒株的浪潮逐渐平息，它在八个国家境内造成了死难，其中包括西班牙和美国。3万人受到感染。超过11 000人死于这种病毒，还有数以千计的死者没有被算在内，因为医院在疾病流行期间遭受毁灭性打击，使得他们无法得到医疗救治。塞拉利昂有7％的医生不幸遇难。几内亚、利比里亚和塞拉利昂的医疗体系受到重创。三个国家的经济运转濒临崩溃。凯内马政府医院至少有37名护士身亡，还失去了两位医生——胡玛尔·汗和萨尔·罗杰斯。最后，远古法则取得胜利，新发病毒暂时退回它在病毒圈内的隐藏之处。

石溪镇，长岛，纽约
2016年6月1日，下午1点左右

2016年春，埃博拉大流行平息后一年，一位名叫威廉·"泰德"·迪尔的博士后研究生开始用埃博拉病毒蛋白做实验，所用样本采自疾病流行期间在集群中演化出的几种埃博拉变异体。迪尔在仔细查看鱼群中各个种类的鱼，他在杰里米·鲁本博士这位著名艾滋病研

究者的实验室里工作,实验室属于马萨诸塞州大学医学院。

"泰德"·迪尔发现,比起最初在梅里昂杜进入小男孩身体的野生埃博拉,这些埃博拉病毒中有一种感染人类细胞的能力强大了四倍,它就是 A82V 马科纳变异体,马科纳毒株。马科纳毒株在人类细胞中无比致命。这种埃博拉究竟有什么不同之处?到底是什么因素使得马科纳毒株如此致命?

迪尔的导师杰里米·鲁本打电话给帕尔迪斯·萨贝提。除了知道马科纳毒株似乎极其危险,他对它几乎一无所知。萨贝提听后非常激动。她告诉他,马科纳毒株在非洲西部取得了优势地位。它击败了其他所有种类的埃博拉;正是这种埃博拉病毒扫荡了非洲西部的那些城市,杀死了胡玛尔·汗,一直传到达拉斯和纽约。对,她对鲁本说,这种埃博拉就是牙齿最尖利的那条鱼,集群中的头号杀手。在遗传密码的 18 959 个字母里,它与其他埃博拉病毒仅有一个字母的差别。这一个字母的突变导致构成埃博拉的诸多蛋白质中的一个发生了细微改变。

没人知道马科纳毒株为何如此危险。然而 2016 年 6 月 1 日,"泰德"·迪尔坐在长岛石溪他妻子公寓的餐桌前喝绿茶(夫妻两人在不同地方工作)。他看着笔记本电脑上的一张图片,图片中是某种蛋白质的具体结构,这种蛋白质存在于埃博拉外壳上柔软的球状突出之中。这些球状突出能帮助埃博拉病毒粒子进入人体细胞。

蛋白质由氨基酸长链构成,它们就像以独特方式折叠的项链。在马科纳毒株这种高危病毒之中,组成柔软突起的蛋白质内有一个氨基酸分子发生了改变。在野生的梅里昂杜埃博拉病毒之中,这个氨基酸分子是丙氨酸。在马科纳毒株中,它变成了另一种氨基酸分子:缬氨酸。这个改变似乎无足轻重,但它为什么会使得埃博拉病毒的传染性强了四倍呢？

"泰德"·迪尔开始在电脑屏幕上转动蛋白质的照片，研究它奇异的结构。忽然间，他顿悟了，他发现蛋白质的形状能够更好地嵌合人类细胞膜上的某个突起。就像钥匙与锁具的咬合。他意识到突变的埃博拉蛋白质能够更好地黏合在人类细胞的外壁上，就此打开细胞，更容易让埃博拉粒子进入细胞。突变的埃博拉能够附着在人类细胞外壁上的一个突出受体上，这个受体的功能是将胆固醇拉入细胞内，名叫尼曼-匹克受体。埃博拉利用尼曼-匹克受体入侵人体细胞。（尼曼-匹克病是一种致命的遗传病，会导致人体细胞无法良好地吸收胆固醇。出于这个原因，尼曼-匹克病的患者应该对埃博拉免疫。）

那天坐在餐桌前，"泰德"·迪尔第一次明确地认识到了马科纳毒株为何如此擅长侵犯人类。"感觉就像手握彩票，眼看着所有数字都对上了，"迪尔说，"我们能大获全胜，纯属鸿运当头。"迪尔向大自然的显微厅堂中瞥了一眼，发现有个微小的东西似乎不太一样。也许他目睹了这个世界如何与更大的灾难擦肩而过，上万人死亡和三个国家遭受重创相比之下算不了什么。

就在"泰德"·迪尔想道马科纳毒株为何如此危险的时候，在英国诺丁汉大学，一位名叫乔纳森·K.鲍尔的研究人员与同事发现了马科纳毒株一个同样令人不安的特性。它异常容易感染人类细胞，但并不会感染蝙蝠细胞。换句话说，马科纳毒株是一种适应了人类的埃博拉病毒。马科纳毒株比其他所有埃博拉病毒都了解人类。

帕尔迪斯·萨贝提对此有话要说："突变提高了病毒感染人类细胞的能力，降低了它感染其他动物的能力。随着病毒在人与人之间传播，它在提高人际传播的能力。我们知道病毒会突变。病毒的绝大多数突变毫无用处。但只要你给它足够多的机会，迟早会有一根火柴被擦燃，于是点燃火种。"

换句话说，假如我们无法尽快阻止马科纳毒株的蔓延，它就会继续提高它在人类之中扩散的能力。它会变得更加适应人类。我们的世界这次走了好运。假如马科纳毒株传入某个贫穷的超级城市，它能够感染的人数会远远超过几千，也会得到更多的机会去演化和突变。这次埃博拉大流行平息后的很长时间内，没人真正理解这个世界离一场巨大无数倍的灾难究竟有多近。帕特里克·索耶将马科纳毒株带到了拉各斯，假如它在这个人口2000万的超级城市爆发，结果会是怎么样？假如拉各斯变成疫区，病毒会不会转移到世界各地的其他城市，使得更多的城市也变成疫区呢？假如马科纳毒株持续演化，变得越来越熟悉人类的身体和免疫系统，远古法则迟早会降临洛杉矶和东京的街头、德国的鲁尔工业区、圣保罗的棚户区。我们人类是一个物种，彼此相连，但对病毒来说我们只有一个身份：宿主。

假如四级病毒在世间爆发，超级城市纽约被迫施行远古法则，情况会怎么样？纽约市费不了多大周折就会产生远古法则。一种能够通过肺部感染人们的高致死率"干"病毒。这种病毒没有疫苗，无药可治。你搭地铁、乘电梯，就有可能被传染。假如远古法则降临纽约市，我们能够想象病人趴在街头或中央公园里死去，人们躲得远远地围观。病人乞求帮助，没人愿意伸出援手。警察身穿全套个人防护装备。病人需要救护车。没有救护车。医院回到中世纪。医务人员有的逃班，有的奄奄一息，剩下的已被压垮。所有医院的病床都满员了。人们在街上就被贝尔维尤医院拒之门外。停尸房塞满尸体，高危得仿佛地狱。远古法则施行期间，精神正常的人绝对不会走进纽约市的任何一家医院。交通瘫痪。食品供应短缺甚至断流。学校关闭。人们由于害怕感染而不去超市。预言家预测未来，编造治疗手段。人们带着病毒离开城市。机场变成传染场所，航班纷纷取消。父母在公寓和住宅内照护生病的孩子。假如一家人里有人生病，就必须指定一个人来照护病人，这个人需要牺牲自己的生命来照护挚爱的亲人。富人为了保命，花钱如流水；穷人和弱势群体一如既往地付出最大的代价。假如存在疫苗或能治病的药物，腐败就会随之而生。公司和个人会囤积疫苗，以天价出售给其他人。

帕尔迪斯·萨贝提将毕生精力用在研究病毒如何演化和突变上。多年以来，她一直在告诉她在哈佛和布洛德研究所的同事，说他们应该在公寓或住宅里储存一个月的食物和基础医疗物资。这是个小小的预防措施，以防真的遇到四级事件，你不得不反向隔离自己一个月，就像非洲村民那样。暂时切断你与外部世界的联系。"我希望你们能考虑不得不在家里待一段时间的可能性。"她对她的团队这么说。

"假如我们为大型爆发做好基本的准备工作，"萨贝提在近期说，"我们就有可能让它变得没那么严重、夸张和疯狂。"萨贝提将四级传染病大流行称为癫狂事件。"我们为什么要坐等某种极其癫狂的事情爆发，而不是事先计划好如何应对？"她问，"为战争做准备谈不上有什么价值，因为战争中发生什么是不可预测的。然而为流行病爆发做准备就有极大的价值了，因为爆发中会发生什么很容易预测。咱们做好准备，不要被吓住。"

关于凯内马，还有一个故事可说，异常简单，但显得更加可怕，就像《圣经》的启示。2017年夏，帕尔迪斯·萨贝提和罗伯特·盖瑞为凯内马政府医院的拉沙热研究项目组建立了一个基因组测序实验室，培训当地工作人员进行基因组测序。从2018年到2019年，塞拉利昂技术人员为凯内马医院的埃博拉患者血液内的埃博拉病毒做了测序。换句话说，他们揭示了杀害他们朋友和同事的病毒集群的遗传密码。遗传密码不会撒谎。它揭示了一段隐秘的历史，既令人震惊，也令人动容。

许多研究者认为凯内马的护士是被患者或当地社群的居民感染的。然而遗传密码说出了不一样的真相。凯内马的医务人员是在努力拯救彼此的生命时被相互感染的。医务人员之中这条灾难性的感染链始于一个小事件。2014年6月30日当天或前后,救护车驾驶员萨尔·纽可尔决定违反规定。他去朋友家里探望朋友,但不想丢面子或吓坏别人,因此没有穿密封防护服。他进入那幢屋子时没有穿戴任何防护用具,但那幢屋子里有人感染了马科纳毒株。这个人与麦宁道的葬礼有着紧密联系。致命马科纳从此人身上跃入纽可尔先生体内。他吐血,入院治疗。6月18日清晨6点左右,纽可尔在卫生间里跌倒,撞破了头皮。露西·梅护士为他清洗伤口——一个善意的护理行为——他在事后不久去世。几个致命马科纳病毒粒子从纽可尔先生身上进入露西体内,很可能是在她为他清洗头皮的时候,病毒随即在胎儿和她本人体内爆炸性扩增。

7月3日夜间,露西·梅在产下死胎时去世,马科纳毒株从她身上跃入她的护理者体内。遗传密码不会撒谎:"姨妈"姆巴卢·方尼孤注一掷地尝试拯救露西·梅的生命,从她体内取出已经死亡的胎儿,在此期间感染了病毒。三名护士,普林西斯·鲍瑞、希雅·马贝和法蒂玛·卡马拉,都是被露西·梅传染的,很可能也在她们合力抢救露西的那个夜晚。阿莱克斯·莫伊博伊护士在夜班期间照护露西·梅,他同样感染了露西·梅身上的病毒。"姨妈"显然知道尝试挽救露西·梅有可能让她献出生命。这些护士也知道。"姨妈"和她的护士们在抢救露西·梅时做出了终极的牺牲:他们就像在世贸中心垮塌前一瞬间冲进塔楼的消防员。他们在履行职责,因为那是他们必须去做的事情。他们全都在尝试拯救露西·梅但最终失败的过程中感染了埃博拉病毒。希雅·马贝和法蒂玛·卡马拉从苦难中活了下来;普林西斯·鲍瑞与"姨妈"一起失去了生命。

露西·梅的马科纳毒株又从"姨妈"身上扩散出去。"姨妈"的弟弟，穆罕默德·伊拉在尝试拯救姐姐的生命时从她身上感染了露西·梅的病毒。

胡玛尔·汗呢？根据构成遗传密码的字母，救护车司机走进某人家里后引燃的烈火也吞噬了他。遗传密码显示汗同样死于露西·梅携带的病毒。无论他在何处通过何种方式感染病毒，他都是在照护自己的团队成员时被传染的。遗传密码告诉我们，汗没有辜负他的属下，他与他们一起死去。

这种病毒是个真正的恶魔，它随着忠诚和爱的链条传播，正是这样的情感将医院的医护人员彼此连接在一起，最终连接着地球上的每一个人。非洲的医务工作者为了拯救同伴而献出生命，另一方面，他们是挡在病毒和你我之间的一道防线，尽管这条防线是那么薄弱，正在牺牲中不断消融。

尾　声

四级事件

　　往事难以预测。我刚开始为本书做调查时，也就是胡玛尔·汗去世的那段时间，我完全不知道我会发现什么和本书将去往何处。我在我的水平上尽可能精确地叙述事实，忠于现实的怪异转折，根据时间将事件拼合在一起。在我看来，没有任何虚构作品能够贴切地表现这种感觉，它一方面充满了随机和巧合，另一方面感觉起来又像是命中注定。现在，随着过去渐渐变成未来，我打算将视线投向前方。丑话说在前头：我的预言能力未必比预言师瓦哈布强到哪儿去，而他至少已经说中了一次。我打算预测的是一场全球性爆发，由某种生物安全四级的新发病毒引起，它能通过空气在人与人之间传播，没有疫苗，用现代医药无法医治，用术语说，这是一起四级事件。

　　埃博拉流行病更像是某种模式的一部分，而不是什么不寻常或极端的意外事件。仔细查看之下，它实际上仅仅是一系列微小的意外和难以觉察的变故，随着时间慢慢过去而变得越来越恐怖。这是一种新发病毒跳出生态系统后造成的震荡波。病毒在人群中自我增殖，吞噬生命，遭遇人类这个物种的反抗，最终偃旗息鼓。然而，下一个震荡波会是什么样的呢？

　　据我们所知，埃博拉不会通过空气在人与人之间传播。埃博拉是一种"湿"病毒，通过接触体液或能够在空气中飘至数英尺外的细微液滴传染。一个经常被问起的问题是埃博拉会不会演化得能够以干燥粒子形态通过空气传播，沿着通向肺部的气道进入身体。布洛德研究所的所长埃里克·兰德尔认为这是个错误的问题。兰德尔身材高大，方脸，留小胡子，说话飞快，语气很有说服力。"这就像在问斑马能变成空气传播的吗？"他说。想要变得可以完全通过空气传播，埃博拉病毒粒子需要能够依附在悬浮于空气中的微尘上，能够在脱水状态下存活，然后还要能够穿透肺泡内壁的细胞。兰德尔认为埃博拉不太可能演化出这些能力。"这等于在说，一种病毒已经演化出了特定的存在方式，通过直接接触扩散，然后又突然演化出迥然不同的另一种存在方式，以干燥形态通过空气传播。更好的问题应该是'斑马有可能学会跑得更快吗？'"兰德尔说，埃博拉不需要变得能够通过空气传播，也有许多种可能性可以变得更容易传染。举例来说，它可以降低对人类的致命性，引发更温和的病症，杀死 20% 的感染者，而不是 50%。这样会造成更多的人生病，而不是死去，也许还能让病程变得更长。这样对埃博拉病毒有利，因为宿主活得越久就越有可能制造出更多的感染链。然而埃博拉很可能将会一直是一种"湿"病毒。

在写作本书的时候，埃博拉已经制造出了又一轮震荡波，这次是在刚果民主共和国东部，数以百计的人们死去，病毒失去控制[①]。没人知道在这次爆发中，随着埃博拉在人体之间链式传播，它会不会继续突变或出现什么样的突变。咱们不妨假设埃博拉永远不会演化成比现在更严重的问题。我们来考虑一种"干"病毒。干病毒能够在粒子脱水的情况下继续存活。病毒粒子附着在灰尘颗粒上或显微级的干唾

[①] 2018 年至 2019 年基伍埃博拉爆发已经从刚果蔓延到乌干达和坦桑尼亚，截至 2019 年 11 月 18 日，共报告病例 3 839 人，其中 2 200 人死亡。——译者

液中，能够随着气流飘到很远的地方。

有一个名叫麻疹病毒（morbillivirus）的病毒属，一些专家认为从中最有可能诞生目前未知的能够通过空气传播的四级恶魔。假如不存在它的疫苗或药物，假如它传染性极高，假如它有能力飘出人们的口腔，那么这种病毒在几周内就能传播全世界，病毒在人们体内搭乘飞机旅行，穿过机场航站楼，通过呼吸散播。我们来考虑一下一种特定的麻疹病毒：尼帕病毒，这种四级新发病毒能感染肺部和中枢神经系统，导致人格改变和大脑液化。尼帕偶尔会在东南亚爆发。它从蝙蝠跳跃到动物，又跳跃到人类，这是一种不挑剔宿主的病毒。尼帕目前的传染性还不太强，但病毒会演化以适应人类。自然界的生态系统中还有其他类似于尼帕的病毒在活物体内流动。假如有一种能够摧毁大脑的病毒像流感那样传播，任何人感染病毒的致病因素仅仅只是呼吸；假如你居住在一个人满为患的大城市里，那么你多半肯定会成为宿主。

Mapp生物医药现在又发明了一种针对埃博拉的抗体类超级药物，名叫泛埃博拉病毒鸡尾酒（Pan-Ebolavirus Cocktail）。这种新药物对所有种类的埃博拉病毒都有效。在写作本书时，美国政府正准备提供资金生产一大批泛埃博拉病毒鸡尾酒，存放于国家战略储备之中，这是一个或多个秘密设施，大量存储药物和疫苗以帮助全国人口抵御生物武器和新发病毒。尼帕病毒也有了一种新抗体药物。泛埃博拉病毒鸡尾酒和尼帕鸡尾酒都是未来药物的榜样，以后我们或许能够在全球性危机中快速研发抗体药物并大量快速生产。然而那是未来，现在我们尚未做好准备。

约翰·霍普金斯大学公共卫生学院最近完成的一项研究表明，全美所有医院加起来一共只有142张生物隔离的红区床位可以收治感染出血热病毒（例如埃博拉）的患者，另有不到400张红区床位可以收治感染空气传播的高危病毒的患者。因此，假如爆发四级事件，整个美国加起来也只有542张红区床位。除此之外，有没有足够数量的受过训练的医生和护士来照护这542张红区床位上的病人也是一个大问题。

我们必须问一个问题：假如一种四级新发病毒扩散到北美或任何一个大陆的百万级人群之中，医院是否有能力处理这么多的患者并照护他们？假如感染人数超过百万，流行病学家是否有能力追踪并打破传染链？

想到世界各地的那些超级城市，浮现在我眼前的画面是装满燃油的一大片储油罐。所有油罐通过输油管连接在一起，而输油管上的阀门无法完全关闭。假如一个储油罐被点燃，整片存储区都会爆炸。人类与病毒圈的关系所影响的人类未来存在于我们的选择和几率的游戏之中。预言师瓦哈布认为假如我们能预见命运就有可能改变它；在各种事件磕磕碰碰、跌跌撞撞地铺出未来之路时，人类的行为有时候——但不是永远——能够改变道路的样貌。

现在，守护在病毒圈大门口的战士明白他们面对的敌人强大得可怕，这场战争势必旷日持久。他们的许多武器终将失效，但另一些会开始发挥作用。人类在这场战斗中占据一定的优势，拥有病毒所缺少的某些要素，其中包括自我意识、团队作战的能力和愿意牺牲的精神，人类在所处环境中扩张的时候，这些特性已经极大地帮助了我们。

既然病毒可以突变，那么我们也能改变。

名词表

扩增（amplification）：病毒的急剧增殖，导致病毒粒子数量的大量增加。参见复制。

生物安全四级（Biosafety Level 4），简称 BSL-4 或四级：生物隔离的最高等级，要求穿戴生物防护密封防护服。

生物隔离（biocontainment）：隔离危险微生物并阻止其感染人类的方法和技术。

生物圈（biosphere）：全球生态系统的总和，包括所有的活生物体。参见病毒圈。

尸血（cadaveric blood）：尸体内的血液。

感染链（chain of transmission）：传染性微生物从人到人的传播。

病毒的跨物种跳跃（cross-species jump of a virus）：病毒改变感染宿主的过程，病毒从一种宿主生物传入另一种宿主生物。

电子显微镜（electron microscope）：一种高倍数显微镜，用电子束来拍摄极微小物体的照片。

新发病毒（emerging virus）："其（传人）病例数在近期增加并似乎还会继续增加的病毒"。病毒学家史蒂芬·S. 摩斯（Stephen S. Morse）发明的术语及定义。许多新发病毒存在于野生动物宿主体内，通过跨物种跳跃进入人类群体。

流行病学（epidemiology）：追踪疾病在人群中的起源和扩散的科学与技术，目标是控制或阻止疾病的传播。

丝状病毒（filovirus）：一个病毒科，其成员从遗传学意义上说彼此相近，都拥有类似丝线的绳索状外观。

基因组（genome）："细胞或生物体的一套完整的单倍体遗传物质。"——《牛津词典》

宿主（host）：寄生生物在其体内或体表生活的生物体。

高危病毒（hot agent）：生物安全四级的病毒。

高危（hot）：恶性（会导致严重疾病）且高度易传染。

变异（mutation）：生物体遗传密码"拼写"中的改变，有时会导致生物体的生物学及特性改变。

寄生生物（parasite）：生活在宿主生物体体内或体表的生物体，对宿主没有益处或会对宿主造成伤害。

病原体（pathogen）：会引起疾病的微生物或病毒。

PCR仪（PCR machine）：一种仪器，能通过聚合酶链式反应来探测样本（例如血样）所含的遗传密码。

个人防护装备（PPE）：非增压的生物防护PPE通常由非渗透材料制作的全身防护服（从头到脚包裹身体）、护目镜、高效呼吸面具、防护手套和橡胶靴组成。

红色区域（red zone）：高度生物隔离的病房，用于隔离感染了极其危险的病毒的患者。

复制（replication）：自我拷贝。参见扩增。

病毒圈（virosphere）：自然界中所有病毒系统的总和。参见生物圈。

病毒（virus）：极小的生命形式，会自我复制的寄生生物，由蛋白质外壳和包裹其中的DNA或RNA——病毒的遗传密码——构成。病毒只能在宿主细胞内部自我复制。

致 谢

许多人为写作本书提供了宝贵的帮助。我发自肺腑地感谢他们，因为没有他们仁慈的援手，这本书就不可能存在。假如下面的列表有所遗漏，那一定是由于本人的疏忽，我致以诚挚的道歉。本书中的事实若有任何错误，同样完全是本人的责任。

凯内马政府医院

首先也是最重要的，笔者想感谢凯内马政府医院全体人员的慷慨帮助，他们与我分享他们的回忆、想法和感受，同样要感谢他们对我这个来访者的无微不至的关怀。我只希望我可以尽我所能地用文字为他们说些公道话，赞颂他们的勇气，他们在医学和公共卫生方面的无私奉献。我想特别感谢 Francis Baimba、James Bangura、Gabriel Bundu-Kainessie、Mohamed Fomgbeh、Michael Aiah Gbakie、Augustine Goba、Dr. Abdul Azziz Jalloh、Simbirie Jalloh、Fatima Kamara、Lansana Kanneh、Veronica Jattu Koroma CN、James Koninga、Mambu Mohmoh、Doris Moriba、Joseph Henry Moseray、Isaac Tucker Musa、Ibrahim Saffa Ngobah、John Sesay、Mohamed Sow、Dr. Mohamed A. Vandi 和 Mohamed Sankoh Yillah。

杜兰大学

Robert F. Garry、Jeneba Abu Kanneh、Dr. John S. Schieffelin 和 Sheku Show。

哈佛大学和布洛德研究所

Michael J. Butts、Andrew Hollinger、Daniel J. Park、Pardis Sabeti、Sarah Winnicki 和 Nathan Yozwiak。

国立过敏和传染病研究所——综合研究设施

Lisa E. Hensley、Dr. Anthony S. Fauci、Anna Honko、Peter B. Jahrling、Curtis Klages、DVM、Dr. Jens H. Kuhn、Mark Martinez、DVM、Gene Garrardy Olinger、Jr. Also: James Hensley、Dr. Mike Hensley 和 Karen Hensley。

无国界医生组织

Dr. Bertrand Draguez、Dr. Armand Sprecher 和 Anja Wolz RN。

其他人员

Kristian G. Andersen (Scripps Research Institute)、Dr. Daniel G. Bausch (UK Public Health Rapid Support Team)、Dr. Joel G. Breman (Centers for Disease Control and Prevention)、Alexander Bukreyev (Galveston National Laboratory)、William "Ted" Diehl (University of Massachusetts Medical School)、Dr. Joseph Fair (FondationMérieux USA)、Dr. Tom Fletcher (Liverpool School of Tropical Medicine)、Dr. Robert Fowler (Sunnybrook Research Institute)、Thomas W. Geisbert (Galveston National Laboratory)、

Stephen Gire (NexGen Jane Inc.)、Frédérique A. Jacquerioz (University Hospitals of Geneva)、Macmond M. Kallon (Government of Sierra Leone)、Gary P. Kobinger (CHU de Quebec-Université Laval)、Dr. Thomas G. Ksiazek (Galveston National Laboratory)、James LeDuc (Galveston National Laboratory)、Fabian Leendertz (Robert-Koch Institut)、Jeremy Luban (University of Massachusetts Medical School)、Frederick A. Murphy (formerly of the CDC and Galveston National Laboratory)、Dr. Jean-Jacques Muyembé-Tamfun (D. R. Congo National Institute for Biomedical Research)、Michael T. Osterholm (University of Minnesota)、Dr. Peter Piot (London School of Hygiene and Tropical Medicine)、Dr. Lance Plyler (Samaritan's Purse)、Dr. Jean-François Ruppol、Josiane Wissocq、Erica OllmanSaphire (La Jolla Institute for Immunology)、Randal J. Schoepp (USAMRIID)。

汗一家

易卜拉欣·塞莱·汗、阿米纳塔·汗女士、阿尔哈吉·阿尔法·汗、C-雷·汗、萨希德·汗。

职业人员

本书编辑是兰登书屋的 Mark Warren；这本书的手稿突变得比埃博拉还快，他却完成了编辑的壮举。同样要感谢兰登书屋的以下各位：Carlos Beltrán、Melanie DeNardo、Susan Kamil、Tom Perry、ChayenneSkeete 和 Andy Ward。非常感谢 Lynn Nesbit 和 Cullen Stanley。Creative Artists' Agency 的 Bruce Vinokour 给了我一个重要的建议，使得这本书更有力量。同时非常感谢 Dr. Gary Karpf。

我想向以下个人提供的特别帮助表示感谢：埃里克·S. 兰德尔（布洛德研究所），为了一项善举；丽娜·M. 莫西斯（杜兰大学），她帮助我理解塞拉利昂文化，加深我对本书中一些关键角色的理解；纳蒂亚·沃凯埃（MRI Global），她精确而富有感染力地描述了凯内马爆发中的诸多细节；让-路易·朗勃雷（La Constellation），为了他在公共卫生方面的洞见，在访问让-弗朗索瓦·卢泊尔医生时提供了极大的帮助；萨拉·克劳斯·巴特勒，她在我访问卢泊尔医生时担任译员。

向我妻子米歇尔献上爱和最深的谢意。她为本书提供了极其重要的编辑指导。她还在研究与写作的漫长过程中给了我无法估量的爱与支持。我们的三个孩子——奥利弗、劳拉和玛格丽特，也都是作家——一如既往地用他们的创意和智慧激发我的灵感。

图书在版编目(CIP)数据

血殇：埃博拉的过去、现在和未来/(美)理查德·普雷斯顿(Richard Preston)著；姚向辉译. —上海：上海译文出版社，2020.5(2023.1重印)
(译文纪实)
书名原文：CRISIS IN THE RED ZONE：The Story of the Deadliest Ebola Outbreak in History, and of the Outbreaks to Come
ISBN 978-7-5327-8417-2

Ⅰ.①血… Ⅱ.①理… ②姚… Ⅲ.①纪实文学－美国－现代 Ⅳ.①I712.55

中国版本图书馆 CIP 数据核字(2020)第 046255 号

Richard Preston
CRISIS IN THE RED ZONE:
The Story of the Deadliest Ebola Outbreak in History, and of the Outbreaks to Come
copyright © 2019 by Richard Preston
All rights reserved including the rights of reproduction in whole or in part in any form.

图字：09-2020-321 号

血殇：埃博拉的过去、现在和未来

[美]理查德·普雷斯顿 著 姚向辉 译
责任编辑/张吉人 装帧设计/邵旻工作室

上海译文出版社有限公司出版、发行
网址：www.yiwen.com.cn
201101 上海市闵行区号景路159弄B座
启东市人民印刷有限公司印刷

开本890×1240 1/32 印张11.375 插页2 字数206,000
2020 年 5 月第 1 版 2023 年 1 月第 5 次印刷
印数：48,001—51,000 册

ISBN 978-7-5327-8417-2/I·5168
定价：50.00 元

本书中文简体字专有出版权归本社独家所有，非经本社同意不得连载、摘编或复制
如有质量问题，请与承印厂质量科联系。T：0513-83349365